新潮文庫

我は景祐

幕末仙台流星伝

熊谷達也著

新潮社版

11708

目次

【東北・越後主要図】

羽後
盛岡藩
秋田藩
陸中
亀田藩
本荘藩
矢島藩
日本海
一関藩
気仙沼
庄内藩
新庄藩
陸前
羽前
石巻
仙台城
東名浜
天童藩
塩竈
村上藩
山形藩
仙台藩
白石城
米沢城
新潟港
新発田藩
米沢藩
駒ヶ嶺城
福島藩
筆甫
相馬中村藩
檜原峠
越後
土湯峠
二本松城
相馬中村城
会津若松城
二本松藩
磐城
長岡城
本宮
三春藩
会津藩
長岡藩
郡山
太平洋
岩代
須賀川
白河城
棚倉城
磐城平城
棚倉藩
磐城平藩
平潟
0
50km

地図製作　アトリエ・プラン

我は景祐

幕末仙台流星伝

京都探索方

一

元治《げんじ》元年（一八六四）七月。

腹の底にさまざまな思惑を抱く公卿《くぎょう》や浪士らが跋扈《ばっこ》、あるいは暗躍する町、京都は相変わらず不穏な気配に満ちていた。

一見しただけでは平穏な洛中《らくちゅう》である。目の前を流れる鴨川《かもがわ》の川面《かわも》のように。

仙台藩筆頭奉行（家老）但木《ただき》土佐《とさ》の命を受け、先月帰国してからひと月と空けずに再入洛した仙台藩大番士、若生《わこう》文十郎《ぶんじゅうろう》景祐《かげすけ》は、一人だけ伴った従者小《こ》島《じま》寅之《とらの》進《しん》と肩を並べ、四条河原の西岸に佇《たたず》んで鴨川を眺めている。

二人に京都行きを命じた但木土佐は、仙台城下より五里ほど北に位置する黒川《くろかわ》郡《ごおり》吉《よし》岡《おか》の邑主《ゆうしゅ》（領主）でもある。寅之進は、その土佐の直属の家臣。文十郎の従者としての上洛ではあったが、目付としての役も帯びていた。

草鞋《わらじ》一つ分だけ背後に控える寅之進に比べ、文十郎はかなりの長身である。寅之進が小柄なわけではない。六尺に達する背丈の文十郎が並外れているのだ。が、柔和な色をたたえる瞳《ひとみ》のせいか、かたわらにいる者が威圧感を覚えることはない。

しかし、温厚そうに見える文十郎の気質が、むしろ豪胆としたほうが当たっていることを、仙台を発《た》ってから京都まで一緒に旅をしてきた寅之進は知っている。

確かに不思議な男だと、文十郎の横顔を盗み見ながら寅之進は思う。ものに動じない肝の据わりようは、二十三歳の若侍のものではない。

昨年の九月、文十郎が一度目の入洛を果たした際は、京都御守衛を命じられた御備《おそなえ》頭《がしら》松本《まつもと》知之《ともの》進《しん》の従者としてであった。但木土佐より京都の情勢探索の内命を受けての上洛ではあったが、表向きは仙台藩士として公《おおやけ》の立場で諸事に当たっていたことになる。六十二万石の仙台伊達《だて》家は、薩摩《さつま》の島津や加賀の前田に並ぶ大藩だ。応接の場において、たとえ内心では陸奥《むつ》の田舎侍と蔑《さげす》んでいようと、誰一人としておくびにも出さなかった。

だが、今回は探索方としての上洛であり、脱藩浪人を装《よそお》っての旅であった。そのせいで、道中、予期せぬ困難に遭遇することもあった。たとえば、質《たち》の悪い駕籠《かご》かきに法外な運賃をふっかけられる、あるいは同宿の薬売り——本当に薬売りだったのかは大いに怪しいのだが――に金子《きんす》を盗まれる、さらには追い剝《は》ぎに付け狙《ねら》われる、といったような。そんなおりでも、いささかも動じない文十郎の立ち居振る舞いは、日下《くさか》一旨《いっし》流槍術《そうじゅつ》指南の家柄に生まれ育ったことで身に付いたものだろうが、それ以上に、生来のものとするしかないようにも思われる。

三歳ばかり年長の寅之進であるが、従者として振る舞わなければならないことに不満を覚えたことはない。

その文十郎が鴨川に目を向けたまま言った。

「あの翡翠《かわせみ》、広瀬川《ひろせがわ》でも見た気がするのだが……」

一羽の翡翠が、岸辺で鮮やかな水色の羽を休め、羽繕いをしていた。

「まったく同じ翡翠ということにござりますか」

「ああ」

「雁《かり》のように渡ってきたと？」

「さよう」

仙台城下を流れる広瀬川で目にする翡翠の姿が好きだと、国許《くにもと》を発つ前、河畔に佇みながら文十郎は言っていた。それは子どものころからの変わらぬ好みで、翡翠のほうでもそれを知っているのだろう、家の軒先までやって来るほど懐《なつ》いた翡翠もずいぶんいたと、寅之進が訊《き》いてもいないのに、なぜか自らそんな話をした。

とはいえ、

「さすがにそれはないでしょう」

寅之進が言うと、なにかを思案する顔をしたあとで、確かにあり得ぬ話だな、とつぶやいた文十郎は、

「私はこれから田澤屋《たさわや》に向かうが、小島どのはいかがいたす」と尋ねた。

田澤屋というのは島原の一角にある置屋である。蛤《はまぐり》御門の西側、京都守護職邸のはす向かいにある仙台伊達屋敷とは、方角がだいぶ異なる。

「まずは藩邸に。我々が到着したことを留守居役に伝えなければなりませぬゆえ」

「田澤屋の場所はご承知か」

いえ、と答えたあとで、しかし、と寅之進は続けた。

「さほど広くない界隈《かいわい》だと聞いております。すぐにわかるでしょう」

軽くうなずいた文十郎が言った。

「ならばここでいったん別れるとしよう。私が留守の際には、部屋を好きにお使いくだされ。田澤屋の楼主と女将にはその旨《むね》を伝えておきます」

「かたじけない」

「では、ここで」

人好きのする笑みを大ぶりな口許に浮かべた文十郎が踵《きびす》を返した刹那《せつな》、それを待っていたかのように、川原石の上で羽を休めていた翡翠が飛び立った。

文十郎の後ろ姿を見送りながら、ふと思う。

そういえば旅の途中、川辺で翡翠を目にすることがやけに多かった気がする。そこここで当たり前に目にする鳥である。とりわけて気には留めなかったのだが……。

いや、それはあるまい。

あの翡翠が、文十郎を追って来ているなど、どう考えてもあり得ない。常人とはどこか違う佇まいを感じさせる文十郎だが、鳥と心を通じ合わせているなどという御伽《おとぎ》噺《ばなし》のようなことはないだろう。

あらためて自身に言い聞かせた寅之進は、文十郎が向かったのとは逆方向、鴨川の上流に向かって歩を進めた。

右手の四条河原には、夕涼みの莫蓙《ござ》がちらほらと敷かれ始めている。

昨年、文久三年の八月、声高に攘夷《じょうい》を訴えていた長州勢と、それに同調していた公卿らが会津と薩摩によって一掃され、血なまぐさい騒動が頻発していた都にも平穏が戻って来たと耳にしていた。夕涼みに繰り出す人々がいるくらいなのだから、表向きは確かにそうなのだろう。

しかし……。

三条大橋のたもとで左に折れた寅之進は、一軒の旅籠《はたご》を前に立ち止まった。

なるほど、これが池田屋か……。

間口が三間半の奥行きのある二階建ての建物は、先月、六月五日の夜、集結していた長州藩士らを新選組が襲撃した宿である。政局の中心から追われたはずの尊攘激派の志士らは、一年と経《た》たずに京都へ舞い戻り、身を潜めて政局の打開を画策していたことになる。

長州藩士の定宿になっていたという池田屋は、いまは商いを差し止められているのだろう、入口の戸はかたく閉ざされていた。

人の出入りのないひっそりとした池田屋は、落ち着きを取り戻しているように見える京都で、水面下にいまなお様々な動きがあることを示していた。

いや、水面下での動きをはるかに超える事態になっていることを、文十郎と寅之進は入洛の直前に知った。先月末から、長州兵が京都周辺に集結し始めているらしい。池田屋への新選組の襲撃が、かえって火に油を注ぐ結果になったようだ。

はたして天下はこれからどうなってゆくのか、そして我が国許、仙台藩は……。

　ここまでの道中、いかなる方策で京都の真《まこと》の情勢を探るつもりなのかと、寅之進は文十郎に幾度か訊いてみた。だが、そのたびに、いや、まだなにも、いずれそのうち、などと言ってはぐらかされた。

　ようやく明かしてもらえたのは、昨晩になってである。それを聞いた寅之進は、文十郎が実は用意周到に段取りをつけていたのを知った。

江戸に代わっていまや政《まつりごと》の中心となっている京都の探索方として、確かに若生文十郎は適役であった。

二

　文十郎が寅之進を伴って入洛してから七日後の昼下がり、田澤屋に来客があった。年のころは三十路《みそじ》を幾つか超えたくらいであろうか。文十郎ほどではないが長身の、端正な顔立ちをした浪人だった。

　新堀松輔《しんぼりまつすけ》。そう名乗った総髪の男が、

「脱藩士にしては、ずいぶんと人目をはばからない暮らしぶりですな」背後の襖《ふすま》にちらりと目をやったあとで薄い笑みを浮かべた。

新堀が目を向けた先、廊下側の襖紙には、文十郎の筆で「仙台脱藩士若生文十郎寓《ぐう》」と大きく墨書きされている。

「ああしておけば、客人が部屋を間違えずにすみます」

「客人とは楼主たちのことであろうか」

「さようです」

「毎夜、この部屋で楼主らを相手に講義を授けているとか。時には、若い芸妓《げいこ》に詩文の手ほどきをしているとも聞いておるが」

「なにせ一介の素浪人の身なもので、自分で食い扶持《ぶち》を稼がねばなりませぬゆえ」

ふむ、と漏らした新堀であるが、文十郎の話を真に受けたわけではない。

仙台の脱藩士だと名乗る若生文十郎なる男が島原の妓楼に身を置き、楼主や芸妓たちを相手に文教を始めて、それがたちまち評判になり、いまや大層な人気ぶりらしい――その噂《うわさ》が祇園《ぎおん》に届いて来るまでたいして時は要さなかった。

新堀がそれを耳にしたのは、一昨日のことだ。余計なことにかかずらう暇などなかったのだが、一度気になりだすと確かめずにはいられない性分である。

「この際だから単刀直入に訊こう」

そう口にして新堀は続けた。

「そのほう、脱藩士などではなく仙台藩の探索方であろう。おれの見立て、違うかね」

新堀の口許に浮かんでいた笑みがさらに大きくなった。

このところの政局に関しては日和見《ひよりみ》の仙台藩である。蚊帳《かや》の外に置かれていると言ってもいい。それに業を煮やした尊攘派の者たちが出奔することもあり得ないではないが、そうだとしても、徒党を組まずに単独で上洛して身を潜めはしないはずだ。この京都において、仙台からの脱藩士たちが密《ひそ》かに動いているという話は、これまでかけらも耳に入っていない。

念のため、田澤屋に出入りしている仙台藩士がほかにいないか、取り次いでくれた楼主にそれとなく尋ねてみた。小島という男以外にはいないようだとの答えだった。これらを勘案するに、目の前の若侍には仙台藩の後ろ盾があると見て間違いなかろう。

その推測は、実際に対面しても変わらなかった。

が、図星を指されたはずの文十郎に動揺の色は見られない。

表情を変えることなく文十郎が言った。

「さすがですね。やはりお見通しでしたか、桂《かつら》どの」

この男……。

桂小五郎《こごろう》の頬から笑みが失《う》せた。

この男は、なぜおれの正体を知っているのだ……。

昨年の八月、薩摩と会津が密かに手を結び、長州の尊攘激派とそれに呼応していた公卿らが、都から追放された。

迂闊《うかつ》にも、小五郎にとっては寝耳に水の政変であった。三条実美《さねとみ》をはじめ、都を追われた七人の公卿らを兵庫まで見送った小五郎は、京都に戻って対馬《つしま》藩邸を根城に祇園界隈に潜伏しつつ、時局の転換を画策した。新堀松輔はその際に使っていた名前である。

残念ながら小五郎の努力は実らず、昨年の九月、いったん帰藩するしかなかったのだが、年明けとともに再び入洛し、四月からは京都留守居役を務めていた。だが、密かに動く必要がある時には、新堀の名を使っている。言うまでもなく、新選組の目から逃れるためだ。事実、先月の池田屋の騒動では危ういところで難を免れた。

ところが、初めて会った相手だというのに、こちらの素姓をこともなげに言い当てるとは、さすがに虚を衝《つ》かれた。

同じ名前を少しばかり長く使い続けたか……。

いいお名前どすえ――懇意にしている三本木の芸妓、幾松《いくまつ》にそう言われたこともあり、われながら気に入りの名前だったばかりに、少々迂闊であったようだ。

そう自省している小五郎を、穏やかな色を目に浮かべた文十郎がじっと見つめ続けている。

なにを考えているのか読めない。

たいていの相手は、ひと目見るなり、あるいは、二言三言ほど言葉をかわせば、およその性分を見抜けると自負している小五郎である。だが、この男はどうも勝手が違う。

無言のまま、互いに相手を値踏みする。

失せていた笑みが小五郎の頬に戻った。

「おれの素姓、どうやら露顕していたようだな。なぜおれだとわかったのだ。おぬしに会ったことはないはずだが」

「お顔は祇園で何度かお見かけしております。一度だけですが、高杉どのと連れ立っていた時にも」

「ということは、最近になってこちらに参ったわけではないのだな」

「そういうことになりますかね」

文十郎が口にした高杉とは、そう、あの高杉晋作《しんさく》である。

昨年六月、下関の防衛を命じられて奇兵隊を組織した晋作は、八月十八日の政変を知るや、奇兵隊を率いてただちに京へ上ろうとした。やつの気質からして当然であろう。

だが、実行に移す前に藩の中枢《ちゅうすう》に引き戻された。奇兵隊総督を免ぜられ、かわりに奥番頭に任じられた。長州藩における奥番頭は藩主の側近中の側近である。

藩の要職に就いたことが、少しだけ晋作を変えたのだろうと小五郎は思っている。

八月十八日の政変後、長州藩は分裂した。薩摩と会津によって仕組まれた冤罪《えんざい》を晴らすためには一刻も早く京へ攻め上がり、公武合体派を蹴《け》散《ち》らすべきだとする「進発派」と、いまは藩内に留まり力を蓄え、失地回復の時期を待つべきとする「割拠派」とに二分された。以前の晋作であれば、進発派の急先鋒《きゅうせんぽう》である来《き》島《じま》又《また》兵《べ》衛《え》率いる遊撃軍と行動を共にしていただろう。

だが、遊撃軍の進発を思い止まらせよ、との君命を受けたとなれば話は別である。

一月の下旬、晋作は宮市の遊撃軍陣営に赴き、説得を試みた。だが、来島はまったく耳を貸さなかった。その時点で、もし遊撃軍を鎮静化できなかったらすぐに知らせよ、つまり、いったん城下へ戻って復命せよとの指示が晋作に届いていた。

ところが晋作は、なんとか自力で鎮静化を図ろうとして、二月の初め、単身京都へやってきた。都の事情を知る小五郎ら京詰めの藩士がなにを上策と考えているのか確かめるためである。それが確認できるまで進発を待つことを来島も同意したと、河原町の長州藩邸に到着した晋作は語った。

小五郎たちの結論はむろん時期尚早である。藩の失地回復のため、周旋に奔走している時に進発されたのではたまらない。

詮議《せんぎ》が一段落したあと、小五郎は、ところでおまえの上京は藩でも承知のことであろうな、と確かめてみた。いや、と晋作は横に首を振った。それでは藩命に背いて脱藩したのと同じではないか、さらに小五郎が言うと、確かにそういうことになるかもしれぬ、いま初めて気づいたというように晋作はうなずいた。

やはり晋作は晋作であった。本人としてはなんとかしたい一心で突っ走ったのだろう。しかしこれでは、いったいなにを目的に動いているのか要領を得ないものに周囲には映ってしまう。結局晋作は、進発派と割拠派、双方から疑心暗鬼の目で見られる羽目に陥った。

不貞腐れた晋作は、京に留まるように内命を受けている、などと、明らかに偽りとわかる適当な口実で長州藩邸に潜伏し、帰国を促す使者が来てもそれに応じず、こうなったらおれの手で薩摩の島津久光を暗殺するのだ、などと息巻きながら、しばらく酒浸りの日々を送っていた。

　三月の半ばになり、周囲の説得でようやく帰藩した晋作は、脱藩の罪でしばらく投獄されていたが、いまは確か謹慎中のはずだ。したがって、小五郎と晋作が連れ立っているのを見られたとすれば、今年の二月か三月のことになる。

　目の前の仙台藩士が、どこまでこちらの内情を知っているのかは不明だ。

　いずれにせよ、ただの田舎侍と侮《あなど》ってはならぬようだ。

　そう自身に言い聞かせながら、小五郎は訊いた。

「以前からこの田澤屋にいたのか」

　さあ、どうでしたか。とぼけた答えを返した文十郎に、さらに尋ねる。

「誰がおれだと教えたのだ？」

「名は明かせませぬ」

　当然でしょう？　という口調で答えた文十郎の視線を受け止めたまま、小五郎はゆっくりとうなずいた。

「それはそうだな」

　正体が露呈していた件はいまさら詮索しても仕方あるまい。そう思った小五郎は、

「ところで若生どの――」相手の名前を呼んでから続けた。

「お互い素姓が知れたからには、よけいな隠し立てなどせず、腹を割って話をしないかね。そのほうがおぬしにとっても好都合であろう」

「もとよりそのつもりでした。そろそろお会いしに行こうかと考えていたところでしたから」

「おれに？」

「ええ。長州の出方の鍵《かぎ》を握っておられるのは貴方《あなた》であろうと前々より推察しておりました」

「それは買いかぶりというものだ。おれにはそれほどの力はないぞ」

「来島どのらを抑えられそうもない。そういうことですか」

どうやら、こちらの情勢をかなり正確につかんでいるようだ。

小五郎が自ら願い出て年明けに再入洛したのは、進発派の藩士らの暴走を抑えつつ、因州や筑前《ちくぜん》をはじめとした他藩との連携をはかり、長州藩の地盤を再度固めるのが目的だった。いま蜂起《ほうき》するのは、どう考えても時期尚早にすぎる。

だが、高杉晋作が目的を果たせなかったのと同様、小五郎の思うようには事が運んでいない。会津と薩摩に対する怨念《おんねん》の深さで前後が見えなくなっている者が多すぎるのである。

事実、先月のうちに兵を率いて大坂に着いた家老の福原越後《えちご》は、その後すぐに伏見藩邸に入り、潜伏していた在京の志士らを集結させる一方で、都を追われた公卿らと藩主父子の赦免を朝廷に願い出ている。

「いろいろと奔走してはいるのだが、赦免の嘆願を朝廷が受け入れないとなれば、抑えきれなくなるやもしれぬ」

実際、そうなる公算は大きいのだが……。

「福原さまでしたか。すでにご家老がお出ましになっている以上、あとには引けない。それはわかりますが、会津と薩摩は手強《てごわ》いですよ。勝てる見込みは薄いと存じますが」

朝廷からの赦免は望めない――そう判明した時点で衝突は避けられなくなるだろう。いずれにせよ、一両日中には朝廷の意向が示されるはずだ。となると、衝突を回避するために残された猶予《ゆうよ》は、せいぜい四、五日、長くても七日。そう小五郎は読んでいる。

「むろん、それは承知している。来島らはそうは思っていないはずだが」

小五郎が答えると、少しだけ首をかしげながら文十郎が言った。

「池田屋の騒動を考えれば、貴藩が会津憎しとなるのはわかります。ですが、京都守護職の会津に筒先を向けるのは朝廷に向けるのと一緒。負け戦《いくさ》になれば朝敵となり、征討令が下されるのは必定です。たとえ勝てても、会津はともかく、薩摩は黙っていないでしょう」

「会津はともかく、とは？」

「会津藩主松平容保《まつだいらかたもり》侯は京都守護職にあるとはいえ、あくまでも御公儀、徳川宗家への忠義が使命と考えておられるはずです。さまざまな建言はなされども、自ら天下を動かそうという野心はないでしょうし、敢《あ》えて申せば、その器でもないと私は見ております。だが薩摩は違う。二心殿のおかげで参与会議があのような首尾となり、久光侯が国許へ帰られた。かわりに薩摩は西郷吉之《さいごうきちの》助《すけ》どのを担《かつ》ぎ出してきた。一橋、会津、桑名が実権を握っている現況を良しとしないからにほかなりませぬ。禁裏御守衛をまっとうしつつも、いま一度政局の中心に返り咲くべく、好機を窺《うかが》っているのは明白かと」

文十郎が口にした二心殿《にしんどの》とは、一橋慶喜《よしのぶ》のことである。昨年八月の政変で長州を中心とした過激な尊攘派が一掃されたあと、いったん静かになった京都に、朝廷は島津久光、一橋慶喜らを呼び戻した。開国か攘夷か。横浜を鎖港すべきか否《いな》か。そもそも勅許を得ずに大老井伊《いい》直弼《なおすけ》が締結した日米修好通商条約をどうするか。差し迫る難題を前に、会津の松平容保だけでは心許なかったのだろう。

ただし、薩摩に主導権を握らせたくなかった朝廷は、勅令で幕府に大政を委任した。それを受け、越前の松平春嶽《しゅんがく》、宇和島の伊達宗城《むねなり》、土佐の山内容堂《やまうちようどう》、薩摩の島津久光、松平容保、そして一橋慶喜の六名の参与によって合議された方針を国是とすることになった。若州会議とも呼ばれる公武合体を目指した参与会議である。

だが、この参与会議は、横浜の鎖港問題を巡って慶喜と諸侯の対立で紛糾して破綻《はたん》した。聞こえて来た噂によれば、二月十六日に持たれた朝彦《あさひこ》親王邸での会談において、酒に酔った慶喜が、久光、春嶽、宗城の三名に対して、貴様らは天下の大愚物、大奸《かん》物《ぶつ》だと暴言を吐いたらしい。慶喜と久光らのあいだに入った亀裂は修復のしようがなく、参与会議は自《おの》ずと消滅する結果となり、京都守護職の容保以外の参与諸侯は職を辞して帰国の途に就いた。

その状況下で慶喜は将軍後見職を辞任し、朝廷に働きかけて、禁裏御守衛総督兼摂海防禦《ぼうぎょ》指揮の職に就いた。端的に言えば、朝廷を守る総大将に収まったことになる。昨日までは将軍後見職として幕府側に立っていたはずの人間が、今日になってみたら朝廷に鞍替《くらが》えしているのはどういうことか。幕閣をはじめ、周囲が疑心暗鬼になるのはもっともで、それで慶喜についた渾名《あだな》が「二心殿」というわけである。

ともあれ、長州激派が一掃されたうえに有力大名が去ったあとで京都に残ったのは、一橋慶喜、会津の松平容保、そして容保の実弟で京都所司代を務める桑名藩主松平定《さだ》敬《あき》の三名となった。

それを指すのが「一会桑《いちかいそう》」と呼ばれるいま現在の政権であるのだが、退京した久光に代わって薩摩が送り出してきたのが西郷吉之助だった。久光の怒りを買って島流しになっていたはずなのだが、その西郷が復権した背景には、在京家老の小松帯刀《たてわき》や鹿児島にいる大久保一蔵ら、薩藩幹部による画策があったのだろう。

いまのところ、在京の薩摩藩は目立った動きを見せていない。帰国の際に久光が命じた禁裏御守衛の役柄を忠実に守っているようだ。もし戦闘が起きたとしても、それは池田屋の騒動を巡っての長州と会津とのあいだでの私闘であり、わざわざ自藩が血を流す必要はない。それが薩藩のみならず在京諸藩の本音であろう。実のところ、長州に同情を寄せる藩も少なくない。だからこそ小五郎は、自藩の復権を眼目として国事周旋を試みてきた。

そうした諸藩の中で、長州が再び朝廷を牛耳るようになっては困ると考えている筆頭が薩摩藩であるのは確かだ。禁裏御守衛という大義名分のもと、政治の中心に返り咲く機会を虎視《こし》眈々《たんたん》と狙っているに違いないという文十郎の見立てには、小五郎もまったく同意できる。

文十郎が現状を確認するように続ける。

「すでに御所の九門が閉鎖され、薩摩藩も乾《いぬい》門に兵を置いている。西郷どのも小松どのも、戦闘は避けられぬと覚悟したのだと思われます。いまのところ様子見をしているとはいえ、貴藩に対しての征討の勅が下れば、迷うことなく銃を向けるはずです。むしろ、そうなるように二心殿に働きかけることも考えられる」

「確かに、この時局がどう動くかは二心殿次第であろうな」小五郎はうなずいた。

昨年の政変で三条実美らが都を追われたとはいえ、朝廷内には長州寄りの公卿がいまだに残っているのも事実だ。長州征討の勅が発せられるか否かは、そうした公卿らを慶喜が抑え込めるかどうかにかかっている。幕命だけでは容易には動こうとしない薩摩藩も、勅命となれば別である。

文十郎に指摘されてどきりとしたのだが、西郷や小松が戦闘は避けられないとすでに見切りをつけているのだとすれば、慶喜と朝廷を動かすべく、積極策に転じることは十分に考えられる。薩摩藩が先頭に立って長州を退けたとなれば、その後の政局において薩摩の影響力は確実に増す。

そうさせないためにも衝突は避けなければならぬのだが……。

さて、どうしたものかと案じている小五郎に、文十郎が言った。

「桂どの。私のほうからも、ひとつお尋ねしてよろしゅうございますか」

「なんなりと」

「そもそも鎖港はもちろん、破約攘夷など無理な話だと思うのですが、実際のところ、桂どのは如何《いか》ようにお考えなのでしょう」

「無理を承知でも成さねばならぬことはある」

「国論を統一するためには、ですか」

「さよう」

未来永劫《えいごう》の攘夷など所詮無理なことは、小五郎とて最初からわかっている。そう遠くない将来、日本は全面的な開港を、つまり開国せざるを得なくなるだろう。だがその前にやっておかなければならないことがある。黒船の脅威に及び腰になった幕府が、勅許なしに勝手に結んだ修好通商条約をいったん破約とし、攘夷の大義の下に国論をまとめ、西欧諸国に我が国の国威を示したうえであらためて交渉を行う。日本に不利な条約を破棄せぬまま、なし崩しに開国となったのでは、清《しん》国の二の舞になってしまう。それを避けるためには攘夷の名の下での雄藩の連携が必要であり、その実現を目指した国事周旋を小五郎は試み続けてきた。

国論を統一するためですか、との文十郎の言葉は、なにを目的に小五郎や晋作が動いてきたかを見抜いていることを意味していた。

文十郎が言う。

「しかし、雄藩の連携はこれまでことごとく失敗している。上手《うま》く運ぶかに見えても、必ず中途で水泡に帰してきた。僭越《せんえつ》ながら申し上げますが、桂どのがいくら周旋に奔走しても難しいのではないかと存じます」

「これはまた、言いにくいことを臆《おく》せず言うものだ」

「これくらいでご立腹される方ではないとお見受けしますので」

はは、と小さく笑った小五郎は、

「なぜ難しいと思われる」と訊いてみた。

「一つには、因循《いんじゅん》から抜け出せない幕府が無能なことかと。そのおかげで二心殿は好き放題に振る舞ってはばかりませぬ。しかし、最も大きな理由は、貴藩と薩藩との反目にあると私は見ております。一昨年の寺田屋の一件のあと、久光侯が江戸へ行っているあいだに貴藩の慶親《よしちか》侯が入洛され、薩摩を出し抜く形になった」

「確かに」

文十郎の言葉に小五郎は渋い顔でうなずいた。

八月十八日の政変からさかのぼること一年と数カ月の一昨年、文久二年の四月に、薩摩の島津久光が一千名あまりの兵を率いて伏見の薩摩藩邸に入った。ちょうど攘夷の熱に浮かれていた洛中である。いよいよ薩摩が天下を取って攘夷を決行するために久光は上洛したのだと、都にいた薩摩藩尊攘派の志士らは歓喜した。ところが久光は、伏見の寺田屋に集結して策を練っていた薩摩藩の志士らに討手を差し向け、自藩の尊攘派を根絶やしにしたのである。のみならず、他藩の志士らも次々に捕らえ、京都から追放した。

慶喜ほどではないにせよ、なにを考えているのか計りかねるところのある島津久光であるが、尊攘派の顔を装いながらも、その実は、薩摩が実権を握る公武合体を第一とし、そのうえでの攘夷を目ざしていたらしいことが、いまになってみるとよくわかる。

ともあれ、尊攘派の志士らを都から一掃したあと、久光は連れて来た兵をそのまま率いて江戸へと向かった。幕府に攘夷の奮起をうながすための勅使、大原重徳《しげとみ》の護衛が名目である。

いったんは静かになった京都であったが、久光がいなくなるや、再び尊攘派の志士らが集まり始めた。そこへもって来ての長州藩主毛利慶親の入洛である。しかも、その時点での長州藩は藩論を転換し、徹底した攘夷で方針が定まっていた。久光にとってみれば、自分が京都を不在にしていたところを狙って長州藩がやって来て、まんまと朝廷を乗っ取った、ということになる。

「あれ以来、貴藩と薩藩の反目がずっと続いております――」そこで一度言葉を切った文十郎の目に、不敵な色が宿った。寸前までの穏やかな色合いは皆無だ。ぞくりとしたものを背筋に感じた小五郎は、思わず身構えていた。

「しかも、朝廷に取り入るやり方がそれぞれに姑息《こそく》。あるいは醜聞余りある狼藉《ろうぜき》ぶり。我こそは雄藩と称する大藩にありながら、天下の安泰や人心などどうでもよく、所詮は自藩の利しか考えておられぬご様子。これでは国是などまとまるわけがございません。二藩の反目を遠い奥羽の地から見ていると、まさしく同じ穴の貉《むじな》、呆《あき》れ果ててものが言えぬというのが偽りのないところです」

小五郎の左の頰が微《かす》かに痙攣《けいれん》した。

ちらりと目をやった先、文十郎の大小は、ともに刀架に載っている。

「おぬし、相手がおれでなかったら斬《き》られているところだぞ」

詰めていた息を吐きつつ小五郎が言うと、まったく動じることなく文十郎は笑みを浮かべた。

「先ほども申し上げましたが、これくらいで刀に手をかけるような方には、かようなことは話しません。私とて命は惜しいですから」

その言葉に小五郎の頬が緩んだ。

「仙台藩にもおぬしのような切れ者がいるとはな。実に愉快だ」

「恐悦至極にございます」

頭を下げた文十郎に、小五郎は訊いた。

「して、如何にすればこの国、日本がひとつにまとまって夷国に立ち向かえるのか、所見はおありか？　あるのであれば聞いておきたいものだ」

「最も手っとり早い方策は、貴藩と薩摩が私利私欲を捨てて手を組み、あらためて雄藩をまとめて幕府と朝廷に改革を迫る。それでも幕府に見込みがなさそうであれば、大政を朝廷に奉還させたほうがよかろうかと。因循にとらわれたままの幕府であっては、なにも前に進みませぬ。それならば、むしろ幕府などないほうがいい。代わりに公議所を設け、諸藩による衆議公論のもとに国論を統一して事を進める。さすれば、実にすっきりするではないですか」

「幕府など要らぬとは、ずいぶんと大胆なことを言う。誰かの入れ知恵か？」

あえて、入れ知恵、という言葉を小五郎は使ってみた。が、文十郎は意に介した様

子もなく、

「西欧諸国、たとえばアメリカの政治の在りようなどは、弊藩でもしかとつかんでおります。アメリカに倣《なら》うわけではございませぬが、諸藩による共和の政治。それがこれからの天下のためには最も相応《ふさわ》しいのではないかと。それが私の所見にございます」

文十郎が口にした、アメリカ、という言葉に浮かぶものがあった。

「もしや、アメリカへの使節団に貴藩からも誰かが？」

「さようです」

そういうことか、と合点がいった。安政七年（一八六〇）の一月、日米修好通商条約の批准《ひじゅん》書交換のため、幕府は七十七名の使節団をアメリカに送っている。その中に誰か仙台藩士がいたのである。

「おぬしか」

小五郎が言うと、いやめっそうもない、そのころの私は右も左もわからぬ若輩者でしたから、と文十郎が笑った。

「それにしても、我が藩が薩摩と手を組むだと？」

「ええ」

「それは無理というものだ。さきほどおぬしが口にした一昨年の行き違いがあった際、何とかならぬかと周旋を試みたが不調に終わった。以後、溝《みぞ》はますます深まるばかりだ」

「まあそうでしょうね。それに天下を取りたい一心のみで手を組んでもらっては、かえって迷惑千万な話ですから、せいぜいがみあっているのがよろしいかと」

皮肉を込めた口調で文十郎が言ったところで、襖《ふすま》の向こうから「先生、よろしゅうございますか」と声がかかった。

かまわぬ入れ、との文十郎の返事に、するすると襖が開き、田澤屋の楼主が進み出てきて、文十郎になにやら耳打ちした。

すまぬがしばし待たれよ、と口にした文十郎が腰を上げ、楼主を伴い廊下の奥へと姿を消した。

若生文十郎という仙台藩士、いったい何者なのか……。

昨年の三月、征夷大将軍徳川家茂《いえもち》が三代将軍家光以来二百二十九年ぶりに入洛した直後、薩摩藩との国事周旋に失敗した小五郎は、京都にいた。そのおりの情勢は複雑を極め、各藩の尊攘派の志士らが京都に押し寄せていた。

有象無象の魑《ち》魅魍魎《みもうりょう》。当初はそう見えた志士らだったが、自身の藩を超えた横断的なつながりを見せ始めた。その中心となったのが、東山の翠紅《すいこう》館における会合だ。翠紅館に参集した尊攘派の志士ら、自称か否かは別として周旋方を名乗る志士らの出身は、長州、土佐、対馬、津和野、肥後、水戸などさまざまである。総勢五十名あまりの会合だったが、その場に仙台藩士の顔を見たことは一度もない。にもかかわらず、若生文十郎は、あまりにいまの政局に精通している。しかも、薩摩と長州が手を組めばなどと、荒唐無稽《こうとうむけい》なことをこともなげに言う。

あのような男ならば我が藩に欲しいものだ……。

小五郎が考えていると、目の端でなにかが動いた。

首をねじり、窓のほうへと視線を向ける。

開け放たれて陽射《ひざ》しを招き入れている窓枠に一羽の翡翠が止まり、羽繕いをしていた。

西高瀬川に近い一角である。翡翠が飛来しても不思議でないとはいえ、このような建物の窓枠でわざわざ羽を休めるとは酔狂なことだ。

その翡翠が羽ばたいて消えると同時に襖が開き、席を外していた文十郎が戻った。

「どうやら、貴藩の嘆願が聞き届けられることはなさそうです。貴藩の留守居、乃美《のみ》どのがなおも奔走しておられるようですが難しいでしょう」

「やはりそうか。だが、まだ望みが絶たれたわけではない。すまぬが、これにて御免」

　腰を上げようとした小五郎に、

「これから因州藩邸にでもおいでですか」と、文十郎が声をかけた。

　浮かしかけていた尻《しり》を戻して、

「率直に申そう」そう言ったあとで問い質《ただ》した。

「そのような子細な話、どこから仕入れているのだ」

　長州の暴発を食い止めんとして、小五郎が最後に望みを託しているのが、因州鳥取を筆頭にした、京都守護職に反感を抱いている諸藩との連携であった。

「べつに驚くようなことではございませぬ」

　そう笑った文十郎が、背後の文机《ふづくえ》に身体《からだ》を向けて手を伸ばした。手にした鈴を鳴らすと、ほどなく、ごめんやす、の声とともに年若い芸妓が二人、膳《ぜん》を捧《ささ》げ持って部屋に入って来た。

「なにゆえ殿方は、うちらの前ではなんのかのと大事な話をお漏らしになるのでございましょう。先だって、こちらの朝霧がそう申しておりました」

　そう言って傍らに控えている芸妓の一人を見やった文十郎が、小五郎に顔を戻して目を細めた。

「せっかくの機会ですので、一献いかがでございますか。いまさら慌《あわ》てる必要もありますまい。それに私も、桂どのにご指南賜りたいことが、まだまだありますゆえ」

「かなわぬな、おぬしには」

笑いとともに小五郎の肩から力が抜けた。

面白い、この男、実に面白い。

胸中で繰り返した小五郎は、朝霧という名の芸妓が差し出した杯を受け取った。

三

桂小五郎と会ってから十日目の夜。田澤屋の一室で、燭台《しょくだい》の明かりのもと、文机を前に景祐は手紙を書いている。

仙台藩筆頭奉行、但木土佐宛《あて》の書簡である。

長州藩兵の暴発はもはや避け得ぬ事態になっている旨をしたためたあと、一度筆を置き、桂小五郎と会ったことを書こうか書くまいか、しばし考える。

小五郎にも指摘されたように、京都における仙台藩の影は薄い。江戸における仙台藩邸は七カ所に及ぶ。政務の中心となる上屋敷だけでも八町歩もの広大な敷地を持ち、足軽や小者まで含めれば、全藩邸を合わせて常時三千に上る人員を置いている。それに比して、京都留守居はわずか十名あまりの小所帯である。しかも、京都留守居であっても他藩や朝廷との渉外を担《にな》うというよりは、京都における藩邸の財政に汲々《きゅうきゅう》として、情勢の収集は朝廷付きの与力一人に任されている。これでは、水面下でなにがどのように進んでいるかをつかむのは無理だ。

景祐が昨年初めて入洛したばかりのころは、他藩の周旋方が漏らした断片的な話を、しかも真偽の怪しい情報を手に入れるしかなかった。

だが、ものはやりよう。

それをおれに教えてくれたのが……と景祐が思い描いたところで、その本人が現れた。

入るぞ、とだけ言って十徳をまとった束髪の男が姿を現す。

行燈《あんどん》の明かりにぼうっと浮かび上がった中肉中背の男は羽生玄栄《はにゅうげんえい》。仙台藩一門の一つ、登米《とめ》伊達家のお抱え医師である。

実質石高が百万石とも言われる仙台藩家臣団の家格《かかく》は、幾層にも厳格に定められている。その序列のうち最も上位にあるのが「一門」である。関ヶ原以前から大名であった由緒《ゆいしょ》を持つか、藩主の親族が列せられた家格で、合わせて十一家存在する。羽生玄栄の主君、登米寺池《てらいけ》要害領主伊達筑前の禄高《ろくだか》は二万石。あまたの小藩を優に超える石高だ。

一門は藩政に直接関与する役職に就くことはない。だが、藩主の幼少時には後見職として力を振るうこともあり、その影響力は大きい。

羽生玄栄は、伊達筑前が自ら命じて京都に送り込んでいる探索方であった。

玄栄の入洛は、景祐より一年ほど早い文久二年の秋である。仙台藩と縁戚《えんせき》関係にある近衛《このえ》忠熙《ただひろ》の関白就任祝いの使節団を上洛させた際、島津久光入京後の都の情勢が一転しつつあることを知った筑前が、筆頭奉行の但木土佐と協議のうえ、白羽の矢を立てたのが羽生玄栄だった。昨年八月十八日の政変の詳細をいち早く国許にもたらしたのも玄栄である。

玄栄が景祐に声をかけてきたのは昨年の暮れ、公武合体に向けての参与会議が始まりそうだとの噂が仙台藩邸にも聞こえてきたころだった。

耳寄りな話があると言って近づいてきた長州浪士を名乗る男がとんだ食わせ物で、祇園の揚屋で無駄金《がね》銭を使うはめになった。仕方あるまい、これはこれでいい薬になった、と自省しつつ藩邸に戻った景祐に、それまで顔だけは知っていた玄栄が、おい若造、相当難儀しているようだな、とにやつきながら声をかけてきた。

羽生玄栄と言葉を交わしたのは、その時が初めてであった。というのも、京都御守衛随行の一員として入洛した玄栄は、直後に姿を消していたからである。その玄栄がふらりと姿を現し、京師《けいし》における真の情勢を探ろうとするのなら藩邸などに居《お》ってはどうにもならぬぞ、と言って、景祐を仙台伊達屋敷から連れ出した。連れて行かれた先が、島原の田澤屋であった。

訊くと、田澤屋の娘の病を診てやったのがそもそものきっかけだという。かなり重い病気だったらしく、楼主も女将も半ば諦《あきら》めていたようなのだが、玄栄が処方した薬で快癒した。それ以来昵懇《じっこん》の間柄となりいまに至っているのだ、と言ったあとで、太夫《たゆう》の酌で飲む酒は格別の味がするわい、と玄栄は高笑いした。

いま景祐が仮住まいをしているのは、それまで玄栄が使っていた一室である。祇園の近くにちょうどよい草庵を見つけたのでおれはそちらに住まう、ここはおぬしが使えばいい、楼主も女将も承知のうえだ、と言って、この場に景祐を放り置いて立ち去った。

段取りはつけてやった、あとは自分で何とかしろ。そういうことだと景祐は理解した。島原の楼主ら相手の講義や芸妓への文教は、景祐が自ら始めたことである。

島原に拠点を定めてみると、藩邸に詰めているだけでは知り得ぬ情勢が、逐一耳に入って来るようになった。

ときおり、予告もなく玄栄は田澤屋に現れる。祇園界隈は長州勢の根城である。一方の島原では新選組が幅を利《き》かせている。双方で知り得た内容を突き合わせてみると、その時々の京都の情勢をかなり正確につかむことができた。

したがって決して政情に疎《うと》いわけではない。問題なのは国許の重臣たちである。都がどれだけ緊迫しているか、手紙だけでは伝わりにくい。

実際、池田屋の騒動の直後に景祐が帰藩した際、報告を聞いた但木土佐ら重臣たちは、長州勢を中心とした尊攘激派が新選組によって一掃され、これで天下は安泰になると、的外れな所感を口にして胸を撫《な》で下ろす者がほとんどだった。

確かにそう思いたくなるのも無理はない。

攘夷か開国かを巡り、諸藩と同様に仙台藩も藩論は二分してきた。が、いまの仙台藩は開国すべきとの方針に統一されている。むろん、激論があった末での話である。

直接のきっかけとなったのが、将軍家茂の上洛だった。

家茂が入洛する前年、文久二年七月に、近衛忠煕の関白就任祝賀の使者として上洛した仙台藩奉行、遠藤文七郎《えんどうぶんしちろう》は藩内尊攘派中心人物の一人であった。

その文七郎が、翌年の家茂の上洛に際して、仙台藩主は将軍の供をせず、単独で上洛することを独断で約束して帰藩した。

幕府に対して仙台藩は、将軍とともに上洛する旨をすでに約定していた。当然ながら、但木土佐と遠藤文七郎は対立することになった。

その状況下、十二月になって、仙台藩主伊達慶邦《よしくに》は将軍に先立ち単独で上洛するようにとの内勅が届いた。むろん、先の文七郎の先走りがあっての内勅である。

これが両者、さらには両派の対立を激化させた。年明けにもたれた重臣会議では、激論の応酬となった。そればかりか、互いに他派の追放を画策し始め、藩主への直訴合戦となって泥沼の様相を呈した。

この争いに最終的に勝利したのは、但木土佐派であった。藩命で上洛していた若年寄三好監物《みよしけんもつ》の証言によって、遠藤文七郎が藩主の意をないがしろにする出過ぎた振舞いをしていたことが明らかにされたのである。

以前より藩主からの信頼が厚い文七郎ではあったが、こうあっては慶邦もかばいきれるものではなかった。遠藤文七郎と若年寄中島虎之助《とらのすけ》は閉門、奉行大條孫三郎《おおえだまごさぶろう》は蟄《ちっ》居《きょ》、佐々雅楽《ささうた》は奉行職を罷免《ひめん》、そして、文七郎とともに尊攘派の急先鋒であった桜田《さくらだ》良佐《りょうすけ》は幽閉となった。

これによって仙台藩の藩論は開国に統一された。

ただし会津とは違い、幕府に全面的に与《くみ》するものではない。むしろ慶邦は、将軍の留守をあずかる江戸の老中らの無能さを憂《うれ》えており、内心では幕府を見限っているようだとは、景祐が上京する前に土佐が漏らしていたことである。

文机の前を離れて向き直った景祐に玄栄が言った。

「先だって、新堀とかいう男が訪ねて来たそうだな。長州藩士ではないかとここの親父は言っておったが」

「桂小五郎どのでした」

ほう、と漏らした玄栄が、

「襖への大書きが利いたようだな。おぬしのことは祇園でも評判だぞ」と笑ったあとで、

「して、どのような男であった」と尋ねた。

「噂通りの相当な人物でした。落ち着いた物腰とは裏腹に抜き身のような鋭さを隠し持っておられる。実際の剣の腕もかなりのものでしょう。あえて焚《た》きつけてみましたが、顔色一つ変えぬ肝の据わりようは大したもの。しかも、弁が立つにもかかわらず、決して多くを口にしない。そこが最も怖いところです。気づいてみたら、こちらがあ

れこれ喋《しゃべ》らされていました。この御仁はできれば敵に回したくない。正直そう思った次第です」

景祐が答えると、玄栄がくつくつと妙な笑いを漏らした。

「いかがなされましたか」

「いやなに、おぬしと同じではないかと思うてな」

そう言って笑いを消した玄栄が、一転して真顔になった。

「ついに長州勢が動き始めたぞ。福原越後の隊が伏見の長州藩邸をすでに出た。山崎の天王山と嵯峨《さが》の天龍寺でも進発の準備が始まっているようだ」

「朝廷側は？」

「公卿らが宮中へ参内し始めている。慶喜と容保も呼ばれたらしい。もはや衝突は避けられまい」

「やはりそうですか」

「どうする。高みの見物と洒落《しゃれ》込むかい」

「それも一計かもしれませんね」

笑みを浮かべた景祐は玄栄に訊いてみた。

「町人たちの様子は？」

「町から続々と逃げ出している。頭に血が上った連中の巻き添えにはなりたくない、戦はあんたらで勝手にやってくれ。それが本音であろうな」

「それはそうでしょう。いっときほど前、ここの楼主も太夫らをどこかへ匿《かくま》いに出かけました」

「どうりで静かだと思った」

納得した顔でうなずいた玄栄が、

「どちらに分があると思う」と尋ねた。

「長州に勝ち目はないでしょう。会津だけならまだしも、慶喜侯が総大将となって動くとなれば諸藩も加勢せぬわけにはいかない。長州側の言い分にかかわらず、もはや会津と長州、二藩の私闘ですむ話ではなくなっています。朝廷を誰が手中に収めるかの政争となれば、薩摩の西郷どのも総力をあげて参戦するに違いありません。長州の負け戦は確実かと」

「さすれば、次はいよいよ長州征伐という話になるであろうな、慶喜を総大将に据えて」

「それはどうだか」

「どうだかとは、何がだ」

「二心殿は固辞するのではないでしょうか。こたびは、気の進まぬまま長州を迎え撃つことになったのは確かなようですから」

「ならば越前の春嶽か？」

「それもどうだか」

「となると、紀州か尾張にお鉢が回ってきそうだな」

「征討総督が誰になろうと大差はないでしょう。よほどの愚物ではない限り、西郷どのを参謀に取り立てるはずですから。少なくとも私だったらそうします」

「おぬし、吉之助をずいぶん買っているではないか。やつはそれほどの人物なのか？」

「買っているなどと偉そうに言える立場にはございません。ですが桂どのとはまた違った凄《すご》み、いや、大きさがあるのは確かだとお見受けしました」

「会っているのか？　吉之助に」

「一度だけ」

ふむ、と漏らした玄栄が言った。

「いずれにしてもこの戦で長州が敗退すれば、慶喜、容保、定敬の一会桑が、ますます力をつけることになるな」

「確かに」

うなずきながらも景祐は、たぶん当面は……と胸中で付け加えていた。

結びつきが強固に見える一会桑であるが、それがどこまで続くかは、なにを考えているのかよく分からぬ一橋慶喜次第だろう。

一方で、薩摩は間違いなく政局の中心への返り咲きを狙っている。

長州は、今回の戦で敗退することになっても、桂小五郎のような藩士が存在している限り、おそらく再び這《は》い上がってくるだろう。

これまで常に雄藩として動いてきた松平春嶽の越前、山内容堂の土佐、伊達宗城の宇和島はいまのところ静観を決め込んでいるようだが、自藩の力を蓄えつつ好機を窺っているに違いない。

こうしたなかで我が仙台藩の進むべき道は……。

先月、いったん国許へ帰った際に景祐は、政局の先行きが混沌《こんとん》としているいまこそ藩主自ら上洛し、開国を国是とするよう建白して雄藩としての存在を示すべし、との建言を行った。聞いた土佐は、それは確かに一理あると賛意を示したものの、いまの我が藩の財政事情では難しいと答えた。ならば江戸の藩邸を大幅に縮小して京都へ注力すればよいのでは、と提案した。結局、明確な返答が得られぬままに再上洛したのだが、建言が通る見通しは限りなく低い。

景祐が憂えるのは、雄藩としての意思を明確に示して動いているのは、いずれも西国ばかりであることだ。今後、天下の情勢がどのような形になろうとも、このままでは奥羽の国々はいいように翻弄《ほんろう》され、ひいては領民たちが苦汁を飲まされかねない。

それだけはなんとしても避けたいのだが……。

このところ、なにか打つ手はないかと考え続けているが、いっかな妙案は浮かんでいない。

蛤御門において激しい戦闘が始まった――その報《しら》せを持って小島寅之進が田澤屋に駆け込んできたのは翌朝の辰《たつ》の刻、五ツ（午前八時）をすぎたころであった。

四

三日後、七月二十二日の早朝、若生文十郎、羽生玄栄、小島寅之進の三名は、いまだくすぶる京都の町を前に肩を並べていた。

まさに丸焼けの京都であった。

文十郎の読みは当たった。十九日の昼には勝敗が決し、長州軍は敗走した。山崎の天王山へと逃げた長州兵は、新選組の追撃によって殲滅《せんめつ》された。

長州軍の完敗である。

それで終われればよかったのだが、戦闘に伴い、そこここで火の手が上がり、強風にあおられて延焼した。

御所は無事だったものの、東西は鴨川から堀川にかけて、南北は一条通りから七条通りまでの範囲が焼け、東本願寺にまで達した。

いったいどれだけの家屋や寺社が焼失し、どれだけの人々が焼け出されたのか、容易には計りかねるほどの大火である。

「この先、いったいどうなることか……」

寅之進がつぶやくと、

「御所と二条城は無事だったからな。すぐに落ち着くだろうて。焼け出された町民の暮らしなど、あの連中の眼中にはないであろう」皮肉まじりに玄栄が口をゆがめた。

「いずれにせよ、長州はもうお終《しま》いでしょうな」

「いや――」と口にした文十郎が続ける。

「桂どのは難を逃れたようだ。いずれは藩を立て直して戻って来ることになるかと。如何ようにしてかはさすがに分かりませぬが」

「小五郎は無事だったというのか？」

玄栄が驚きの声をあげた。

「ええ」

「なぜそう言い切れる」

「この目で見ましたゆえ」

「まことか？」

「天王山で味方に合流しようと思ったのでしょう。しかし、途中で気が変わったらしく、洛中へ戻って行く姿をちらりと」

「なかなかしぶとい男だな」

うなずいた文十郎が寅之進に声をかけた。

「小島どの」

「なんでしょう」

「このたびの詳細をしたためてあります。この手紙、国許へ届けてくれまいか。手紙だけでは分からぬこともありますゆえ」

そう言って文十郎が懐《ふところ》から封書を取り出した。

「承知しました。そこもとには目付など必要ないことが拙者にもよく分かり申した。

それも含めて、御奉行には拙者からじかに言上するとしましょう」

「よろしくお願いいたします」

「して、若生どのはこれからいかがいたすおつもりで」

「田澤屋に戻ります」

答えた文十郎から玄栄へと寅之進が目を向けると、

「おれも祇園に留まることにする。しばらくは忙しくなりそうだ」

「忙しくとは？」

「このたびの騒ぎと火事で、だいぶ怪我《けが》人や病人が出ているはずだからな。その者たちを診てやらねばならぬ」

答えた玄栄に文十郎が言う。

「そういえば、玄栄どのは寺池さまのお抱え医師でしたな。すっかり忘れておりました」

「おぬし、おれに喧嘩《けんか》を売っているのか？」

「めっそうもない」

口許に笑みを浮かべた文十郎は、

「では、これにて失礼いたす」と言って、火の手から免れた島原の方角へと足を向けた。

焦土となった京都の町に消えてゆく偉丈夫の背は、そのゆったりとした鷹揚《おうよう》さとは裏腹に、何かに対して憤《いきどお》っているように寅之進には見えていた。

戊辰《ぼしん》の春

一

「この上書を奉じた若生文十郎《わこうぶんじゅうろう》という大番士、土佐《とさ》はくわしく知っておるのか」

――知っております。

「どのような人物か」

――お屋形さまも一度、会っておられます。

「会っているとな。わしが？」

――はい。

「いつのことか」

――三年近く前になりますか。慶応元年（一八六五）の初夏だったと覚えておりますが、若生の道場にて槍術《そうじゅつ》をご覧あそばしております。

「槍術……。おお、思い出した。あのときの偉丈夫であるな。だいぶ若かったと思うが、いくつになる」

――確か、今年で二十七だったかと。

「そうそう、その若生だ。また思い出したぞ。槍《やり》の腕前を褒めてつかわしたところ、なかなか猪口才《ちょこざい》なことを言っておった」

――猪口才とはいかような。

「これからの世では槍術など一文の得にもなりませぬ、槍百本をそろえる金子《きんす》があったら銃を一丁お備えください。そんなことを言っておった」

――なるほど、あやつらしいですな。

「して、いかような人物なのだ」

――給地は一関《いちのせき》の曽慶《そげい》村と藤沢《ふじさわ》の砂子田《すなごた》村にござりまして、禄高《ろくだか》は百六十石ほど。先祖はご一門石川さまの家臣であったようで、先々代の半右衛門のときに足軽頭となり、その後、城下の北六番丁に日下《くさか》一旨《いっし》流の道場を構えております。徳之進は文十郎が十三のときに病没。まだ幼少につき、外祖父の後見のもと、藩校の養賢堂《ようけんどう》で学んだのちに家督を継いでおります。

「養賢堂では優秀であったのか」

――かなり優秀であったようにござります。十五の歳《とし》で諸生筆頭を、十七で諸生主《おも》立《だち》を仰《おお》せつけられておりますゆえ。

「探索方として京師《けいし》に送ったことがあるという話であったな」

――さようにございます。文久三年の晩秋より慶応元年の初めまで、二度にわたり上洛《じょうらく》しております。

「その際、誰かの推挙があったのか」

――玉虫左太夫《たまむしさだゆう》にございます。

「そうか、玉虫か。玉虫の推挙であれば間違いなかろう」

――間違いないとは、もしや、ご近習にでも取り立てるということにございましょうか。

「うむ、玉虫の補佐役にちょうどよいかと思ってな」

――なるほど、確かに適任ではありますが……。

「なにか問題があるのか」

――ただいま、若生は城下におりませぬ。一昨年、慶応二年の夏に江戸番馬上を辞してからは、道場を先代よりの高弟田手雄五郎《たでゆうごろう》と弟の精一郎《せいいちろう》に任せて、給地に近い薄衣《うすぎぬ》に住まわり、町人や百姓の子女を相手に私塾を開いているようにございます。

「かまわぬ。早急に呼び戻せ」

——それが実は、前にも一度、城下へ呼び戻すべく使いを送ったのですが、その際は辞退しております。

「前にもとはいつのことか」

——昨年の十月、慶喜公が大政を奉還されたあと、朝廷より十万石以上の諸大名に上洛の勅命が下ったときのことにござります。お屋形さまの先遣隊としてそれがしが上洛する段取りになりましたおり、京師の事情をよく知り、腕が立つ者として若生を随行させようとしたのですが、どうしても無理だと。

「なにゆえじゃ」

——なんでも女房が病弱とのことで、なにかにつけわずらわしい城下を離れ、静かな場所での療養が必要との話にござりました。

「それはまた心根の優しき男だ。平時であれば褒美《ほうび》でもつかわすところだが、さすがにそうもいかぬ。なんとしても説得せよ」

——承知つかまつりました……と申し上げたいところなのですが……。

「おぬしにしては歯切れの悪いもの言いじゃな。いったいなにが問題なのだ」

——実は、女房の件もありますが、いま一つ別な理由もありまして。

「別な理由とは」

——実は京師の探索方の務めを終えて帰国した際、若生は一刻も早いお屋形さまの上洛を建言しておったのですが、それがしが退けておりました。

「それで臍《へそ》を曲げたとでもいうのか？　だとしたらずいぶんと度量に欠ける男だな。近習の件、考え直したほうがよさそうだ」

——いや、それは早計かと。若生の建言、いまとなってみれば、ことごとく正しかったと認めざるを得ませぬ。前々より若生は、薩摩と長州が手を組むことに懸念《けねん》を示しておりました。そうさせぬためにも、早急にお屋形さまが上洛すべきだと建言しておったのですが、当時は薩摩と長州が手を組むなど絵空事だと誰もが思っておりました。それに加え、我が藩の逼迫《ひっぱく》した財政事情では難しゅうございましたゆえ、それがしの一存で撥《は》ねつけ、お屋形さまの耳には入れぬようにして参りました。まことに申し訳ございませぬ。

「おぬしが頭を下げる必要はない。たとえ耳に入ったとしても、若生の建言を聞き入れることはなかっただろう。実際あのころは、奥羽の安泰と夷敵《いてき》に対する沿岸の警備が第一であったゆえ、京師での騒動にかかわるつもりは端《はな》からなかったからの。おぬしと同様、いまとなっては少々悔やんでおるが」

——実は、申し上げにくいのですが、このたびの上書の前に、昨年の末にも若生は二度ほど上書を提出しておりまして。

「その上書、見ておらぬぞ」

――それがしが上洛していたおりの上書につき、留守をあずかった者が、この内容ではわざわざお屋形さまに上申する必要もなかろうと判じたようにござります。

「握りつぶしたということか。いったい誰がそのような」

――いや、握りつぶしたというほどのことではございませぬ。上書の内容が内容でしたゆえ。

「どのような内容だったのか」

――まずは、このところ盛んに論じられている王政復古説は天下の公論ではなく、薩摩と長州による奸策であると断じております。そのうえで、我が藩が大藩としての面目を保つためには、お屋形さま自ら精鋭を率いて即時入京し、国事周旋して薩長を排除すべしとの論にござりました。いかにも若生らしく筋は通っておるのですが、とうてい実現能《あた》わぬものとして処置されました。たとえそれがしが受け取っても、同じように処置をしたと存じます。あるいは、詮議《せんぎ》の場に乗ったとしても時すでに遅しでしたゆえ、結局は無駄な議論になったことでありましょう。実際、二度目の上書が提出された五日後には、新政府より王政復古の大号令が宣せられてございます。ですが、若生の身になってみますと、だから言ったであろうに、因循に囚《とら》われてなにも進まぬ藩政には付きあいきれぬ、おれはもう知らぬわい、といった具合に臍を曲げたくなるのも無理はなかろうかと。

「そこまで凝り固まっておるのか、我が藩の指導体制は」

――いや、決してさようなことはござりませぬが、我が仙台藩は、かりにも奥羽の鎮撫《ちんぶ》を担《にな》う天下の大藩にござります。よって、藩論がまとまるのには、それなりに手間がかかるのもまた事実。それが若生のような青二才には我慢ならぬのでござりましょう。

「いや、むしろそのような者が必要なのだ。いまの危急の事態には」

――わかっております。わかってはおるのですが、女房の件に加えてこうした経緯を踏まえますと、説得に難儀するのが必至ではありますが……おお……たったいま、妙案を思いつきましたぞ。

「妙案とな。申してみよ」

――おそれながら無理を承知で申し上げれば、お屋形さまより若生宛《あて》に、一筆したためてもらえませぬでしょうか。それを玉虫にでも届けさせます。さすれば感涙のあまり、なにを差し置いても城下へと馳《は》せ参じるに違いなくござりましょう。

「わしが手紙をだとな。一介の大番士に」

――ですから、無理を承知でと申し上げておるのでございます。若生文十郎という男、筋が通らぬことには頑として動かぬたちで、融通が利《き》かぬと申しますか、一筋縄では参らぬところがございます。ですが、このたびの若生の建言、お屋形さまにおかれましてもご同意できるものだと、この土佐、僭越《せんえつ》ながらお察しいたしております。

「それはそうじゃ。不本意とはいえ慶喜公とともに朝敵とされてしまった以上、容保《かたもり》どのには降伏の上、誠心誠意恭順の意を示してもらえるのであれば、それに越したことはない。さすれば、会津に出兵せずにすませられるかもしれぬ」

――ごもっともにございます。しかし、誰が会藩に出向くかとなると、そこでまた話がややこしくなる、いや、進まなくなると思われます。容保さまへのお目通りが叶《かな》ったとして、如何《いか》ようにして説得するかを考えますと、それがしでもさすがに腰が引けまする。いや、たとえ容保さまのご意向がどうあれ、その前に、国境を固めている殺気立った会津兵に、問答無用と斬《き》りつけられる恐れさえございます。それがわかっていて、いったい誰を使節に立てるか……。おそらく、自ら手を挙げる者はおらぬでしょう。しかし、評議の場に若生が列席しておれば、この上書を奉じた本人ということで、会津への使節役を申し付けることができます。衆目のもとでさような話に相なれば、若生も嫌とは言えますまい。

「若生のような若輩者であれば命を奪われてもさして惜しくはない。そういうことか」

——いやいや、そこまでは言っておりませぬ。若生のような剛直な者こそ、むしろ容保さまの説得に適任ではないかと思った次第にございます。

「まあよい。それはよいとして、若生を使節に立てれば会津征討を唱える者たちが納得すると思うか？」

——そこは話の持って行きようにございます。若生の上書にありますように、討会の準備はする。その一方で、恭順をうながす使節を送る。会藩が恭順に傾くのであればそれでよし、ならぬのであれば、いよいよ兵を送る。さすれば真田《さなだ》らも嫌とは言えますまい。上手《うま》く事が運び、会藩が恭順となれば、この奥羽は無用な血を流さずにすみます。それを考えれば……。

「わしの一筆など安いものだ。そういうことじゃな」

——めっそうもない、そのようなことは思ってもおりませぬ。

「わかった。手紙の一つや二つ、どうということはない」

——ありがたきお言葉、恐縮にございます。

「ところで、土佐」

――はっ。

「さきほどおぬしが言っておった、若生の上書を握りつぶした者とは誰じゃ？」

――はて、誰でしたか……。そのおり、それがしは京師におりましたゆえ、はっきりしたことは……。

「かまわぬ、申せ」

――いや、それがしは……。

「二度と言わぬ。その者は誰じゃ」

――三好《みよし》……、三好監物《けんもつ》にございます。

「やはりそうか。一度ならず二度までもとはよく言ったものだ。もそっと見込みのあるやつかと思っておったのだが、どうも、わしの目が曇っておったようだ」

――お屋形さまのご立腹はごもっともなことにございますが、なにとぞ穏便に。

「わかっとる。別に三好をどうこうしようとは思っておらぬ。わかっておるから、もう下がれ。若生への手紙は今夜のうちに書いておこう。明日の朝、取りにくるがよい」

――かしこまりました。お屋形さまのご厚情、恐縮にございまする。

二

藩主慶邦《よしくに》への謁見《えっけん》後、引き戸の駕籠《かご》を仕立てて藩校養賢堂に立ち寄った但木《ただき》土佐は、指南統取の玉虫左太夫に会って文十郎の一件を伝えたあと、北一番丁にある三好監物の屋敷へと駕籠を向かわせた。

駕籠に揺られながら土佐は顔をしかめた。

腰が痛む。このところずっとだ。とりわけ、駕籠の乗り降りには難儀する。

考えてみれば五十をこえて二年になる。代々奉行職に就くのが定めとされる宿老の家格に生まれたとはいえ、そろそろ隠居してもよい歳だ。

実際、二年ばかり前、自身への暗殺未遂事件があったこともあり、藩政の前線から退くべく坂英力《さかえいりき》を自分の代わりに奉行に推挙してようやく辞任が認められ、給地の吉《よし》岡《おか》で久方ぶりに心休まる日々を送っていた。

ところが、わずか半年あまりで奉行職への復帰を命じられ、それ以後、錆《さ》びついた身体《からだ》に鞭《むち》打つ日々が続いている。

直接のきっかけとなったのは、将軍徳川家茂《いえもち》の突然の病死だった。

蛤《はまぐり》御門での負け戦の直後、イギリス・フランス・オランダ・アメリカ四国の連合艦隊との戦闘でも完敗した長州藩内で、政変が起こった。それまで実権を握っていた指導層が一掃されたのである。つまり、反幕府の姿勢を鮮明にしていた攘夷《じょうい》論者らが追い落とされた。

当時、探索方として京都に詰めていた文十郎から、長州藩内の政変は、征討軍の総参謀となった西郷吉之助の画策によるものと思われる、という報告が仙台藩にも届いていた。

その西郷が示した降伏条件を、長州藩の新しい指導層は受け入れた。すなわち、藩主父子の蟄居《ちっきょ》謹慎、蛤御門の戦闘を指揮した三家老の切腹と、それに従った四参謀の斬首《ざんしゅ》刑、三条実美《さねとみ》ら五卿《きょう》——都落ちした七卿のうち一人は病死、一人は行方不明になっていた——の太宰府《だざいふ》送り、そして、山口で築城中の新城の破却である。

長州藩の降伏によって征討軍は解兵され、元治元年（一八六四）十二月二十七日をもって一件落着したはずだった。

ところが、脱藩逃亡していた高杉晋作が舞い戻り、年が明けて間もなく伊藤俊輔《しゅんすけ》らとともに蜂起《ほうき》して、再び政権が入れ替わった。

その知らせを携えて帰国した文十郎が、語気を強めて迫ったときのことを、土佐は思い出した。

――もはや長州は正面きって攘夷を唱えることはないでありましょう、いずれ攘夷を実行するための当面の開国、そちらに方針を変えるのは明らか、それは薩摩とまるで同様にござります、さすれば今後、薩摩と長州が手を組む怖《おそ》れが大いにありまする。それだけはなんとしても阻止せねばなりませぬ。天下取りしか眼中になく、奸策《かんさく》を駆使してはばからぬあの二藩が手を握ったならば、この国が混乱の渦に投げ込まれるのは必至。そうさせぬためには一刻も早くお屋形さまが上洛して国事周旋し、まずは京師での薩摩の力を殺《そ》ぐことが肝要にござります、その旨《むね》を拙者自らお屋形さまに建言いたしたく、なにとぞお目通りを――。

そのとき土佐は、犬猿の仲の薩摩と長州が手を組むことなどあり得ぬであろう、と一蹴《いっしゅう》して取り合わなかった。それでも引き下がろうとしない文十郎に、さらに言った。幕府からの要請もなく、朝廷の勅もないというのに、お屋形さまが上洛してなんとなる。それにいまの我が藩には、かような費用を賄《まかな》う余裕などどこにもあらぬ。どぶに銭を捨てるような真似《まね》はできぬのだ。今後、そこもとが必要になれば、あらためて登城の使いを差し向ける。しからば、このたびは大変ご苦労であった。そう申し渡して京都探索方の任を解いた。

その後の経過は周知の通りである。長州を警戒した幕府は、第二次の長州征伐に乗り出し、慶応元年の九月下旬には、長州征伐の勅許が下った。

しかし、長州藩内の勢力図が一変したとはいえ、すでに降伏、恭順の意を示している長州に対してさらに討伐の軍勢を差し向けるとなると、容易に大義が立つものではない。事実、勅許が下りたにもかかわらず、ほとんどの藩はなかなか腰を上げようとしなかった。

躍起になった幕府は翌年、慶応二年の六月になって、長州に近い西国諸藩にあらためて出兵を命じた。

そうしてついに戦闘が始まったのだが、幕府の思惑とは裏腹に、長州軍の圧倒的な優勢で戦況が推移している中途で、将軍家茂が病死した。結局、それが転機となったのであろうと、いまさらながらに土佐は思う。

将軍の急死はしばらくのあいだ隠されていたのだが、家茂の死後、一橋慶喜が徳川宗家を継いだ。慶喜は、当初徹底した長州征伐の旗を掲げていたのだが、突如とりやめ、将軍の死を理由に征討軍を解兵した。そのころには奥羽の地でも「二心殿」の渾《あだ》名《な》は周知のものになっていたため、さすがは二心殿、これはまったく二心殿の面目躍如であるなと、失笑が起こったほどである。

そのように仙台城下が安穏でいられたのも、第二次長州征伐にまつわるごたごたは、西国における対岸の火事だと侮《あなど》っていたからにほかならない。振り返ってみれば、このときすでに薩摩と長州は水面下で手を組み、同盟を結んでいたのであった。

ともあれ慶応二年の九月下旬、奉行に再任された土佐は、藩主名代として家茂の葬儀に参列し、その足で上洛した。伊達家の世子茂村《もちむら》の正室に、公卿近衛《このえ》忠房《ただふさ》の養女純君を迎える役目も帯びていたからだ。

その当時を思い出すと、なにゆえ自分が奉行職にあるときに、こうも大きな騒動が起きるのかと嘆息したくなる。土佐が上京中の慶応二年十二月二十五日に帝《みかど》、孝明天皇が崩御したのである。将軍の死からわずか五カ月後のことだった。洛中ではさまざまな噂《うわさ》が飛び交った。真偽のほどは定かでないが、帝は毒殺されたに違いないとの黒い噂が、口から口へと伝わり、まことしやかにささやかれた。

とはいえ、その少し前、十二月五日に慶喜が将軍職に就いたことで、反幕府の色が濃い二十数名の公卿らは、あらためて朝廷内から一掃されていた。よって、将軍となった一橋の徳川慶喜、会津の松平容保、桑名の松平定敬《さだあき》による一会桑以来の政権がより強固に、そして安定したものになったように思われた。

一時はどうなることかと案じた土佐だったが、これでひとまず落ち着くであろう、そう胸を撫《な》で下ろして国許《くにもと》へ帰る準備をしていた矢先であった。

突然、薩摩の島津久光が、三千余りの兵を率いて入洛したのである。久光だけではなかった。宇和島の伊達宗城《むねなり》、土佐の山内容堂、越前の松平春嶽と、雄藩を自認する大物らが続々と入京してきた。

兵庫開港にかかわる国是を定めるための雄藩会議。それが名目だったのだが、土佐が在京の探索方に探らせたところ、裏で手を引いているのは、やはり西郷吉之助であるのが判明した。どうやら、権力をほしいままにし始めている慶喜を将軍職から引きずり下ろすのが真の目的であったらしい。

落ち着くかに思えた政局に、またぞろ暗雲が立ち込めるやもしれぬ——急ぎ帰国の準備を進めた土佐は、今後の政局について逐一報告するように京都留守居に言い含め、純君を伴って帰国した。

その後の知らせによれば、久光らの雄藩会議は不調に終わったとのことだった。だが、それでいっそう政情の雲行きが怪しくなったと、京都留守居からの書状は危惧《きぐ》を示していた。のみならず、もっと国許から人員を差し向けてほしいと、切迫した調子で訴えていた。薩摩が中心となった倒幕の動きが顕著になっている、というのが理由であった。

その知らせに、それまでは鷹揚《おうよう》に構えていた仙台藩の重臣らは、いや、重臣のみならず城中の隅々までが色めき立った。

先行きがどうなるかはわからぬものの、有事に対する備えを急ぐ必要があった。

土佐は、江戸詰め奉行坂英力と公儀使大童信太夫《おおわらしんだゆう》に洋式銃の調達と外国船の購入を指示する一方、玉虫左太夫が推挙した後藤正左衛門を周旋方として京都に送った。それが昨年、慶応三年の初夏から初秋にかけての話である。

このうえは、なにが起きてもおかしくない。

そう腹をくくってはいたものの、秋が深まり青葉山の紅葉も終わりかけているおり、十月二十五日に届いた知らせで、城中に激震が走った。

手紙での知らせではなかった。京詰めの大番士、菅原龍吉がやつれ果てた姿で城中に駆け込んできた。聞くと、京都を発《た》ったのが十月十七日の夕刻とのこと。駕籠と馬を乗り継ぎ、ほぼ八日間で京都から仙台まで馳せ参じた。これは前例のない早さである。

龍吉がもたらしたのは、将軍慶喜が大政を朝廷に返上したという知らせであった。

土佐をはじめ、重臣らは耳を疑った。だが、まぎれもない事実だった。どうやら土佐藩の山内容堂が進言したらしいのだが、十月十四日、慶喜は大政奉還の上表文を提出、その翌日には早くも勅許が下り、あわせて、十万石以上の大名に上洛せよとの命が下った。

いったいそれはどういうことかとの重臣らの問いに、今後の政《まつりごと》は諸藩の衆議公論をもとに帝が自ら執り行うと、おそらくそういうことにございましょう、して、実際にどのような体制で進めていくのか、まずは全国の主だった大名が参集して詮議せよと、そういう意味での上京の勅命だと思われます、と龍吉は答えた。

よくよく聞いてみれば、理にかなった話ではあった。二心殿、慶喜にはなにか魂胆があるのかもしれないにせよ、大政奉還によって徳川幕府と反幕府の諸藩とのあいだの反目が解消されるのであれば、それに越したことはない。いわゆる公武合体が、ようやく形あるものとして実現することになる。ここは我が仙台藩も、一刻も早く藩主伊達慶邦が上洛して……とは、しかし容易にはならなかった。

藩論が二分したのである。藩主が速やかに上洛し、朝廷の命を奉じて周旋にあたらねば奥羽の大藩としての面目を失い、大事な機会を逸してしまうと主張する即時上洛派と、この情勢で軽々しく上洛したのでは奥羽の大藩としての威信が保てない、ここはしばらく様子を見て上洛の機会をうかがうべきとする慎重派、とでも呼べばよいのか、互いに一歩も譲らぬ議論を聞きながら、土佐は、またしてもか……と、顔には出さなかったが、うんざりした。またしても大藩の悪《あ》しき因循が頭をもたげている。以前の攘夷か開国かの議論の際も同様だった。

石高が十分の一程度の小藩であれば、もっとすんなりとものごとは決まるのであろうにと、恨めしくすらなる土佐であったが、仙台藩の救いは、藩主慶邦が決して「ソウセイ侯」ではないことである。家臣の話には根気強く耳を傾ける慶邦だが、最後には藩主としての決裁を自ら下すのが常であった。それがために、家臣らが遠慮なく自説を主張してはばからぬ側面もあるのだが……。

ともあれ、このときも最後には慶邦が決裁した。朝廷の求めに応じて自身の上洛を決断したのである。

慶邦の命により、まずは土佐が上洛することになった。一小隊、二十名あまりの兵を率いて土佐が入洛したのは、慶応三年十二月一日のことである。

藩邸に入った土佐は、京都留守居として入洛した大童信太夫とともに、国許からの兵の輸送のために紀州藩から汽船を借り受ける算段をつけた。兵だけでなく、慶邦自身の上洛も蒸気船を使った海路のほうがよかろう。信太夫との協議でそう決まった。

そこまでは滞りなく運んだ。

ところが、藩主上洛の段取りがついた旨を知らせる使者を出そうとしていたところで、事態が急変した。

十二月七日の夜、武家伝奏から各藩邸に召集令が届いた。長州の処分を決定する会議の開催につき、在京の藩主、重臣は、明日の正午までに御所へ参内せよとの通達だった。

翌日、土佐は信太夫を伴って参内した。総勢二百名あまりが出席した朝廷会議は深夜にまで及んだものの、結論は出た。長州藩主父子の赦免と上京の許可、そして、処分されたままになっていたすべての廷臣の復権が決まった。大政奉還後の朝廷一新に伴う人心一和のため——それが理由であったが、なにか釈然としないものを感じつつも、九日未明、底冷えのする寒さのなか、疲れた身体を引きずって、土佐と信太夫は藩邸に帰った。

朝廷会議中に土佐が感じていた釈然としないものの正体が明らかになったのは、夜が明け、九日の昼に差し掛かったころだった。

御所周辺の空気がにわかに一変した。薩摩、土佐、尾張、越前、芸州の兵らが陸続と集結し、京都守護職の会津、所司代の桑名の両藩兵が、御所から追い払われたのである。

仙台藩伊達屋敷は、御所の西側、蛤御門にほど近い場所にある。なにが起きているのか探らせるために、藩邸の者を数名差し向けた。

だが、四《し》半刻《はんとき》（三十分）もしないうちに戻って来るや、戦闘は起きていないが一触即発の不穏な気配が漂っており、身の危険を感じて戻って来たと、青ざめた顔で報告した。

薩摩を中心とした反幕府勢力が何事かを企てたのは明らかだった。もしかしたら戦闘を伴った政変が起きるかもしれぬ。そう土佐は案じた。仙台藩邸は、御所と二条城のほぼ中間に位置している。いざ戦闘となれば否応《いやおう》なく巻き込まれる。土佐と信太夫は、藩邸の者を連れて洛東の岡崎に避難した。

その後、銃や大砲が火を噴くこともなく、兵士らが血を流すこともなく事態は収束したのだが、ことの真相が判明するまで、しばし時を要した。

いったいなにが起きたのか、土佐らが正確に知ったのは、十二月十二日に二条城において、老中板倉勝静《かつきよ》から顚末《てんまつ》を聞かされたときである。

土佐らがあずかり知らぬところで、重大な政変が起きていた。徳川幕府の廃絶、摂政・関白および京都守護職と所司代の廃止が決まってこれまでの政治体制が葬《ほうむ》られ、かわりに、総裁・議定・参与の三職が置かれることになったのである。

それが王政復古の大号令として、十二月十四日、諸大名に布告された。

そして当然のごとく、新政府の要職に就いたのは、岩倉具視《ともみ》ら反幕府派であった公卿らと、薩摩・土佐・尾張・越前・芸州に長州を加えた六藩の有力者のみである。寸前までは実現するかに思えていた全国諸藩の衆議公論による政治が、これをもって否定されたのであった。

ことの真相が判明するまでじりじりしながら過ごしたあの数日間——年明けにはさらに激しく情勢が動くのだが——を思い起こし、土佐の眉間《みけん》にしわが寄ったところで、駕籠の揺れが止まった。

三好監物の屋敷に到着したようだ。

一関に近い黄海《きのみ》の邑主《ゆうしゅ》でもある三好監物は、安政二年（一八五五）、幕府より蝦夷地《えぞち》警備を命じられた際、出入司としての手腕が認められ、若年寄に抜擢《ばってき》された。土佐より二歳年上であるが、家格は三つ下の永代召出であるため、よほどのことがない限り奉行職に就くことはない。違う言い方をすれば、若年寄への抜擢は、これ以上は望めぬ出世を果たしたとも言える。

静かに下ろされた駕籠から出ようとしたとき、

「しばしお待ちを」

駕籠の外で、土佐の護衛頭として付き従っている小島寅之進の声がした。

待つことわずか。

「よろしゅうございます」

その声に、腰をかばいつつ駕籠から出た土佐は、寅之進に訊《き》いた。

「どうしたのだ」

「三好どのの屋敷から出て来た者がおったものですから、しばしお待ちいただきました」

「誰だ？」

「沼沢与三郎にございました。だいぶ憤慨しておられた様子で、こちらを振り返ることもなく城のほうへと」

「なるほど。なに、与三郎であればどうということもあるまい」

答えた土佐は、三好監物の屋敷へと足を向けた。

三

「沼沢が来ていたようだが」

土佐が言うと、陽が高いうちから飲んでいたらしく、酒肴《しゅこう》の膳《ぜん》を前に顔を赤らめた

三好監物が、

「何者なのだ、あやつは」と、いぶかしげに眉《まゆ》を寄せた。

やはり酒を呑《の》んで不貞腐れていたか……。

慶応四年一月三日に起こった鳥羽伏見での合戦の顚末を知った慶邦は、予定していた上洛を急遽《きゅうきょ》とりやめ、かわりに朝廷へ建白書を奏上することにした。

当時在京して藩邸の指揮を執っていた三好監物が、国許から届けられた建白書の朝廷への提出を見送ったことは、本人が帰国する前にすでに慶邦の耳に入っていた。それがゆえに監物の帰藩に際し、目通りには及ばぬと慶邦は言っていたのだが、どうしてもお屋形さまにお目通りをと食い下がられ、土佐がとりなして復命させた。

実際に顔を合わせれば、慶邦としても立場上、君命を果たさなかった家臣に対して鷹揚に済ますわけにはいかない。その場には居合わせなかった土佐であるが、復命を終えた監物の顔を見ただけで、相当厳しい譴責《けんせき》を受けたことが如実《にょじつ》に知れた。

それが一昨日のことで、昨日に引き続いて今日も、三好監物は病気を理由に登城しなかった。

気になって屋敷に寄ってみたのだが、案の定である。

何者なのだ、あやつは、の監物の問いに、

「知らぬのか」土佐が問い返すと、

「知らぬ」と監物は首を振った。

「砲術稽古《けいこ》人《にん》の大番士で、ご注進与三郎と呼ばれている」

「どういう意味だ？」

「思い立ったことは遠慮会釈《えしゃく》もなく、どこへなりとも出て行って申し立てる癖がある変わり者だ。だいぶ腹を立ててここを出て行ったようだが、やつはなんの用で来たのだ？　まあ、だいたいの察しはつくが」

襖《ふすま》の奥に声をかけ、御女中に土佐の膳を運ばせた監物が、苦々しげに言った。

「おれが知っている医者の紹介だったもので会ってみたんだが、口を開くなりえらい剣幕で、お屋形さまの建白書をお出しにならずに帰って来られたとのことですがそれは如何《なじょ》なわけでがす、ときたものだ。やつの無礼な態度におれも腹が立ってな。あのなあ、大槻平次《おおつきへいじ》や新井義右衛門めらの案文なんぞ出されっかと、怒鳴りつけてやった」

　監物が名前を口にしたのは、徳川慶喜に出された追討令に対する建白書の草案作成を慶邦から命じられた二人であり、大槻平次こと大槻磐渓《ばんけい》は、第六代の養賢堂学頭、新井義右衛門は第七代、つまりいまの学頭である。

　その二人を監物が好いていないのは知っていたが、「案文を書いたのはそうだとしても、お屋形さまのご意向に沿って作られたものには変わりないぞ」

　土佐が言うと監物は、ふん、と鼻であしらうように答えた。

「同じようなことをあやつも言っておったんで、いまごろあんなものを出されるもんでない、いつだろうと天朝さ不勤《ふづと》めのほうから事が起こるのだ、と言ってやったら、おのおの方ご重役が最初から不勤めにならぬようにすべきでござらぬかと、まるでこっちに非があるように詰め寄るんでな、おれもつい……」と、そこで言葉をにごした。

「つい、どうしたのだ」

　土佐がうながすと、手酌で一杯酒をあおった監物が放言した。

「なんもかも、お屋形さまが馬鹿だからこうなんのや、あんな馬鹿は腹切って死ぬほかなかんべ。そう言ってやったら、さすがに大人しくなりおった」

「本当にそう言ったのか」

「まあな」

「それ、いまごろは与三郎がご注進に及んでいるぞ。ずいぶんな勢いで城に向かったようだから」

「ご注進とはお屋形さまにか？」

「ほかに誰がいる。ご注進与三郎の渾名は飾りではないからな」

一瞬、顔をしかめた三好であったが、また一杯、酒を流し込んで言った。

「かまわぬ。馬鹿だから馬鹿と言ったまでよ。それが気に入らんのなら、切腹でもなんでも仰せつければいいだけだ」

「だいぶ酔っているようだな」

「酔ってなどおらぬ」

「ならば訊くが、城中では、そこもとの独断で建白書を出さなかったように言われておるが、まさか本当にそうなのではあるまいな」

「当たり前だ」と、監物は即答した。

「いくらおれでも、お屋形さまの建白書を独断で握りつぶすなどするわけがないだろ」

「いったいどういうことだったのだ」

土佐が訊くと、三好監物はその際の経緯《いきさつ》を詳しく語り始めた。

昨年の暮れ、王政復古のもとに成立した新政府から、諸藩主に対して京都守衛のための上京が命じられた。それを受け、仙台藩は藩主の代理として三好監物を上京させた。

監物が三百あまりの兵を率いて松島の東名《とうな》浜《はま》から出帆したのは一月十四日、入京したのは二月二日である。その一方、鳥羽伏見の合戦と、その後に出された徳川慶喜追討令を国許に知らせるための使者が仙台に到着したのが一月十五日であったため、一日の差で行き違いとなり、なにも知らずに京都に到着した監物は、さすがに仰天した。

前年の暮れから京都に詰めていた筆頭奉行の但木土佐に訊いてみると、徳川慶喜だけでなく、会津の松平容保にも追討令が出され、すでに仙台藩に会津追討の沙汰《さた》書が下されているという。さらに監物が入京して間もなく、大総督府が設置されて有栖川《ありすがわの》宮熾仁《みやたるひと》親王が東征大総督の任に就いた。

国許の動静が気がかりでならなかった土佐が、京都での一切を監物に任せて帰国の途に着いたのが、二月十六日。その翌日、監物は太政官《だじょうかん》から会津追討の錦旗《きんき》を下付された。

薩長が実権を握っている新政府であっても、朝命は朝命である。錦旗を下賜《かし》された監物は、探索方として入京していた小姓頭、坂本大炊《さかもとおおい》に錦旗の護送を命じて国許へ送り出すことにした。

坂本が京を発った七日後、二月二十六日に奥羽鎮撫総督以下、奥羽鎮撫使一行の人選が最終的に決まったのだが、まさにその日、慶邦の建白書を持参した奉行大條孫三《おおえだまごさぶ》郎《ろう》が入京したのである。

建白書は、要約すると次の五項目から成っていた。

鳥羽伏見合戦において会津と桑名軍が先に発砲したことで慶喜が朝敵にされているが、幕府側では薩摩兵の発砲にやむなく応戦したと、双方の言い分が違っている。発砲の前後が判然としないことで、人心の疑いを深めているのではないか。

ペリー来航以来の責任をとって慶喜は政権を返上したが、その後、なんの企《たくら》みがあって朝廷に背いたというのか。

王政復古の新政がなされようとしているときに兵を動かし、万民に苦しみを与えようとするのは、幼帝の聖慮から出たものなのか。

先の蛤御門の騒動の際、宮廷に発砲した長州藩は朝敵の汚名をこうむったが、その後、一時の過誤ということで寛大の処置がとられている。慶喜を単に発砲の前後だけで叛賊《はんぞく》と定めて、はたして諸藩は承服できるのか。

いま国内で兵を動かせば、諸外国が混乱に乗じてどう出てくるか計りがたく、国辱を万国にさらすことになりはしないか。

以上の疑義があるので、追討軍派兵を容赦し、朝敵に対する譴責の可否は、あらためて諸藩の論議を尽くし、正大明白、無偏無党の公論によって決定すべきではないのかと、慶邦の建白書は結ばれていた。

確かに理にかない、筋の通った建白書ではあった。だがそれは、

「せいぜい二月の初めころまでの話だべさ――」だいぶ酔いが回って来たのか、少々、ろれつの回らぬ口調で監物が言った。

「もうすぐ征討軍が出発するっつうところさ、あんなもの送ってこられても、どうなるもんでもねえべや。すでに坂本に命じて、錦旗を国許さ送ったばかりなんだど」

「で、これは手遅れだということで、お屋形さまの建白書を握りつぶしたわけだな」

土佐が言うと、

「あん？　なんだってな。勝手に握りつぶしてなどおらぬと、さっき言ったばかりだべ――」据わった目で言った監物は、一つ大きなしゃっくりをして続けた。

「これは困った、どうすっかと思ってよ、一応、伊予守《いよのかみ》さまにお伺いを立ててみたのだ」

監物が名前を挙げたのは、新政府で議定の役職に就いている前の宇和島藩主、伊達宗城。伊達になってからの宇和島藩の初代藩主、伊達秀宗《ひでむね》は、伊達政宗の長男であり、新政府内において仙台藩と最も縁の深い人物であった。事実、このたび建白書を持参した大條孫三郎は、宗城の子宗敦《むねあつ》を世子として迎え入れる役目も帯びていた。

「それで宗城さまはなんと」

「聞かなくてもわがっぺや。おれと同じだ。正月中ならまだしも、いまとなっては機を失していると思う。目を通すなり、そう仰せになられた。そしてこうも付け加えなさった。この建白書を提出すれば、仙台藩は朝敵に加担していると取られかねぬであろう、御家の安泰を願うのであれば、この建白書はなかったものとするのが最善の策であると思われる、だとよ。それで上奏は見合わせることにしたんだっちゃね。それをお屋形さまの馬鹿たれは……おれに鞭を賜ったことを忘れてるんでねえのか……あの馬鹿殿さまはよ……」

　鞭というのは、監物が京都へ発つ際に慶邦自ら授けたもので、出先において臨機専決を許す意味を持つ。その鞭を賜った監物にしてみれば、建白書を出せなかったことを理由に譴責を受けるのは確かに心外であろう。

　ぶつぶつ言いながら手酌で杯を重ねている監物に、土佐は言った。

「話はよくわかった。なに、お屋形さまとて、そこもとの立場は承知しておられる――」

　ついでにおぬしの口の悪さもな、と苦笑いしながら胸中だけで付け加えた土佐は、出された酒肴には手をつけずに腰を上げて念を押した。

「一両日中に会津の処置についての重臣会議を開くことになるであろう。そこもとも登城のうえ列席するのだぞ、よいな」

しかし聞こえてきたのは、座ったまま寝入ってしまった監物のいびきであった。

自身の右腕として土佐が信頼を置いていた三好監物であったが、このたびの上洛後、明らかに変わった。錦旗を携えて帰国した坂本大炊と同様、即時討会に大きく傾いているのが言葉の端々から読み取れる。

それもわからぬではないが……。

京都から帰国したばかりのころの土佐自身も同じだった。

一月二十日に仙台藩に対して会津征討の沙汰書が下されたことは、すぐさま国許に知らせていた。ところが、それから一カ月以上も経《た》った二月二十六日に帰国してみると、仙台藩ではまったくといってよいほど出兵の準備が進んでいなかった。そのとき、きさまらはこれまでいったいなにをしていたのかと、重臣を集めて叱責《しっせき》した土佐であった。すでに奥羽鎮撫使一行が京都を発っているはずであるからには、会津征討に向けての準備は必須だ。

ではあるのだが、その後、会津との戦は避けられるものなら避けたいと土佐の考えが変わったのは、藩主慶邦の内々の意向を受けてのことである。

今後の評議の場において監物と対立するようなことがあるとしたら、私情をはさまず切り棄てるしかないであろう、そうならぬことを願ってはおるのだが……。

うなだれて寝入っている監物の手から、空になった杯がぽろりと落ちて畳の上に転がった。


声をかけることなく監物を残し、土佐は待たせていた駕籠へと戻った。

魚を焼く香ばしい匂《にお》いが漂う城下、侍町である北一番丁には、勤めを終えて下城してきた者たちの姿がちらほらと見られた。土佐だと気づいて黙礼する者、連れとの話に熱心で気づかぬ者、あるいは気づいていても気づかぬふりをしてそそくさと歩み去る者とさまざまである。

いつもと変わらぬ、静かなたそがれ時だった。

目にするあまりにも長閑《のどか》な城下の光景に、一つため息を漏らした土佐は、痛む腰をかばいながら駕籠に乗り込んだ。

四

「佛山《ぶつざん》先生！」

背中に聞こえた鈴を転がすような声に、釣竿《つりざお》を手にしたまま、着流しに羽織だけの景祐《かげすけ》は、首をねじって振り返った。

河原を小走りに駆けてくるのは景祐と妻女《さいじょ》の菊《きく》が世話になっている旅籠《はたご》「菊屋」の娘の志津《しづ》である。

今年で十四になった志津を見やりながら景祐は、人差し指を唇にあてて、静かに、と目配せした。

なにか言いかけていた志津が口をつぐみ、そろりそろりと近づいて来る。

床几《しょうぎ》に腰を下ろしている景祐の隣に立った志津に、川の流れが弱くなり淵《ふち》となった岸辺に舫《もや》われた小舟を指さした。

小舟の舳先《へさき》で一羽の翡翠《かわせみ》が獲物を狙《ねら》って身構えていた。

二人でじっと見つめていると、一度頭をもたげて間合いを計った翡翠が、身を投げるように姿勢を低くして舳先から離れ、まっしぐらに川面へと突進した。水しぶきとともに水面下へ姿を消したかと思いきや、水中で反転した翡翠が、目にもとまらぬ素早さで舟の舳先へと舞い戻った。

翡翠の長いくちばしは、しっかりと小魚を捕らえていた。逃れようとして身をくねらせる小魚をくわえたまま、ぶんと頭を振った。舟縁《ふなべり》に激しく打ちつけられた小魚の動きが弱ったところで、器用に呑み込んでいく。

「巧《うま》いものだ」

景祐が漏らした感想に、志津が怪訝《けげん》な顔をする。

「翡翠がそったに珍しいのが？　どこさでもいる鳥だべ」

「そうだな。珍しいわけではないのだが、見ていて飽きない」

「なして」

「なしてと言われてもなあ」

苦笑しながら景祐は釣竿をあげた。

針に魚は掛かっていない。餌《えさ》そのものが消えている。

「食い逃げされだが」

可笑《おか》しそうに志津が言う。

「そのようだな」

「餌はなに使ってんのっしゃ？」

「練り餌《え》」

景祐が答えると、腰を折って餌箱と魚籠《びく》を覗《のぞ》き込んだ志津が、

「あれえ、一匹も釣れていねえでねえか――」呆《あき》れたような声を出したあとで、真顔

で言った。

「たぶん、餌がだめなのだぞ。川虫を使えばいいがんべに。川虫なんか、川原石ばひっくり返《けえ》せば、その辺さなんぼでもいるべ」

「いや、川虫はだめだ」

「したら、蚯蚓《みみず》は？」

「蚯蚓もだめだ」

「なして」

「いや、実は虫が苦手でな」

「へ？」

「怖くて虫が触れんのだ」

「ほんとに？」

「触れぬことはないのだが、できれば触りたくないし、見ないですむなら、それに越したことはない」

「なしてそんなに虫が嫌いなのっしゃ」

「やつら、なにを考えているのかわからん」

「それが理由？」

「いかにも」

「やんだ、先生」

けらけら笑いながら志津が何度となく景祐の肩口を叩《たた》く。

「む、虫がなに考えているかわがらねくて、おっかねえのすか」

「うん、そうだ」

笑い転げている志津を睨《にら》むと、

「堪忍《かんにん》してけさい。佛山先生が虫をおっかねがるなんて、あんまりにも可笑しくてさあ。ついつい笑ってしまって……」そう謝ったものの、笑いをこらえるのに必死の様子である。

「志津」

強い口調で名前を呼ぶと、志津は、はっとした顔つきになって、はい、と返事をした。

景祐に叱《しか》られると思ったのだろう。寸前までとは打って変わって神妙な顔つきになる。

「おれが虫を苦手なこと、誰にも明かすでないぞ」

景祐が言うと、安堵《あんど》した顔になった志津は、うんうん、と大きくうなずいた。

「絶対、誰さも語《かだ》らねえ。安心してけろ」

どこか嬉《うれ》しそうに言った志津に、景祐は尋ねた。

「ところで、私になにか用があったのではないのか」

あっ、と声を漏らした志津が、んだんだ、と唾《つば》を呑み込んでから言った。

「先生にお客人だ。それを教えに来たんだった」

「宅三郎《たくさぶろう》か？」

「違う。先生と同じくらいのお年のお侍さんだ」

客人と聞いて真っ先に思い浮かべたのは千葉《ちば》宅三郎だった。仙台城下の景祐の道場に通っていた門弟で、景祐が薄衣に移ってからも何度か訪ねて来ている。

その宅三郎ではないとすると……。

「名前は訊いたか？」

「えーと……」

こめかみに軽く指をあてた志津の顔がすぐに明るくなった。

「んだ、思い出した。細谷《ほそや》なんとかさまだ。玉虫さまの使いだと言ってだった」

「細谷……」

「知らねえのすか？」

「ああ」

細谷という名に心当たりはない。が、玉虫左太夫の使いであれば、怪しい者ではないだろう。

「わかった、参ろう」

うなずいた景祐が、折りたたんだ床几と魚籠を手にすると、

「貸せ、持ってやっから」

志津が、景祐の手から床几と魚籠を奪い取った。

「すまぬ」

「なんも」

そう言って村のほうへと軽い足取りで歩き始めた。

餌箱を腰にくくりつけ、釣竿を肩に担いだ景祐は、志津を追って北上川の河畔から街道へと足を向けた。

一関と石巻を結ぶ一関街道を、一関から三里ほど南下した場所に金沢《かざわ》宿がある。金沢宿と気仙沼《けせんぬま》を結んでいる東西の陸路が気仙沼街道だ。その金沢宿を起点として気仙沼に向かっておよそ三里で北上川にぶつかるのだが、川を渡った対岸に、景祐が菊と暮らしている薄衣宿がある。

東山郷《とうざんきょう》の薄衣は、北上川を利用した舟運の拠点の一つであり、活気のある宿場であった。川岸には穀蔵や塩蔵が建ち並び、川面に目を向ければ、年貢《ねんぐ》米を運ぶ大型の艜《ひらた》船や、カッコと呼ばれる汎用《はんよう》の小舟が幾艘《そう》も浮かんでいる。薄衣の河港に集められ、石巻へと送られる扱い品は、藩の専売品である米と塩のみならず、生糸、紅花、麻、鉄など多岐にわたっており「東山葉」として名前が通っている煙草《たばこ》草が多いのも特色だった。

仙台城下を離れてから一年と半年ほど、景祐は菊屋で世話になりつつ、宿場の高台にある阿弥陀《あみだ》堂を教場に借りて、村の子女へ文教をしてきた。

菊屋の志津は、いまは四、五十名にまで増えている子弟のうちで、最も早くから景祐が教えていた一人である。旅籠の娘らしく機転が利き、もの覚えもいい。最近では、小さな子どもたちへの助教の役を任せられるまでになっていた。藩校の養賢堂でいえば、かつて景祐自身がそうであった諸生筆頭といったところだ。

ほどなく、志津と景祐は、阿弥陀堂のほぼ真下の街道沿いに暖簾《のれん》を出している菊屋を前にした。軒先に、鞍《くら》をつけた馬が一頭、つながれている。景祐を訪ねてきた者の馬であろう。

志津の父、菊池《きくち》廣吉《ひろきち》と女将《おかみ》のおくみが切り盛りしている旅籠の名前が景祐の妻女と同じなのは、半分は偶然なのだが、残りの半分は違う。

菊を連れて薄衣に到着したおり、どの宿に投宿しようか迷っていたときに目に飛び込んできたのが「菊屋」の看板だった。

なんとおまえと同じ名前の宿ではないか、珍しい屋号とは言えませんもの、それほど驚くことでは、いや、そうだとしても縁起が良いぞ、ここに決めようか、あなたさまがお気に入りでしたらもちろん、よしそうしよう。そんな会話をこの宿の軒先で交わした。

妻女の名にちなんで菊屋を選んだのは正解だった。主《あるじ》の廣吉も、女将のおくみも、娘と同じように気さくな人柄で、世話焼きでもあった。身体《からだ》が弱い妻女の療養にやって来たことを話すと、階段の上り下りをせずにすむ一階のうち、最も日当たりのよい部屋をあてがってくれた。

その後しばらくして、子女らに文教する私塾を開きたいのだが、という景祐の話に、それは妙案と一も二もなく賛同し、阿弥陀堂を教場として手配してくれたのも廣吉であった。その阿弥陀堂で教えているせいだろう、いつの間にか景祐は「佛山先生」と呼ばれるようになっていた。

「佛山先生ば連れで来たよ！」

そう知らせながら、志津が玄関の奥へと姿を消した、と思いきや、戸口から顔を出して、

「先生、早ぐございｰ！」と手招きする。

天下の情勢はのっぴきならないことになっているのだが、じきに桜の季節を迎える薄衣の宿場は、伸びやかな気質の志津と同じように、いたって平穏である。

しかし、うなずきながら菊屋に戻った景祐を待っていた男の佇《たたず》まいは、少しも平穏ではなかった。

五

黒橡《くろつるばみ》の小袖《こそで》に袴《はかま》も無地の墨色、それに銀鼠《ぎんねずみ》の陣羽織という、少々変わった装《よそお》いの男の名は、細谷十太夫《じゅうだゆう》といった。

年のころは文十郎とほぼ同じくらいか、わずかに上か。頭一つ分、文十郎よりも小柄であるのだが、落ちくぼんだ眼窩《がんか》のなかで光る鋭い目と、筋骨たくましい頑強そうな身体つきが、それを感じさせない。

「菊、おまえは外していなさい」

文十郎に言われ、色白で綺麗《きれい》な顔立ちではあるものの、肌の色が白すぎやしないかと思われる妻女が目礼して部屋から出たところで、

「玉虫どのの使者としてやって参った」

そう告げた十太夫は、妻女が淹《い》れていった茶を一口すすってから、いや、と首を振った。

「筆頭奉行の但木土佐どのが、早馬を仕立てておぬしのところへ行けと玉虫どのに命じたのだが、その玉虫どの、ご自身が見事な馬面《うまづら》のくせに、馬の扱いがてんで下手くそだときている。それはおぬしも知っているだろう。それで結局、おれにお鉢が回って来たというわけだ」

「玉虫どのが馬を不得手なのは知っております」

真顔でうなずいた文十郎が、

「で、用件は」と、落ち着いた声で尋ねた。

玉虫左太夫が馬面であるとの冗談は通じなかったようだ。

面白くない男だな……。

そう思いつつ十太夫は答えた。

「至急登城せよ、ということだ」

「その気はないが」

「おぬしはそう答えるだろうと、土佐どのは言っておられた」

そこでにやりと笑みを浮かべた十太夫は、土佐から直接託された封書を懐《ふところ》から取り出した。

読んでみろ、と言って差し出された封書を受け取った文十郎は、ゆっくりと書状に目を通した。

「誰です、これを書いたのは」

「お屋形さまに決まっているだろう」

そう答え、膝《ひざ》でにじり寄って書状を覗き込んだ十太夫は、指をさして言った。

「花押《かおう》もあるだろうが」

「そこもと、お屋形さまの花押を見たことはあるのか」

「あるわけがなかろう」

「おれもそうだ」

「誰が書いたのか、これではわからぬ。そう言いたいのか？」

「土佐どのが誰かに命じて書かせたものかもしれぬ」

疑り深いやつだな。

そう思いつつも、いまの若生の言葉を聞いたらあの二人はどんな顔をすることやら と、十太夫は苦笑した。

お屋形さまが自らしたためた書状を賜ったとなれば、若生はなにを置いても城下に馳せ参じるであろう——仙台城の二の丸、中の間で自信たっぷりに言っていた但木土佐の隣では、いかにも、と玉虫左太夫が深々とうなずいていた。

それが今朝のことで、仙台を発ってから吉岡《よしおか》、高清水《たかしみず》、金沢の宿で馬を替え、北へとひた走って来た。旅籠の軒先に馬を繋《つな》いであるのは、登城する若生にすぐさま手綱を渡すためである。

だが、この調子だと、おれが自分で乗って帰るはめになりそうだ。

いやいや、それはいかん。これくらいの使いが果たせんようでは、恩人、瀬上主膳《せのうえしゅぜん》どのに顔向けができぬ。

瀬上主膳とは、家格は一家、禄高二千石の石巻は鹿又邑主《かのまたゆうしゅ》の大番頭《おおばんがしら》である。

十太夫が二十歳のときであるから、いまから九年前、安政六年（一八五九）の春先のことだった。

作事方を命じられ、石巻で鋳銭場《いせんば》の建設に当たっていた十太夫が、下っ端《ぱ》役人相手に——人足集めを任された地元の侠客《きょうかく》と結託して不正を働いていた——刃傷沙汰《にんじょうざた》を起こした際、十太夫を救ってくれたのが瀬上主膳であった。

なにが気に入られたのか十太夫にもよくわからぬのだが、その後も目をかけられた。主膳の骨折りによって村普請方および石巻鋳銭場役人として取り立ててもらえたことが、十太夫のいまにつながっている。

そして、今年正月の鳥羽伏見の合戦を契機に在仙の奉行、松本要人《まつもとかなめ》から探索方を命じられた十太夫は、子どもの疳《かん》に効く妙薬、孫太郎虫《まごたろうむし》売りに扮《ふん》して、米沢・庄内・白河・水戸の情勢を探り、つい一昨日、いったん帰国して復命したばかりだった。

昨夜、玉虫の使いが来て、明日の朝五ッ（午前八時）に登城せよとのことだったのでいそいそと参じてみたら、早馬で薄衣まで行けと仰せつけられた。人使いの荒いことはなはだしいとはいえ、おぬしを見込んでお屋形さまの書状を託すのだと言われては、ありがたく拝命するしかなかった。

とにもかくにも、この疑り深い頑固者を説得せねば……。

自身に言い聞かせた十太夫は、一つ咳払《せきばら》いをしてから居住まいを正し、あらためて口を開いた。

「若生どの」

「なんでしょう」

「お屋形さまの名を騙《かた》って偽《にせ》の手紙を仕立てるなどして、あとで露呈しようものならどうなるか。それを考えれば、土佐どのもわざわざさような手の込んだことはしないであろう。そうは思わぬか」

十太夫をしばし見つめた文十郎が、やがて得心した顔つきになった。

「それもそうだな」

「しからば、おれが乗って来た馬で城下へ向かうがいい。乗り継いできた宿は、こちら側から、金沢、高清水、吉岡。吉岡宿に御馬方から借り受けた馬を預けてある」

「細谷どのはどうするのだ」

「おぬしが登城するのであれば、おれは務めを果たしたことになるし、急ぎの用もないからな。適当に暇をつぶしながら物見遊山《ゆさん》で帰ることにする」

なるほどそうですか、と顎《あご》を引いた文十郎がそのままうつむき、しばらく考え込む様子をしたあとで、顔を上げた。

「やはり参上はご遠慮いたす。若生は病気につき登城は無理だとお伝え願いたい」

今度は仮病か、とさすがに呆れる。

「単刀直入に訊こう。なにゆえそれほど頑《かたく》なに拒むのだ」

「元治以来、お屋形さまの速やかな上洛を再三にわたって建言してきたのだが、まったく耳を貸してもらえなかった。私の意見を理解できぬようなお歴々が藩を動かしている以上、お屋形さまがなにを書いてこられようと、いまさら私の出る幕などないであろう」

「理解できぬお歴々とか、いまさら出る幕がないだとか、ずいぶんと自信たっぷりなもの言いではないか」

少々むっとしながら十太夫は言った。

若生文十郎というこの男、自分をなに様だと思っているのか。

あまり詳しく訊いてはいないが、玉虫の話によれば、藩校の養賢堂に入って頭角を現した文十郎は、たちまち諸生筆頭に取り立てられ、その後は諸生主立を命じられるほど勉学に秀《ひい》でていたらしい。のみならず、仙台城下には自身の道場があり、槍術指南の奥義《おうぎ》書を持っているという。

同じ大番士の家格に生まれたとはいえ、藩校に通うなどは夢物語のような極貧の暮らしをしてきたおれとは、なにからなにまで異なっている。最初から毛並みが違っているとしか言いようがない。

四歳のころに父、十吉を亡《な》くした十太夫は、その後は祖父に育てられた。父の死後、母が一人息子の十太夫を残して実家に復籍したからである。そのころの十太夫は、なぜ母がいなくなったのか理由がわからなかった。だが、原因は間違いなく祖父の三十郎にあったはずだ。

三十郎は、ろくでもない人間だった。内職一つせず、銭があれば昼間から呑んだくれていた。良人《おっと》を亡くした母は、義理の父とは到底一緒に暮らせるものではなかったのだろう。

幼い十太夫が一人残されたのは、跡取りを手放す気が三十郎にはなかったからだ。そのくせまともに孫を育てる気もなかったようで、十太夫は九歳のとき、塩竈《しおがま》の法蓮《ほうれん》寺《じ》へ寺小姓に出されたきり、ずっと捨て置かれた。

その三十郎が死んだのは、十太夫が十七のときだった。それで寺勤めを辞して家督を相続したのだが、名ばかりは五十石の大番士であるものの、給地を持たない切米取りの、無役の下級武士である。待っていたのは極貧の暮らしであった。

生まれてこの方まともな教育を受けたことがなかったため、最初は師を仰ぎ文武両面の修練に努めようと試みた。しかし、学ぶべき幼少時になにも学ばなかったせいだろう、なに一つものにできるものはなく、月謝を無駄にして終わった。

自分はとうてい武士の器ではないと落胆した十太夫は、ならば仏道に入るしかないかと深山に分け入り、我流で精神修養に励み始めたのだが、暮らしはいっそう困窮するばかりであった。

そうしてほとんど野武士のような毎日を送っていたおり、突然召し出されて作事方を仰せつかり、瀬上主膳と出会ったことで、ようやく日の目を見ることができるようになったのである。

こちらが卑屈になっているだけかもしれぬが、文十郎の一言一言が、いや、その落ち着きはらった口ぶりが、いちいち癪《しゃく》に障《さわ》る。

しかし文十郎は、そんな十太夫の胸中など察するはずはなく、きっぱりと言った。

「自信もなにも、誰がなんと言おうと、間違ったことは建言しておらぬつもりだ」

こりゃあだめだ、上書の話になってしまったら一歩も先へは進めぬぞ……。

「ということは、ご内儀の件は関係ないのだな。ご内儀の静養のためにここに移ったと聞いておるが」

十太夫が探りを入れると、

「無関係とは言えぬな……」と答えた文十郎が、この際は包み隠さず話そう、と前置きをして続けた。

「菊を嫁に迎えたのは、一昨年、慶応二年の六月に江戸番馬上を任じられるふた月ばかり前だった。その後、出府して間もなく、菊が病に倒れたという知らせが届いた。

迷ったのだが、お役を免じてもらい国許に帰った。しかし、仙台の屋敷は道場を兼ねているせいで人の出入りが激しい。道場主の妻女となれば、なにかと気の休まる暇はない。そこで薄衣に移ったのだが、菊にはここの空気が合っているようだし、おれ自身がここでの暮らしを気に入っている」

「なにがそんなに気に入りなのだ」

「そこもとが聞き及んでいるかは知らぬが、この村の阿弥陀堂を借りて塾を開いている。最初はごくささやかなものだったが、いまでは村人の子女の多くが通ってくれるようになった。領民あっての国。民あっての天下。それが子どもらに教えながら学んだことだ。おれのような融通の利かぬ人間は、面倒な藩政などにはかかわらず、ここで文教をしていたほうが人の役に立つのは明らかではないか。ならば、おれのいるべき場所はここ以外にない。そういうことだ」

ほう、自分が融通の利かぬ人間であるのは認めているようだ。

文十郎の意外な言葉に可笑しさを禁じ得ない十太夫だったが、それはおくびにも出さずに言った。

「おぬしの言うことは確かにわかる。だがな、若生、いざというときには、なにがあろうと命を賭《と》して主君に仕えるのが侍の務めではないのか。それがひいては、領民のためとなり、民を救う。おれが言っていることは間違っていると思うか？」

さすがに文十郎も黙り込んだ。

眉を寄せてじっと考え込んでいた文十郎が、しばらくしてから言った。

「そこもとの言うことはもっともだ」

やれやれ、やっと説得できたか、と思いきや、

「しかし、一度天に誓って決めたことを、たやすくひるがえすわけにはいかぬ。すまぬがあきらめて帰ってもらえぬか」

この野郎、とばかり、思わず十太夫は相手の胸ぐらをつかみそうになった。

なんなのだ、この偏屈野郎は。頑固にもほどがある。

どうしてくれようかと十太夫がいきり立っているところに、襖《ふすま》の外から声がかかった。

「お取り込み中のところ、おそれいります」

そろりと開いた襖の向こうに、文十郎の妻女の姿があった。

「お茶菓子をお持ちいたしました」

一礼して部屋に入ってきた菊が、饅頭《まんじゅう》と煎餅《せんべい》の入った器を差し出し、二つの茶碗《ちゃわん》に新しいお茶を淹れ直したあとで、文十郎のほうに身体を向けた。

「どうぞ、ご登城あそばしませ」

そう言って良人の目をじっと見つめる。

「お二方のお話、盗み聞きするつもりはなかったのですが、耳にしてしまいました」

申し訳ございません、と十太夫に詫《わ》びたあと、菊は再び文十郎に向き直った。

「お願いでございます。あなたさまは、武士としてのお務めを心置きなくまっとうしてくださいまし」

虚を衝《つ》かれた様子で菊に向けていた顔を十太夫に戻した文十郎が、少し間を置いてから低い声で言った。

「細谷どの、すまぬが少しのあいだ席を外してくれまいか」

「お、おう……」

うなずいて刀に手を伸ばし、腰を上げた十太夫は、二人を残して廊下へと出た。

十太夫が立ち去ったところで、もう一度、菊は言った。

「なにとぞご登城くださいませ。あなたさまを城中に送り出すことが、妻としてのわたくしの務めにございます」

「しかし……」

「わたくしは大丈夫です。玄栄《げんえい》さまのお薬が効いているのでございましょう。このところ、嘘《うそ》のように調子がようございます。ですからなにもお気に病まずに、胸を張って堂々とご登城くださいまし。それがわたくしのなによりの願いにございます」

「本当に、身体はよいのか？」

嘘をついてなんとなりましょう、と答えた菊が、小さく微笑《ほほえ》んだ。

「あなたさまは隠しておいでのようですが、夜、わたくしが床に就いたあとで、幾度となくお屋形さまへのご建白書をしたため、それを弥平治《やへいじ》どのに託していたことも承知しております。ですから、あなたさまが本心ではなにをお望みなのか、わたくしには痛いほどわかっております」

弥平治というのはこの村の肝入の倅《せがれ》である。景祐が書いた上書を奉じるため、何度となく仙台城下と薄衣を行き来していた。薄衣にいただけではつかみにくい天下の情勢を、逐一景祐にもたらしているのも弥平治であった。

畳の上に置かれた慶邦からの書状に目を落とした菊が、きりりとした顔つきで顔を上げた。

「畏《おそ》れ多くも賜ったお屋形さまのご書状によって、ようやくあなたさまのご趣意が聞き届けられる日がやって来たではありませんか。この機を逃してはなりませぬ。一刻も早くご登城あそばしませ」

強い光を瞳《ひとみ》にたたえ、菊は言った。まるで病が退散したかのような強さである。同時に、良人に対する妻女の想《おも》いが痛いほどに伝わって来た。

じっと菊の目を見つめていた景祐は、やがて頬をゆるめてうなずいた。

「わかった。おまえの言う通りにしよう。肩衣《かたぎぬ》と袴を用意してくれ」

「承知いたしました。すぐに」

そう答えた菊は、簞笥《たんす》から登城用の裃《かみしも》一式を取り出した。着ることはあるまいと思っていたのだが、自分の意思ではどうにもならぬ危急の事態が起きるかもしれない時勢である。一着だけ、仙台から届けさせていたものだ。

菊が器用な手つきで着付けを始めた。萱草色《かんぞういろ》の小袖に浅葱《あさぎ》色《いろ》の肩衣は、どこか翡翠の羽色を思わせる。

着付けをすませた菊が、背後から景祐の身体に腕を回して身を寄せた。

妻女の柔らかなぬくもりを感じつつ、景祐は言った。

「すまぬ。おまえにはなにもしてやれなくて申し訳なく思っている」

「なにをおっしゃいますか。ここでの一年半、夢を見ているように幸せな毎日でございました」

「これからの藩政にかかわる以上、この身になにが起きるかわからぬ。もしかしたら、おまえを悲しませることになるかもしれぬぞ」

「もとより覚悟してございます。ですから、お屋形さまのため、お国のため、そして民のために、あなたさまのお力を存分におふるいくださいませ。それがわたくしのたった一つの望みにございます」

背後から回されていた腕を優しくほどき、菊に向き合った景祐は、妻女の手をしっかりと握りしめた。

「おまえはこのまま、ここで養生していてよいぞ。引き続き置いてもらえるよう、廣吉に頼んでおく」

「いえ、わたくしものちほど仙台に戻りますわ」

「無理をしてはならぬ」

「さきほども申しました通り、玄栄さまのお薬で、このところ本当に気分がよいのです。ご心配には及びません」

少し迷ってから景祐は言った。

「ならば、精一郎をおまえの迎えによこそう」

精一郎は、景祐の留守を預かり、道場を守っている実弟である。

「そうですわね。そうしていただけると、廣吉どのにも余計なご迷惑をかけないですみますから、わたくしも心苦しくないですわ」

「必ずそうしよう」

うなずいた景祐は、菊の手をさらに強く握って言った。

「では、行って参る」

「ご武運をお祈りしています」

うむ、とうなずいた景祐は、菊の身体を一度、しっかりとかき抱いてから背を向け、外で待たせてある細谷十太夫のもとへと向かった。

武備恭順

一

——若生《わこう》が馳《は》せ参じました。

「おお、そうか。すぐに通せ」

——若生文十郎《ぶんじゅうろう》にございます。このたびの召し出し、ありがたき幸せにございます。

「久しぶりであるな。そこもとの槍術《そうじゅつ》、なかなか見事なものであった」

——恐縮にございます。

「じゃが、槍《やり》はもう作らせておらぬぞ。おぬしに言われた通り、いまは洋式銃と大砲の備えを急がせておる」

——おそれながら、それだけではまったく不足にございます。

——これっ、若生。余計なことを申すでない。

「かまわぬ、申してみよ」

——武器や武具よりも大事なのは兵にございます。時勢に合った兵学にございます。その兵学にのっとった軍制改革を急がねば、せっかくの銃や大砲も無用の長物になりかねませぬ。

——軍制改革は、軍制係に任じた真田《さなだ》喜《き》平太《へいた》がすでに進めております。ご安心くださいませ。

——いや、僭越《せんえつ》ながら申し上げますが、ご一門とご一家が中心となった旧来の軍制では役に立たぬと申しておるのでございます。洋式軍隊の調練を積まぬままで銃や大砲を持たせても、なんの成果が上げられましょう。

——口が過ぎるぞ。そう言っておるだろう。

「いや、なかなか面白い男ではないか。やはり若生を呼んでよかったぞ。して、若生、おぬしは洋式兵学に通じておるのか」

——残念ながら通じていると言えるほど詳しくはござりませぬ。

「そうか……しからば、土佐《とさ》」

——なんでございましょう。

「いまの我が藩で洋式兵学に最も通じた者は誰か、心当たりはあるか」

——あることはありますが、その者、ただいま国許《くにもと》を離れております。

「どこにおる、なんという者だ」

――星恂太郎《ほしじゅんたろう》と申す者ですが、江戸番の軍艦奉行松倉良輔《まつくらりょうすけ》によれば、いまは横浜にいるはずにございます。

「横浜でなにをしている」

――アメリカ商館の館長、ヴァン・リードという者の商売を手伝いながら、英国式兵学と砲術を学んでいるとのことゆえ、近々、召し出そうかと思案していたところにございます。

「なるほど。それならよいが……よもや、いまの若生の言葉で、咄嗟《とっさ》に思いついたのではあるまいな」

――ま、まさか。け、決してそのようなことはございませぬ。前々より考えていたことにございまして……。

「まあ、よい。その星という者を呼び戻して、調練が頓挫《とんざ》している楽兵隊《がくへいたい》を預けるがよい」

――承知つかまつりました。

「さて、そろそろ本題に入ろうか。若生文十郎、おぬしの建言、あらためて申してみよ」

――上書にしたためた通りでございます。

「おぬしの口から直接聞きたいのだ」

――承知つかまつりました。まずは、薩長が唱える勤王に異存があるわけではございませぬ。人心一和となって諸外国に立ち向かうためには、帝《みかど》のご聖慮のもとに諸藩が一つになる以外に道はありませぬ。しかるに、新政府と称する現政権は、帝を掌中の玉《ぎょく》としか考えておらぬ薩長の奸策《かんさく》によって作り上げられたものに他なりませぬ。したがって、民百姓が薩長への恩義ではなく、天朝の御仁政を切望するように尽力するのが肝要かと存じます。

「筋は通っておる。通ってはおるが、いまさらそれを言っても始まらぬ」

――始まらぬわけではございませぬ。お屋形さまにおかれましては、話を最後までお聞き届けくださりませ。

――これっ、若生、口が過ぎるぞ。何度も言わせるでない。

――お聞き届けいただけぬのであれば、これにてお暇《いとま》させていただきたく存じます。それも罷《まか》りならぬというのであれば、なにとぞ切腹を仰《おお》せつけくださいませ。

――お、おぬし、なにを言い始めるかと思えば……。

「はは、よいではないか。かまわぬ、続けよ」

――いずれ薩長を退けるためには、我が仙台藩がただの大藩ではなく、紛うかたなき雄藩であることを諸国に知らしめる必要がございます。もはや、徳川や会津の存亡を憐《あわ》れんでいる場合ではございませぬ。しかして、このたびの会津討伐は、薩長の奸策によるのは明らかとはいえ、帝よりの勅であるのも確か。朝命に背を向けることはできませぬ。

「そうなのだ。だから藩論がまとまらず、わしも、そしてそこの土佐も困り果てておるのだ」

――ですから、まずは会津に向けて速やかに挙兵をいたしましょう。肝心なときに及び腰になっていたのでは、先の長州征伐のおりの徳川幕府のように時機を逸して、諸藩の笑いものになってしまいまする。しかしその一方、万民に苦しみを与える戦は、いかなるときでも最後の手段にございます。奥州随一のみならず、加賀、薩摩に並び天下の最雄藩である我が仙台藩としては、挙兵によって威勢を天下に示しつつも、武力を用いずに説諭によって会津を開城させるのが上策にございます。

「うむ。わしの考えもまったく同じであるぞ」

――ありがたきお言葉、恐縮にございます。

「しかし、会津が恭順の意を示し、開城にまで応ずるかとなると、極めて難しかろう」

――仰せの通りにございます。おそらくいまの会津は、若松城を枕《まくら》にし、最後の一兵に至るまで死を覚悟して戦わんとの意気込みにございましょう。その気概は容易には崩せぬと思われますが、だからこそ説得に掛けてみる価値があるのでございます。おそらく諸藩は、会津は決して恭順などせぬものと見ているはずにございます。そこを説諭によって説得したとなれば、我が藩は諸藩からの驚きと敬意を一身に浴びることになります。さすれば、これまで武力の恐怖によって抑えられてきた諸藩の多くが薩長から離反し、公明正大な新たな政府を作るべく立ち上がることになりましょう。その際の要《かなめ》となるのが我が仙台藩ではなくて、いったいなんとなりましょうか。さすれば、お屋形さまには一刻も早くご決断あそばされますよう、切に願い存じ奉《たてまつ》る次第にございます。


「なるほど、若生。おぬしの意見、吟味に値するものであるのは間違いないようだ」

――恐悦至極にございます。

「土佐。会津説得についての評議を執政らの参集のもと、至急、執り行うよう手配いたせ」

――承知つかまつりました。

「若生。その場にはそこもとも参ぜよ」

――ありがたきお言葉にございます。

「その評議にはわしも臨むぞ」

――承知つかまつりました、そのように手配いたします。

「それから土佐、もう一つ頼みがある」

――なんでございましょう。

「三《み》好《よし》が持ち帰った建白書、やはりなんとしても奏上したい。ただちに新たな使者を京師《けいし》に送る手配をいたせ」

――……。

「どうした土佐。不服があれば申せ」

――いえ、誰が適任か考えていたところにございます。

「そうか。とにかく急ぐのじゃぞ」

――仰せの通りにいたします。

「おお、そうだ、もう一つ忘れておった……。若生、おぬしの内儀、加減が優れぬとのことだがどうなのだ？」

――このところ、だいぶよいようでございます。

「医者が必要ならば遣わすぞ」

──かたじけなく存じます。ですが、寺池さまのご従医、羽生《はにゅう》玄栄《げんえい》どのに処方していただいた薬の具合がよいようで、じきに城下へ戻そうと考えております。

「そうか。それならよいが、遠慮するでないぞ」

──ありがたきお言葉、光栄にございます。

「うむ。二人ともご苦労であった」

二

若生文十郎が仙台城下に馳せ参じた二日後、仙台城二の丸のかなり奥まった場所にある御座の間においてもたれた、藩主臨席による重臣会議は、土佐が予想していた通り難航した。

土佐と同じように会津藩救済を主張する者は以下の五名である。

坂《さか》英力《えいりき》（軍事総督奉行・一族・三十六歳）

松本《まつもと》要人《かなめ》（奉行・永代着座・五十二歳）

大内《おおうち》筑後《ちくご》（奉行・一族・五十五歳）

片平大丞《かたひらだいじょう》（奉行・一族・三十七歳）
安田《やすだ》竹之輔《たけのすけ》（近習目付・召出・四十一歳）
一方、会津追討を訴える者は次の六名いた。
真田喜平太（若年寄・永代召出・四十五歳）
泉田志摩《いずみだしま》（若年寄・一家・四十三歳）
三好監物《みよしけんもつ》（若年寄・永代召出・五十四歳）
葦名《あしな》靭負《ゆきえ》（若年寄・準一家・三十歳）
富田小五郎（参政・永代着座・三十五歳）
坂本大炊《さかもとおおい》（参政・大番士・四十五歳）
自身の立場を明確にしていない者は、
古内右近介《うこんのすけ》（奉行・永代着座・三十七歳）
その一名のみである。
やはり三好監物は、この場において土佐とは論を異にする立場を鮮明にした。
玉虫《たまむし》左太夫《さだゆう》と若生文十郎の二名も末席に連なっているが、土佐がうながさない限り発言を控えるように言い含めてあった。
ともあれ、古内右近介以外の奉行全員が会津救済を是としている以上、通常であれば藩論は定まる。

しかし、この重臣会議には、容易ならざる背景があった。会津救済か討伐かの対立は、五年前の論争が形を変えて再燃したものと言えるのだ。

文久三年（一八六三）の正月、開国か攘夷《じょうい》かで藩論が二分した際、土佐ら開国派との論争に敗れた尊攘派の重臣は、閉門や蟄居《ちっきょ》、要職からの罷免《ひめん》などで、藩政の中心から追いやられていた。その後復権を果たしたのは、慶邦《よしくに》の建白書を託すために奉行に再任された大條孫三郎《おおえだまごさぶろう》だけだが、当人は京都に滞在中である。

したがって、この詮議《せんぎ》の場に顔をそろえている奉行はみな土佐の息がかかっている者ばかりであり、会津救済に回るのは当然の流れである。

だが、それが逆に、土佐らの足かせとなっていた。

ここで土佐が筆頭奉行の権威をもって無理に押し切れば、会津討伐派が土佐の横暴を正面切って騒ぎ立て、それが藩内に波及していっそうの混乱が生じかねない。一方の真田らを中心とした討伐派が、朝命を楯にとって強硬路線に徹しきれないのには、やはりわけがあった。

新政府により徳川慶喜は第一等の罪人とされ、会津の松平容保《まつだいらかたもり》は桑名の松平定敬《さだあき》とともに第二等とされていた。その慶喜であるが、恭順謝罪の意を示して上野の寛永寺に謹慎したことにより、もしかしたら死罪は免れるかもしれないとの報がもたらされていた。その根拠として、仙台藩の公儀使大童信太夫《おおわらしんだゆう》が、幕府側の勝海舟、新政府側の西郷吉之助、この二人で最終的な交渉が行われる見通しであることを挙げていた。信太夫がそのように読んでいるのであれば、信用に足る話であるのは皆わかっている。

ところが、容保に対しては、本人が慶喜と同時に哀訴嘆願書を出しているにもかかわらず、大総督府は、死罪以外にはないとの方針を変えていないようなのだ。

慶喜が死を免れて容保が死罪というのは、どう考えても理屈に合わぬ話である。それがゆえに、会津を救済すべきだとの救済派の論を撃破するまでには至らないのであった。

昼をはさみ夕刻近くに及んでいる評議は暗礁《あんしょう》に乗り上げ、完全に膠着《こうちゃく》状態に陥っていた。

そろそろ潮時であろう。

そう土佐は判断した。ここまで皆が疲れ切っているところで突破口が見つかれば、たとえその穴がどれほど小さなものでも、出口を求める水流のように、そちらへと向かうはず……。

土佐のはす向かいに座してげっそりした顔をしていた葦名靭負と目が合った機を逃

さずに、昨夜の打ち合わせ通り、膝《ひざ》の上に置いていた扇子をゆっくりと持ち上げ、こめかみに当てながら目配せした。

会津討伐派にあって、唯一《ゆいいつ》懐柔できそうなのが、栗原郡石越邑主《いしこしゅうしゅ》の葦名靱負であった。

明日の評議でいよいよとなった際は、そこもとから妥協案を出してはもらえまいか。

昨夜、忍びで葦名靱負の屋敷を訪ねた土佐は、実はお屋形さまもこの者の建白をよしとしているのだが、と前置きをして、若生文十郎の建白書を見せた。

そのようなことはできぬ、と拒絶されれば、評議の前に談合を持ちかけた土佐が糾弾される恐れがあった。それゆえ、葦名靱負との昨夜の密談は、討伐派側からの妥協案であれば評議の場は丸く収まると踏んでの、土佐の賭《か》けだった。

説得にしばらく要したものの、なんとか、靱負の同意を取り付けることはできた。

土壇場になってひるがえすでないぞ。

胸の内でそう語りかけながら、靱負が口を開くのを待った。

息苦しい沈黙が支配していた評議の場に、

「それがしに一つ提案がござる」という葦名靱負の声が響いた。

皆の視線が一斉に集まる。

靱負の顔からは、先ほどまでの疲労の色が消えていた。

「この三月二日に奥羽鎮撫使《ちんぶし》の御一行が京師を発《た》ったとの知らせが、在京の大條どのから一昨日届いたのは、おのおのがたもご承知であろう。しからば、数日中にもご到着のことと思われる。その際、藩論も定まっておらぬ、会藩追討の備えが一つも進んでおらぬとなれば、我が仙台藩の面目は丸つぶれにござる。ここはやはり、即刻追討軍を編成し、先般から申している通り、出陣の段取りをつけるべきでござろう――」

そこで言葉を切った靱負は、ちらりと土佐を見やり、一つ咳払《せきばら》いをしてから続けた。

「しかし、会藩を説得のうえ恭順に持っていくことができれば余計な血を流さずにすみ、領民に塗炭の苦しみを与えずにすむというご意見も、ごもっともにござる。しからばここは、朝命にしたがって追討の準備を整えると同時に、恭順説得のための使者を秘《ひそ》かに会津へ送ってはいかがであろう。さすれば説得の可否にかかわらず、我が藩の面目は保たれるのではござらぬか。おのおのがたはどう思われる」

あからさまな異論の声が上がらぬ一方、ことさらそれを押そうとする声も聞こえない。だが、この評議を落着させるにはそれしかないだろうと、それぞれが傾きつつあるのは確かなように、土佐には思われた。

「葦名どののご意見、確かに妙案だとそれがしも思う――」そう切り出した土佐は、玉虫左太夫とともに末席で畏《かしこ》まっている文十郎を見やってから言った。

「実は葦名どのと同じ所見を述べた上書を奉じた者を、お屋形さまのお許しを得て、本日はご近習として玉虫左太夫どのとともに列席させてござる。議論がどうしてもまとまらぬ場合は、折衷の案としてこの場に諮《はか》ってみるのもよかろうとの、お屋形さまの仰せでござった。しかして、葦名どののいまのご提案によってその必要もなくなり申した……若生、そのほうはもう下がってよいぞ、大儀であった」

「待たれよ。せっかくであるから、当人の口から詳しく述べてもらおうではないか。これで下がらせるのはさすがに気の毒だ。のお、おのおのがた」

すかさず口をはさんだのは、坂英力。もちろん土佐と示し合わせた芝居である。

「いかがいたそうか……。葦名どのはいかがであろう」

これは芝居ではないものの、土佐の意図を汲《く》んだ靱負が答えた。

「それがしは、かまわぬが」

うなずいた土佐は、最末席の文十郎に命じた。

「若生。そこもとの建言、遠慮はいらぬ、この場で述べてみよ」

かしこまりました、とつくばって名を名乗った文十郎が、ゆっくりと顔を上げ、気おくれした様子も見せずに、姿勢を正して話し始めた。

「ご重職がたにおかれましては、拙者のような若輩者があらためて申し上げる必要もございませぬが、このたびの我が藩に対する会津追討の御沙汰《さた》は、朝命とはいえ、その実薩長による奸策にほかなりませぬ――」

一昨日、藩主の前で披露した際と同様の内容を、文十郎が説いていく。前回は藩主との問答だったのでさほど感じなかったが、滔々《とうとう》とした文十郎の口ぶりは、まるで藩校で講義を授けているようだった。話に聞いていた養賢堂《ようけんどう》での秀才ぶりは、どうやら眉唾《まゆつば》ではなかったようだ。

文十郎が話し終えると、これはなんとも、なるほどたしかに、いやはやこれは、などと、驚きと戸惑いを伴った、しかし、賞賛ともとれる声が口々に上がった。

そうしたなかで一人、憤然とした表情を崩さぬ者がいた。

若年寄の真田喜平太である。

文十郎の話のなかには、真田喜平太が進めている軍制改革への批判ともとられかねない内容が含まれていたのだから無理はない。

今朝、文十郎が登城した際、そこには触れるなと釘《くぎ》を刺しておいたのだが、それを忘れたのか、あるいは無視したのか……。

若生め、一番面倒なやつを怒らせおって。

土佐は小さく舌打ちした。

真田喜平太は、関ヶ原で徳川軍を手玉にとった真田昌幸、その次男で大坂夏の陣において徳川家康の本陣に突撃し、あと一歩というところまで家康を追い詰めた真田幸村の子孫である。大坂城が落城する混乱の渦中で、真田幸村は幼い子女四人を伊達政宗に託した。そのなかの唯一の男児が幸村の次男、真田大八であった。

白石の片倉家に預けられた大八は、片倉守信と改名して、家康の目を逃れて生き延びた。その守信を初代として、二代目の辰信《ときのぶ》のときに真田への復姓が叶《かな》い、喜平太は九代目に当たる。

そうした出自を持つせいであろう。文十郎に劣らぬ剛直な気質の男で、自尊心も強い。

「真田どの」

喜平太に声をかけた土佐は、

「なにか疑義がおありか」と尋ねた。

余計なものを腹に溜《た》め込ませるより、むしろしゃべらせたほうがいい。そう土佐は判断した。

喜平太がよく通る声で言った。

「いまの若生どの建言、確かに理に叶っていると拙者も思う。だが、先日帰国した探索方……確か、細谷《ほそや》と言ったか……その細谷の報告によれば、先月の下旬に容保侯が若松城に帰られて以来、会津では相当激しい調練を重ねているというではないか。容保侯が新政府に哀訴嘆願書を提出し、会藩から各方面へ周旋依頼の使者を送っているとはいえ、藩全体が恭順に傾いているとは到底思えんのでござる。むしろ逆で、徹底抗戦をすでに選んでいるようにも思われる。そこへ我が藩から恭順説得の使節を送ったとしても、開城には絶対に応じぬのではあるまいか。いや、拙者の私見ではあるが、応ずるわけがないであろう。初めからしくじるのがわかっていて、いったい誰が出向くというのだ――」そのあとに、

「槍にでも突かれ、無駄死ににになるかも知れぬというのに」と喜平太は付け加えた。

座が静まり返った。

土佐の予想通りである。

いかがであろう、この際、若生に……と、土佐が口を開こうとした刹那《せつな》、

「それがしが参ります。会津への使節、この若生文十郎に仰せつけくださりませ」

文十郎が自ら声を上げた。

慶邦のいる上座に向かって頭を垂れている若侍に、皆の視線が一斉に集まる。

「命がないかもしれんのだぞ」

文十郎を気遣うというよりは、くさすような口調で喜平太が言った。

「承知しております。もとよりそれは覚悟のうえで参上つかまつりました。戦において敵弾や刀剣に倒れるのも、使節に出向いて殺されるのも、死ぬのは同じでございます。なにとぞこの私めに使節の任を仰せつけくださりませ」

そう言って文十郎は再びつくばった。

「よいのではないか、当人が申し出ておるのであるから」

会津救済派の近習目付、安田竹之輔が声を上げ、

「それだけのことを申すのであれば、お手並み拝見と参ろうではないか」

三好監物が、監物らしい皮肉を込めた口調で言った。

異論をはさむ者はいない。

「それでよろしいか、真田どの」

土佐に問われた喜平太は、少し間を置いてから口を開いた。

「ときに若生どの。おぬし、いくつになる」と尋ねた。

「二十七にございます」

「使節に出向くとして、容保さまに謁見《えっけん》せねばどうにもなるまい。おぬしの歳《とし》では若

すぎる。ましてや、恭順の説得に出向くのであるからして、こちらもそれなりの礼を尽くすべきもの。もっと年長の者を正使に立て、若生どのを副使に、さすれば会津側の顔をつぶすこともなかろうぞ。そうではござらぬか、おのおのがた」

なるほど、確かに、それは妙案、などの声が、さざ波のように広がる。

それが収まるのを待って、喜平太が言った。

「ときに玉虫どの、そこもとが正使にというのはいかがであろう。確か、玉虫どのは拙者よりも一つばかり年長でありましたな。それに、このたびの正使、諸藩に顔の広いそこもとこそ適任ではないかと拙者は思うのだが、いかがであろう」

真田め、気づいたな……。

土佐は胸中で、真田喜平太に対する二度めの舌打ちをした。

昨夜、葦名靭負と密談したことまでは、さすがに思いが至っていないだろう。しかし、若生文十郎を使節に立てて会津の説得を試みるという、土佐の計略があってこその今日の御前会議であることは見抜いたようだ。

そこで反撃に打って出たというわけか……。

当初より開国を唱えてきた養賢堂指導層の藩政に対する影響力は、文久年間以来、年を追うごとに増している。その筆頭が、このたび若生とともに取り立てられた玉虫左太夫であった。

左太夫は、鷹匠《たかしょう》組頭を務めた玉虫平蔵の五男である。養賢堂で大槻磐渓《おおつきばんけい》のもとに学んだのち、他家へ婿《むこ》養子に入ったのだが、若くして妻女に先立たれた。それをきっかけに姓を玉虫に戻すと同時に、脱藩して江戸へと出奔した。学問で身を立てるのが目的だったという。

もともと頭脳が極めて優秀であったようだ。江戸市中の学問所で名声を挙げたことで箱館奉行の目に留まり、安政四年（一八五七）に蝦夷地《えぞち》と樺太《からふと》の調査団の一員として海を渡った。それがさらに、日米修好通商条約批准《ひじゅん》使節団の随行員へとつながり、世界一周ののちに帰国した。

そうした玉虫の経歴と見聞の広さが、養賢堂に学ぶ若者たちに大きな影響を与えるのは必然である。事実、京都や諸国に送る探索方の多くが、玉虫の推挙によって決まっている。

ではあるのだが、玉虫左太夫の存在が大きくなるにつれ、もともと尊攘派だった藩士たちに煙たがられ、直接のいさかいは起こさないまでも、各所で軋轢《あつれき》を生む原因になっていた。

おそらく真田喜平太は、玉虫左太夫に対する優遇をこころよくは思っていないであろう。

　で、玉虫を正使に推挙したというわけだ……。

　ここで左太夫が断れば、左太夫自身の面目を失う。一方で、正使を受けたとしても会津説得の見込みは薄い。失敗して帰って来れば、失脚とはいかないまでも、藩政に対する影響力を削《そ》げる。会津で左太夫の身に万一のことがあれば、むしろ、それはそれでよし。

　そういうことである。

　やられたな、真田には……。

　顔には出さぬようにして土佐は臍《ほぞ》をかんだ。

　しばらく考え込む様子をしていた左太夫が、やがて言った。

「わかり申した。それがしでかまわぬのであれば、若生とともに会津へ参りましょう」

　本人が受けた以上、仕方がない。

「ご異議はありませぬかな」

　そう言って一同を見渡した土佐は、次いで、

「どなたもご異議なしとのことであれば、玉虫どのを正使に、若生どのを副使として

会津の説得に遣わし、あわせて会津への出兵準備に至急取り掛かるべく、お屋形さまにご決裁を仰ぐことにいたす」そう言うしかなかった。

むろん藩主の決裁は「可」であった。

ようやく評議が散会となり、会津説得の子細な打ち合わせをするべく、御奉行詰所に向かって景祐《かげすけ》が長い廊下を歩いている途中で、おい、と背後から呼び止められた。

足を止めて景祐は振り向いた。

声の主は真田喜平太だった。

「あまり図に乗るなよ」

色黒の頬に薄い笑みを浮かべて喜平太が言った。

「どういうことでしょう」

「言った通りだ」

「なにかの脅し、ですか？」

「まさか」

そう笑った喜平太が、

「忠告だ、忠告」

忠告、という言葉を繰り返した。

「忠告、ですか……」

「さよう。立場をわきまえぬ出過ぎた言動は、できるだけ控えるに越したことはない。今日のような密室での会議であっても、たいてい数日中には、城中のどこへ行っても周知のものとなる」

「そうかもしれませんね」

京都で探索方をしていたときのことを景祐は思い出した。

「そして、その手の話には必ず尾ひれがつく。なかにはあらぬ誤解をする者もいるだろう」

うむ、と自身に対してうなずくような仕草をした喜平太が、親しげに景祐の肩を叩《たた》いた。その手を肩に載せたまま、もう一方の手で扇子をわずかに広げて口許を隠し、景祐の耳にささやくように言う。

「寝首を掻《か》かれぬように気をつけろ。それを忠告したくて呼び止めた。よろしいな」

景祐の肩にやっていた手を外した喜平太は、たたんだ扇子を自分の首筋に軽く打ちつけながら、大股《おおまた》に歩き去った。

「妙な人だ……」

首をわずかにかしげ、真田喜平太の後ろ姿を眺める景祐の唇から、無意識のうちにつぶやきが漏れていた。

三

四隅に行燈《あんどん》をともした仄暗《ほのぐら》い道場で、一人景祐は舞っていた。日下《くさか》一旨《いっし》流の演武である。

見る者はいない。稽古《けいこ》用ではない真槍《しんそう》を手にし、白の小袖に黒袴、襷《たすき》で汗止めをした景祐が、道場の端から端まで縦横無尽に舞っている。

夜も更《ふ》けて静まり返った道場に、槍の切っ先が空気を切り裂くひゅんという鋭い音が響く。それ以外に聞こえる音といえば、流れるような足さばきの音と、かすかな衣擦れの音。よほど耳をすまさぬ限り、景祐の息遣いは届いてこないであろう。

いまの景祐からは雑念が消えている。雑念を消すために、家人も寝静まった深夜に、ただ一人槍を手にして一心不乱に舞っている。

道場の未申《ひつじさる》から丑寅《うしとら》の隅へと滑るように動いた景祐は、鋭く前方へ槍を突き出し、すぐさま中央へと取って返すと、頭上でびゅん、びゅん、びゅんと、三度大きく回転させたあと、素早く下ろした槍を利《き》き手に保持してぴたりと動きを止めた。

　やがて、ゆっくりと息を吐きだした景祐は、その場に座して槍を床に置いた。

　演武中は消えていた雑念が次第に戻って来る。

「まだまだな、おれは……」

　景祐はつぶやいた。

　明日、景祐は玉虫左太夫とともに会津へ向けて発つことになっていた。

　戦において敵弾や刀剣に倒れるのも、使節に出向いて殺されるのも、死ぬのは同じ――評議の場でそう言った景祐だったが、それが果たして本心から出たものなのか、功名心から咄嗟に出たものなのか、自分でもよくわからない。

　主君のために忠義を尽くしたい。その気持ちに偽りはない。君命とあらば自ら命を投げ出して悔いのないのが侍の本義である。それを疑っているわけでもない。武士として生まれてきて、本来の武士としての務めをまっとうできるときが、ようやく巡ってきた。伊達家の家臣団の一人として、望外の喜びであるのも確かだ。

　なのに、こうも気分が落ち着かないのはなぜなのか……。

　薄衣《うすぎぬ》に残してきた菊《きく》の面影が、ゆらめく行燈の明かりのように浮かび上がる。

　明日、精一郎《せいいちろう》が菊を迎えに薄衣へと向かう。

　もしかしたら、このまま菊とは会うことなく、あのときが最後の別れになるのかもしれない。

覚悟はしたはずなのだが、会津への出立前に、できることならもう一度、菊と言葉を交わしたかった。未練がましいことははなはだしいと思うのだが、それが偽らざる本音だ。

床に就いても目が冴《さ》えて眠れず、槍を手にしてみた。しかし、雑念が消えていたのは、ほんのわずかな合間だけであった。

「父上、このたびの務め、この景祐に果たせるものでしょうか……」

亡《な》き父に向かって景祐は問いかけた。

そうだ、おれはいま、不安に押しつぶされそうになっているのだ。他人には決して見せられぬ、これが本当のおれの姿なのだ。

不安の正体は、務めが不首尾に終わることへの虞《おそれ》なのか、それとも、死への恐怖なのか……。

病床に臥《ふ》せっていた父が景祐を枕元に呼び寄せ、痩《や》せ衰えた身体《からだ》を起こすことも叶わず、最期《さいご》の息で絶え絶えに言った言葉を、景祐は思い出す。

——景祐……侍は生き方が大事なのではない……死にざまこそが大事なのだ……このようなぶざまな死にざまを……おまえに見せることになってすまぬ……不甲斐《ふがい》ない

父を……許してくれ――。

死にゆく息でなぜ息子に謝る必要があったのか。なぜ父は許してくれなどと口にしたのか……。

侍としておまえは立派な死にざまを見せるのだぞと、そう言いたかったのだろうとは思うのだが、父には謝ってなどほしくなかった、自身のことをぶざまだとか不甲斐ないなどとは言ってほしくなかった。

「父上、貴方《あなた》は、決してぶざまでも不甲斐なくもありませんでした……」

死にゆく父にかけたかった言葉、しかし、十三歳のあのときにはかけることができなかった言葉を、景祐は口にした。

しかし、その言葉は、父には永遠に届かない。

四

景祐はいま、米沢から会津へと向かう峠道を歩いている。

米沢側からは会津街道、一方の会津側からは米沢街道と呼ばれる道である。最大の難所は檜原《ひばら》峠。別名大峠の名の通り、険しい峠越えが必要な山道であった。ひっそりとした左右の森の日陰には根雪が残り、行く手の峰々は白くまばゆい。

仙台城下はそろそろ桜の季節である。だが、会津へと向かう山中では、春の兆《きざ》しを運ぶ蕗《ふき》の薹《とう》の香りが、薄く漂い始めたばかりだ。

その山筋を、景祐たちは周囲に気を配りながら慎重に歩いていた。

どこかに会津の斥候が身を潜めていないとも限らない。斥候に見つかり、誰何《すいか》されるのであればまだいい。仙台からの使節であると明かせば、会津若松城下への立ち入りを交渉する余地も生まれよう。困るのは問答無用で銃を撃たれたり矢を射かけられたりすることだ。

景祐とともに歩を進めているのは、会津説得のために仙台藩主伊達慶邦が遣わした正使、玉虫左太夫と、養賢堂において左太夫の門下生だった近藤一郎および大和田《おおわだ》甲《こう》蔵《ぞう》である。若い従者の二人は、景祐が養賢堂で学んでいたころの学友でもあった。使節の一行より十間ほど先を、軽い足取りでひょいひょい登っているよわい四十ほどの男は、米沢藩が案内役につけてくれた山立猟師の六《ろく》右衛《え》門《もん》である。この街道を歩いたことのある者はいない。整備された街道のこと、案内なしでも道に迷いはしないだろう。とはいえ、山に詳しい地元猟師の先導は大いに助かる。

それは確かなのだが、

「六右衛門、待てっ、しばし待たれよっ」

景祐と左太夫の前を歩いていた甲蔵が六右衛門を呼び止めた。

歩を止めた六右衛門が、どうしたのかという顔つきで一行を振り返る。

「もう少し、ゆっくり歩いてくれぬか」

肩を上下させ、ぜいぜいと息を切らしている左太夫を見やった甲蔵が、六右衛門に言った。

「おらあ、だいぶゆっくり歩いでおりますけどなあ」

のんびりした口調で六右衛門が答える。

「玉虫どの……、いや、ともかく少しばかり速すぎる」

玉虫どのには速すぎる。おそらくそう言おうとした甲蔵が、一度唾を呑《の》み込んでから言い直すと、六右衛門は無言でうなずき、再び歩を進め始めた。

編み笠《がさ》の下の顔をしかめながら、手《て》拭《ぬぐ》いで首筋の汗をぬぐった左太夫が歩き出すのを待って、景祐も歩き始める。

まったく愛想のない六右衛門ではあるが、歩みがゆっくりとなった。左太夫の苦しげだった息も、さきほどまでよりはだいぶ落ち着いて聞こえる。

仙台から会津までは、奥州街道を二本松まで南下したあと、二本松街道を使って若松城へと向かうのが通常である。それが今回、わざわざ雪解けの遅い内陸側の峠越えを選んだのは、会津へおもむく前に米沢城下に立ち寄る必要があったからだ。

鳥羽伏見の合戦後、勝利を収めた新政府によって朝敵に対する追討令が出されてからというもの、奥羽諸藩のあいだでは、頻繁に使者が行き交っていた。やがて鎮撫使が下向した際にどうするか。自藩が取るべき態度を定めるためだ。

むろんどの藩も、朝命に逆らおうとは考えていない。それは仙台藩も同様である。しかし、朝敵とされた会津藩に対しては、同じ奥羽の地に生きる者として同情を禁じ得ない。会津に明らかな非があるのであれば迷う必要はない。即刻兵を繰り出すであろう。だが、慶邦がいまなお朝廷に提出しようと試みている建白書にあるように、薩長が実権を握る新政府の言い分に、大義を見出すのは難しい。

それによる戸惑いが奥羽の各藩には確かにあり、二月に入ってから、天童、山形、盛岡、相馬《そうま》中村《なかむら》、二本松、三春《みはる》といった近隣の諸藩が仙台城に使者をよこし、万一のときの援助――むろん兵力のことである――を依頼したり、今後どのようにすべきか奥羽の領袖たる仙台藩に教示を求めたり――多分に儀礼的なものではあったが――していた。

そうしたなかで明確な方針を持って訪れたのが米沢藩であった。会津藩と国境を接する石高十八万石の米沢藩は、仙台、会津、秋田、盛岡に次ぐ奥羽における大藩である。自身の動向がこのたびの政局に大きく影響を与えることを知っているうえ、自らが主導したいとの思惑もあるようだ。

事実、各藩の使節が仙台城下へ派遣されていた二月の半ば、米沢藩奉行直属の中之間年寄、木滑要人《きなめりかなめ》と橋本主税《ちから》の二名が、藩主上杉斉憲《うえすぎなりのり》の直書を携えて来仙した。

直書の内容は、京都において仙台藩には会津藩に対する追討令が、米沢藩には仙台藩への応援命令がそれぞれ下される一方で、江戸においては徳川家から周旋を依頼されているが、小国である弊藩としては貴藩より教示を賜りたい、というものだった。

直書そのものは仙台藩の顔を立てるものだった。だが、左太夫の話によれば、実際の会談の場において木滑らは、仙台藩単独ではなく奥羽諸藩で会議を開き、連署で建白すべきではないかと強く要求したという。米沢側の要求は、すでに慶邦の建白書を携えた大條孫三郎が京都へ向けて発っていたため保留にされた。ともあれ、それを機に、水面下における仙米両藩の連絡が密になった。

米沢側からの使節が来訪したのち、それに応《こた》える形で仙台から送られたのが、玉虫左太夫と近習目付の安田竹之輔であった。

それからほぼひと月。ようやく藩論がまとまり、会津救済の周旋に動き始めることが可能となった仙台藩としては、米沢を無視して会津へ行くわけにはいかない。まずは米沢に出向き、これから会津へ向かう旨《むね》を伝えておく必要があった。

先日の御前会議の際、若年寄真田喜平太の提案によって正使にまつりあげられた左太夫ではあったが、米沢を経由して会津に向かうとなれば、むしろ適任と言えた。

実は文久のころ、仙台と米沢の関係は決して良好なものではなかった。しばらくのあいだ幕府の直轄《ちょっかつ》領となっていた置賜《おきたま》郡の屋《や》代郷《しろごう》が、文久三年（一八六三）二月に、幕府によって米沢藩私領同様の扱いに戻される仕置があった。これに不満を抱いた屋代郷の郷民が、国境を接している仙台藩の領内へ相次いで逃亡を企てるという事態になったのである。それが郷民の引き渡しを要求する米沢藩と仙台藩とのあいだの確執を招いたのだが、その際、互いに疑心暗鬼になっていた両藩の関係を修復に導いたのが玉虫左太夫であった。

使節の正使が左太夫だったことで、米沢城下では慇懃《いんぎん》な扱いを受けた。宴席が設けられて一泊したのち、追って我が藩も会津への使節を送るとの返答を得て、景祐ら一行はいま、ひと足先に会津へと向かっているのだった。

最大の難所、檜原峠も無事に越えられた。峠近くではひざ下近くまで雪が残っており、歩行そのものに難儀したものの、案じていた会津の兵に出くわすことはなかった。

が、ここからがいよいよ本番である。

峠から会津側に一里と二十町ほど下った先が檜原宿で、会津側の番所や高札場、検断が置かれる要所となっている。

その檜原宿まで二、三町と迫ったところで、先導していた六右衛門が歩を止めた。先を見やると、行く手の木立の隙間《すきま》に、こちらへと小走りにやってくる人影が見えた。

「会津兵だべ。これでおらの役目は終わりだすな」

そう言い残した六右衛門が、来た道をさっさと引き返していく。止める間もない。

余計なことにかかずらう気などさらさらないと、六右衛門の背中は語っていた。

景祐たちは、あっという間に小さくなっていく六右衛門から、麓《ふもと》のほうへと視線を戻した。

総勢七人の男たちは武装した会津兵であった。大小だけの者は一名のみ。濃紺の筒袖と細身の袴を身に着け、韮山《にらやま》笠を被《かぶ》った者のうち、四名は槍を、二名は洋式銃を手にしていた。

近づいて来る相手を認めた一郎と甲蔵が、景祐と左太夫を護《まも》るべく前へと進み出た。

会津兵は、五間ほど間合いを取り、横一列に立ちはだかった。両脇《りょうわき》の二名は片膝をついて銃を構え、いつでも発砲できる体勢をとっている。槍を手にしている兵も同様で、刃先をこちらに向け、いまにも突進して来そうな形相だ。

会津に至るすべての国境は、殺気立った会津兵によって固く閉ざされているという細谷十太夫《じゅうだゆう》の報告は誇張ではなかったようだ。

中央に立つ、一人だけ小袖袴に陣羽織、そして陣笠という出で立ちの男が、景祐たちに向かって声を飛ばした。

「おぬしら何者だっ。この先には何人《なんぴと》たりとも行かせぬぞ」

「我らは仙台からの使者にござる。肥後守《ひごのかみ》さまへのお目通りを願う」

一郎が声を張り上げた。が、その声は、かすかにうわずっているように、景祐には聞こえた。

無理もない。槍はまだしも、まともに銃口を向けられるのは、まったく気持ちのよいものではなかった。

陣羽織の侍が言う。

「さような話は聞いておらぬぞ。とっとと帰られよ」

「そうは参らぬ。我らはこのたびの肥後守さまの窮状をお救いすべく、陸奥守《むつのかみ》が遣わした使者にござる。貴藩への立ち入りを許されよ」

「そのようなたわ言に惑わされるわけがなかろう。さっさと立ち去るがよい。さもなくばおぬしらの命、いますぐここでもらい受けることになろうぞ」

「たわ言などではござらぬ。我らは、まぎれもなく――」一郎がそう口にしたところで、景祐の隣にいた左太夫が動いた。

二人を護るために立っていた一郎と甲蔵のあいだを割って進み出た左太夫が、

「鉄之丞《てつのじょう》っ、おぬし、神尾鉄之丞ではないか」

陣羽織の侍に向かって声をかけ、かぶっていた編み笠の先端を指先で持ち上げた。

笠の下に覗《のぞ》く左太夫の顔を認めた相手の目が、驚きに大きく見開かれた。

「せ、拙斎《せっさい》先生ではありませぬか」

「久しぶりだな。達者なようでなによりだ」

左太夫の言葉に、いまだ驚きが冷めやらぬ顔つきで、鉄之丞という名前の侍が言った。

「これはまた、なにゆえこのようなところに……」

「この者の言った通りだ。このたびは仙台からの使節として参った。肥後守さまへのお目通りが叶うよう取り計らってもらえるとありがたい」

一郎をちらりと見たあとで、景祐にうなずいた左太夫が、落ちついた声でそう答えた。

五

国境の警備についていた会津藩士、神尾鉄之丞は、玉虫左太夫が江戸へ出奔していた当時、昌平坂学問所で教鞭《きょうべん》を取っていた際の生徒であった。

左太夫と鉄之丞の偶然の再会が事を円滑に進めた。一転して慇懃な物腰になった鉄之丞に付き添われた一行は、会津若松城下、七日町の清水屋という宿に案内され、会津藩主松平容保との面会を待つことになった。その日のうちに、米沢藩の使節、木滑要人と片山仁一郎も到着した。米沢において景祐たちと膝を交えて談じた二名である。

その翌日、会津藩の公用人、小野権之丞と手代木《てしろぎ》直《すぐ》右《え》衛門《もん》が清水屋を訪ねて来た。仙米両藩の使節がなにを目的に来訪したのか、すでに承知しているとの弁であったため、玉虫左太夫が代表して両藩の意向を伝えた。

「我々仙台米沢両藩では、まずは京師において周旋を尽くそうと試みて参った。しかし残念ながら、奥羽鎮撫使御一行がすでに京師を発ったとの知らせゆえ、いまごろは仙台に到着して、貴藩の追討を厳しく命じているものと察せられ申す。とはいえ、近隣諸藩のみならず、天下の公論が如何なるものかといえば、恭順謝罪の意を示している者を討つのは公平にあらず。本音はさようで間違いなかろうと思われまする。しからば貴藩においては、恭順の実を示し、いかに厳しい譴責《けんせき》を受けようとも、耐え忍んでいただきたい。もし貴藩に憤怒の挙があるようならば、我らは周旋の労をとることはせず、この件からは手を引かざるを得ぬであろう。したがって、厚くお願い申し上げるが、貴藩におかれましては恭順勤王の態度を貫き、まかり間違っても盲動などなきよう藩内をまとめることが緊急にして肝要にござる。いかがであろうか」

左太夫は、若松城の開城など、いかにして恭順の実を示すべきかという話には、一切触れなかった。前日の夜、米沢藩使節とあらためて協議したうえで、その方針が決まった。米沢においての事前の会談では、こちら側から周旋を引き受ける条件を示し、会津藩との具体的な協議に入ってはどうかという案も出たのだが、それはいまの段階では拙速に過ぎるであろうとの結論に至った。

在府中、哀訴嘆願書を提出した藩主松平容保ではあったが、国許へ帰ってからの意向がどうなのかとなると不明である。実際に足を踏み入れた会津城下は、びりびりと切迫した気配に満ちていた。町民や百姓の本音がどうなのかはわからない。しかし、たまさか行き交う会津藩士らは、国境の警備兵に劣らず、敵意もあらわな目を、景祐たちに向けてきた。

もしかしたら容保は、徹底抗戦すべく覚悟を決め、その準備を進めているのかも知れない。

だとすれば、最初から開城を条件とする周旋を申し出ても、謁見そのものを拒絶される恐れがあった。それではこうして会津まで足を運んだ意味がない。まずは容保の本意を知ることが第一。ただし、こちらもそれなりの覚悟を持って出向いたことは知らしめておく必要があるだろう。それが左太夫の口上となった。

ともに京都での公用人としての経験があるという小野と手代木は、こちらの意を正しく汲み取ったようであった。仙米両藩のご厚情には感謝すると述べて二人が城中へと戻った翌日、まずは仙台藩使節の左太夫と景祐が謁見を許された。

そしていま景祐は、左太夫とともに松平容保と世子喜徳《のぶのり》を前にしていた。すでに容保は、鳥羽伏見合戦での敗退の責任を取って家督を喜徳に譲ってはいるが、喜徳はまだ十四歳の若さにつき、実質的な藩主はいまなお容保である。

藩主父子との謁見は、終始なごやかな空気の下に進んでいた。

謁見が許されたということは、会津側に仙米両藩の周旋を受け入れる意思があることを示していた。事実、謁見前に重臣との会談が持たれ、容保の、つまり会津藩としての意向を伝えられていた。その内容は——文久二年（一八六二）以来、六年にわたり京都守護職として及ばずながら忠義を尽くしてきたものの、朝敵の名を蒙《こうむ》ったのは当方の不行き届きによるもので、恐れ畏まるしかなく、いまに至っては号泣するばかりである。この不肖の身、末々まで恭順謹慎する所存につき、このたびは御周旋と御救助のほど、なにとぞよろしくお願いしたい——というものだった。

したがって、藩主父子との謁見はあくまでも形式的なものにすぎない。しかし本人に会うことで、周旋依頼が会津の本音なのかどうか見極められるはずだと、景祐は考えていた。

実際に会った松平容保は、物腰は柔らかであったが、ひどく憔悴《しょうすい》しているように見えた。年が明けてからこれまで、会津に降りかかってきた難題を考えれば無理もない。探索方として京都におもむいていたころ、守護職にあった松平容保を直接目にしたことはなかった。新選組を配下に置き、常に強硬路線を貫いていた会津藩と、目の前のどちらかといえば線の細さを感じさせる容保が、うまく一致しない。

人間は外見だけではわからぬ部分も多いが、それにしても……と景祐が考え込んでいたところで、容保が左太夫に向かって、

「ところで玉虫。聞くところによると、そなたは大いに酒を好むとのことだが」と尋

ねた。

「たしなむ程度にございます」

左太夫が答えると、さようか、とうなずいた容保が、

「このたびの陸奥守どののご厚情には、この容保、言葉に尽くせぬほど感謝しておる。本来であればこちらから参じて一献差し上げるべきところ、このご時勢ではそれも罷りならぬ。玉虫、そなた、陸奥守どのの代わりに予の杯を受けてくれぬか」そう言って、かたわらに控えていた小姓に徳利と盃を持ってこさせた。

「遠慮はいらぬぞ」

そう言って容保が、同席していた小野権之丞に、朱塗りの盃を取り上げさせた。さしわたしが十寸以上の盃である。

一礼した左太夫が受け取ろうとしたところで、景祐は声をかけた。

「おそれながら肥後守さま。外臣は大盃《たいはい》を嫌いまする」

座していた一同の視線が景祐に集まる。

なにごとかと眉根を寄せている左太夫に向かって、景祐は小さく首を振って目配せした。

大いに酒を好む、と左太夫に対して容保は言ったが、好むどころではない。藩校に

通っていたころ直接指南を受けたわけではないものの、景祐が師と同様に仰いでいる左太夫の唯一の難点は、呆《あき》れるほどの大酒飲みなことである。江戸に出奔していたころ、安政二年（一八五五）の大地震に見舞われた際、泥酔《でいすい》状態で地震にも気づかず、倒壊した宿舎の瓦礫《がれき》の隙間で眠りこけていた、という逸話を持つ左太夫だ。そこから推して知るべしで、酒癖は決してよいとは言えない。乱暴狼藉《ろうぜき》に及ぶことはないものの、酔うと相当にくどくなる。

会津に向かう前に米沢で歓待を受けたときも閉口した。宴席が進むにつれ、酔いに任せた左太夫の大言壮語に、景祐は冷や汗をかいた。

もし今回の周旋が不首尾に終わったらどうするかという話になった際、左太夫は、そうなったらそうなったで仕方がない、かつての南北朝のごとく東西が二分することになったとしても、北朝が敗れざる先例があるゆえ、それで一向にかまわぬではないかと、気焔《きえん》をあげた。新政府に、ひいては朝廷に宣戦布告をするかのような言葉である。

宴席でのこととはいえ、さすがに木滑ら米沢藩士は青ざめた。政府軍が白河を越えたらどうするというのだ、錦旗《きんき》に発砲することはできぬではないか、その際にはやむを得ず新政府軍に従属するしかないであろう、などと口々に言って左太夫に釘を刺したのであるが、そうしたやり取りがあったことなど、翌朝にはけろりと忘れている始末だった。

容保の勧めるままに大盃を飲み干した左太夫が、酔いに任せてなにを言い始めるかは予想もつかない。外臣は大盃を嫌うという景祐の言は、それだけはなんとしても阻止せねばと咄嗟に考えを巡らせて出てきた、苦肉の策だった。

つかの間、いぶかしげな色を目に浮かべた左太夫であったが、やがて軽くため息を漏らしてうなずいた。

どうやら、景祐の言いたいことは通じたようだ。

「いかにも――」と口にした左太夫が容保に向かって言う。

「この者の言う通り、拙者、大盃は好みではござりませぬ。かわりになにとぞ小盞《しょうさん》を賜りませ」

さすがに素面《しらふ》のときには真剣のように頭が切れ、機転の利く左太夫である。

景祐がやれやれと胸を撫《な》で下ろしていると、容保が表情をゆるめた。

「そのほうら、大盃を大負けの大敗に、小盞を勝つ算段の勝算に掛けたのであるな。これはまた愉快。若生と玉虫、そのほうらの機微、いたく気に入ったぞ」

そう言って容保は、声を上げて愉しげに笑った。

左太夫に続いて受けた盃を傾けながら、しかし……と、景祐は胸中で呟《つぶや》いた。

武備恭順、それが会津の本音であろう……。

容保の恭順の意に偽りはないと思われる。ただし、自ら進んで解兵することはないはずだ。たとえ容保がそう望んでも、家臣らが受け入れるとは思えない。やはり、いまの時点で開城を求めるのは無理だろう。

とはいえ、少なくとも若松城の開城なしには、この事態を収拾できないのも明らかだ。

まずは仙台に戻り、おそらくは到着しているはずの鎮撫使に、藩主慶邦を通して松平容保の恭順の意を伝え、若松城の開城を条件に出兵の猶予《ゆうよ》を願い出る。朝敵の討伐が目的の奥羽鎮撫使ではあるが、開城によって会津が自ら恭順の実を示すとなれば、さすがに矛を収めざるを得ないだろう。

そのうえで再び会津に足を運び、なんとしても会津を説得する。説得が成功すれば、この奥羽の地は血を流さずにすむ。

なぜか景祐の脳裏に、薄衣ののどかな光景が浮かんだ。一年半あまり世話になっていた菊屋の娘、志津と一緒に翡翠《かわせみ》に見入っていた河畔の光景である。

そうなのだ。あの平和な光景が血塗られるようなことがあってはならぬ。阿弥陀《あみだ》堂で教えていた子どもらが、戦によって親兄弟と死に別れ、涙を流すようなことがあってはならぬのだ。

不穏な城中に身を置きながらも、そう強く念じる景祐の想いは、菊と穏やかに暮らしていた、遠い薄衣の里に飛んでいる。

草木が芽吹き始めるほのかな香りと澄んだ瀬音が交じり合い、うつらうつらと午睡を誘うような春の陽射《ひざ》しの柔らかなきらめきが、まるですぐそこにあるように、景祐には見えていた。

奥羽鎮撫使《ちんぶし》

一

いや、困った、まったく困った、いったいどうしたものやら……。藩主慶邦《よしくに》との密談を終え、御奉行詰所に向かっている但木土佐《ただきとさ》は、文字通り頭を抱えたくなっていた。

終えたばかりの藩主との会話を、眉間《みけん》に皺《しわ》を寄せながら振り返る。

——いかがでございましたか、副総督のお答えは。

「誠心誠意の謝罪であれば討伐御免はもちろんであろうとの仰《おお》せであった」

——おお、それはよろしゅうございました。これで玉虫と若生がよい知らせを持って帰れば、出兵は避けられますな。いや、よかった、よかった。

「それが、さっぱりよくないのだ」

——どういうことにございましょう。

「しかし、と前置きをされてさらに仰せになられるには、果たしてどうするかは下参謀に尋ねよとのことでな」

――それでは、総督の九条さまにお伺いを立てたときと一緒ではございませぬか。確か総督は、討会になることはないと思うが詳しくは澤《さわ》副総督に尋ねよとの仰せであったと、そういう話にございましたな。

「さよう」

――それがあってお屋形さまがあらためて副総督にお伺いを立てたというのに、今度は下参謀に尋ねよと、そういうことにございますか。

「いかにも」

――しかし、それは無理にございましょう。お屋形さまは、畏《おそ》れ多くも正四位下左《さ》近衛《こんえ》権中将《ごんのちゅうじょう》陸奥守《むつのかみ》さまにあらせられます。下参謀の分際ごときに伺いを立てるなど、できるわけがございませぬ。

「だからといって、せんだっての一件を考えれば、おぬしや坂《さか》がいまさら尋ねるわけにもいかぬであろう。それとも、恥を忍んで出向いてみるか」

――さ、さすがにそれは……。

「しかし、鎮撫《ちんぶ》総督府の意向を確かめぬわけにはいかぬ」

——仰せの通りにございます。

「この件、おぬしに任せる。よいな」

——承知仕りました。

任せると言われても、いったいどうしたらよいのやら……。

九条道孝を総督とする奥羽鎮撫使一行が到着してから、七日あまりが経《た》っていた。

薩摩、長州、筑前の、総勢で五百名あまりの鎮撫兵が乗る三隻《せき》の船が、仙台藩兵を乗せた宮城丸とともに松島湾の寒風沢《さぶさわ》に到着したのは三月十八日だった。翌十九日に鎮撫使一行は松島に上陸する予定だったのだが、強風で海が荒れたために湾を横断できず、松島瑞巌寺《ずいがんじ》の四里ほど手前にある東名《とうな》浜《はま》に着岸した。

鎮撫使一行は、東名浜の山本久米蔵という者の家で世話になっている。その知らせを受けた土佐は、三《み》好《よし》監物《けんもつ》を迎えに行かせた。監物を応接役に任じたのは、本人からおれに行かせてくれと熱心に頼み込まれたからである。会津の処置について、土佐とは意見の分かれる相手ではあったが、このところ藩主の不評を買ってばかりの監物に、そろそろ挽回《ばんかい》の機会を与えてやってもよかろう。そう考えての派遣だった。

東名浜に上陸した鎮撫使一行は、三好監物の案内により松島遊覧をしたのち、三月二十一日に松島の観瀾亭《かんらんてい》に宿陣した。

勅命によって下向して来た鎮撫使一行である。藩主自ら松島まで足を運び、一行を丁寧に出迎えた。そのあいだに仙台城下では、鎮撫使の本陣と定めた養賢堂の片づけが進められることになった。

慶邦に随行して松島まで出向き、鎮撫使一行と初めて対面した土佐は、内心で眉《まゆ》をひそめた。

総督九条道孝、副総督澤為量《ためかず》、参謀醍醐《だいご》忠敬《ただゆき》の三名は公卿《くぎょう》であるのだが、京都からの知らせで聞いていた通り、総督の九条は三十歳という若さだった。副総督の澤は、土佐よりも四、五歳ほど上と見受けられ、それなりに貫禄《かんろく》はあったものの、参謀の醍醐少将に至っては二十歳とあまりに若く、これで果たして参謀の役が務まるのかと、首をかしげざるを得なかった。

松島においての謁見《えっけん》では、儀礼的な挨拶《あいさつ》にとどまるだろうと土佐も慶邦も思っていたのだが、さっそく総督より、

「仙台中将は早々に人数を差し出して会津に討ち入るべく、その方策については参謀と相談せよ」と命じられた。

会津征討を急ぎたい鎮撫総督としては致し方ないことであろう。そう思い、藩主とともに畏《かしこ》まっていると、ふいに耳を疑うような言葉をかけられた。

「聞くところによると、貴様らのなかには、会津を救済すべしなどと、たわけたことを言っている輩《やから》がいるというじゃないか。そんなたわ言などに惑わされてはならんぞ。いいな、とくと肝に銘じておけ」

ひどくぞんざいな口ぶりで言ったのは、もちろん三人の公卿の誰でもなかった。二人の下参謀のうち、その場に同席していた世良修蔵《せらしゅうぞう》という名の小柄な長州藩士である。一国の藩主を前にした言葉遣いとは思えず、驚いた土佐が顔を上げると、その長州藩士と目が合った。

細い目をした男だった。その目で睥睨《へいげい》するように土佐を見返してきた。あわてて視線をそらし、総督に向かって再び畏まった土佐であったが、胸騒ぎを伴った嫌な予感がしてならなかった。

その土佐の予感は的中した。

松島を発ったあと、塩竈の法蓮寺に一泊した鎮撫使一行は、ひと足先に戻った慶邦と土佐より一日遅れの三月二十三日に仙台入りし、藩が用意した養賢堂を本陣とした。ただちに、土佐は軍事総督奉行の坂英力《さかえいりき》とともに、総督府に呼び出された。

面会したのは世良修蔵と、松島においては所用があるとのことで同席していなかったもう一人の下参謀、大山格之助《おおやまかくのすけ》だった。世良よりも十歳ほど年長と思われる四十代前半の薩摩藩士である。

二人の下参謀から、土佐と英力は、会うなり厳しく叱責《しっせき》された。あれだけ言ったというのに、会津への出兵が滞ったままではないか、貴様らはいったいなにを考えているのだ、朝命に逆らい会津に加担するつもりなのか、この馬鹿者めと、こちらの事情を説明しようとしても聞く耳を持たずで、けんもほろろに罵倒《ばとう》された。すでに一昨日のことであるのだが、思い出すと、いまだにはらわたが煮えくり返りそうになる。

土佐と英力の報告を受けた慶邦は、翌日、自ら総督府に出向いた。九条総督と面会するためである。

仙台藩には朝命に逆らうつもりなどまったくなく、出兵の準備をしつつ、会津の本意を探らせているところだと説明したうえで、もし会津が謝罪降伏を申し出た場合、総督府としてはどのような計らいをするつもりなのかと、慶邦は問うた。その際の九条総督の回答が、討会になることはないと思うが詳しくは澤副総督に尋ねよ、だったのである。

翌日、再び慶邦は養賢堂に足を運んだ。今度は、澤副総督にお伺いを立てるためである。ところが、副総督も総督と同様だった。会津が誠心誠意謝罪するのであれば討伐御免はもちろんであろう、としながらも、実際に決めるのは下参謀であるとの弁であった。

結局のところ、三名の公卿は単なる飾りでしかなく、鎮撫総督府の実権は、すべて下参謀が握っている、ということである。

問題なのは、下参謀の二人だ。

下参謀に確認しろと言われても、仮にも一国の領主である仙台藩主が、薩長の下級武士に直接伺いを立てるわけにはいかない。かといって、散々罵倒され、面目が丸つぶれになった土佐や英力である。再び二人の前にひれ伏して意向を尋ねるなど、できるものではなかった。大藩の家老職にある者への敬意のかけらもない横柄《おうへい》な態度は、それでなくとも憤怒に堪えない。

とはいえ、会津が謝罪降伏を願い出た際の鎮撫総督府の意向がいかなるものかを確かめず、曖昧《あいまい》にしておくわけにはいかない。となると、やはり世良と大山に確認するしかなかった。

いったい誰にその役を、ということで、土佐は困り果てているのだった。

もともと会津討伐を是としている真田や三好に頼むわけにはいかない。下参謀とのあいだで、即刻会津を討て、謝罪など聞き入れぬ、という話に持って行かれるのが落ちである。

やはりここは、安田《やすだ》あたりを説き伏せ、たとえなにを言われてもじっと我慢して鎮撫総督府の意向を確認せよと命じるしかないか……。

御奉行詰所に戻ってそう考えていたところで、一昨日正式に総督府付参政の任に就いた三好監物が、姿を見せた。

「どうした、土佐どの、浮かぬ顔をして」

先日の腐り方が嘘《うそ》のような上機嫌ぶりである。

理由は察しがつく。いまやすっかり勤王派となり、一刻も早い討伐を主張してはばからぬ監物のこと、あの下参謀らと話が合うのだろう。

「よいのか、総督府を放っておいて」

皮肉を込めた口調で土佐が言うと、

「ずいぶんなもの言いだな。助け舟を出してやろうと思ってやって来たというのに」

意味ありげな笑みを浮かべて監物が言った。

「助け舟とはなんだ」

「会津が恭順謝罪した場合の措置について、総督府の意向を確かめたいのであろう？　そのためにお屋形さまは、わざわざ二度も養賢堂に足を運ばれた――」確認するように言った監物が続ける。

「だが、要領を得ない答えが返ってくるばかりで、筆頭御奉行は困り果てている。違うかね」

土佐が口を結んだままでいると、

「どうだ？　おれが訊《き》いてやろうか。世良どのと大山どのに」面白そうに監物が言った。

なおも土佐が口を閉ざしていると、

「冗談ではない、おぬしなんぞに任せられるか。そう言いたいのであろう？　わかっておるさ、それくらい」薄く笑った監物が真顔になって言った。

「会津の事情について詳しいものを総督府に出頭させよとの下参謀の仰せだ。それを伝えに来たんだが、玉虫《たまむし》と若生《わこう》の二名が会津に出向いており、無事であればそろそろ戻って来るころあいゆえ、その二名を参上させましょうと答えておいた。どうだ？　それで文句はあるまい」

監物の目をしばし見返したあとで、土佐はゆっくりうなずいた。

「確かにおぬしの言う通りにするのが一番かもしれぬ」

「だから助け舟と言ったであろう」

「だが、あの二名、まだ戻ってはおらんでな。そろそろ戻るころあいだとは思うのだが」

「下参謀のお二方、とりわけ世良どのには少々気の短いところがおありだ。あまり長く待たすことはできぬぞ」

「なんとかならぬか。二人が戻るまで」

ふむ、となにかを考え込む様子をした監物が、軽くうなずいてから口を開いた。

「明日、榴《つつじ》ヶ岡《おか》の梅林亭において花見の宴席でも設けよう。ちょうど見ごろの時期であるゆえ、鎮撫使の御一行も気に入るだろうて」

「それは助かる」

「なあに、それくらい。しからばおれは、明日の段取りをつけてから養賢堂に戻るとしよう」

そう言い残して監物は、御奉行詰所から立ち去った。

確かに、助け舟ではあった。

だが……と、土佐は考え込んだ。

監物に温情をかけ、総督府付としたのは果たして良かったことなのか、自身が藩主に進言したことだったが、いまとなっては疑念が拭《ぬぐ》えない。

以前の遠藤文七郎《えんどうぶんしちろう》のように勝手に先走らねばよいのだが……。

そう案じた土佐は、小姓に命じて小島寅之進《こじまとらのしん》を呼び寄せることにした。半刻《はんとき》ほどで参上した寅之進に、明日の榴ヶ岡での接待の件を伝えたあとで、

「ご苦労だが、三好監物の動向に、終日、目を光らせておいてくれぬか」と命じた。

二

景祐《かげすけ》と左太夫《さだゆう》は、従者の二人とともに、仙台城下を青葉城に向かって歩いていた。

容保《かたもり》との謁見を終えたあと、景祐たちはすぐさま帰途についた。二本松からは早駕《はやか》籠《ご》が使えた。それでも、広瀬川の手前、城下への入り口となっている長町《ながまち》宿で駕籠を降りるまで、丸三日かかった。近いようでいて、思いのほか会津は遠い。

広瀬川に架かる長町橋を渡り、奥州街道沿いに河原町《かわらまち》から南材木町、穀町、南鍛冶町、さらに荒町から北目町、そして南町へと北上するにつれ、通りを行き交う人々の数が増えてくる。

やがて高札が掲げられている「札の辻」の十字路が見えてきた。仙台の町割りの基点となっている城下の中心地である。

四つ角に高楼が建つ十字路の近辺はいっそう賑《にぎ》やかだ。それはいつものことだが、

どこか妙だと、札の辻の十字路を大手筋へと折れたところで、景祐は首をかしげた。ただ騒々しいのではなく、どことなく緊迫したものをはらんでいるとでも言えばよいのか……。

同様の疑念を左太夫も抱いたのだろう。互いに目が合ったところで、どちらからともなく立ち止まった。

「妙に騒々しいですね」

景祐の言葉に、確かに、と左太夫がうなずく。

「どうも様子がおかしいですな」

一郎が口にした刹那《せつな》、行く手の路地から女の悲鳴が聞こえた。

十間ほど先の右手側の路地から町人の娘が飛び出してくるや、なにかから逃れるように、大手門の方角に向かって一目散に駆けていく。

いったいなにごとかと、景祐たちが身構えていると、娘が飛び出してきた路地から、男たちの一団が声高に騒ぎ立てながら姿を現した。

町人ではない。

仙台藩の侍でもなかった。

仙台城下では目にしない、黒木綿の詰襟服に同色のダンブクロという出で立ちの一団である。

その数は五人ほど。まだ陽は高いのだが、だいぶ酔っているようだ。

青葉城の雅称を持つ仙台城の大手門へと続く大町の通りには、木綿問屋や呉服屋、小間物屋、さらには油屋などの商店が軒を連ねている。城下一の賑わいを見せる大町の北側には肴町《さかなまち》が隣接している。名前の通り、以前は魚の専売と御日市の特権を与えられていた御譜代町なのだが、宿屋や料理茶屋も多い。

大町の通りを行き交っていた町人たちは、酔っ払いの一団から身を隠すように足早に立ち去るか、それとなくを装《よそお》って手近な店の暖簾《のれん》をくぐるかのどちらかである。

「あれは長州兵ですね」

袖口に入った白線を認めた景祐が言うと、左太夫がうなずいた。

「やはり、我々が会津に行っているあいだに鎮撫使が到着したようだな」

長州兵は逃げて行った娘を追いかけることはせず、なにが愉快なのか下卑た笑い声を上げながら、こちらに向かって歩いて来た。

一郎と甲蔵、両名の頬に緊張が走り、それぞれの左手が刀の鯉口《こいぐち》にあてがわれる。

「待て、やり過ごそう。余計なもめごとは起こさぬほうがいい」

左太夫の言葉に景祐たち四名は、呉服屋の軒下に身を寄せ、そ知らぬ顔をつくろった。

目の前を通りすぎる間際《まぎわ》、ひとりがこちらに気づいた。

が、足を止めることはせず、かわりに妙な節回しで歌いはじめた。

――竹にぃ雀を袋に入れてぇ〜、のちにおいらのぉ〜、ものとするぅ〜――。

残りの兵も唱和し始め、大声で歌いながら千鳥足で歩いていく。

竹に雀とは伊達家の家紋である。意味するところは明らかだ。

一郎と甲蔵が、歩み去る長州兵に憤《いきどお》りの目を向け、頬を紅潮させている。

さすがに左太夫は心の内を露《あら》わにしてはいないが、決して穏やかな顔つきではない。

「これでおぬしらもわかったであろう。薩摩や長州の腹の底が如何《いか》なるものか」

一郎と甲蔵に、景祐は言った。

新政府の幹部のみならず末端の兵に至るまで、奴らにとっては会津、いや白河以北の奥羽の地は、蝦夷地《えぞち》と変わらぬ言葉通りの陸奥《みちのく》なのだろう。

思い違いもはなはだしい。

しかし、その思い違いを是正することなしには、我ら奥羽に生きる者は、いつまで経っても蔑《さげす》まれ続けるに違いない。

この天下の動乱を、それが是正される好機にできればよいのだが……。

そう考えながら景祐は、左太夫らとともに仙台城へと急いだ。

三

会津へ送った使節の帰りを待ちわびていた筆頭奉行但木土佐の命により、景祐はいま、左太夫とともに養賢堂にいた。

仙台城に戻り、会津での首尾を復命してから、まだ一刻ほどしか経っていない。風呂にも入れず、急ぎ月代《さかやき》を剃《そ》っただけで参じるしかなかった。

景祐と左太夫がいるのは、養賢堂の表門から入って左手に建つ学頭居宅の一室である。そこで二人が前にしているのは、鎮撫使の下参謀、長州の世良修蔵と薩摩の大山格之助であった。

これまでの経緯は、土佐から聞いていた。この二人を説得できれば、会津への出兵を回避できる公算が大きい。ただし一筋縄ではいかぬ相手だから心してかかれ。そう土佐に言い含められていた。

景祐と左太夫が名乗り終えると、年かさのほうの下参謀が、自らは名乗ることもなく命じた。

「まずは会津の国情を演達してみろ」

年長のほうが大山格之助だと聞いていた。中肉中背の特徴のない顔の男である。もう一方の世良修蔵は、貧相といってよいほど小柄な男であるが、薄い瞼《まぶた》から覗《のぞ》く目つきがやけに険しい。

居住まいを正した景祐は、左太夫と目配せを交わしてから口を開いた。

「おそれながら、申し上げまする。肥後守さまにおかれましては――」と、しゃべり始めたとたん、

「肥後守など、いまはどこにもおらぬぞっ。朝敵の官位はすべて剝奪《はくだつ》されているのを忘れておるのか」という声でさえぎられた。

声を発したのは世良のほうである。

思わず言葉に詰まったものの、唾《つば》を呑《の》み込み、気を取り直して景祐は続けた。

「失礼仕《つかまつ》りました。会津の松平容保侯は――」

「侯などと呼ぶ必要はない！」

「はっ。会津の容保さまは――」

「さまもどのも要らぬ。容保でかまわぬわ」

「いや、しかし……」

「まあまあ、世良どの。細かいことはよいではないか。さっさと演達させようぞ」

大山が世良をなだめた。

ちっ、とこれ見よがしに音を立てて舌打ちした世良が、顎《あご》をしゃくって景祐をうながした。

「容保さまは誠心誠意謝罪の意を示しておられます。長きにわたって京都守護職を奉じてきた自分には、朝廷に対する異心や叛意《はんい》は露ほども持っていないと仰せにございます」

「よくもまあ、そのような見え透いた嘘を言えるものだな。神聖なる錦旗《きんき》に発砲しておきながら」

「いや、鳥羽伏見の合戦においては、なりゆき上……」

「なりゆき上、なんだというのだ」

「失礼仕りました。その件につきましても自身の不行き届きによるものゆえ恐れ畏まるしかなく、伏して謝罪するばかりであると、そう仰せになられております。しからば、総督府におかれましては、なにとぞ寛大なご処置を賜りたく、切にお願い奉《たてまつ》る次第にござります」

「それで、どうなのだ」

「どうなのだとは……」

「容保の謝罪は本心からのものなのか、と訊いておるのだ」

「もちろん本心に相違ないと思われます」

「おい、そっちの馬面《うまづら》。おぬしも同じ所見か？」

左太夫が息を呑む気配が、隣から伝わってきた。つかの間、空白があったのち、

「さように存じます」咳払《せきばら》いをひとつしてから、左太夫が答えた。

「揃《そろ》いも揃ってうつけ者だな、おまえらは」

世良が小馬鹿にしたような口調で吐き捨てた。

なにも返せずにいる景祐と左太夫に、畳みかけるように世良が言う。

「そのようなたわ言にころりと騙《だま》されてどうするというのだ、この馬鹿者めが。罪を免れようとしての偽りに決まっておろうが。それも見抜けぬとは、呆《あき》れ果ててものも言えぬわ」

「いや、決してたわ言でも偽りでもないと、お見受けいたしました。容保さまは、心より恭順謝罪の意を尽くしております。なにとぞお疑いなきよう、お願い申し上げまする」

そう言って、景祐は床につくばった。

　ふいに、剃り上げてきたばかりの月代に、硬いものがこつこつと当たった。訳がわからず、つくばったまま上目遣いに見やると、片膝《かたひざ》立ちになった世良が、畳んだ扇子の腹で景祐の頭を叩《たた》いている。

　手を休めずに、にやつきながら世良が言う。

「なかなかいい音がするではないか。図体だけは立派でも、どうやらこの中身は空のようだな」

　屈辱に頬が熱くなった。が、耐えるしかない。されるがままになおもつくばい続け、なにとぞ寛大なご処置を、と繰り返すしかなかった。

　しかし、いっかな扇子の動きは止まらず、打ちつけられる音が次第に大きくなってくる。

「まあ、よいではないか、世良どの」

　先ほどと同じように割って入る大山の声がした。

「容保にしても、そうでも言って命乞《ご》いするしかないであろうぞ」

　頭上の世良の気配がふと消える。盗み見ると、世良は元の位置に戻り、広げた扇子で襟元を煽《あお》いでいた。

「して、そのほうら、なにを約定して帰って来たのだ」と大山が尋ねた。

「約定と申しますと……」

景祐に代わって左太夫が口を開いた。

「容保の首級、若松城の開城、世子喜徳《のぶのり》の監禁と重臣らの切腹。恭順の証《あかし》として、少なくともそれらを約定してきたのだろうなと訊いておるのだ」

大山の言葉に思わず身体《からだ》を起こした景祐は、左太夫を見やった。

左太夫は、青ざめ、困惑した顔つきで、景祐を見返している。

大山に顔を戻した左太夫が言った。

「い、いや、お待ちくださいませ。我々は容保さまの真意を確かめ申して、まずはそれを総督府に報告すべく参上しましたゆえ、そこまでは……」

「なんだと？　なにも約定せずに帰ってきたというのか。このたわけ者っ」

今度は大山が声を荒らげた。

「そのほうら、奥羽の諸藩のなかにおいて少しは話のわかる者であるからこそ、会津への使者に遣わされたのではなかったのか？　それをのこのこ手ぶらで帰ってくるとは、ほとほと見下げ果てたうつけ者よ。話にならん」

「拙者の言った通りであろう、大山どの」

そう言った世良が腰を上げ、景祐の前に立った。

「なんだ、その目は。もしや怒っているのではあるまいな。我らを下参謀だと見下しているのか？　この無礼者めっ」

「めっそうもございません。何度も申し上げております通り、容保さまには謀叛《むほん》の意などまったくございません。征討軍の出兵をしばらくご猶予《ゆうよ》願えれば、急ぎ会津に向かいまして、身をもって恭順謝罪の実を示すべく説得をしますゆえ、なにとぞ――」

そこまで言ったとき、左の肩口に衝撃が走り、背後へともんどりうった景祐は尻《しり》もちをついた。

まったく加減せず、力任せに世良が蹴《け》り飛ばしたのだった。

「何度も同じことを言わせるでない、馬鹿者めがっ」

般若《はんにゃ》の面のような形相をしている世良に、それでも景祐はいざり寄るようにして近づき、床に手をついて頭を垂れた。

「世良さま、大山さま。なにとぞ、なにとぞ寛大なご処置をお願い申し上げまする。それがしの命に替えて会津を説得いたしますゆえ、せめて容保さまのお命だけは――」しかしその言葉は「貴様、まだ言うかっ」という世良の怒声で掻《か》き消された。

次いで景祐の首筋に、生暖かいものがべちゃりと張りついた。世良が吐いた唾であった。

「おまえの命など要らぬわい、たわけ者め。そのほうらのような大間抜けを家臣にしているとは、まったくもって、ここの主人も知れたもの。所詮奥羽には目鼻が明いた者がおらぬことが、これでよくわかった。おぬしらを見ているだけで反吐《へど》が出そうになる。目《め》障《ざわ》りだ、とっとと失せろっ」

世良の怒声を首筋で受けつつ、あまりの憤りで目の前が真っ赤になる。ぎりぎりと奥歯で歯ぎしりをしたところで、床についていた左の手首がつかまれた。

「もうよい、下がるぞ」

景祐の手首を強くつかんだまま、耳元で左太夫がささやいた。

唇を震わせながら景祐は、左太夫に手を引かれて部屋をあとにした。

養賢堂の庭に出たところで、ようやく手を離してくれた。

部屋を飛び出す間際、預けていた刀をひったくるようにして抱えてきた左太夫が、大小を景祐に手渡しながら、

「よく堪《こら》えてくれたな」かすかに震える声で言った。

しかしいまの景祐には、なに一つとして言葉にできるものがなかった。

四

会津追討の準備をしつつも説得のための使節を送り、会津が恭順謝罪の意を示すのならば、我が仙台藩の主導の下に会津救済の周旋を試みる。それが、先の御前会議においてまとまったはずの藩論であった。

それからわずか半月しか経っていないというのに、またしても振り出しに戻ってしまった。いや、振り出しどころか、いっそうの混迷をきわめている。

このいまの状況を、但木土佐は激しく呪《のろ》っていた。土佐の呪いの矛先が向けられているのは、奥羽鎮撫使の下参謀、薩摩の大山格之助と長州の世良修蔵である。

会津へ使節として送った玉虫左太夫と若生文十郎の帰国を待つあいだ、鎮撫使一行の接待を買って出た三好監物に、そのときは感謝した土佐だったが、いまとなってみれば、あれは失敗だったと言わざるを得ない。

密《ひそ》かに見張りにつけた小島寅之進の報告によれば、榴ヶ岡の花見の席での世良修蔵の醜態ぶりは相当のものだったという。酔った世良は、女を呼んで酌をさせろと言って聞かず、接待の会場となった梅林亭は困り果てたようだ。

そもそも仙台には、京都の島原、あるいは江戸の吉原のような遊郭が存在しない。城下の風紀を乱さないために遊郭を置くことを藩では許可しておらず、料理茶屋が遊女を抱えることも禁じている。むろん、法の目をかいくぐって、いわゆる抱女《かかえおんな》を置き、芸者まがいの渡世をさせている料理茶屋が、肴町を中心に何軒かあることはある。だがそれはぎりぎりの御目こぼしの範囲であり、あくまでもおおやけには芸妓《げいこ》や遊女が存在しないのが仙台城下である。

芸妓を呼べと騒ぎ立てる世良に、直接の接待役に当たった大番士が、いない者を呼べと言われても無理であると言ってなだめようとしたのだが、世良はいっかな耳を貸さず、挙句の果てには、梅林亭の女中を侍《はべ》らせて酌をさせたとのことだった。

京都での政変が相次いでいたころ、祇園界隈《ぎおんかいわい》でさんざん羽を伸ばした長州藩士の流れをくむ世良修蔵である。宴席に遊女や芸妓がいるのは当たり前だと思っているようで、これだけ大きな城下町にそうした遊興の場のないことが、そもそも解《げ》せないらしい。

鎮撫総督府の実権を握る下参謀からして、その体たらくである。それに倣《なら》うかのように、鎮撫兵たちが仙台城下を我が物顔で闊歩《かっぽ》するようになるまでは寸時のことであった。

肴町界隈が城下随一の飲食街であることはすぐに知れ渡ったようで、入れ代わり立ち代わり料理茶屋に押しかけては、昼間から飲んだくれた。しかも、酔っては世良と同様、店の女中を無礼に扱う。さらには、女中はおろか、普通の町娘にまで手を出し、陵辱さえし始めた。町奉行所には、それに対する訴えが頻繁に寄せられていた。だが、藩としてはどうしようもない。綱紀粛正を申し入れようとしても、その相手が世良や大山では話にならないのである。

どんな横暴を目にしても鎮撫兵とは絶対に事を構えてはならぬ。そう厳命されている仙台藩士の鬱憤《うっぷん》は溜《た》まる一方だった。

世良と大山、いったいあやつらは何者なのか。ただの成り上がりの田舎侍にすぎぬのか、それとも傍若無人を装った策士なのか……。

花見の席での醜態だけであれば、見下げた輩だと蔑んでいればすむのだが、ただの馬鹿でもないようなので、いっそう始末が悪い。

榴ヶ岡での花見のあと、世良は三好監物の屋敷に招かれ、かなり遅くまで呑んでいたとのことだった。屋敷においてどんな会話が交わされたのかは不明だが、接近し過ぎなのは確かだ。おそらく監物は、世良に取り入るふりを装って総督府の動静を探っているつもりなのだろう。だが、どうも実際には逆のような気がする。総督府には秘《ひ》匿《とく》しておくべき藩内事情を漏らしている恐れが無きにしも非《あら》ずだ。

事実、会津へ玉虫と若生を送っていたことを、監物はさっそく下参謀に明かしていた。おそらく世良と大山は、総督府の許可を得ずに勝手に周旋を試みようとしていたこと自体が気に食わなかったのだろう。いまになって思えば、知られるべきではなかった。漏らしてはならぬと監物に厳命しなかったのは自分の落ち度だ。

いや、違う。そもそも下参謀があのような連中でなければ、こうはなっていないはずだ。

それにしても新政府は、どのような意図があって、武士にはあるまじき品性のかけらも持たぬ輩をこの奥羽の地に送り込んできたのか……。

執政局の奥の間で文机《ふづくえ》を前にしていた土佐は、目頭を指でつまんで揉《も》みほぐしつつ、深々とため息をついた。

坂英力とともに軍務の一切を任された土佐が前にしていたのは、軍制係から上がってきた、今後の会津への出兵計画である。

すでに先鋒《せんぽう》となる兵は、数日前の三月二十七日に、猪苗代湖東側の要所、御霊櫃《ごれいびつ》口へと送っていた。登米《とめ》寺池《てらいけ》領主で一門の伊達筑前が指揮する三大隊および大砲隊一隊である。その応援に、大番士銃隊を三小隊および大砲隊付属の銃卒四小隊を加え、本《もと》吉《よし》郡松崎領主の鮎貝太郎平《あゆかいたろべい》を大隊長に任じた。

三月いっぱいは兵を動かすつもりはなかったのだが、下参謀、特に世良修蔵に連日のようにせっつかれ、ちょうど三月の半ばから城下の警備に当たらせていた筑前の兵を先鋒として送らざるを得なくなった。

しかし、なんとかして会津を救済したいという慶邦の意思はいまだ固い。実際、数日中にも、これで三度目となる使者が、慶邦の建白書を携えて仙台を発つ手筈《てはず》になっていた。向から先は京都でなくてもよかろうとの結論に至っている。新政府の総裁であるとともに東征大総督に任じられた有栖川宮熾仁《ありすがわのみやたるひと》親王が、すべての決定権を握っていると思われるからだ。京都を発った親王は、いまは駿河府中に宿陣しているはずだとの報《しら》せが届いていた。問題は誰を使節に立てるかであるが、一門の水沢領主伊達将監《しょうげん》を正使に、熱心な開国論者であった非戦派、つまり会津救済派の大番士、遠藤《えんどう》主税《ちから》を副使に選任することが内々に決まっている。

いずれにしても、先日の玉虫左太夫と若生文十郎の、総督府での演達の失敗は大きい。あの下参謀が相手では致し方ないとは思う。だが、総督府へおもむく前に、一筋縄ではいかぬ相手だとあれほど言い含めていたというのに、もう少しなんとかできなかったものかと、玉虫と若生の不手際をなじりたくなる土佐である。世良と大山の機嫌を取って上手《うま》く懐柔し、せめて結論を先延ばしにするなど、ほかにもやりようがあったであろう。杓子《しゃくし》定規な若生だけならまだしも、玉虫が一緒にいてこれでは、見込み違いもはなはだしい。

結局、総督府を懐柔するどころか、少なくとも容保の首級と若松城の開城なしには謝罪とはみなさないとの下参謀、ひいては総督府の意向が示されたのと同様の結果になってしまった。

なんとかして会津との戦闘を回避できぬものかと頭を悩ませていたところで、さらなる面倒が持ち上がった。

鎮撫総督府が置かれている養賢堂の焼き討ちを企てている藩士がいるとのうわさが、土佐の耳に入ったのである。

十分にあり得る話だ。ただのうわさにすぎぬと放り置くことはできなかった。

城中には若生や玉虫に同情を寄せる声が多い。どこからどう漏れたのか、二人が下参謀に罵倒された一件は、翌日には知らぬ者がいない周知のものとなっていた。

問題なのは、会津救済を是とするか否《いな》かを論ずる前に薩長への憎悪が先に来て、後先を考えられなくなっている者が日に日に増していることだ。養賢堂の焼き討ちなどされようものなら、仙台藩の立場は悪くなる。いや、悪くなるどころではない。朝敵の汚名を着せられることになってもおかしくない。血気にはやる者たちを、なんとしても抑えておかなくてはならなかった。

土佐は、安田竹之《たけの》輔《すけ》、玉虫左太夫、若生文十郎など、非戦派の中心となっている面々を執政局に呼び、藩士らの不穏な動きを封じるように説諭した。

が、これは逆効果であった。とりわけ安田は、なし崩し的に始まった会津への出兵を即刻中止するようにと、強硬に詰め寄った。

　それだけではなかった。

この際、二人の下参謀とともに鎮撫兵らを仙台城下から排除してはどうか、いや、ぜひともそうすべきである、などと主張し始めた。

排除とは、むろん抹殺《まっさつ》のことである。

冗談ではない、そんなことをしたら仙台藩は滅亡する。

土佐は、同席していた坂英力とともに懸命になだめようとしたが、安田はなかなか聞き入れようとしなかった。

　驚いたことに、排除を最も強硬に主張したのは玉虫である。いきり立つ安田を諫《いさ》めてくれるかと思っていたのだが、むしろ逆であった。先日の下参謀との一件がよほど腹に据えかねているのだろう。

こうした不穏な動きやうわさが、藩主の耳に入らぬはずはない。昨日になって慶邦は、奉行と若年寄の参集を命じ、いったいどういうことなのかと諮問《しもん》した。

土佐が案じていた通りになった。

会津追討派の中心人物である真田喜平太《さなだきへいた》と泉田志摩《いずみだしま》はもちろんのこと、葦名靫負《あしなゆきえ》もまた、坂英力や安田竹之輔を激しく論駁《ろんばく》した。そしてしまいには、会津討伐に反対の者をことごとく斬《き》り捨てて藩論を統一すべしなどと言い出す始末であった。いったんは土佐の説得を受け入れたかに思えた靫負だが、詮議《せんぎ》の場に折衷案を出したことで、どうやら派閥のなかでの立場が悪くなっていたようだ。それを挽回すべく穏やかならぬことを口にしているものと思われた。

黙して耳を傾けていた慶邦も、土佐に劣らず困り果てた様子であった。

一通り重臣らの所見を聞いた慶邦は、その場では決裁を下さなかった。おぬしらの意見をよく吟味して一両日中には決裁するゆえそれまで待て、と申し渡して家臣らを下がらせた。

泉田志摩と葦名靫負が土佐の屋敷まで押しかけて来たのは、その夜のことだった。言っている内容は昼間と一緒である。いい加減うんざりした土佐は、わかったわかったとうなずきながら、二人が満足するまでしゃべるに任せた。実際には右から左へと聞き流していただけだ。まともに取り合っていたら身が持たぬ。

そして一夜明けた今日、藩主からお呼びがかかるのを待ちながら、執政局の奥の間にほとんどひきこもって過ごしていた。

泉田や葦名もそうだが、安田らとも顔を合わせたくなかった。会えば必ず、お屋形さまはどうするつもりなのだ、筆頭奉行であれば知っているであろう、とせっつかれる。

どうするつもりなのか、こっちが聞きたいくらいである。一日中待っていたが、慶邦からの遣いは来ない。

だいぶ薄暗くなってきた。

そろそろ行燈《あんどん》に火を入れようかと思ったところで、遠くから大太鼓の音が響いてきた。

勤めが終わり、下城をうながす太鼓である。

この切迫した状況にあってもいつもと同じ太鼓の音色に妙におかしさが込み上げ、喉《のど》の奥から低い笑いが漏れた。

その土佐の笑いが、ふと止まった。廊下のほうからこちらへと向かって足音が近づいてくる。

ようやくお屋形さまからのお呼びがかかったか……。

だが、襖《ふすま》を割って現れたのは遣いの小姓ではなく、真田喜平太だった。

どかりと土佐の目の前に腰を下ろした喜平太がおもむろに言った。

「安田、玉虫、若生。この三名をおれに斬らせてくれ。あの三名さえ除けばいまの騒動を鎮静に持っていける」

葦名靭負とは違い、本気で言っている目をしていた。

「それはならぬ。おぬしらとは意見が合わぬのは承知している。しかし、取り除くべき者たちではないぞ」

「それでは、いくら経っても藩論はまとまらぬ」

「お屋形さまは、会津の救済をまだあきらめてはおらん。会津追討に同意しておらぬ安田らにしてみれば、除かれるべきはおぬしらのほうだということになろう」

「やつらの意を通せば、朝命に背くことになる。それでは本末転倒であろう」

「お屋形さまの意向はどうでもよいということか」

「そうは言っておらん。お屋形さまが周旋を試みよと仰せであれば、できうる限りのことはする。だが、それでも総督府の意向を変えることができなかった場合は、どうするか。そこが我らと安田らでは違う」

「どう違うと言うのだ」

「安田……いや、むしろ玉虫だ。あの三名中、玉虫が最も剣呑《けんのん》だとおれは睨《にら》んでいる。やつは官軍と一戦を交えることになっても構わぬと腹の底では思っているに違いない」

「まさか。いくらなんでもそれはなかろう」

「いや、決しておれの見込み違いではないぞ。薩長の下参謀ごときに翻弄《ほんろう》されて前後が見えなくなっているようでは話にならん。若い者どもからの受けはよくても、しょせんはそれだけの器でしかないということだ。玉虫を生かしておいては、いずれは必ず面倒なことになる。かといって、玉虫一人を斬ってもだめだ。それでは安田と若生が黙っていまい。安田と若生に煽動《せんどう》されたら、藩論はいっそうまとまらなくなる。だが、三人まとめて斬れば、ほかの連中は恐れをなして大人しくなるはずだ」

そう言った喜平太は、黙して考え込んでいる土佐にしびれを切らしたように続けた。

「我が藩を守るために、いま我らがすべきことは、反薩長の魁《さきがけ》たるあの三名を一刻も早くほうむることだ。お屋形さまがやつらを気に入っているのはわかるが、それ以上に大切なのは国の行く末ではないか。だが、なんの命もなしに斬ったのでは、私怨《しえん》による私闘とみなされる。そうならぬための命令を請《こ》いに来た」

「上意討ち、ということか」

低い声で土佐が言うと、喜平太は小さく首を振った。

「そこまでは言っておらん。だが、やりようはいくらでもあるだろう」

喜平太の言葉に、土佐は考え込まざるを得なかった。

喜平太の言い分にも一理ある。

玉虫の様子は、ただごとではなかった。二人の下参謀に罵倒された憤りがまだ収まっていないのだろうとは思っていた。だが、それにとどまらず、玉虫の腹の底が喜平太の推測通りであるとしたら確かにやっかいだ。

とはいえ……。

「やはり、おぬしの望みは聞けぬ。あの三人とて馬鹿ではない。説諭の方法はまだほかにもあるだろう。無駄に血を流すには及ばぬ。むろん、おぬしの忠告はしかと心に留めておくゆえ、ここはなんとか我慢してくれ」

「どうしても駄目か」

「駄目だ」

土佐が強く言うと、

「そうか。仕方あるまい」

思ったよりあっさり引き下がった喜平太が腰を上げ、土佐に背を向けた。

「早まったことはするでないぞ」

肩衣《かたぎぬ》で覆《おお》われた広い背中に声をかけると、一度振り向いた喜平太は、

「おれもそこまで馬鹿じゃあない」そう言って部屋から出て行った。

喜平太と話をしているうちに、だいぶ薄暗さが増していた。

さて、どうするか……ここが考え時……。

行燈に火を入れるのも忘れて、土佐はじっと考え続けた。

藩主出陣

一

——但木《ただき》土佐《とさ》、参上つかまつりました。

「待ちくたびれたぞ、いままでなにをしておった」

——申し訳ございません。なすべきことがあまりに多く、遅うなってしまいました。

「予の出陣の段取りは進んでおるのか。先だって決めた期限が、すでに明日に迫っておるぞ」

——申し訳ございませぬが、明日、四月七日の出陣は難しい情勢になってまいりました。

「なにゆえじゃ」

——先月の寺池《てらいけ》さまを筆頭に御一門の出陣が相次ぎましたことにより、奥州街道が藩兵と見物人で溢《あふ》れかえっているありさまで、予定通りのご出陣は無理にございます。

「ならば、いつごろになる見通しか」

――十日、いや、十一日には確実かと。

「四日遅れか」

――申し訳ありませぬ。

「まあ、別にかまわぬ。もとより急ぐ必要のない話であるからな。なんなら、もう少し引き延ばしてもかまわぬぞ」

――心得てございます。ですが、なかなか進まぬ出兵に、総督府もだいぶ焦《じ》れているようにございますゆえ、それくらいが限度かと存じます。

「そうだ、その総督府だ。さきほど耳に入ったばかりなのだが、総督府から秋田の佐竹どのに対して、庄内追討の御沙汰《さた》が出されたというのはまことか？ 今日の醍醐《だいご》参謀御登城の際、そのような話はまったく出なかったが」

――まことのようにございます。

「そうならぬように、鎮撫《ちんぶ》兵の先遣隊が寒河江《さがえ》柴橋《しばはし》に向かう前に一條十郎を現地に遣わし、柴橋の陣屋から庄内兵を撤退させたではないか。それなのに追討令が出されるというのはどういうことだ」

――貢租米をぶん捕り損ねたのが、よほど悔しいのでございましょう。

「冗談を言ってはならぬ。庄内藩が新政府から幕府領の没収を命じられたのはつい先日のことではないか。江戸警備の功労で庄内藩が寒河江柴橋を徳川から貰《もら》い受けたのは、それよりひと月以上も前であるのだぞ。前年より備蓄してあった貢租米を酒田に廻送したとしても、咎《とが》めだてされるいわれはないであろう」

――建前はそうでありましょう。しかし、理屈の通じるような相手ではありませぬゆえ。

「理由はなにか。酒井忠篤《ただずみ》侯が朝敵とされる理由はなにか。言えるものなら、土佐、おぬしが言うてみい」

――お屋形さまのお怒りはごもっともにござりますが、なにとぞ落ち着きくださいませ。

「落ち着けとな。これで落ち着いてなどいられるか。鳥羽伏見の合戦のおり、そもそも忠篤どのは江戸市中取締りを命じられていたゆえ、朝敵とされるようなことは一切しておらぬぞ」

――察しまするに、昨年末の江戸薩摩藩邸焼き討ちの件が原因かと。

「それは言いがかりというもの。もともとは薩藩が浪士を使って江戸市中をさんざん攪乱《かくらん》したのが始まりであろう。しかも、薩摩藩邸内に浪士らを大っぴらに匿《かくま》ったうえ、引き渡しにも応じなかった。それでやむなく藩邸に砲撃を加えたのであって、もともとの非が薩摩にあるのは明らかではないか」

――まったくその通りにございます。

「であれば、このたびの御沙汰は、庄内藩に対する薩摩の私怨《しえん》から出たものと取らざるを得んぞ。大義名分など、どこにもなかろうて」

――確かにその通りなのでございますが、それを申せば、先の会津追討の命も似たようなものにございます。長州には会津に対する積年の恨みがありましたゆえ、このたびのような厳しい沙汰になったのは間違いございませぬ。

「薩摩が庄内に恨みがあるとはいえ、やはり事情が会津とは大きく異なる。どう考えても、江戸薩摩藩邸の焼き討ちを理由に征討軍を差し向けるのには無理がある。さすがにこれでは秋田藩も困るであろう。よし、ならば予が九条総督に掛け合うことにしよう。すぐにも総督との面会を手配いたせ」

――おそれながらお屋形さまに申し上げます。先日の玉虫《たまむし》と若生《わこう》の一件でも明らかなように、世良《せら》と大山《おおやま》、二人の下参謀がすべての権限を握っておりまする。このたびの庄内追討令も九条総督が決めたものではございませぬ。いや、もしかしたら、新政府内では、庄内も朝敵に加えることが前々より決まっておったのかもしれませぬ。お屋形さまが直接九条さまに掛け合われても、このたびの決定を覆《くつがえ》すのは難しいかと……。

「言うな、土佐。そのようなこと、おぬしに言われんでも重々わかっておるわ。あらためて口にされると腹が立つ」

――申し訳ございません、お屋形さまの胸中を察することができませんで、誠に申し訳ございませぬ。なにとぞひらにご容赦のほどを。

「わかった。もういい、おもてを上げよ」

――ははっ。

「ところで土佐」

――なんでございましょう。

「三好《みよし》らはどうしておる」

――そのことにござりますか……。

「藩論をまとめるためとはいえ、さすがに気の毒に思わぬでもないからの」

――お屋形さまのお気持ち、この土佐、痛いほど承知しておりますが、ここで情けをかけるわけには参りませぬ。

「それはわかっておる。ただ単に、いまの三好らがどうしているか知りたいだけだ。

知ったからといってどうこうするつもりは毛頭ない」

――しからば、ご報告だけ申し上げておきます。三好と坂本《さかもと》は参政の職を免じて以来、登城しておりませぬ。とくに三好につきましては、下参謀の世良……いや、世良どのがしきりに総督府付参政の復職を要求しておりますが、藩内事情ということではぐらかしています。三好自身もいまのところは大人しくしているようにございます。遠藤文七郎《えんどうぶんしちろう》につきましては、お屋形さまが直に説諭したお骨折りが功を奏したのでございましょう、閉門の処置に対して異を唱えることはありませんでした。総督府には本人病気療養のため閉門中と届け出てございます。また、先日総督府より軍事参謀を仰《おお》せつけられた大越《おおごえ》文五郎、軍事目付使番を命ぜられた伊藤十郎兵衛の両名は、自ら病気引籠《ひきこも》りを申し出て謹慎中にございます。あれだけの数の御目付衆の申し立てには、さすがに身の危険を感じたのでございましょう。

「真田《さなだ》喜《き》平太《へいた》はどうしておる。ほかの者どもと違って、目付の申し立て程度では動じぬ男だと思うが」

――実は、真田と葦名《あしな》靫負《ゆきえ》の二名、思うに任せぬ藩政に嫌気がさし、どうやら脱藩を企てているようにございます。

「脱藩だと？　脱藩してどうしようというのだ」

――京師《けいし》におられますお世継ぎの宗敦《むねあつ》さまのもとに馳《は》せ参じ、何事かを謀《はか》ろうとしているらしいとのことにございます。

「何事とは何事か」

――さすがにそこまでは探ることができておりませぬ。

「予の出陣を前にして、これ以上のもめごとは余計であるぞ。なんとかならぬか」

――ご安心くださいませ。方策は考えてあります。

「如何《いか》ような」

――真田には会津国境の要所、土湯口《つちゆぐち》先遣隊の指揮を命じようかと考えております。葦名につきましては、このたびの庄内征討の御沙汰が間違いないかを確認する使者として、急ぎ大総督府に向かわせようと思いますが、いかがにございましょうか。

「それにておもだった主戦派の面々を遠ざけることができると、そういうことだな」

――さようにございます。

「よかろう。そのようにいたせ」

――承知つかまつりました。

「うむ」

――しばし、お待ちくださりませ。どうした？　なに？　若生が？　お屋形さま。

若生文十郎《ぶんじゅうろう》がお屋形さまに建言したいことがあるとのことですが、いかがいたしましょうか。

「かまわぬ、通せ」

――若生にございます。

「先だってはご苦労であった。帰国後はさっそく気の毒なことになってしまったが、気が腐ってはおらぬか？」

――お屋形さまのお気遣い、かたじけなく存じますが、御心配には及びませぬ。

「そうか、であればよい。して、建言したいこととはなんじゃ？　遠慮なく言うてみい」

――いまいちど、会津に遣わしてはいただけぬでしょうか。それをお願いに参上つかまつりました。

「若生。会津討伐について賛否両論が拮抗《きっこう》しているなか、なぜわしが出陣を決意したのか、その意味はわかっておるな？　しかも、会津に向けて挙兵するにもかかわらず、遠藤文七郎や三好監物《けんもつ》ら主戦派の者たちを、土佐に命じて排斥させた理由も」

――承知しております。

「あえて言うまでもないが、我が藩は貞山公《ていざんこう》以来、一貫して勤王を貫き、一度たりとも王家に不敬をはたらいたことはない。下参謀がいかような人物であろうと、これ以上出兵を遅らせれば、朝命に背くことになる。だがしかし、なんとしても会津を救済したいのもまた然《しか》り。そのためには、会津の降伏謝罪がまずは必要であるが、ここに至っては悠長なことはしておられぬ。総力を挙げて我が藩の威力を示すことで、戦火を交えずに会津を降伏に傾けるしかないであろう。よって、会津との戦闘を回避するためには、主戦派を排除しておかねばならぬ。そういうことだ」

――仰せの通りにござります。しかしお屋形さま。私は若松城において、我が藩がかならず周旋をすると、容保《かたもり》さまと約束して参りました。その約束を果たさぬままにしておくわけにはいきませぬ。

「しかし若生、総督府があくまでも容保侯の首級と開城なしには謝罪とはみなさぬと言っていることを、会津藩は米沢藩から聞いてすでに知っているようだとの話だ。現に会津は、新たな兵を国境に送り、守りをいっそう固めているというではないか。もはや周旋を聞き入れるつもりはないとの決意に相違なかろう。しからば落としどころはただひとつ。会津を降伏に導き、容保侯父子の身柄を我が仙台藩で抑えることだ。さすれば鎮撫兵には一切手出しをさせぬ。そのうえで予が総督府との交渉にあたり、命に代えて決着に導くつもりだ。もはやそれしかあるまい」

——それも承知しております。しかし、畏《おそ》れ多くも言葉を返すことになりまするが、もし会津が降伏をせなんだ場合、お屋形さまにおかれましてはいかようになさるおつもりにございますか。

——これっ、若生、口が過ぎるぞ。言葉を慎め。いつものことながら、どうにかならぬのか。

「なに、かまわぬ。しからば若生、おぬしの問いに答えるとしよう。もし会津が降伏せぬと言うのであれば、その際には他藩の手は借りぬ。我が藩一手で会津を屠《ほふ》り去ろうぞ。それがせめても、容保侯に対する武士としての礼儀だ」

——お屋形さまの御心、この若生、感涙にむせぶのみにございます。しかしお屋形さま、周旋の見込みがまったく断たれたわけではございませぬ。やりようによっては、会津を説得できるものと思います。

「どのようにして説得するというのだ」

——先日会津に赴いた際、米藩の木滑《きなめり》要人《かなめ》、片山仁一郎の両名と膝《ひざ》を交えてだいぶ深く話をいたしました。その際にあらためて聞いたところによりますと、先の徳川追討のおりの建白について、米藩は奥羽諸藩の連名にて建白書を奏上すべきとの方針であったとのこと。奥羽列藩の連携、それが叶《かな》えばこのたびの会津の周旋においても、大きな意味を持ってくるものと思います。仙台、米沢のみならず、奥羽すべての藩が意をひとつにして会津救済を願い出れば、総督府もさすがに吟味せざるを得なくなるのではないかと思われまする。

「なるほど。して、おぬしの言う奥羽列藩連携の見込みはあるのか」

——ときを逸しなければ十分にあると存じます。奥羽の諸藩は、我が仙台藩の動向を常に注視しております。参集を呼びかければ、必ずや応ずるでありましょう。しかし、遅くなればなるほど難しくなるかと。

「ふむ、一考に値する建言ではあるな。土佐、おぬしはどう思う」

——いずれにしても、会津を説得できるか否《いな》かにかかっておりますな。前回とはだいぶ事情が違ってきていますゆえ、国境へ双方が兵を送っている状況下で、会津が若松城下への使節の立ち入りを許すか否かが問題にございます。立ち入りを拒絶されるか、あるいは捕縛されるか、それを覚悟のうえであれば、確かに試してみる価値はあるかと存じます。

「若生、このたびのおぬしの建言について、玉虫はなんと申しておる」

——実は、玉虫どのとは談じておりませぬ。

「なぜだ」

——総督府の実権を下参謀が握っている限り、もはや周旋は無理であろうとの考えのようにございます。

「玉虫のその見立てが、実のところは妥当なものであろうな。仮に若生の建言通り、会津が周旋を受け入れて恭順謝罪の実を示し、奥羽列藩連名の嘆願が相成ったとしよう。それでも総督府が会津追討の方針を変えなんだ場合はどうするか。若生、その際の手立てはなにか考えておるのか」

——奥羽列藩による会津救済の嘆願書を、直接大総督府あるいは朝廷に建白することも考えております。

「ふむ。最後にはそれしかあるまいな。その前に予の建白書が大総督府にて受理されればそれに越したことはないのだが、幾重にも手立てを講じておくのも悪くなかろう。土佐、若生を正使として、再度会津に使節を送るように手配いたせ」

——承知つかまつりました。

——お屋形さま、つきましては一つお願いがござりまする。

「言うてみい」

——せんだってと同様、まずは米沢に立ち寄り、木滑どのらと話を詰めましてから会津へと向かい、説得を試みるつもりにございます。したがいまして、周旋の目鼻がつくまでは決して戦火を交えぬようお願い申し上げます。

「おぬしのために予が時間稼ぎをせよ、ということか」

――さようにござります。

――若生っ、そこもと、自分がなにを言っているのかわかっておるのか。畏れ多くもお屋形さまに指図をするなどもってのほか。いまの言葉は取り消したうえ、お屋形さまにお赦《ゆる》しを請《こ》え。

――そうは参りませぬ。こちらが大事な交渉に当たっているときに戦が始まってしまっては元も子もありませぬ。そのような間抜けな事態だけは引き起こさぬよう、お願い申し上げている次第にございます。

――無礼者っ、言葉を慎め、いや、もういい、おぬしは下がれ。

「土佐」

――はい。

「若生の申す通りにしようぞ。まかり間違っても我が軍から会津に発砲することがなきよう、すべての兵にあらためて徹底いたせ。よいな」

――しょ、承知つかまつりました。そのように、しかと申し付けます。

「うむ。よろしく頼むぞ。二人ともご苦労であった」

二

しかし、よくもまあこれだけ仰々しく……これではまるで大名行列じゃあ……と呆《あき》れそうになったところで、いや、確かに大名の行列ではあるなと、細谷《ほそや》十太夫《じゅうだゆう》は思い直した。

仙台城の大手門から大手町へかけての大手筋、さらに札の辻で折れて南へと向かう奥州街道は、仙台藩主出陣の様子を一目見ようとする鈴なりの見物人で埋め尽くされていた。本陣となる白石《しろいし》城に至るまで、街道筋は同様に賑《にぎ》わっているに違いない。

官軍の印である錦旗《きんき》を二旒《りゅう》掲げた先乗り、白石城主片倉小十郎の兵だけでも、どこまでも延々と行列が続いている。

沿道の人垣から少し離れ、広瀬川の土手に佇《たたず》んで行軍の様子を眺めていた十太夫が、

「いったい何人いるのだ」呆れたように口にすると、隣で文十郎が言った。

「片倉さまの兵だけで二千、石田《いしだ》正親《まさちか》、佐々備中お二方の手勢がそれぞれ百十名に御足軽が五百、御武頭二十名に御旗本足軽が二百、御《お》徒《かち》組と御近習衆が合わせて三十八名、続いて百名の御小姓が二組で二百の総勢三千百七十八名の露払いののちに、お屋

形さまの御馬が御登場あそばされる。その後を御馬廻りとして総勢四百六十名が固め、次いで宮床さま、岩出山さまの兵と御近習がそれぞれ三百二十と一千二十、御中次の御旗本が百名、御小姓頭の大番組が二百、御足軽が二百と御武頭四十名、お目付および若年寄の手勢が御近習と合わせて二百、そしてしんがりを土佐どのの手勢とお目付衆あわせて百十名が務めるゆえ、総勢で五千八百二十八名の出陣になるはずだが、あくまでも計画につき、実際の数は前後しているはず。だが、ざっと数えてもそのくらいと見てかまわぬだろう」

「若生、おまえ、その数を……」

「数がどうかしたのか」

「いや、いい。おぬしの頭のなかを詮索《せんさく》しても仕方がないことを忘れておった」

細谷十太夫、若生文十郎の二人が、藩主の出陣に付き従っていないのは、こののち十太夫は探索方として白河方面へ向かい、一方の文十郎は正使として会津へ赴くことになっているからである。

但木土佐の命で薄衣《うすぎぬ》に遣いに行って以後、十太夫はこれまでに二度ほど文十郎とは顔を合わせている。一度目は城中の廊下で行き合い、短い立ち話をしただけであったが、二度目は下城の際に連れ立って、肴町《さかなまち》の料理茶屋で盃を交わした。

それが七日ほど前のことで、誘ったのは十太夫のほうである。

下城をうながす太鼓の音を背に、二の丸詰門を出ていく大柄なうしろ姿をたまたま目にしたところで、ふと思い立った。

真相はいかなるものか、直接本人に訊《き》いてみたほうが手っ取り早いであろう。そう思った。真相とは、玉虫左太夫《さだゆう》と若生文十郎が総督府で下参謀から受けた扱いのことである。

城中ではさまざまなうわさが飛び交っていた。玉虫と若生の二人がさんざん罵倒《ばとう》されたのは確かなようだが、実際にどのようなやり取りがあったのか、本当のところはわかっていないと言ってよかった。当の二人が、口を閉ざしているからである。

十太夫が訊いたからといって文十郎が答えるとは思えぬのだが、気になり始めると放置しておけない性分である。他人の秘め事を覗《のぞ》き見たいという欲念が、自分でもおかしいのじゃないかと思うほど強いのだ。

大手門を出たところで追いついて声をかけると、文十郎は十太夫の誘いに応じた。薄衣まで迎えに来てくれた礼をいつかはせねばと思っていた。それが誘いに応じた理由だとは、飲み始めてから文十郎が口にしたことだが、いかにも文十郎らしい理屈のつけ方である。

やはり文十郎は、酒が入っても口を滑らせるようなことはなかった。実際にどのようなやり取りがあったかは一切しゃべらなかったものの、自身の心情だけは垣間《かいま》見《み》せた。

なにもはばかることがないとしたら、世良と大山、二人の下参謀をどう処置する。

文十郎の盃に酒を満たしながら、そう尋ねてみた。

受けた酒を一息に飲み干した文十郎が、顔色を変えることなく言った。

「即刻、叩《たた》き斬《き》る」

憤《いきどお》りも怨念も、およそ情念らしきものをかけらも含まない醒《さ》めた声色が、かえって十太夫の背筋に冷たいものを走らせた。

「城中には、同じことを考えている者がだいぶいるようだ。養賢堂を焼き討ちするとかなんとか、そんな企てもあると聞き及んでいる」

そう言って十太夫は、文十郎の言葉を受けた。

鎮撫兵らの城下での横暴ぶりはいっかなやむことがなく、仙台藩士の鬱積《うっせき》が溜《た》まりに溜まって、血気にはやる連中が養賢堂の襲撃を本気で企てているらしい。

「いや、それだけは阻止せねばならぬ」

文十郎の思いのほか強い口調に、十太夫は眉根《まゆね》を寄せた。安田《やすだ》竹之《たけの》輔《すけ》、玉虫左太夫、遠藤主税《ちから》と並び、若生文十郎は非戦派の中心人物の一人であると見られているだけに、意外と言えば意外な言葉であった。

なぜだと十太夫が問うと、そんなこともわからぬのか、という顔つきをしたあとで文十郎が答えた。

「養賢堂の襲撃を企てている者らの言い分はこうだ。鎮撫総督と副総督、そして参謀の御三卿《きょう》は、会津が恭順謝罪をするならば容保侯の罪を減じたいとのお考えである。しかし、横暴きわまる下参謀、とりわけ会津に対する私怨《しえん》にこりかたまった長州の世良修蔵《しゅうぞう》がそれを阻止している。よって、あくまでも勤王である我が仙台藩が、王家への忠誠を示すために下参謀を取り除くのは当然であり、御三卿、ひいては朝廷もそれをよしとして、今度はもっと物わかりのよい下参謀を送ってこられるであろう、との理屈だ」

「馬鹿じゃねえのか。それではこちらから罠《わな》に飛び込むのと一緒じゃないか。いくら下劣なやつらであろうと、鎮撫使の下参謀を手にかけたら、即座に朝敵とされてしまうぞ」

「いかにも。しかし、そうは思っておらぬ者が多すぎる」

「玉虫どのや安田どのはどうなのだ」

「同じだな」

「同じとはおぬしとか」

「いや」

「もしかしたら玉虫どのらは、会津の救済というよりも、一足飛びに薩長の討伐を考え始めているということか」

「おおっぴらに口には出さぬが、確かにそのふしは見て取れる」

「若生。実際おぬしはどうなのだ。この事態をいかように考えている」

「薩長を退けよ、ということでは同じだ。しかし、あくまでも説諭で会津を恭順謝罪に持っていくことで天下公論の支持を我が藩に集め、新たな政権のなかでの地位を確固たるものにしたうえで、薩長の横暴と暴走を退けるべし。それが以前より変わらぬおれの意見だ」

「思うに、若生」

「なんだ」

「新政府は、世良や大山のようなろくでもない輩《やから》を、わざと送り込んできたのではないのか。それによって我が藩の暴発を誘い、朝敵として滅ぼすために」

「それはさすがに穿《うが》ちすぎであるとは思うが、このままでは、結果的に同じ事態を招きかねぬ」

「うーむ……」

そんな会話を文十郎としたのは、わずか七日前のことであるが、ずいぶんときが経《た》っているように、いまの十太夫には思われた。

人垣の上に、馬上の伊達慶邦《よしくに》がようやく見え始めたところで、ふいに背後で嘲《あざけ》るような声がした。

「だめだな、あれじゃあ。どことやり合っても勝てんぞ。聞いてはいたが、ひどいもんだ」

文十郎と同時に振り返ると、旅装束に身を包んだ、小柄で色白の若い侍が、柳の木に寄りかかっていた。

「おお、星《ほし》ではないか。いつ戻った」

「いま戻ったばかりだ。お屋形さまの出陣前に帰るつもりだったのだが、間に合わなかった」

そうか、とうなずいた十太夫は、

「おぬしら、面識はあるのか」と二人に尋ねた。

いや、と首を振った文十郎が、

「星恂太郎《じゅんたろう》どのか？　であれば、土佐どのから話だけは聞いている」

「いかにも、おれは星恂太郎だが」

「失礼いたした。若生文十郎と申す」

「なるほど、おぬしが若生か。うわさは江戸まで届いているぞ。生きのいい若いやつが御近習に取り立てられ、お屋形さまにだいぶ気に入られているようだと、そんな話だが」

「気に入られているかどうかは、お屋形さまに訊いたことがないのでわからぬが」

文十郎をしばらく見つめていた恂太郎が、十太夫に顔を向け、こいつはなんなのだ？　と目だけで訊く。

薄い笑みを浮かべただけで面倒な説明をはぶき、十太夫は恂太郎に尋ねた。

「このままこちらに留まるのか」

いや、と恂太郎が答える。

「まずはおれが預かることになっている兵らの調練の度合いと、武器弾薬の備えがどの程度進んでいるか検《あらた》めてから、いったん江戸に戻り、次の段取りを松倉《まつくら》どのとつけたあとで、また戻ってくることになるだろう」

探索方として諸国を回っていた際、十太夫は水戸からさらに江戸、そして横浜へと足を延ばして、星恂太郎と一度会っていた。会ったというより、意気投合して痛飲したと言ったほうがよい。

まずは、生まれ年が天保十一年（一八四〇）で同じだった。恂太郎は仙台東照宮六供のうちの一戸、点茶事を務める家に生まれ、台所人の小島家に養子に入ったものの、台所での仕えを嫌って実家に戻り、独力で師を求めて武芸に熱中するようになったという。大番士の家に生まれたとはいえ寺に預けられっぱなしで、なんの後ろ盾もなしで世の中に出なければならなかった十太夫とは、どこか、相通じるものがあった。

開国か攘夷《じょうい》かで藩論が沸騰《ふっとう》していた文久のおり、実は過激な尊攘に凝り固まっていたと、恂太郎は自分のほうから十太夫に明かした。実際、藩内開国派の中心人物と見られていた大槻磐渓《おおつきばんけい》、但木土佐、松倉良輔《りょうすけ》の三名を国賊と定め、手始めに当時筆頭奉行に返り咲いていた但木土佐の暗殺を試みたという。

結局、邪魔が入って暗殺の企ては失敗に終わったのだが、恂太郎が面白いのは、殺すつもりでいた土佐に海外の情勢をこんこんと説諭され、あっさりと宗旨替えをしたうえ、脱藩して江戸へと向かったところである。その後、藩にとって使える人材だと認められた恂太郎は、土佐や軍艦奉行となっていた松倉良輔の支援を受けて、アメリカ商館長ヴァン・リードのもとで洋式兵学を学ぶことになったのである。

いずれにせよ十太夫も恂太郎も、天下泰平の世では出世も活躍の場もなかったであろうことは確かで、それもまた二人が意気投合する大きな要因となった。

「ところで、江戸はいまどうなっている」

ゆっくりと移動してゆく行列を眺めながら十太夫が訊くと、

「いまごろは新政府軍に明け渡されているんじゃないか」淡々とした口調で恂太郎が答えた。

「ついに開城か」

「ああ。このひと月あまりのあいだに勝さんが西郷から取り付けた条件を、京師の新政府もおおむね了承したようだ」

「それで収まりますかね、徳川の家臣団は」

懐疑的な声で文十郎が口をはさんだ。

「いや、当たり前だが、憤懣《ふんまん》やるかたない者たちが多いのも確かだ。大鳥圭介《おおとりけいすけ》が率いる伝習隊が江戸から脱出するのは間違いなさそうだし、蟄居《ちっきょ》中の慶喜の護衛で上野寛永寺に詰めている彰義隊も怪しい。それと、榎本《えのもと》の艦隊がどう動くか。まあ、そんな状況であるゆえ、開城はすんなり行ったとしても、まったく血が流れないということはなかろう」

そう答えた恂太郎が、

「それにしても、街道筋で行きあった先発の隊もこの本隊も、兵たちのやる気がさっぱり伝わってこないのだが、いいのかこれで。装備も旧式、調練の度合いもばらばら、そのうえやる気がないとあっては、会津に限らず、どこと戦をしても勝てぬぞ」苦いものを口に含んだような顔つきで言った。

「もとより会津と戦をするつもりはないからだろ。なあ、若生」

十太夫の言葉に文十郎がうなずく。

「なるほど、そういうことか――」と、得心した顔になった恂太郎が続ける。

「しかし、会津の連中は呆れるほどに頑固だぞ。自分らに非があるとは思っておらん以上、降伏なんぞしないだろう。そしたらどうするつもりなのだ、我が藩は」

「仙台一手で会津を討つ。お屋形さまはそう仰せであられるが、しかし――」そこで言葉を切った文十郎を、恂太郎がうながした。

「しかし、なんだ？」

「藩論は会津を説得しての救済でほぼ固まりつつあり、その周旋を私がすることになっている」

「見込みはあるのか」

「ある」

「ずいぶんな自信だな」

「会津の重臣らは、頑固ではあっても馬鹿ではない」

「おぬしの周旋が成功するとは限らぬだろう。それでも会津側の肩を持つのであれば、薩長を、いや、官軍を相手の戦になるぞ」

「そうはさせぬ」

「だから、そうなった場合にはどうするのだと、おれは訊いているのだ」

「そうはさせぬと言っているではないか」

ずいと進み出た恂太郎が、文十郎を見上げるようにして言う。

「しかしおぬし、無用にでかいな」

「そこもとが短軀《たんく》なだけであろう」

まずいぞ、これは……。

頑固というよりはまったく融通の利《き》かぬ文十郎と、優男に見える外見とは違って、呆れるほど短気で負けん気の強い恂太郎をこのままにしておいたら、お屋形さまの出陣という晴れ舞台をぶち壊す騒動になりかねない。

なんでおれがこの二人を取りなさなけりゃならんのだ、と思いつつも、十太夫は、まあまあいいではないか、と口にしながら、二人のあいだに割って入った。

「いずれにせよだな、我が藩の軍制改革をいっそう進めねばならぬ。それは二人とも一致していることであろう」

十太夫の言葉に、恂太郎と文十郎が同時にうなずいた。

「それにしても、三好どのや遠藤どのをはじめ、会津の追討を是としていた重臣がそろいもそろって免職や閉門とは、いったいなにがあったのだ」

話をもとに戻さぬために十太夫が話題を変えると、

「熊谷《くまがい》斎《いつき》どのら十三名のお目付衆から、この度鎮撫使下向につき世上風唱の趣、と題した上書が提出されたのだが、それが直接の原因になったようだ」と、文十郎が言った。

「なんだ、その世上風唱の趣とは」

沸騰しかけていた恂太郎が、落ち着きを取り戻した声で首をかしげた。

「但木土佐、三好監物、坂本大炊《おおい》の三名がしめしあわせて下参謀に内通しているであるとか、真田喜平太が勇壮な兵を国境へと送り出して城下の守りを手薄にしようとしているのは、これもまた薩長と通じているからではあるまいか、同じく大越文五郎もおおいに怪しいとの風唱であるにもかかわらず近々小姓頭に取り立てられるようだと、五名の名を挙げて弾劾《だんがい》している申し立てのことだ」

初耳だった。さすがに政治の中枢《ちゅうすう》に近い場に身を置く文十郎である。

だが……。

「それなのに、なぜ土佐どのだけがことなしですんでいるのだ？」

十太夫は疑問をそのまま口にした。

「しょせん風唱とは信用に値せぬものであることを、お屋形さまはご承知しておられる。おそらくそれを、土佐どのはうまく利用したのであろう。どのようにお屋形さまに進言したのかまではさすがにわからぬが、会津討伐派を遠ざける格好の口実になったのだと思う。いや、もしかしたら……」

「もしかしたら、なんだというのだ」

「その弾劾書の作成には土佐どのが一枚噛《か》んでいるのかもしれぬ。あくまでもおれの推測ではあるが」

「若生のいまの推測、案外、当たっているかもしれぬな」

恂太郎が面白そうに言った。

確かにそれもありかもしれぬ……。

恂太郎の言葉にうなずきつつも十太夫は、

――いずれにしても面倒なあれこれはおれの知ったことじゃあないやね。おれは探索方としての務めを滞りなく果たすだけだ――。

延々と続く出陣の隊列を見やりながら、口のなかで低くつぶやいていた。

三

四月十八日の払暁《ふつぎょう》。

なにやら外の通りが騒がしい。

会津若松城下七日町の旅籠《はたご》、清水屋に三日前から投宿していた景祐《かげすけ》は、薄暗がりのもと、寝床のなかでまぶたを開けた。

身を起こし、耳をすませる。

二、三人、いや、四、五人ほどもいるだろうか。清水屋の軒下に寄り集まった者たちが、なにやら低い声でささやき交わしている。

景祐が休んでいたのは二階の一室。雨戸は閉ざしていない。目を向けた先に、白い障子紙がうっすらと浮かびあがっている。

日の出までにはまだ四《し》半刻《はんとき》ほどはあろうか……。

副使としてともに会津入りしている横田《よこた》官平《かんぺい》が、隣の布団《ふとん》でごそごそと身体を起こした。

「何者でしょう」

声をひそめて官平が言った。

「わからぬが、刺客ということはないだろう」

景祐が言うと、いや、と官平が首を横に振った。

「わかりませぬぞ。血気にはやる者たちはどこにでもおりまする。ましてやいまの会津の事情を鑑《かんが》みますれば、ご家老らのあずかり知らぬところで謀議を企てている者どもがいても、不思議ではござりませぬ」

官平が案ずるのもわからぬではないが、心配のしすぎだろう。

「どれ、見てみるか」

そう言って景祐が立ち上がると、慌《あわ》てた声で官平が止めた。

「危のうございます、おやめください」

「なに、刺客であればもっと暗いうちに来て、寝込みを襲っているはずだ」

「そうかもしれませぬが、しかし……」

「仮に刺客だとしても、若松城下の真っ只中とあってはどこにも逃げ場はない。我らを殺しても会津の利にならぬことを説いてわからせるほかに、生き延びる方策はなかろう」

「そ、それはそうでございますが……」

なおも及び腰の官平を布団に残したまま窓際《まどぎわ》に歩み寄り、障子の桟に手をかける。ためらうことなく無造作に障子を開け放した。

低く抑えてはいるものの慌てふためく声が飛び交い、地面をこする足音と衣擦《きぬず》れの音、刀の鞘《さや》がかすかにぶつかる音が、軒下で錯綜《さくそう》する。

数は五人。いずれも若い侍のようだ。

「仙台の使節、若生文十郎と申す。会津のご勇士とお見受けするが、いったいなに用か」

軒下で聞き取れる程度の声で景祐は言った。

若侍たちの動きが止まった。

「な、如何《なじょ》する」

一人が言った。

「おいっ、ちゃっちゃど投げろでば」

ほかの声がした。

「お、おう」

そう答えた男が右手を耳の横まで持ち上げた。そのまま腕が一閃《いっせん》され、手にしていたものが景祐をめがけて飛んできた。

薄明りのなかでは餅撒《もちま》きの餅のようにも見える丸いものが、ひょいと身をかわした景祐の肩口をかすめて、座敷のなかに飛び込んだ。

殺意は感じなかった。

「行《あ》べえ！」

その声とともに軒下にいた者たちは、通りの向こうへわらわらと走り去った。

若侍たちが姿を消した通りになにか動きはないかとしばらく様子をうかがってみたが、野良猫が一匹、のんびりと道を横切るのが見えただけで、なにかが起きる気配はない。

「投げ文のようです」

その声に振り向くと、畳の上に置いた巻紙のしわを、官平が手のひらで丹念に伸ばしていた。

巻紙を広げ終えた官平が訊いた。

「行燈《あんどん》を点《つ》けましょうか」

「いや、いい。だいぶ明るくなってきた。窓際でなら読めるだろう」

そう答えて投げ文を受け取った景祐は、窓枠に腰を乗せて文面に目を落とした。

――一翰《かん》致呈啓候《そうろう》、此《こ》度《たび》遠路御光駕《こうが》被成下《なしくだされ》、殊《こと》ニ弊藩ノタメ種々御尽力被下候由《よし》、側《かたわ》ラ伝聞致候、御三藩ノ御厚志万謝万謝――との書き出しでつづられていた。

御三藩というのは、仙台、米沢、そして二本松の各藩のことである。

書き出しこそ慇懃《いんぎん》なものであったが、その内容はとなると、会津藩士の偽らざる心情を切々と訴えるものであった。

――御三藩が承知の通り、会津の有罪無罪はいまさら説明する必要もないであろう。もし朝廷に恭順すると申し出れば、罪があろうとなかろうと会津は自ら有罪だと認めたことになる。つまりは無罪の主人を有罪とすることになり、我々家臣の立場として、それが然るべきか然らざるべきか、その熟考を御三藩には願っている――と、まずはしたためてあった。

困惑しているような文面とは裏腹に、会津には朝敵とされるような罪はない、そう断言しているのと一緒である。

次いで手紙は、強く訴えていた。

――我が藩全体は元より力の限りを尽くすと決めており、その処断は天に委《ゆだ》ね、義を通して死ぬことはあっても、不義を犯してまで生きることはない——。

そしていっそう論調は強固なものへと変わっていく。

——我らは報国の二字を骨に刻み、あの世の悪霊となって奸賊《かんぞく》を誅戮《ちゅうりく》し、後世に真実が明らかにされるのを待つつもりである——。

これはまったくのところ、薩長に対する宣戦布告にほかならない。それにとどまらず、

——力の強弱によっておのれの進退を決め、奸賊にこき使われることとは最も武家の恥じるところである——と、新政府の手先になろうとしている諸藩を皮肉った文言が並べられていた。

以上が会津の近況であるとしたうえで、

——先々月中までは、仙台、米沢、二本松の御三藩は、会津と幕府の行いを子細に調べたうえでそれを公表したと聞いている、つまり、会津に非はあらずと認めていたはずである。それにもかかわらず、鎮撫使に従う賊徒が事実に反する嘘《うそ》をとなえ、強者を誘惑するとともに弱者を恐喝する事態に至るや、以前とは異なる論にて弊藩の説得を試みようとしているのはいったいどういうことなのか、我々にはまったく解《げ》せぬ話であって、武門のなすべきことではありませぬ——と、会津の恭順を求めにやって

きた三藩の使節に、面と向かって異議を申し立てる文面になっていた。

そして最後に、

――いまの会津は国じゅうが砕身粉骨の義に安じており、先日提出している嘆願書の通りすべてにおいて間違いはなく、右の諸々の件、宜《よろ》しきよう御斟酌《しんしゃく》下さるべく候、以上――そう結ばれていた。

読み終えた景祐は、投げ文を無言で官平に手渡した。

食い入るように文面を読み始めた官平から視線を外し、東の空を見やる。

空は、朝焼けに赤く染まり始めていた。

雨が降るのか……。

そういえば、春先までは穏やかな気候であったのだが、このところ肌寒い日が多く、空模様も思わしくない。もしかしたら、奥羽の地をときおり襲う山背が、今年の夏はやってくるのかもしれない。

だとすれば、戦などしている場合ではないのだが……。

次第に明るさの増す空を見やりながらもの思いに耽《ふけ》っていた景祐に、投げ文を読み終えた官平が声をかけた。

「会津の本音、あらためて思い知らされますな。このたびの説得が難航しているのも当然かと」

「だが、なんとしても説得せねばならぬ」

「しかし、この投げ文に書かれている内容が大勢だとすれば、我らが示した条件を呑《の》みはしないのではありますまいか」

確かに官平の言う通りかもしれぬ、と景祐は思った。

仙台藩主伊達慶邦の出陣を見送った景祐は、その日のうちに仙台を発《た》ち、横田官平とともに米沢へと向かった。

前回と同様、応接に当たった木滑要人《きなめりかなめ》に、再度の説得で会津へ向かうために米沢に立ち寄ったことを告げると、仙台が動かないのであれば自藩だけでも会津の説得を試みようと思っていたと木滑は答え、文十郎と官平の来訪を喜んだ。その際、

「玉虫どのは周旋をもはやあきらめているのかと思っておりました」と木滑は言った。

景祐には知らされていなかったのだが、七日ばかり前、会津の謝罪周旋について協議をするために米沢から仙台に使者を送ったとのことだった。米沢の使者を応接したのは、奉行の坂英力《さかえいりき》と若年寄の真田喜平太。その際の協議では、会津は頑固だがそれでも説得周旋を試みよう、無理であれば意を決して会津と戦う姿勢を見せ、恭順に持って行くべし、との合意がなされたのだが、米沢藩の使者が仙台に滞在中、投宿して

いた外人屋に玉虫左太夫が来訪し、下参謀の世良修蔵は、松平容保の首級、若松城の開城、世子喜徳《のぶのり》の監禁がなければ謝罪とは認めぬと言っており、今後もその強硬な姿勢を崩すことはないだろう、と告げて帰ったという話であった。

そのような徳川への処置以上に過酷な条件を、会津が呑むことはあり得ない。そう前置きをして、木滑は景祐に言った。

「しからば我々米沢としては、謝罪の修正案を持って会津に出向き、まずはその修正案を会津が受け入れるべく説得に当たりたいのだが、いかがであろうか」

「私もまったく同様に考えておりました」

「実は、すでに用意してあるのだが――」そう言って、木滑が示した案をさらに吟味し、最終的に決まった謝罪の案は、開城で罪を謝し、削封《さくほう》で罰を奉じ、事を誤った重臣の首級、この三つを以って赦しを乞《こ》う、というものであった。

これ以上もこれ以下もないであろう妥当なものと言えた。

最後に木滑から、修正案を会津が受け入れたとして、総督府のほうは納得するだろうかと、周旋の見込みを尋ねられた。

それでも難しいかもしれない、あの世良修蔵が実権を握っている限りは……。

見込みは五分五分。率直に答えた景祐は、その際には京都に使者を送るとともに、有志列藩の公論をもって対策を講じてはどうかと提案した。木滑ら米沢側は、一も二もなく、これに賛同した。

そこまで段取りを整えて乗り込んだ若松城下であったが、予想していた以上に、会津は頑固であった。

景祐らは会津入りした四月十五日、前回と同様に仙米両使節の応接に当たった公用人、小野権之丞と手代木《てしろぎ》直右衛門《すぐえもん》に、仙米両藩主からの親書を手渡すと同時に、さっそく修正案を提示した。

仙台と米沢のご厚情には心より感謝していると述べて修正案を受け取った二人であったが、翌日、清水屋にやって来ると、事は重大きわまり慎重な詮議が必要、との理由で、回答の猶予《ゆうよ》を願い出てきた。この日、二本松の重臣二名も会津入りして、説得に加わった。

会津の苦しい立場もわかる。

もう一日待とう。

しかし翌十七日、つまり昨日も一日中待たされたうえ、夕刻になって、さらなる猶予を請われた。いま、藩内のおもだった者らを城中に集めて議論を重ねているところなのだが決着がついていない。しかし、明日には結論を携えた重臣を差し向けることができるだろう、との話だった。

そして迎えた今朝の投げ文である。

城中では激論が戦わされていることが容易に察せられた。いや、投げ文にあったように、降伏などもってのほか、徹底抗戦すべし、という意見のほうが大勢を占めているのかもしれない。

あの修正案をもってしても、会津の説得が難しいとしたらどうするか……。

朝焼けの空を眺めやる景祐の表情が、かすかに曇った。

四

景祐と官平の懸念《けねん》は、やはり、現実のものとなった。

まだ陽が高くなる前に、昨日約束していた通り、梶原平馬《かじわらへいま》、内藤介《すけ》右《え》衛門《もん》、一瀬《いちのせ》要人《かなめ》の三名の家老が、清水屋を訪れた。

が、期待していたような回答は得られなかった。国の存亡にかかわることにつき迷い抜いているとの話で、さらなる猶予を求められた。

三家老がそろっての懇願を聞き届けぬわけにはいかなかった。熟議のうえ一刻も早く結論を出すようにと強く要請したうえで、さらに一日、待つことにした。

明けて十九日。

梶原平馬を筆頭に五名の重臣が来訪し、清水屋の一室において、仙台、米沢、二本松の使節と相対した。

さすがに前日までとは違い、一歩踏み込んだ会談となった。

会津側が言うには、容保父子は深く恭順、謝罪の実を表したい意向であるのだが、頑固な家臣がいて、開城となって薩長の兵を目にしたならば、どんな混乱が生じるか予測できない、しかし、削封であればなんとか藩論をまとめられるだろう、との話であった。

会津もまた決して一枚岩ではないことが、梶原らの苦渋の色から察せられた。

だが、開城なしの削封では、とうてい鎮撫使は承知しないはずだ。会津側にも何らかの譲歩をしてもらわなければ話はまとまらない。

しかし、落としどころはいっかな見えてこなかった。結局この日の会談は、それ以上の進展がないまま、重苦しい空気を残して切り上げとなった。

梶原平馬らが城中に戻ったあと、なにかよい案はないかと三藩で協議をしていたところへ、若松城からの使いが来た。諏訪《すわ》常吉という名の公用人であった。

諏訪が言うには、容保が仙台の使節との会見を望んでいるという。

それを聞いた米沢、二本松の面々は疑念の色を浮かべた。なぜ仙台藩のみが呼ばれるのかと疑いが頭をもたげるのも無理はない。

なにかを言いたげにしている木滑に、

「抜け駆けをするようなことは決してしませぬゆえ、心配ご無用。おそらく会津侯には、おおやけの場では口にできぬことがあるのでしょう。謁見《えっけん》の場でなにがあったかは、こちらに戻った際に包み隠さず話しますのでご安心を」

そう言い残して景祐は、官平を伴って若松城へと参上した。

景祐と会うなり、憔悴《しょうすい》しきった顔で容保は言った。

「そこもとらの尽力にもかかわらず、我が藩の藩論がなかなかまとまらぬこと、この容保、大いに心苦しく思っておる。許されよ」

「めっそうもございません。肥後守さまのご心痛、お察し申し上げます」

「実は、若生。梶原ら重臣のほとんどは、我が藩の降伏にはおおむね賛成しているのだが、一人だけどうしても譲らぬ頑固な家臣があり、困っておるのだ」

軽くため息をついて容保が言った。

「そういえば、本日の会談において、梶原どのも同じようなことを言っておられました——」傍らに控えている梶原平馬にちらりと目を向けたあとで、景祐は容保に直接尋ねた。

「いったい誰にございましょう。差し支えなければ教えていただきとうございます」

「佐川官兵衛と申す者だ」

「なるほど、佐川どのにございますか」

「知っておるのか？」

「鬼の官兵衛の名は、仙台まで届いております」

かすかに頬をゆるめた容保が、口許《くちもと》に浮かんだ笑みを消して言った。

「実は若生。おぬしらにここまで内情を明かすのは、むろん故《ゆえ》あってのことなのだ。いくら佐川が頑固者だとはいえ、予がじかに言い含めればおぬしらの周旋を受け入れざるを得ないであろう。ところが、ここに至って面倒が持ち上がった。土湯口に配しておった守備隊からの知らせがさきほど城中に届いたのだが、どうも約定を破って、貴藩の兵らが我らの兵に発砲したようなのだ。このまま本格的な戦闘になるようであれば、佐川らを説得するのはさすがに難しくなる」

「お待ちくださいませ。約定を破って発砲したとは、いったいなんのことにござりましょうか」

「あずかり知らぬと申すのか」

「申し訳ございません」

「なるほど。そのほうら、大藩であるゆえに、左手のしていることを右手は知らぬのが当たり前になっておるようだな」

「お恥ずかしい限りにございます」

「まあよい。しばし待たれよ」

そう言った容保は、梶原になにやら耳打ちした。

待つことしばし。泥汚れをあちこちにつけた会津藩士が一名、梶原に伴われて謁見の場に姿を現した。

「一柳《ひとつやなぎ》。土湯口でなにがあったか、仙台のお二方に話して聞かせよ」

梶原に命じられた一柳という名の藩士が、詳細を説明し始めた。

土湯峠から猪苗代湖に向かって十町ほど下りたところにある陣屋に、配下の守備兵らとともに一柳が詰めていたところ、姉歯《あねは》武之《たけの》進《しん》と名乗る仙台藩士が訪ねてきた。一昨日、四月十七日のことである。

姉歯武之進は、禄高《ろくだか》三百十石の金成邑主《かんなりゆうしゅ》で、今回の出陣では、大隊長瀬上主膳《せのうえしゅぜん》の指揮下、軍監兼小隊長として土湯口に派遣されていた。

主膳の命を受けてやって来たという武之進は、鎮撫総督府の命で土湯口まで兵を進めてきた、しかし会津追討は仙台の本意ではなく、四月十八日をもって繰り込むべしとの達しであるが、できれば戦闘は避けたい、そう述べたうえで、会津の降伏をうながした。

一柳は、仙台、米沢、二本松の使節との会談が若松城下でもたれているのは承知していた。会津の恭順謝罪ということでもうじき決着がつくはずであるから討ち入りの猶予を願いたい、と申し出た。

了承した武之進がいったん戻った翌日、つまり昨日になって、今度は瀬上主膳が自ら訪れ、会津藩軍事方、野村監三郎と会談した。その際、主膳のほうから、馴れ合いの戦闘を持ちかけてきた。

主膳曰《いわ》く——会津へ繰り込めとの総督府からの催促が日に日に厳しくなっており、いつまでも膠着《こうちゃく》状態でいるわけにもいかない。いずれ撃ち合いが始まった際には、白地に小の字を書いた旗を掲げることにするので、会津も同様の旗を掲げて目印としてほしい。なお、万が一にも死傷者が出ぬように空砲を放つ所存であるゆえ、会津も同様に空砲で応戦してはくれまいか——。

会津側としても異論はなかった。仙台の厚意に感謝して、自陣に引き揚げていく主膳らを見送った。

ところが、である。今朝になって予定通り馴れ合いの戦闘が始まったかと思いきや、仙台側が放った大砲には実弾が込められていた。

最初は約束通り空砲で応じた会津だったが、やむなく実弾に切り替えて応戦するしかなかった。

朝五ツ（午前八時）から始まった戦闘は、地形に不慣れな仙台兵が撤退したことで昼八ツ（午後二時）ごろには終わったのだが、明らかに仙台藩の裏切りである。

再び戦闘が始まったらどうしたらよいか、今後の指示を受けるため、一柳は単身早《はや》駕籠《かご》で城下へ駆け込んだとのことだった。

会津での周旋の目鼻がつくまで戦闘は差し控えるようにと、お屋形さまにはあれほど強く言上し、土佐どのも同席していたというのに、いったいこれはどういうことか……。

景祐の目に、さすがに困惑の色が浮かんだ。

場に満ちた重苦しい沈黙を梶原が破った。

「いかがいたす、若生どの。このまま国境での戦闘が始まるようであれば、このたびの会談、これ以上続けても、もはや無意味なものになり申すが」

「もっともにございます」

うなずいた景祐は、官平に身体を向けた。

「そこもと、至急、土湯口へと馳せ参じてくれ。なんの手違いでこのような事態になったのか子細を確かめたうえ、これ以上の戦闘が起きぬよう、命に代えてでも場を収めるのだ。よろしいか」

「わかり申した。仰せの通りにいたします」

うなずいた景祐は、梶原に言った。

「梶原どの。すまぬが誰か案内の者をつけてはくれまいか」

「もちろん、そういたそう」

即座に答えた梶原が、

「若生どの。して、そこもとはどうするつもりか」探るような目で尋ねた。

なにかがおかしい。

そう景祐は感じていた。

土湯口でのいざこざが、一柳という会津藩士の説明通りだとすれば、確かに我々仙台側に非がある。それは仕方がないとして、藩主の容保も、そして家老の梶原も、恭順の意を示したい、そのための周旋を願いたい、そうは言っているが、なにかを隠しているような気がする。

だが、なにをというところまでは、どうしてもわからない。しかし、そこもとはどうするつもりか、との梶原の問いにどう答えるかが、この会見の流れを決めることになるのは間違いなさそうに思える。

しばし間をおいて、景祐は言った。

「私は若松城下に留まり、横田の帰りを待ちます」

一瞬、虚を衝《つ》かれたような色を目に浮かべたあとで、梶原が口を開いた。

「それはもしや、自ら人質を買って出る、そういうことにござるか」

「さようです。知らなかったとはいえ、このたびの貴藩との約定を破った我が藩の行為、大いに恥じるとともに、藩主になり代わりまして、深くお詫《わ》び申し上げまする。つきましてはこの身、事の決着がつきますまで、牢《ろう》に入れるなりなんなりしていただければと存じます」

「会談には加わらぬということか」

「貴藩をだまし討ちした立場にある者として、さような図々しいことはできませぬ。このたびの周旋につきましては、米藩の木滑どのを信頼しております。木滑どの、そして梶原どののようなお方が要職においでであれば、きっと正しき落としどころを見つけていただけるものと信じておりまする。それを期待して、私は横田の帰りを待つことにいたします」

梶原に目を向けられた容保が、なにかを考え込む顔をした。

やがて容保は、景祐に向かってゆっくりとうなずいた。

「若生。おぬしを城中に呼んでやはりよかった。希望の通り、しばらく身柄を預かることにしよう」

「恐悦至極にござります」

そう言って景祐は、容保に向かって深く頭を垂れた。

二人がなにを隠しているのかは、やはりわからない。だが、この場をうまく切り抜けられたのは確かなようだった。

その翌々日、疲れ果てた様子で横田官平が無事に土湯口から若松城下に戻ってきて、土湯口での戦闘の事情が判明した。

仙台藩兵は、事前の約束通り、形だけの戦闘でお茶をにごそうとしていたらしい。ところが、筑前兵一小隊を率いた長州藩士が、真田喜平太とともに土湯口まで乗り込んで来た。むろん、会津追討の戦闘の火ぶたを切るためである。その際、瀬上主膳は、敵に使者を送って策を進めている最中であり戦闘は待たれよと猶予を求めたのだが、納得は得られず、真田喜平太の号令の下に実弾による砲撃が始まってしまったとのことだった。

人足を十数名雇って早駕籠を仕立て、諏訪常吉とともに土湯口へと向かった官平は、事情を知らぬ仙台兵に国境付近で危うく命を奪われそうになったものの、なんとか自軍の陣までたどりつくことができた。

そこで真田喜平太と、激しい言い争いになった。もう少しで斬り合いになるところだったという。

結局、譲らぬ双方を軍監の小嶋勇記がかろうじて諫《いさ》め、ひとまず討ち入りは差し控えということに落ち着き、横田官平は重責を果たしたのであった。

官平が会津若松と土湯峠を往復しているあいだに、会津降伏の条件についても結論が出た。

容保が城外に引き取って謹慎、そのうえでの削封、その二事で謝罪とし、これを条件に鎮撫使に周旋を願いたいというのが、会津側からの最終的な申し出であった。

仙台藩との協議にのっとり、強く開城を求めたのだが、容保が城外に出ることを準開城と解釈し、最後には妥協するよりほかになかったと、木滑は景祐に語った。

双方にとってぎりぎりの妥協案であるのは確かであり、監禁を解かれて清水屋に戻った景祐も、これに同意した。

ところで、監禁といっても、景祐の申し出通り牢に入れられたわけではなかった。仙台藩主からの親書を携えた使者に対して、さすがにそれはできなかったのだろう。別の旅籠に案内され、与えられた部屋で官平が戻るのを待った。

怪我の功名、という言葉がある。移った宿にいるあいだに、会津側がなにを隠しているのか察しがついた。

食事を運んできた旅籠の女中が、酒は要るかと訊いた。酒は要らぬ。景祐が答えると、不満げな顔をしながら、本間さまのところのお侍さんは豪勢に飲んでくれるのに、と残念そうに言った。

本間さまというのは、庄内藩の豪商、本間家を指している。藩主の名ではなく本間の名を口にしても奇異には聞こえないのが、商人の世界では当たり前になっているようだ。それほど庄内における本間家の影響力は大きく、藩主酒井家の後ろ盾ともなっているのはよく知られたことである。

その庄内の藩士が、このところ頻繁に会津を訪れていたという。

それでおおよその察しがついた。

会津に続いて朝敵とされた庄内藩は、水面下で会津藩と手を握ろうとしているのではないか。いや、すでに両藩はなんらかの密約を交わしている公算が強い。その内容については推測するしかないが、昨今の状況を考えると、軍事同盟以外のなにものでもないだろう。

長きにわたり京都の守護職に就いていた会津藩は、薩摩と長州のやり口を嫌というほど知っている。降伏して恭順謝罪の実を示したところで、薩長が新政府の実権を握っている限り、寛典に処されることなどないとの見通しを持っているのかもしれない。

会津があくまでも開城を拒むのは、おそらくはそれがあってのことだ。いざとなれば躊躇《ちゅうちょ》なく徹底抗戦に臨む。それが会津の本音であるとすれば、開城によって武装解除されるわけにはいかない。

いわれのない罪をかぶせられ、朝敵に仕立て上げられた庄内藩も然りであろう。

すべてが会津の見通しの通りになったとしたらどうするか……。

つまり、どのような方策をもってしても会津と庄内への追討令を覆すことができなかったとしたら……。

選べる道は二つしかない。

新政府軍の一員となって会津を、そして庄内を討つか、それとも会津と庄内に与《くみ》して新政府軍と対峙《たいじ》するか。

会津の謝罪を鎮撫総督府が受け入れない場合、天下の公論に訴えて薩長を政権から排除することを考えてきた景祐ではあった。

しかし、それが能《あた》わぬ時のことを考えなければならない時期が、すでにやってきているのかもしれなかった。

同盟の萌芽《ほうが》

一

——但木《ただき》土佐《とさ》、さきほど関宿《せきじゅく》から戻りました。

「おお、ご苦労であった。して、会談はどうであった。会津はどうなったか」

——いやはや、思った以上に頑固でありました。

「よもや、不調に終わったのではあるまいな」

——いや、そこはなんとか。しかし、冒頭から肝を冷やしましたのは、確かにございます。

「会談の経緯を詳しく説明いたせ」

——承知いたしました。まずは、先だっての若生《わこう》と横田《よこた》の努力の甲斐《かい》あって、会津降伏の条件を決するための使節がここ白石城に向かっているとの知らせが届きましたのが、先月、四月二十五日のことにございました。その際、真田《さなだ》喜平太《きへいた》より、朝敵となっている会津の使節を本陣に招いてはまずいだろうとの建言がありまして、それは確かにその通りでありましたゆえ、米藩の木滑《きなめり》どのらと万端整えましたうえ、一昨日、四月二十九日に七《しち》ヶ宿《しゅく》街道の国境、関宿にて会談を持つ運びにいたしました。ここまでは、お屋形さまのご承知の通りにございます。

「会談に臨んだのは誰か」

――それがしと坂英力《さかえいりき》、そして真田喜平太にございます。玉虫《たまむし》、若生、横田も同道しておりましたが、正式の会談でしたゆえ、重職にあらざる者まで同席させたのでは会藩に対して礼を失することになりますため、さように計らいました。

「うむ、妥当なところであろう」

――恐縮にございます。

「会藩からは誰が」

――総勢で五名の使者にございましたが、首席家老の梶原平馬《かじわらへいま》どのが全権を握っておられるようにございました。

「梶原平馬か……。だいぶ若いと聞いておるが」

――確か、若生と生まれ年が同じだったかと。しかし、容保《かたもり》侯が京都守護職にあったときよりのご側近のようにございます。

「なるほど。有事の際には、年寄りよりも若い者のほうが頼もしいのであろうな、容保どのも」

――お屋形さま、それはこの土佐に対する当てつけにございますか。

「いや、当てつけたわけではないが、ははは、そう聞こえたのなら許せ」

――笑い事ではござりませぬぞ。

「すまぬ、すまぬ。して、米藩は」

――立会人として、木滑どのと片山どの、そして大滝どのらにござります。

「ふむ。ところで先ほど、冒頭から肝を冷やしたと言っておったが、なにがあったのか」

――会津降伏の条件として、本来であれば開城は必至にござります。ですが、削封《さくほう》および容保侯父子の城外謹慎にて開城に準ずるものと妥協したのは、先だっての報告の通りにございます。しかし、今回の会談に先んじて、この本陣まで足を運ばれた木滑どのら米藩の面々と協議をいたしたところ、会津側の申し出の二点だけでは、やはり鎮撫《ちんぶ》総督府が承知しないのは明らかでしたゆえ、当初の案の通り、謀主の首級の差し出しは免れまいという話に相成りまして、まずは会談の冒頭にて、その旨《むね》を会藩に示した次第にござります。

「拒否したのだな、会藩は」

——さようにございます。梶原どのが申すには、鳥羽伏見のおりの首謀の者はほとんど戦死しており、生き残っているのは一両名のみとのことで、その者とて国に忠を尽くしており、もし首を斬《き》ったならば国内が動揺してどうにもならなくなる、との弁にございました。さらに付け加えるには、鳥羽伏見は慶喜公が一身に責を負い、将卒の罪にあらずと謝罪されており、よって当藩に罪はない、とのことでして。

「開き直って、逆に脅しにかかってきたというわけか」

——このところの会藩の常套《じょうとう》手段にございます。しかし、こちらも引き下がるわけにはいきませぬゆえ、謀主の首級を差し出せないのであれば降伏謝罪の取り次ぎはできぬと、この土佐、きっぱりと申し渡しました。

「会藩はなんと」

——しばらく間を置きましてから、我ら皆死を以って国を守るのみ、との返答にござりました。むろん、それがしは申しました。一国を守るために皆が死を選ぶのと、一両人の首を以《も》って国の命に換えるのとでは、どちらに利があるか明らかであろうと。ですが、聞く耳を持たずとはよく言ったもので、会津の頑固さは知っておったつもりでしたが、頑固を通り越して頑迷と言うべきか、いやはや、あれほどまでとは……。

「そのような状況で、よくもまあ真田が口をはさまなかったものだな」

――いや、痺《しび》れを切らしたらしく、ついにはさみ申した。

「やはりか」

――おぬしがしゃべると、まとまる話もまとまらなくなるゆえ、談判中は大人しくしておれと申し渡しておったのですが、やはり黙ってはいられませんでしたようで。

「なんと言ったのだ、真田は」

――謀主の首を出せぬのならばとっとと国へ帰って戦の準備をするがよかろう、しからば我らは諸君と一戦を交えるのみだと、例によってあの調子で畳みかけ申した。

「そのときのおぬしの狼狽《ろうばい》ぶり、目に浮かぶようだぞ」

――お屋形さま。

「なんだ」

――面白がっておられますな。

「悪いか」

――……。

「機嫌を損ねたのであれば謝るゆえ、早く続きを話せ」

――真田の言葉で会津の面々の顔色が変わりましたので、この談判はもはやこれまでかとあきらめかけたのでございますが、そこでさらに真田が続け申した。元来、家臣の罪をもって主君の過失に留めるのが我ら武家の習いではないか、貴藩が君臣の義をただすというのであれば、鳥羽伏見の一件は慶喜公の誤りではなく容保侯の罪とすべきであろう、しからば貴殿らは、容保侯に罪はあらず、拙者らにこそ罪がござると言うべきではないのか。そう梶原どのらに迫りました。

「なるほど。武門の習いを持ち出されては、会津としては然《しか》りと答えるしかあるまいな」

――さようにございます。このときばかりは真田を同席させてよかったと思った次第にございます。

「ともあれ、それにて一件落着か」

――そうであればよいのですが……。

「なにか問題があるのか」

――とりあえず、関宿で合意しました降伏条件のもとに会津は謝罪嘆願書をしたため、早急に持参することで話はついたのでございますが、その際、梶原どのには痛いところを衝《つ》かれ申した。

「如何《いか》ような」

——首級を差し出して誠意を示したとしても、鎮撫総督府の下参謀は薩長の二藩ゆえ、さらに無理難題を押し付けてくるであろう、そのときにはどうなされるおつもりかと、最後に念を押されました。

「して、おぬしはなんと答えた」

——誠意悔悟を事実に顕《あら》わし来たれば必ずや聞き届けられるべし、その儀は拙者どもが保証いたす、とそう申しました。

「土佐」

——はい。

「それでは梶原の問いに対する答えになっておらぬではないか」

——それはそうなのですが、それ以外に答えようがございませんでしたもので。

「それでよくも会津は納得したな」

——こちらの誠意が伝わったのでございましょう。

「誠意が伝わったというより、これはどうにもならんと呆《あき》れられたのではないのか」

——いやいや、さようなことはございませぬ。

「であればよいのだが、土佐よ。実際、梶原の言った通りになったとしたらどうするつもりか、おぬしの腹は決まっておるのか。大総督府の有栖川宮《ありすがわのみや》さまに上奏できかねたあの建白書を、わしが直々に九条総督に奉じた際のことを思えば、そうなる公算は大きいぞ」

――先月、四月十五日の話にござりますな。有栖川宮がどう言おうと和戦の権は予にある、周旋無用、早々に会津に討ち入れと一蹴《いっしゅう》されたあの一件。

「それを口にするでない。思い出すと腹が立つと、この前も言ったばかりであろうが。ええい、忌々《いまいま》しい」

――申し訳ござりません。

「ところで、なんの話をしておったか」

――会津が首級を差し出して謝罪しても、総督府が無理難題を押し付けてきたらどうするか、の話だったかと。

「そうであった。その際のおぬしの腹は決まっておるのか」

――お屋形さまの仰《おお》せの通りに粉骨砕身、この身を投ずるつもりでござります。

「そこもとはどうなのかを訊《き》いておるのだ。話を逸らすでない」

――申し訳ござりませぬ。いや、実は正直なところ、迷いに迷ってござりまする。先だってまでは会津の周旋が能わぬ場合には、朝命に逆らうことはできませぬゆえ、討会もやむなしと考えておりました。しかし、いまの藩内の大勢は、討会よりも討薩長に傾いておりまする。その元凶はやはり下参謀の世良《せら》どの。養賢堂におったおりはもとより、総督府の本営としました岩沼においても、あるいは出張先の福島や二本松、そして本宮《もとみや》においても、行く先々で早く討ち入れの一点張りであるばかりか、我ら仙台兵に対する無能呼ばわりはいっかな止《や》むことがなく、恥辱を受けた者たちが日に日に憎悪《ぞうお》を募らせる一方にございます。さらにそのうえ、本宮の旅籠《はたご》では、終日気に入りの遊女を侍《はべ》らせて酒を浴びているとのこと。これはもう本人の品性もありますが、以前より玉虫や若生が申していた通り、薩長の本質がさようなものであると判ぜざるを得ませぬ。新庄に転陣された澤《さわ》副総督と大山《おおやま》どのにおいても、世良どのよりはましだとはいえ、大同小異との話にございます。もし立場が変わって我が藩が新政府の要職にあるならば、あのような下劣な者どもを鎮撫使の参謀として派遣することはあり得ませぬ。そこがそもそも新政府、つまりは薩長の指導層の見下げ果てたところにござります。なにが鎮撫使であられるか。鎮撫使などと耳に聞こえのよい名など掲げずに、初めから征討使と称して下向してもらったほうが、こちらとしてはよほどすっきりするというもの。かくなるうえは、この奥羽の地から真の勤王を成就《じょうじゅ》すべく蜂起《ほうき》し、薩長の奸賊《かんぞく》どもを殲滅《せんめつ》するのが上策でござろうかと、それがいまのそれがしの偽りのない本音にござりまする。

「土佐」

――はっ。

「先ほどはおぬしを年寄り呼ばわりして、まことにすまなんだ。いまのおぬしの弁舌、若生が言っているのかと、いやいや、もっと血気の若侍が弁じておるのかと思ったぞ」

――いや、その、なんともはや、お恥ずかしい限りにございます。つい、頭に血が昇りまして、あらぬことを口走ってしまいました。なにとぞお聞き捨てくださりませ。

「まあよい。ところで、若生はこの件に関してどう言っておるのだ。あくまでも説諭によって会津を説き伏せ、その実を天下にしらしめ、衆議公論によって薩長を退けるべしと主張しておったが、そろそろおのれの青臭さに気づいている頃あいかとも思うのだが」

――お屋形さまのご慧眼《けいがん》、恐れ入る次第にございます。

「わしを褒めてもなにも出ぬぞ」

――いや、実は会津から戻った若生に、あらたまって問われ申した次第にござります。もしも、いかなる手を尽くしてもこのたびの周旋が不調に終わった場合、会津につくのか、はたまた新政府、つまり薩長につくのか、どちらを選ぶか、筆頭奉行としての見通しと覚悟はあるのかと、あからさまに問い質《ただ》され申した。

「単刀直入なもの言い、いかにも若生らしいな。して、おぬしはなんと答えた」

──そこもとはどうなのだと問い返しました。

「小狡《こずる》いやつじゃな」

──いやいや、年の功にござります。

「よく言うわ。で、若生はなんと」

──手段はどうあれ、天下のまつりごとから薩長は排除すべしとの愚見は変わっておりませぬ、と即座に答えました。

「討薩長も止む無し、ということか」

──そのようにござります。

「それでおぬしの腹も固まったということか」

──あのような若造の言うことに振り回されるのはまったくもってお恥ずかしい限りでござりますが、文久の政変のころより、薩摩と長州の手を組ませてはならぬ、薩長に政治の実権を握らせてはならぬと、その主張が終始一貫していささかも変わっておらぬのが、実は若生文十郎《ぶんじゅうろう》にござります。会津にも劣らぬ頑固者と揶揄《やゆ》する者も多いのでありますが、若生の主張するところは、すべてが天に照らして正義であると認めるしかございませぬ、したがいまして、このたびの討会問題に関しまして、ここで会津を見捨てることがあり申したら、我が仙台藩は、のちの人々によって笑いものになるでありましょう。

「よくわかった。おぬしの本意を腹蔵なく披露してくれたことには、あらためて礼を言おう」

――ありがたきお言葉、恐悦至極にございまする。

「して、今後の見通しはどうなっておる」

――まずは、会津が謝罪降伏の嘆願のために使節を送ってきていることを理由に、ひとまず戦闘を差し控え、委細については追って報告する旨を、仙米両藩家老の名にて総督府に届け出て時を稼ごうかと。その手配がすみましたら、それがしはいまいちど関宿に参り、会藩が嘆願書を携えて戻って来るのを待つ所存にございます。

「先日若生が言っておった、奥羽諸藩の連携の話は進んでおるのか」

――ご安心くださいませ。会津が降伏謝罪の意向を固めましたゆえ、諸藩に向けて回状を送る手《て》筈《はず》になっております。

「どのような文面か」

――会津藩降伏謝罪の嘆願申し出あるにつき、評議いたしたく、ついてはご重臣を白石陣所まで出張されたし。このようなものでいかがでござりましょうか。

「よかろう。粛々と進めるがいい。先のことは先のこととして、まずは戦の回避のために力の限りを尽くすのだ。よいな」

――承知仕《つかまつ》りました。む？　なに用じゃ？　まことか？　お屋形さま、申し訳ありませぬが、少々お待ちくださりませ。

「やっと戻ったか。少々と言いながら、ずいぶん遅かったではないか。いったいなにごとだ？」

――申し上げにくいことなのですが、どうも、涌谷《わくや》さまがお出ましになっている中山口にて、戦闘が始まったようにござります。

「なんだとっ、会津との談判が決するまでは討ち入りを差し控えよと、あれほど厳命しておったではないか。それなのに、先だっての土湯口の騒動に引き続き、なにゆえそのようなことになる」

――醍醐《だいご》少将と世良どのが、督戦のために自ら中山口まで乗り込んで来たようにござります。即刻討ち入れとの厳命にて、涌谷さまも如何《いかん》ともし難かったようにござります。

「止めるのだ、即時戦闘を中止させよ。これではすべてが無駄になる」

――承知しておりまする。中山口のみならず、すべての国境にあらためて使いを差し向けることにいたしました。

「急ぐのじゃぞ」

――承知仕りました。とりあえず、拙者はこれにていったん失礼いたします。委細は追ってご報告申し上げますゆえ、しばしお待ちくださりませ。

「頼んだぞ。ここで間違いを犯せば、会津のみならず、この奥羽の地に暗雲が立ち込めようぞ。わかっておるな」

――心得てござります。では、ひとまずこれにて。

二

会津から届けられた降伏嘆願書に、仙台米沢両藩主による添願、さらに白石城に設けられた奥羽列藩会議所に参集した奥羽諸藩重臣の連署、あわせて三通の嘆願書を鎮撫総督府に届け出てからしばらく時が経《た》っていた。

伊達慶邦《よしくに》と上杉斉憲《うえすぎなりのり》、仙米両藩主が自ら岩沼の総督府に出向いて九条総督に謁見《えっけん》し、嘆願書を呈したうえで事情の委細を演述した。それが四日前、閏《うるう》四月十二日のことである。

会津藩三家老の署名が入った嘆願書は、以下のような内容であった。

――弊藩は山谷の僻地《へきち》にあり、その気風は卑しく劣っており、人心は頑固で愚かなうえ、古いしきたりに馴染《なじ》んでいるため世の中の変化に暗く、支配が難しい土地柄にございますが、藩主が京都守護職を申し付けられて以来、及ばずながら天朝を崇《あが》め奉《たてまつ》り、天子さまの御心が安らかであられるよう一途《いちず》に願う以外に他意はなく、粉骨砕身務めを果たそうとして参りましたところ、さまざまな不行き届きがあったにもかかわらず、朝廷の憐《あわれ》みによって多年のあいだ何とか奉職ができ、臣子としての冥加《みょうが》このうえなく有難く存じ奉り、その多大な恩に万分の一でも報いたく、藩を挙げて奮励するところであり、朝廷に対して後ろ暗き心事は神に誓って毛頭なく、伏見の件は卒然に起こったやむを得ない次第で、これもまた異心など毛頭なかったとはいえ、一旦《いったん》天朝を驚かせてしまったことについては恐れ入るしかなく、藩主が帰国のうえ隠居して恭順していましたところ、この度、鎮撫使が御東下なされて弊藩征討の命が下ったことを知って愕然《がくぜん》としているところであり、そこまで天子さまの御心を悩ませているとは何とも申し上げようもなく、この上城中に居たのでは恐縮につき、城外に屏居《へいきょ》して御沙汰《さた》を待つことにしましたゆえ、天朝の広い心をもって寛大な御沙汰を下されますよう、家臣を挙げて嘆願いたしますので、右の段、幾重にも厚くお汲《く》み取り下さり、よろしく御執成のほど深く懇願奉り候《そうろう》、以上——。

嘆願書が関宿に届けられたのは、閏四月九日のことだった。

降伏を願い出る立場にある者の嘆願書とは思えぬ内容に、はじめ但木土佐は啞然《あぜん》とした。朝廷に対する嘆願として書かれた形になっているのはわかる。それ自体は問題ない。だがしかし、嘆願を受け入れるか否《いな》かを判ずるのは、あくまでも薩長の下参謀である。

第一に会津は、先の鳥羽伏見の一件について、卒然に起こったこととして、自らに非があるとは、相変わらず一切認めていない。

第二に会津は、天朝を驚かせてしまったことについては恐れ入るしかない、としているものの、これでは、仮に会津に非があるとしてもせいぜいその程度にすぎぬ、と開き直っているのと同じである。

第三に会津は、征討の命が下ったことに愕然としていると述べて、征討令そのものを暗に非難している。

そして最後に会津は、関宿の会談で合意したはずの首謀者の首級については、いっさい触れていない。うっかり書き忘れたのかと思ったくらいだ。

あらためて思い知らされた会津の本音である。

このような嘆願書では周旋などできぬ。そう申し渡してすべてを白紙に戻すこともできないではなかった。

だが、土佐も、坂英力も、そして真田喜平太も、思いとどまった。

会津の心情は痛いほどわかる。これが精いっぱいの譲歩であろう。

ただし、同情だけで嘆願書を受け取ったわけでもなかった。

先の関宿の会談で、会津の家老、梶原平馬に念を押された通り、この内容の嘆願書では、下参謀の世良修蔵《しゅうぞう》に一蹴される公算が大きい。

だが、一筋の光明がないでもなかった。会津が罪を悔い慈悲を求めるのであれば寛典に処すゆえ心得違いなきように、との通達が、先月四月二十五日付で江戸の大総督府から奥羽鎮撫総督府に届いており、仙米両藩にも知らされていた。

あくまでも世良が会津討伐を命ずるのであれば、それは大総督府の意向を無視した心得違い、ということになる。であれば、除かれるべきは世良修蔵、という話になってくる。

江戸の大総督府からの通達が、少しは効いたのかもしれない。先月中は、早々に会津を討ての一点張りの世良だったが、今月、閏四月五日の白石本陣への通達では、謝罪嘆願なら二月中頃に行っていてしかるべき、それでも嘆願したいならじきに白河城へ転陣するので白河へ罷《まか》り出《い》でよと、わずかではあるものの、和らいだものに変わっていた。

そう通達した世良は今、岩沼の鎮撫総督府を白河へ移す準備のため、薩長兵とともに白河城にいる。

寛政のおりの幕政改革で名をはせた松平定信の居城であった白河城は、現在は二本松藩主丹羽《にわ》長国《ながくに》の預かりに、つまり領主不在の城郭となっており、二本松兵のほか、仙台、棚倉、三春、泉、湯長谷《ゆながや》の兵が駐屯していた。

世良がなにを目論んでいるのかは明らかだ。奥羽の地勢を考えると、白河は会津若松を攻略するための要地と言える。白河城に鎮撫総督府を移し、会津征討の足がかりとして、新政府軍の応援を得ようとしているに違いなかった。

結局、会津が謝罪し恭順するのであれば寛典に処されるはずのところ、それを邪魔しているのが世良なのである。いざとなったら世良修蔵を取り除き、奥羽列藩の総意として会津の救済を鎮撫総督府、および大総督府に訴え出る。それがいまの但木土佐ら、仙台藩指導層の方針になっており、米沢藩も同様だった。その場合、白河が新政府軍の手中にあったのでは、事を有利に運ぶのは難しくなる。そしてまた、今回の嘆願が不首尾に終わった際には、ためらうことなく白河城をこちら側で掌握する。

いずれにしても、白河を新政府軍に手渡してはならない。

そこまで米沢藩と話を詰めたうえでの列藩会議であったが、奥羽列藩会議所に参集した諸藩の重役たちへの説明において、白河城の件については触れなかった。平和裏に事が運べばそれに越したことはないのであり、初めから物騒な話を持ち出す必要はなかった。

おもだった藩のなかでは秋田藩がまだ白石に到着していなかったが、閏四月十一日に参集した奥羽諸藩の重臣たちは、連名で嘆願書を呈することに一も二もなく賛同した。仙台と米沢がそう決めたのであれば従わざるを得ないというのが中小藩の本音ではあろうが、それを差し引いても、奥羽列藩が一致団結して会津救済に尽力することをよしとする雰囲気が会議所には満ち、御座の間で持たれた酒宴の席も大いに盛り上がった。

ともあれ、仙台米沢両藩主が持参した嘆願書を、九条総督は突き返すことなく受理した。

その謁見の場には、藩主の側近として土佐も居合わせた。

そのほうらの嘆願の趣旨はよくわかった。追って何分の沙汰をするゆえ、それまで四、五日ほど引き延べあるべし、との総督の弁であった。

いつものように下参謀に決裁を仰ぐという意味であるのは、訊かずともわかった。だが、総督からの指示である以上、沙汰が下されるのを待つしかなく、参集した奥羽列藩の重役らも帰国せずに、白石城に詰めているのだった。

嘆願書を九条総督は受理したものの、結論は保留という状況に、仙台、米沢以外の諸藩の重役たちも、これは雲行きが怪しいのではないかと疑念を呈し始めた。

世良修蔵がこの度の会津の嘆願を拒んだらどうするか。

仙米両藩の主導のもと、奥羽列藩会議所で再度協議が持たれた結果、世良修蔵がどのように出ようとも、列藩は解兵してそれぞれの国許《くにもと》に引き揚げる、との結論に至った。

その際、白河にいる世良をどう扱うかで会議は紛糾したが、最終的には会津藩に処置を任せることで一致した。それはつまり、会津軍によって白河城を乗っ取り、世良ともども薩長兵を討ち取るということである。

その旨をしたためた密書をすでに会津には送っていた。

事態がここまで切迫した状況で、総督府から下されるはずの沙汰を待つのは難儀である。それ以上に、一日また一日と日が重なるにつれ、状況は世良に有利になっていく。

いまの世良修蔵が思うように動けないでいるのは、一にも二にも直接命令を下せる手持ちの鎮撫兵が少なすぎるからだ。白河城に総督府が移され、新政府からの援軍が到着したら世良の思うつぼになる。

待つのもそろそろ限界か……。

土佐がそう考え始めていたところに、思いもよらぬ話をもたらしたのが、先月の初め、目付衆の弾劾《だんがい》が直接の原因となって参政を免職された坂本大炊《さかもとおおい》であった。三好監物《みよしけんもつ》と同様、尊攘《そんじょう》派の中心人物であった坂本大炊であるが、免職からひと月と経たないうちに番頭格の軍事参謀として返り咲いていた。土佐としては、旧尊攘派の藩政の中心への返り咲きは歓迎していない。だが、そんなことは言っていられないほど藩内の人材が不足しているのも、また事実だった。

その坂本大炊が、桃生《ものう》郡深谷生まれの大番士、遠藤久三郎を伴って土佐に面会を求めてきた。久三郎は酒蔵で財を成した大肝入の家に生まれ、万延元年に四百両を藩に献上して士籍を得た献金番外士である。

坂本とほぼ同年輩の、四十半ばになる久三郎だが、これがかなりの曲者《くせもの》だ。出自のせいで藩政の要職に就くことが叶《かな》わぬ反動かもしれない。閉門中の遠藤文七郎《ぶんしちろう》や三好監物と並んで藩内尊攘派の中心人物に数えられるだけでなく、開国か攘夷かで藩論が沸騰《ふっとう》していた際には、相手かまわず訪ねて行っては過激な議論を吹きかける厄介者として名が知れた。

その二人を、白石城の御奉行詰所に連れてきたのが、なぜか若生文十郎だった。

若生に坂本と遠藤、どこからどう見ても水と油の取り合わせに土佐が首をひねっていると、目の前に腰を下ろした文十郎が言った。

「このお二方の話を聞いてもらいたく連れて参りました。もしかしたら、会津を救えるかもしれませぬ」

「あれほど強硬に討会を言い立てていたというのに、いまさら救済などないであろう。この者らの話など聞く必要はござらぬ」

土佐が口を開く前に、白河城の処置について一緒に案を練っていた坂英力が、強い口調で言った。見ると、口ぶりだけでなく、苦虫を嚙《か》みつぶしたような顔つきで、文十郎の背後の二人を、とりわけ、久三郎を見やっている。

無理もない。

会津討伐か救済かで藩論が二分した際、英力の屋敷まで押しかけたのが久三郎である。議論は明け方にまで及んだようで、英力はほとほと手を焼いたようだった。

しかも、大炊と久三郎は、鎮撫使一行が養賢堂にいた際には、総督府付きの参謀および接待役として養賢堂に出入りしており、下参謀の大山や世良とはかなり親しくつきあっていたはずだ。

英力でなくても、この者らの話は聞きたくないというのが、土佐の本音である。だが、土佐や英力以上に相容《あいい》れないはずの文十郎が面会を取りなしているとなると、よほどなにかがあるのだろう。

「若生の頼みとあれば仕方あるまい。聞くだけは聞いてみようではないか。かまわぬだろう」

英力に言うと、渋い顔をしながらも、よかろう、という答えが返ってきた。

「しからば、この先はご両名から」

そう言った文十郎が傍らに控えると、そろって進み出た大炊と久三郎は、ひとまず深々と頭を垂れた。

大炊がゆっくりと顔を上げる。

顔の半分が引き攣《つ》った茶色い皮膚で覆《おお》われており、眉毛《まゆげ》も失っている。若いころに砲術を学んでいた際、火薬の取り扱いを誤って全身に大やけどを負った傷跡である。

大炊が土佐に向かって言った。

「世良下参謀の説得方を我ら二名に命じてはいただけまいか」

「世良の説得方だとな。どういうことだ」

「実は本日、歴治《れきじ》どのがお屋形さまに面会いたして、こたびの周旋を拝命いたし申した。同志とともに周旋に当たれとのお屋形さまの命にござります。して、歴治どのより拙者と久三郎が世良どのの説得方を申し付けられましたゆえ、つきましては、御奉行の許可を得るべく参上仕った次第にござる」

歴治とは、討会派の中心人物の一人、増田歴治のことである。

「こたびの周旋？　増田がお屋形さまに？　ますます訳がわからん。おれも英力も、なにも聞いておらぬぞ」

「ついさきほどの話にござりまして、土佐どのらの耳に入っておらぬのも致し方なかろうかと」

「初めから順序立てて説明いたせ」

わかり申した、とうなずいた大炊が、あらためて説明を始める。

「塩小路《しおこうじ》どのによりますと、九条総督はこのところの緊迫した情勢を大変憂慮なされておられるとのこと。会津の嘆願をめぐって、奥羽諸藩と鎮撫兵とのあいだで万が一にも衝突など起きぬよう切望しておられます」

大炊が口にした塩小路というのは、九条総督の側近として随行してきた塩小路刑部《ぎょうぶ》権少輔《ごんのしょうゆう》である。

大炊がさらに続ける。

「九条総督は、会津の嘆願書を世良どのが却下するやもしれぬと見ておられるようで、決裁に際しては大総督府の判断を仰ぐように世良どのを説得できぬだろうかと、塩小路どのにご相談なされたとのことにございます」

それを受けて塩小路は、白石から五里ほど南の桑《こ》折《おり》宿に向かっているのだという。

桑折には参謀の醍醐少将がいる。白河にいる世良と合流すべく桑折まで進んだところで、三通の嘆願書と九条総督からの手紙を受け取った醍醐少将は、自身の手紙を添えて白河に急送し、世良からの返事を桑折にて待っているはずだとのことだった。

おそらく今ごろは世良の手元に嘆願書は届いているであろうが、世良に問答無用で却下させぬよう、塩小路は醍醐少将とともに白河へ向かうつもりだという。

増田歴治も塩小路を追って桑折に向かうことにしたのだが、同時に、坂本大炊と遠藤久三郎を直接白河城に向かわせることにした。

ただし、国の行く末に直接かかわる話であるゆえ、独断専行は差し控え、執政方の命を受けたうえで白石を発《た》つべきであろう。

「――と、さような話に相成り、恥を忍んで若生に取り次ぎを頼んだのでござる。これまでのことは水に流せとは言わぬが、なにとぞ拙者らに世良説得方を命じていただきたく、この通り、お願いする次第にござる」

そう言って大炊は、久三郎とともに深く頭を垂れた。

土佐は、隣の英力に顔を向けた。

仕方あるまい。

言葉には出さぬが、英力はそう言っていた。

次いで土佐は、文十郎を見やった。

文十郎も、土佐に向かって目礼した。

世良の説得など不可能と思い、端から考慮外としていた土佐であったが、塩小路に醍醐少将、そして坂本大炊や遠藤久三郎らがこぞってことに当たればもしや……。

「なにをためらっておられるか。一刻も早く両名を白河城に送られよ。それが上策であるのは間違いなかろう」

背後で野太い声がした。

振り返った先に立っていたのは真田喜平太である。

「坂本どのと遠藤どのが御奉行詰所に向かっているのを見かけたものでな。気になって覗《のぞ》いてみたのだが、さようなことであれば、両名をさっそく遣わすべきであろう。それで世良どのが嘆願書を容れるのであれば、奥羽は安泰。二人に賭《か》けてみる価値は大いにあろう。そうではござらぬか、土佐どの」

「わかった。おぬしらに世良下参謀の説得方を申し付けよう。ただ、もしかしたら手遅れになるやもしれぬが、その時には恨まんでくれ」

「手遅れ？　恨むなですと？　それはどういうことでござるか」

大炊に問われた土佐の下瞼《したまぶた》が、ひくひくと引き攣った。

このところの心労のせいかもしれない。腰の痛みは相変わらずだし、時おりこうした具合に、意に反して下瞼や頬が痙攣《けいれん》する。

ひとつ咳《せき》ばらいをしてから、土佐は答えた。

「実は先だって、佐藤宮内《くない》が、ここ白石まで戻ってきて陳述のうえ白河城に戻った」

仙台藩の南の要所、丸森は小《こ》斎邑主《さいゆうしゅ》の佐藤宮内は、桃生郡鹿又《かのまた》の瀬上主膳《せのうえしゅぜん》と並び、藩内きっての武闘派と称されている。今月の四日から三小隊を率いて白河に入り、他藩兵とともに白河城の警護をしていたのだが、七日ばかり前に白石本陣を訪ねてきた。

「宮内どのはなにを陳述したのでござろう」

「世良修蔵の誅殺《ちゅうさつ》を申し出てきた」

土佐の言葉に、居合わせた一同が凍り付いたようになった。

久三郎と一度顔を見合わせた大炊が尋ねた。

「して、土佐どのはなんと」

「お国のためによろしく取り計らうべきであろう。そう申しつけて白河城に戻した」

「なんですとっ。それではいまごろ……」

「かもしれぬ」

「なんでまた、そこもとはさようなことを。いくら筆頭御奉行とはいえ、独断で決めるような話ではござらぬぞ」

畏《かしこ》まった口ぶりをかなぐり捨てて、大炊が土佐に詰め寄った。

「いや、はっきり殺せとは言っておらん」

「同じであろうが」

「ことの成否にかかわらず藩には決して累《るい》を及ぼさぬ、すべては拙者が勝手にしたことにするゆえ安心なされよと、宮内は心の内を披露したのだぞ。その心意気に報いてやらずにどうするというのだ」

「世良を殺してしまったら、宮内がどう申そうとも、累が及ばぬわけがないではないか」

「嘆願書が却下された場合には、世良修蔵は取り除くべきであると、先般の列藩会議で決まったことを忘れてもらっては困る。したがって、早いか遅いかの違いにすぎぬ」

「そうならぬように周旋すると言っておるのだ。それを台無しにするようなことをしおって、いったいどうしてくれようぞ」

「それを言ったら、おぬしらの説得とて、うまくいくとは限らぬではないか」

鼻息荒く睨《にら》み合っている土佐と大炊に、

「まあまあ、お二方とも。少し頭を冷やしなさりませ」

そう声をかけたのは文十郎だった。

土佐と大炊が同時に顔を向けると、

「いずれにしても、白河に行ってみなければわからぬことにございます。まだ世良誅殺に及んでおらぬのであれば、誅殺は見合わせよとの命だと宮内どのに伝えたうえで説得に当たればよいでありましょう。すでに手遅れであれば、致し方ございませぬ。先般の打ち合わせ通り、嘆願書をあらためて大総督府に届け出るしかないでしょう。ここで言い争っていてもなにも始まりませぬ」落ち着いた口調で文十郎が言った。

聞いていた真田喜平太が、ははは、と大きく笑った。

「土佐どの、大炊どの。若生のような若造に諭されるとは、我が藩も先が思いやられますな」

そう言って喜平太は、なおもくつくつ笑っている。

「笑い事ではないぞ」

喜平太に言った土佐は、あらためて大炊と久三郎に向き直り、厳かな口調をつくって申し渡した。

「何人使ってもかまわぬゆえ、早追の駕籠《かご》を仕立てて白河へ急行いたせ。宮内がまだことに及んでおらなかったら、誅殺は待てと言い含めたうえで世良の説得に当たるのだ。よいな、しかと頼んだぞ」

三

小雨を降らせる空が鼠色《ねずみいろ》にくすむ奥州街道を、薬売りに扮した細谷《ほそや》十太夫《じゅうだゆう》は、奥羽鎮撫使下参謀、世良修蔵を乗せた駕籠を追っていた。

先月の藩主慶邦出陣の日、広瀬川の土手で若生文十郎と星恂太郎《ほしじゅんたろう》の二人と別れた十太夫は、奥州街道を一路南へと向かった。

向かった先は、開城されて新政府軍が入り、東征大総督府が置かれた江戸である。

足を踏み入れてみた江戸市中は、思っていた以上に平穏であった。新政府軍との交戦継続を強硬に主張していた大鳥圭介《おおとりけいすけ》が、四月十一日の江戸開城の日、伝習隊を率いて江戸を脱出したのが大きい。

しかし、あちこち嗅《か》ぎまわってみると、消えない火種が相変わらずくすぶっていることもわかった。

火種の最も大きな原因となっているのは、もともとは徳川慶喜の警護を目的として結成された彰義隊である。旧幕軍の武士のみならず、新政府に反感を持っている町人や博徒、侠客《きょうかく》までもが彰義隊に加わっているようで、新政府軍の兵士を狙《ねら》った流血沙汰を頻繁に起こして、死人も出ていた。

江戸を無血開城に導いた勝安房《あわ》が彰義隊の解散をうながしているものの、それに応じる様子は見られないばかりか、新政府軍と一戦を交えようとする各地の脱藩士が続々と参集し始めている。いずれは新政府軍と彰義隊とのあいだで大規模な戦闘が起きるに違いないというのが、大方の見方であった。

無血開城がなったとはいえ、薩長を中心とする新政府の評判は、仙台と同様、江戸においてもあまりよくないようだ。

それを端的に示す面白いものを読んだ。面白いものとは、西洋に倣《なら》って江戸市中で発行されるようになってきた新聞の一つ「中外新聞」の記事である。

結局は朝廷への上奏に至らなかった伊達慶邦の建白書であったが、どこからどう漏れたのか、建白文の内容や、藩内の一家や準一家に送った奉行からの覚書が新聞に掲載されて評判になっていた。

その新聞記事では、江戸市中の町人や百姓には、公明正大な論を公言する仙台藩の態度に感服する者が多く、仙台藩上屋敷前に「奥羽仁義大明神」と書いた旗を立てて御神酒《おみき》を供える者までいるほどだと、報じていた。

十太夫が実際に足を運んでみると、新政府軍によって取り払われたのだろう、そうした旗は影も形もなかったが、藩邸において仙台と江戸、双方の情勢を確認したのち、帰路に着いた。

奥州街道沿いは、いまやかなり物騒な状況になっていた。とりわけ、日光街道と分岐する宇都宮で大きな攻防があった。

十太夫が江戸へ向かっていた先月、宇都宮に立ち寄ったのは四月二十日のことだったのだが、ちょうどその前日に、大鳥圭介率いる伝習隊が、宇都宮城を攻略して手中に収めたばかりだった。

宇都宮宿はあまりに物騒だったのでやり過ごし、三つ江戸寄りの小金井宿に投宿して様子をうかがった。

宇都宮城はわずか四日後、四月二十三日に新政府軍によって奪回された。

やはり、戦慣れしているうえに装備に長ずる薩長兵を中心とした新政府軍は侮《あなど》れない。国許においては、薩長の奸賊なにするものぞ、といった空気が蔓延《まんえん》しているが、いまの仙台藩兵がまともに戦ったら、星恂太郎が憂《うれ》えていたように、新政府軍には勝てぬだろう。

江戸市中の探索を終え、国許へ向かって仙台藩邸を発った十太夫は、白河まで戻ったところで、しばらく白河城下に留まることにした。奥羽鎮撫総督府を白河へ移すために、下参謀の世良修蔵が城へやって来るらしいとのうわさを聞き付けたからである。単なるうわさではなかった。十太夫が白河入りした翌々日、閏四月九日に、薩長兵を引き連れた世良修蔵が白河城に入り、本丸に陣を定めた。

新政府軍を相手に戦火を交えるのは無謀につきる。やめておいたほうがいい。

江戸の事情をつぶさに目にしてそう考えていた十太夫ではあるが、白河にやってきた世良修蔵の立ち居振る舞いを見ていると、仙台藩士ら奥羽の兵たちが、薩長に対する憎悪を募らせ、世良や薩長兵を討ち取らんとしたくなるのも無理はないと思った。駐屯している仙台藩兵に対する世良の横柄《おうへい》な態度には、目に余るものがあった。おまえら仙台兵は無能だ、駄兵だと、連日のようにこき下ろされたのではたまったものではない。これでよくまあ仙台藩兵は暴発しないものだと、むしろ感心してしまったほどである。

いや、暴発の時期はすぐそこまでやって来ていた。

十太夫が白河に到着し、仙台藩兵が陣を張っていた三の丸を訪ねてみると、指揮を執っているはずの大隊長、佐藤宮内は白石本陣に戻っているとのことで不在であった。何の用向きで戻っているのか、留守を預かっている者に訊いてもなかなか要領を得なかったのだが、集めた話を繋《つな》ぎ合わせてみると、どうやら宮内は、世良誅殺の許可を得るために戻っているらしいことがわかった。

いや、宮内だけではない。我こそは世良を斬らんとする者が脱藩して、陸続と白河方面へ参集しつつあるとのうわさが、まことしやかにささやかれていた。

ついにそのような話になってきたか……。

どうやら、世良修蔵の命運は尽きつつあるようだ。

十太夫がことの経緯を見守るべく白河城に潜伏していたところに、佐藤宮内が白石本陣から戻って来て、いよいよ世良の誅殺に及ぶかと見えたところで、邪魔が入った。

いや、邪魔が入ったわけではない。

坂本大炊と遠藤久三郎、藩内の尊攘派の生き残りとも言える二人が白河城までやって来て、佐藤宮内に世良の誅殺を差し控えさせたうえで、世良本人の説得に当たったのである。

世良への謁見を終えて本丸から戻ってきた坂本と遠藤に確かめてみると、二人の話を黙って聞いていた世良は、降伏嘆願の件、解兵の件、陳述の趣意は承知した、追って沙汰を致す、白石に帰って待っているがいいと、それだけ言って二人を帰したとのことだった。

つまるところそれはどういうことなのだ、と訊いても、うーむ、と首をかしげる二人だったが、世良の様子がいつもと違っていたのは確かだと、口をそろえて言った。話した相手が坂本と遠藤だったからかもしれぬが、激高しやすい世良にしては珍しく神妙な面持ちであったという。

結局、世良の口からはっきりした言質は得られなかったわけだが、世良の言葉と様子から察するに、説得成功の見込みは大いにありそうだというのが、坂本と遠藤の見立てであった。

二人が白石に戻ったあと、さてこれからどうしようかと十太夫が考えていたところで、世良が動いた。

十八日に本宮の本陣に到着しているはずの醍醐少将に会うべく、従者を一人つけただけで世良が白河を発った。

迷わず十太夫は、早追の駕籠に乗る世良を追った。だが、醍醐はまだ本宮には到着していなかったようで、世良は二本松に投宿した。

明けて今日、十九日の昼近く、二本松宿から二宿北上した松川八丁目で世良は醍醐と落ち合った。そこで二人は、かなり長いこと密談した。なにを話し合ったのかはまったく漏れてこなかったが、坂本と遠藤の説得を受けてのものであろうことは間違いないだろう。

その世良は、白河方面に向かう醍醐と別れたあとでさらに北上し、福島まで進むと、昼八ツ（午後二時）ごろ、金沢屋という旅籠に入った。それとなく嗅ぎまわっているうちに、本宮の本陣にいたときからしょっちゅう投宿していた気に入りの宿らしく、金沢屋では裏二階の一室を「世良さんの間」と呼び、世良がいつでも休めるようにしていることを、女中から聞き出すことができた。

そこまで探った十太夫は、仙台福島両藩の軍事局が置かれている長楽寺へと足を運んだのだが、これより先、事態が目まぐるしく進展することになろうとは、その時には思いもしていなかった。

四

長楽寺には、顔見知りの姉歯《あねは》武之《たけの》進《しん》がいた。まだ二十五歳の若さの武之進であるが、十太夫の恩人、瀬上主膳が率いる五番大隊に配属され、軍監兼小隊長として会津国境の一つ、土湯口に派遣されていた。

その武之進が、なぜ持ち場を離れて福島にいるのか……。

「なにゆえおぬしがここにいる」

十太夫が訊くと、

「主膳どのの命で陣を引き払い、さきほど土湯口から下りてきたばかりだ」という答えが返ってきた。

「陣を引き払った？」

「白石本陣から解兵の命が届いたのだ」

「まことか」

「まことだ。定かなことはおれにはわからぬが、どうやら、白河城を乗っ取ることになったらしい」

「会津の嘆願書が却下になったというのか」

「おそらくそうなのだろう。それを確かめるため、主膳どのと一緒に軍事局に足を運んでみたのだが、事情がわかるものがおらず、委細が判明するまで、おれがここで待つことにしたのだ」

武之進の説明に十太夫は胸中で首をひねった。

坂本大炊と遠藤久三郎が白河城にやって来て世良の説得に当たったのは、一昨日の十七日である。その際世良は、追って沙汰する、と申し渡したとの話だったが、白河城を乗っ取ることになったという武之進の話が本当ならば、結局のところ坂本と遠藤の期待通りにはならず、世良は会津の嘆願書却下の沙汰書を書いて岩沼の総督府に送ったということになる。

しかし、それにしては白石からの解兵令が土湯口まで届いたのが早すぎる。早飛脚を使えば絶対に無理だとは言えぬが、それにしても……。

考え込んでいる十太夫に武之進が尋ねた。

「して、そこもとはなぜここに。江戸の探索に向かったと聞いておったが」

「江戸からの帰りだ。途中、総督府の移転のために白河城に世良修蔵が来るとの話を聞きつけたので、世良の動向を探ることにした」

なるほど、とうなずいた武之進が、軽く頰をゆるめ、ぎらっと、双眸《そうぼう》を光らせた。

「ということは、世良はいま、この福島におるのだな」

「うむ、北町の金沢屋にいる」

十太夫が答えると、武之進の眼の光がいっそう増した。

「それは好都合。さっそく主膳どのにお伺いを立てねば」

「伺いを立てるとは」

「決まっておるだろう。世良を討ち取るのだ」

「白石では承知のことなのか」

「むろんだ。白河城を乗っ取る際には、世良修蔵を含め、奥羽にいる薩長人をすべて討ち取るべしとのお達しのはずだ」

「主膳どのはいまどこにおられる」

「北裏通りの鰻《うなぎ》屋、客自軒で休んでおられる」

「北裏通りの鰻屋だと？　世良のいる金沢屋とは、通り一本挟んで目と鼻の先ではないか」

「そうだ、だから好都合と言ったのだ」

「そうか。ならばおれもおぬしと一緒に行こう」

連れ立って足を運んだその鰻屋で、武之進は頬を上気させて瀬上主膳に進言した。

「細谷どののおかげで白河を出た世良修蔵が、すぐそこの金沢屋にいるのが知れました。ちょうどよい機会にござります。世良が金沢屋にいるうちに討ち取ってはいかがでござりましょう。その役目、なにとぞ拙者に仰せつけられますよう、よろしくお計らいくださりませ」

手柄を焦《あせ》っている様子がありありだが無理もない。仙台藩士の憎悪の的となっている世良修蔵を、自身の手で誅殺できる絶好の機会が目の前にあるのだ。武之進ならずとも血気に逸るだろう。

「細谷、おぬしはどう思う」

視線を武之進から移した主膳が十太夫に訊いた。

「解兵令と白河城乗っ取りの通達が間違いないのであれば、世良に気づかれる前に早急にことを運んだほうがよいかと」

「間違いないのであれば、とは、なにか疑義があるのか」

「実は、一昨日――」と、坂本と遠藤による世良説得の件を話した。

「さようなはっきりせぬ話で躊躇《ちゅうちょ》いたし、その挙句に世良を取り逃がすはめにでもなっては、のちのち笑いものになってしまいまする」

焦りをにじませた口ぶりで武之進が言った。

確かにそれもそうだ、とうなずいた主膳が、

「わかった、おぬしに任せよう。福島藩と申し合わせ、抜け目なく周旋するがいい」

「承知仕りました」

そう言って武之進が席を立とうとしたところに、小柄な仙台藩士が一人、息せき切って駆け込んできた。

「おお、間に合ったか」

瀬上主膳と姉歯武之進の両名がそろっているのを見て、安堵《あんど》の声を漏らしたのは、大越《おおごえ》文五郎であった。

奥羽鎮撫使一行が下向する際、案内役として宮城丸に乗り組んでいたせいか、醍醐や世良からの信頼が厚い四十間近の男で、藩内きっての秀才である。といっても、三好監物や坂本大炊らとは立場を異にしており、世良からの総督府付軍事参謀の要請をずっと断り続けていたのだが、先月のはじめ、慶邦の手紙を添えて坂英力が懇願した

ことでようやく受諾し、それ以後、世良のそばに身を置いていた。

世良が白河を発ったときは一緒ではなかったが、少し遅れて福島に入り、世良と会ったあとで軍事局に顔を出してみたら、姉歯武之進が世良誅殺を謀《はか》ろうとしているようだと聞き、それを止めるべく客自軒に駆け付けたという。

「世良の討ち取りを待てとは、なにゆえでござろう」

主膳の問いに文五郎が答える。

「実は一昨日、坂本大炊と遠藤久三郎の両名が、世良の説得をしに白河まで参った」

「その話はさきほど細谷から聞いた」

「ならば話が早い。どうやら世良は、会津の降伏を受け入れる気になっているようなのだ」

「嘆願書を受理するというのか、あの世良が」

「間違いなかろう。さきほど金沢屋において、岩沼の総督府に差し戻した嘆願書三通、いまごろは白石の仙台本陣に戻っているであろうから取り戻して来るようにと、世良から申し付けられた」

「取り戻すとはどういうことだ」

「醍醐さまが桑折から送ってきた嘆願書を却下し、その旨を記した沙汰書と一緒にいったんは総督府に送り返したとのことだが、坂本と遠藤の説得で、いかがいたすか迷い始めたのであろう。さらに今日、八丁目で醍醐さまからも同様に説得されて、気が変わったに違いないと思われる。取り戻した嘆願書を携えて京師まで行き、指図を受けてくるつもりだと拙者に明言いたした」

「いったんは却下した嘆願書を取り戻すだと？　つまりそれは、却下した際の御沙汰を取り消して新たな御沙汰を下すと、そういうことなのか？」

「さよう。坂本と遠藤に白石に戻って沙汰を待てと言ったのは、前の沙汰書とは異なる沙汰書を書くので、それが届くのを待てという意味でござろう。そう解釈しなければ、話の辻褄《つじつま》が合わぬ。しからば拙者、これより早追で白石本陣まで行き、その旨をご執政に話して参る。それでもやはり世良を討ち取るのか、あるいは、討ち取るには及ばぬということになり別段の計らいをするのか。それを確認したらばすぐに戻って来て知らせるゆえ、拙者が帰るまでは、世良に手を下すのは見合わせてもらいたい」

しばし考え込む様子をしていた主膳だったが、いや、と横に首を振った。

「すでに解兵の命が届いて、白河城への討ち入りに動き始めているのだぞ。世良を見掛けたら討ち取る手筈になっているゆえ、猶予《ゆうよ》は難しい。目と鼻の先にいる世良を逃がしてしまっては話にならぬからな。姉歯が言うように、またとない機会を失うわけにはいかぬ」

「いや、機会を失う心配はござらん。拙者が嘆願書を携えて当地に戻らぬうちは、世良は金沢屋から出発せぬはずだ。したがって、やはり討ち取るべしとなっても、取り逃がす心配はござらん」

これは主膳どのの決断次第であるな、と思いつつ十太夫が成り行きを見守っていると、ちょうど居合わせた、投機隊隊長の桜田敬助《けいすけ》が口をはさんだ。藩内勤王派の重鎮として、常に大槻磐渓《おおつきばんけい》と対立してきた、桜田良佐《りょうすけ》のせがれである。

「大越どのの申していることも尤《もっと》もにござりませぬか。ここは一つ、白石本陣の意向が確認できるまで、待ってみてはいかがでござろうか。途中で万が一のことがないよう、拙者も大越どのを護衛して白石まで参りますゆえ」

再び考え込む仕草をした主膳が、ほどなく口を開いた。

「よかろう。大越どのと桜田どのは至急白石まで罷り出で、ご執政方の指示を仰いで参られよ。ただし、そのあいだに世良に逃げられては元も子もないゆえ、姉歯、おぬしは軍事局に戻り、福島藩に応援を求めて金沢屋を監視する手配をいたせ。御一同、それでいかがでござろう」

異論を唱える者はなく、大越と桜田は白石へ、姉歯は長楽寺の軍事局へと向かった。

主膳に誘われ、静かになった黄昏《たそがれ》時の客自軒で酒肴《しゅこう》の膳《ぜん》を前にし、やれやれ、長い一日だったがこれで今宵はとりあえず静かに過ごせそうだと十太夫が思っていると、たいしてくつろぐ間もなく、のっぴきならぬことを聞き込んで参りました、と言いながら、姉歯武之進が戻って来た。

武之進が言うには、世良が福島藩用人の鈴木六太郎なる者を金沢屋へ呼びつけ、新庄に出陣している大山下参謀に宛《あ》て、至急の手紙を送るゆえ、飛脚を手配して明日の払暁《ふつぎょう》に差し立てるようにいたせ、と命じたとのことだった。

それだけであれば六太郎も命ぜられたままに飛脚の手配をしたであろうが、このことは仙台藩の者には絶対に漏らしてはならぬと、しつこいほどに世良が念を押したのだという。

それでかえって六太郎は不安になった。同僚に相談したうえ、さらに老職へ届け出て指図を受けることにした。届け出を受けた月番老職の指示は、世良どのから仙台藩には秘密にせよと言われても、秘密にしたまま飛脚を発たせたあとで大事に至るようなことがあっては当藩に難儀が降りかかる、ここは一応仙台藩に密《ひそ》かに断っておくのが宜《よろ》しかろう、ただし、世良どのの御依頼の通り飛脚の手配はせねばなるまい、というものだった。

それを受けた六太郎が飛脚の手配をしたあとで軍事局に出向いたところ、姉歯武之進が居合わせたので、委細を話したとのことだった。

それは聞き捨てならぬ。

そう言って手にしていた盃を置いた主膳は、迷うことなく武之進に命じた。

「その世良の手紙、福島藩の手に入ったら飛脚には渡さず、ここへ回してくれるよう福島藩に談判するのだ、よいな」

承知いたしました、と答えた武之進に、さらに主膳は言った。

「その手紙を入手したならば、世良を十分に饗応《きょうおう》して、金沢屋に留めおくよう福島藩に頼んでくれ。世良を前後不覚になるまで酔い潰《つぶ》してもらえれば、なおいっそうありがたい。そう付け加えるのを忘れぬよう、よろしく頼むぞ」

早速そのように手配いたします、と言って武之進が再び軍事局に向かったあと、膳に置いていた盃を手に取った主膳が、十太夫に向かって言った。

「あくまでも俺の勘だが、大越どのが戻らぬうちに、やはり世良を討ち取ることになりそうだ。おぬしはどう思う」

「世良が大山に出そうとしている手紙次第でございましょうが、拙者も同様に思いまする。我が藩に漏れてはまずい手紙であれば、それが世良の本心に違いありませぬ。

十中八九、我が藩にとってよからぬことをしたためたのでありましょうな」

「十太夫。もし今宵のうちに世良を討ち取る手筈になったら、万が一にも世良を取り逃がさぬよう、密かに目を光らせておいてもらえぬか。捕縛が無理なら殺してもかまわぬ」

「主膳どのの仰せであれば、もちろんにございます」

うむ、よろしく頼んだぞ。そう言った主膳は、落ち着いた表情を崩さぬまま、盃を口に運んだ。

主膳に倣って盃を傾けつつ、窓の外へと十太夫は目を向けた。

軒を打つ雨音は消えていた。終日降り続いていた雨も上がったようだ。

切迫しつつある状況とは裏腹に、奇妙なほど静かに夜が更《ふ》けていく。

しかし……と、十太夫は胸中でつぶやいた。

主膳どのが言ったように、このままなにごともなく夜明けを迎えることはないであろう。

破局と同盟

一

慶応四年（一八六八）閏《うるう》四月二十日、丑《うし》の刻（午前二時）。

福島城下は北町の金沢屋。「世良《せら》さんの間」などとふざけた名前で旅籠の者らが呼んでいる裏二階が見える庭に、細谷《ほそや》十太夫《じゅうだゆう》は身をひそめていた。

四日前が満月だった。まだ丸みを帯びた月が、薄い雲が流れる雨上がりの夜空に高く懸かっている。

十太夫が身に着けている装束は目明しのそれ。瀬上主膳《せのうえしゅぜん》が贔屓《ひいき》にしている鰻《うなぎ》屋、客自軒の主人宇《う》一郎《いちろう》は仙台領大河原《おおがわら》の生まれなのだが、故《ゆえ》あって福島に流れてきて目明しになった。鰻屋はその情婦の実家だという。

今夜の捕り物に際し、主膳から助っ人を依頼された宇一郎が、配下の子分らを使って金沢屋界隈《かいわい》の路地を固めさせていた。

それにまぎれて金沢屋を見張っている十太夫だが、懐《ふところ》に忍ばせているのは十手ではなく匕首《あいくち》である。長らく探索方として諸国を遍歴していたせいか、仰々しい大小を腰に差しているよりも、気分が落ち着く。

姉歯《あねは》武之進《たけのしん》が入手してきた世良修蔵《しゅうぞう》の手紙が、すべてを決定づけた。

油紙に包まれ、木綿糸が幾重にも巻かれた手紙を受け取った主膳の顔色が、文字を追うにつれ、変わっていった。

その書状において、新庄に転陣中の下参謀、薩摩の大山格之助《おおやまかくのすけ》に、世良は自身の本音を明かしていた。

――会賊降伏謝罪嘆願書三通、先日十二日に仙米両中将が岩沼に持参、なにとぞ会津の願いと各藩の願いをお聞き入れ、奥羽の民が安堵《あんど》できますよう速やかに御裁許願いたい、との申し出があり、いったん総督は右三通をさし返したものの、両中将が嘆願の演説に夕七ツから夜九ツまで居座り続けたため、ついに総督はやむを得ずお取り上げなられたとのこと。そのおり、総督府に兵力は一人もおらず、嘆願書を押し返せば仙米両藩はすぐにも会津と手を結びそうであり、少々でも兵隊があれば押し付けもできたところそれも難しく、宇都宮兵も賊があちこちで蜂起《ほうき》しているため応援に来られず、大いに困っております。いったん総督が取り上げたものを突き返すわけにも参らず、このうえは一応京師《けいし》へ伺い、奥羽の実情を篤《とく》と申し入れ、奥羽皆敵と見て逆撃の大策に致したく候《そうろう》に付き、及ばずながら小子急いで江戸へ罷《まか》り越し、大総督府の西郷様にもご示談致し、そのうえ京に登り、なお大坂までも罷り越し、大挙して奥羽に皇威を思い知らせるよう致したい。この嘆願の通りに会津の罪を免じた時には、奥羽は一二年のうちには朝廷のためにならざるように相成ります。仙米ども、朝廷を軽んずる心底片時も図り難き奴らに御座候、右大挙に相成った時には、酒田沖へ軍艦を二三艘《そう》回して人数を増強し、前後で挟み撃ちにするため、越後口にも使者を遣わして庄内へ討ち入るように致したい。この件、篤とご相談の上取り計らいたいところでありますが、一日長引けば一日俗論が沸騰《ふっとう》すると思われ、千万失敬の儀、僭越《せんえつ》ではありますが、書中にて申し上げ置き上方へ出向きますゆえ、副総督様へも宜《よろ》しくお伝え願いたい。別紙嘆願書のうち会津と仙米中将名前の分は、早々に札場へ書き出し、公然と人々に見せて当分のあいだ人の気を鎮《しず》め、かつまた桑折《こおり》その他へ築いた砲台も今となってはかえって賊国の固めとなってしまいますゆえ、ことごとく崩すように申し付けようと思います。仙台の内輪では、嘆願ならない場合は反逆との話も公然となされております。もちろん弱国二藩は恐れるに足りずですが、会津と手を組まれると始末が難しくなります。……大体のところは醍醐《だいご》参謀卿《きょう》へ申し上げておりますので、大抵のことは差し置き候よう致したく候。早々頓首《とんしゅ》。

後の四月十九日八ツ半時

途中を恐れ、福島藩の足軽を頼み手紙を持参させますが、ご覧の上は御投火くださるべく候――。

「奥羽皆敵……やはり、これが世良の本心か」

書状を読み終えて忌々《いまいま》しげに呟《つぶや》いた主膳に、武之進が言った。

「明日の早朝、金沢屋へ駕籠《かご》を差し向けよと、世良は福島藩の者に申し付けたとのこと。どうやら、その駕籠で江戸へ向けて発《た》つつもりのようにございます」

そうか、とうなずいた主膳が、武之進に命じた。

「もはや大越《おおごえ》と桜田の帰りを待っているわけにはいかぬ。世良を召し捕るべく福島藩に申し入れ、人数を手配いたせ」

「わかり申した。して、捕縛が難しいときはいかように」

「切り捨ててもかまわぬ」

「承知仕《つかまつ》りました」

主膳の言葉に、やけに嬉《うれ》しげに答えた武之進が部屋を出ていった。

それからしばらくして、世良の捕縛に向かう人員が、密《ひそ》かに客自軒の一階奥座敷に集められた。仙台藩からは六名、福島藩からは三名である。

　福島の三名は明らかに困惑していた。

　世良修蔵の捕縛につき、立会人を願いたい。

　その瀬上主膳の言葉に、口には出さぬが、まったく乗り気でないのがわかった。三名の中には世良から預かった手紙を武之進に渡した鈴木六太郎もいたが、その顔には後悔の色がありありだった。

　日が変わった丑の刻、暁《あかつき》八ツに決行。

　そう段取りが決まり、福島の三名が老職への報告のためにいったん去ったあと、十太夫は主膳に問うてみた。

「福島藩は世良の召し捕りに力を貸してくれますかな。そのような揉《も》め事はもってのほかと拒むのではありますまいか」

「なぜそう思う」

「さきほどの三名の様子を見る限り、怪しゅうございますぞ。仙台藩の言うことには逆らえぬ。逆らえぬが、おかげで厄介ごとを抱えることになってしまったと内心で悔いているのが、手に取るようにわかり申した。刻限になっても姿を見せぬこともあり得るかと」

「腰が引けているのは、確かにおれにもわかった。だが、そうはさせぬ。いま一度、姉歯を軍事局に差し向けて、釘《くぎ》を刺しておくとしよう」

「それがよかろうかと」

うなずいた十太夫は、少し間を置いてから主膳に尋ねた。

「そういえば、ここの親父の宇一郎、目明しをしていると聞きましたが」

「うむ、大河原の生まれだということなので贔屓にしてやっている」

「目明しともなれば、手下もそこそこの数、抱えているはず。金沢屋の周囲を固めるには、ちょうどよいのではないかと存じますが」

「なるほど、それは妙案。すまぬが宇一郎を呼んで来てくれぬか」

「承知仕りました」

かくして十太夫は、宇一郎から借りた着物を身に着け、月明かりに浮かぶ金沢屋の裏二階に目を向けているのだった。

二

姿を見せぬのではないかと案じていた福島藩の三名も、刻限までには客自軒に戻って来て配置に着いていた。

姉歯武之進の部下、赤坂幸太夫《こうだゆう》とともに世良の寝所に乗り込むことになった福島藩士は、遠藤という名の若い侍である。

捕縛の指揮を執る武之進は、部屋の外の廊下で待機。世良が部屋から逃げ出して来たら、逃亡を理由に一刀両断に斬《き》り捨てるつもりらしい。

一方、一人だけ付き従ってきた世良の従者の寝所に踏み入るのは、仙台の田辺覧吉《らんきち》。

さらに金沢屋の表戸口に二名、裏戸口に一名、仙台藩士が張り付き、それぞれに一名ずつ、応援および立会人として福島藩士がついている。

宇一郎配下の下っ引きらは、世良を取り逃がした場合に備え、金沢屋周辺の路地に潜んでいる。

これだけ厳重に固めていれば、世良を捕縛し損ねることはないだろう。

建物の付近で、かすかにものが軋《きし》む音がした。

そろそろ始まるか……。

そのとき、庭の片隅でなにかが動いた。

黒い影がこちらに向かって近づいてくる。

土蔵の陰に身を隠し、懐の匕首に手をやって身構えていると、影が止まり、ささやく声がした。

「細谷どの、どこにおられる」

表の戸口を見張っているはずの松川という名の仙台藩士だ。

「ここだ」

そう言いながら進み出ると、十太夫の姿を認めた松川が言った。

「加勢を頼むとのことです」

「なにかあったのか」

「世良はピストルを持っていると、ここの女郎が申しております。細谷どのにも加勢してほしいと姉歯どのが申しております」

わかった、とだけ答えて十太夫は、庭を横切って表側の戸口に回った。

もう一人、表戸口を固めていた仙台藩士の傍らを通り抜け、足音を忍ばせて裏二階へと続く階段を登って行く。

鎮撫使《ちんぶし》の下参謀を仰《おお》せつかる地位にある長州藩士である。ピストルの一丁くらい携えていて当然だが、武之進はそこまで考えが至らなかったらしい。

階段を登り切った先、細長い廊下の奥に三名、人の影があった。

十太夫がそばまで行くと、

「女郎はうまく逃がした。世良は高鼾《たかいびき》で眠りこけているとのことだが、油断はするな」と武之進が言った。

「わかった。おれが先に忍び入る。間を空けずに続いてくれ」

十太夫が言うと、赤坂と遠藤が同時にうなずいた。

「踏み入るぞ」

そろりと戸を開け、二間続きになっている座敷に入った。

暗いが、障子を浮かび上がらせる月明かりのせいで、物の輪郭はかろうじて判別できる。

奥の座敷から世良の鼾が聞こえてくる。

十太夫が敷居を跨《また》ごうとしたところで、ふいに鼾が止まった。

気づかれたか……。

十太夫が動くと同時に布団《ふとん》が跳ね上げられ、素っ裸の世良が寝床の下に手を潜らせた。

飛び掛かろうとした寸前、世良が手にしたピストルの銃口が、十太夫に向けられた。

くそっ！

身をかわす余裕がない。いや、体がぴくりとも動かない。向けられた銃口の真っ黒い穴を凝視していることしかできない。

カチリ。

撃鉄が落ちる音がした。

もう一度、カチリという金属音がした。

いずれも不発だった。

体の奥でかあっという熱の塊が膨れ上がると同時に呪縛《じゅばく》が解けた。

力任せに世良の手首に手刀を打ちつけた。

重い音がして畳の上にピストルが転がった。

落ちたピストルを十太夫が奪ったところで、初めて世良が声を出した。言葉にならない喚《わめ》き声を上げながら立ち上がり、逃げようとした世良の足がもつれた。そのまま襖《ふすま》によろめきかかった世良は、外れた襖もろとも仰向けにひっくり返った。

そこへ赤坂が一太刀浴びせた。

世良の絶叫が部屋中に響き渡る。

四つん這《ば》いになって逃げ惑う世良を追って、今度は遠藤の刀が一閃《いっせん》される。

再び赤坂が刀を振りかぶったところで、武之進が飛び込んできた。

「待て！　殺すなっ。召し捕ってまずは客自軒に引き立てるのだ」

その声に動きを止めた赤坂と遠藤は、薄明りの中で目をぎらつかせながら、ハアハアと肩で大きく息をついでいる。

「おい、縄を貸せ」

十太夫が赤坂に言うと、

「お、おう……」

我に返ったような声を出して、捕縛用に携えていた縄を差し出してきた。

縄を受け取った十太夫は身を屈《かが》め、畳の上にうつ伏せに倒れて苦痛の呻《うめ》きを漏らしている世良の両手を背中に回した。

世良に抵抗する力はなかった。両手首をきつく縄で縛りあげた。

ふうと大きく息を吐く。

いまになって、どっと冷や汗が噴き出してきた。

世良を立たせようとして肩に手を置いた。その手が世良の血でぬるりと滑った。なにも身に着けていないので、つかみどころがない。

世良は、右の肩口から背中にかけて斬られていた。傍観するだけで刀を抜くとは思っていなかったのだが、福島藩の遠藤がつけたものだろう。

総髪をまとめている打紐《うちひも》のあたりを鷲《わし》づかみにして、世良を立たせた。

体のまえは、腰骨から太ももにかけて、ざっくり切れ、片脚がどす黒く血にまみれている。赤坂の最初の一太刀がつけた傷だ。こちらの傷も背中の傷も、深手ではあるが、致命的なものでもなさそうだ。

襦袢《じゅばん》だけを羽織らせた世良を、赤坂と遠藤が二人がかりで引き立て始めたところで、人の叫びと怒鳴り声、なにかが壊れるバリバリッという音が立て続けに届いてきた。世良の従者、勝見善太郎の寝所のあるあたりだ。

「様子を見てきましょう」

十太夫の言葉に武之進はうなずいた。

「頼んだ。おれたちは、世良を引き立てて先に客自軒に行っている」

廊下の障子を開け放った十太夫は、窓枠から身を乗り出して、庭にくまなく目を向けた。

庭木のあいだを縫って土蔵のほうへと動いていく影を認めた。

慌《あわ》てふためいた声が月夜に錯綜《さくそう》する。

「何処《どご》だ！　どごさ逃《ぬ》げだ！」

「彼方《あっつ》だ！」

「あっつって、どごや」

「裏木戸のほうだ」

「追《ぼ》っかけろっ、逃《ぬ》がすんでねえど！」

おいおい、そっちじゃねえぞ。

胸中で言った十太夫は、窓枠を乗り越え、そのまま宙に身を躍らせて庭へと飛び降りた。

人手を呼ぶかと一瞬迷ったが、無言のまま土蔵へと向かった。加勢が来るのを待つあいだに逃がしては話にならない。

さきほどまで十太夫が身をひそめていた土蔵の扉には、錠前が付いていなかった。宿の者が掛け忘れたのか最初から付けていないのかはわからぬが、不用心なことだと思ったせいで、それを覚えていた。

扉が開くのに気づけば、蔵の中に逃げ込んで身を隠したくなるのが心情だろう。

扉に続く石段に点々と黒っぽい跡がついている。

身を屈め、指でなぞると、やはり血の跡だった。

扉の前に立ち、取っ手に手をかける。

力を込めて引き開けたあと、内側の引き戸も開け放った。

一歩、後ろに下がり、蔵の奥に向かって声を発した。

「世良修蔵は召し捕った。もうどこへも逃げられんぞ。観念して出て来い」

蔵のなかから物音はしない。

相手が得物を手にしているかどうかわからぬままに踏み込むのは危なすぎる。

そこで十太夫は、宇一郎から呼び子を借りていたのを思い出した。

首から下げていた呼び子を取り出し、息を吹き込もうとした刹那《せつな》、土蔵の中から素っ裸の男が、手にした鉈《なた》を振り回しながら飛び出してきた。

横に飛びのいて身をかわしながら、足を出した。

十太夫が出した足にけつまずいた勝見がかろうじて踏みとどまり、そのまま逃げるかと思いきや、身を反転させて襲い掛かって来た。

ぶんっ、という音を発して、耳の脇《わき》を鉈が掠《かす》める。勝見が再び鉈を振り上げた。その二の腕を匕首で薙《な》ぎ払った。

ぎゃあ、という叫び声とともに、勝見が鉈を取り落とす。

自分の足元に落ちた鉈を、勝見は別の手で拾い上げた。またしても鉈が振り上げられる寸前、相手の体に身を寄せた十太夫は、匕首の刃先を脇腹に突き刺した。

ごぼっ、というくぐもった音を口から洩《も》らした勝見が、鉈を手にしたまま膝《ひざ》を折った。

うつ伏せに倒れた勝見の手から鉈を奪い取り、庭木の中に投げ入れた十太夫は、匕首の刃を首筋に当てて、もがき逃れようとしている勝見に言った。

「動けば殺す。いや、殺してほしければそう言え。楽にしてやる。おれはどちらでもいい」

観念したように勝見が動かなくなったところで、裏木戸のほうに回っていた田辺覧吉らが駆け付けてきて、勝見に縄を打った。

世良修蔵に続いて勝見善太郎を客自軒に引き立て終えたころには、騒ぎが周辺に知れ渡っていた。火事場の野次馬のごとく客自軒の前の通りに集まって来た者たちが、人殺しがあったらしい、いや、夜盗を召し捕ったのだ、などと、勝手な憶測を口にした。

とはいえ、昼になるころには、誰もが真相を知るだろう。世良の捕縛の手助けをすることになった金沢屋の女将や女郎たちが、口を閉ざしてはいられぬはずだ。

金沢屋の裏口から客自軒に引き立てられた世良と勝見は、吟味のため、下座敷の縁側を前にした庭に、縄を打たれたまま引き据えられた。

訊問《じんもん》に当たったのは武之進である。主膳は吟味の場には立ち会わず、二階の自室で報告を待っていた。

吟味といっても、大山に宛《あ》てた密書は自分で書いたものに相違ないことを世良に白状させるための、形だけのものである。いや、形にすらならなかったと言っていい。というのも、世良は、うー、うーん、と呻いてばかりで、勝見のほうはというと、ぐったりして口も利けぬ様子だった。医者を呼んだわけではなかったため、二人とも血を失い過ぎたようだ。

それでも世良は、貴様がこの手紙を書いたのだな、という武之進の問いに対して、露見のうえは是非には及ばぬ、とだけは答えた。

潔《いさぎよ》く認めたとも取れる一方、命乞《ご》いする気力も失《う》せるほど弱っていただけかもしれない。

ともあれ、半ば茶番の吟味はあっさり終わった。その報告を受けた瀬上主膳は、世良と勝見両名の斬首《ざんしゅ》を武之進に申し付けたうえで、自身は世良の書いた大山宛の密書を携え、顚末《てんまつ》の報告のために白石本陣へと向かった。

そして閏四月二十日の早朝、世良と勝見は阿武隈《あぶくま》川にそそぐ寿川《すがわ》河畔に引き立てられ、武之進が罪状を読み上げたうえで、首を刎《は》ねられた。

斬首に際し、世良がいつも着ていたフランネルのシャツとダンブクロを身につけさせてやったのは武士の情けであったが、当の世良は、そのころにはほとんど意識のないありさまだった。自身が斬首刑に処されたことすら知らずに死んだように、十太夫には見えた。

落とされた世良の首を見ながら、十太夫は思った。

鎮撫使の下参謀として意気揚々と奥羽の地に乗り込んで来たはいいが、手足として使うはずだった仙台藩がまったく意のままにならず、新政府軍の応援も得られずに、日に日に孤立無援となり、しまいにはこの始末だ。

自身の見込み違いと横暴とが招いた結果であるのは確かだ。とはいえ、世良本人は新政府の方針を忠実に守ろうとしていただけなのであろう。

哀れなやつだ……。

世良とは直接かかわりを持つことのなかった身ゆえに、そう思うのかもしれない。

十太夫は、玉虫左太夫《たまむしさだゆう》や若生文十郎《わこうぶんじゅうろう》、あるいは但木土佐《ただきとさ》の顔を思い浮かべた。

やつらのように、世良によってさんざん煮え湯を飲まされた連中であれば、溜飲《りゅういん》が下がる思いがするに違いないだろう。

しかし、十太夫の目には、二つの首が転がる河原の光景は殺伐と、かつ虚《むな》しいものに映るだけだった。

朝方になって再び空を覆《おお》い始めた、どんよりした厚い雲のせいかもしれない。

どうにも後味の悪い幕切れであった。

いや、幕切れではないな……。

むしろ幕開けだ。

これでおれたちは後戻りができなくなった。

じきに戦が始まる。

戦をするのであれば、勝ち戦でなければ意味がない。新政府軍を相手に勝てる見込みはあるのか。藩の重職たちはいったいどう考えているのか……。

委細を確かめるためにも、そろそろ探索を終え、国許《くにもと》に帰る潮時のようだった。

三

閏四月二十日、未《ひつじ》の刻（午後二時）。

白石城下で他藩使節の応接所となっている御《お》仮屋《かりや》の一室で、仙台藩筆頭奉行、但木土佐は、藩内重役や側近の者たちと一緒に、一人の米沢藩士を前にしていた。

よわい三十ほどに見える総髪の男の名は宮島誠一郎《みやじませいいちろう》。ついさきほど終わった列藩重臣会議にも米藩家老らとともに同席していたが、その際は口を開かず、末席に控えていた。
重臣会議の議題は、奥羽諸藩の解兵および総督府の移転、そして列藩盟約書の件であった。

会津藩家老、仙米両藩主、奥羽諸藩重臣の連名、それぞれの名で提出した三通の嘆願書は、世良修蔵による却下の沙《さ》汰《た》書と一緒に、一昨日の十八日、白石本陣に差し戻された。

落胆はしたものの、予想していたことではあった。土佐らは、嘆願書却下の際の段取り通り、事を進め始めた。

まずは玉虫左太夫と若生文十郎を呼び、今後の奥羽諸藩が取るべき方針を定める盟約書の作成を命じた。

次いで、白河へと使者を送った。白河城に駐留している仙台藩兵を、七里ほど北にある須《す》賀《か》川《がわ》まで後退させるためである。仙台藩兵の撤収を受け、会津軍が白河城を乗っ取る手《て》筈《はず》になっていた。

その後土佐は、嘆願書却下の件を藩主慶《よし》邦《くに》に報告した。

そうか、わかった。
落ち着いた声で慶邦はうなずいた。嘆願書の却下は見通していたのだろう。

一段落したところで、世良の説得のために白河へ行っていた坂本《さかもと》大炊《おおい》と遠藤久三郎が本陣に戻って来た。嘆願書が却下になったことを知った落胆は大きかったようで、二人とも腑抜《ふぬ》けになったようにがっくりとうなだれた。

翌十九日、慶邦は米沢藩主上杉斉憲《うえすぎなりのり》とともに岩沼の総督府に出向き、諸攻口の解兵を九条総督に宣言した。同時に、澤副総督と下参謀大山格之助を引き離す工作を目的に、米沢藩士が新庄へ向けて発《た》った。

宮島誠一郎が、白石にある米沢藩士の下宿に到着したのは、十九日の夕暮れ時だった。

二月の半ばより京都で探索及び周旋方を担《にな》っていた宮島は、いったん米沢に戻って復命したあと、家老らの命で休む間もなく白石に向かった。

宮島が急いだのには理由があった。

それを進言したいとのことで、昨夕、米沢の重臣らと一緒に御仮屋にやって来た。

京師から帰国したばかりの宮島という米沢藩士が、御奉行との面会を求めている。

そう伝えられたとき、土佐は面会に応じるつもりでいた。ところが、宮島ら米沢藩の面々を控えの間で待たせているあいだに、騒動が持ち上がった。

総督府付軍事参謀の大越文五郎と投機隊の桜田敬助が馳《は》せ参じてきたのである。福島において世良修蔵を誅殺《ちゅうさつ》すべく動こうとしている瀬上主膳を諫《いさ》め、白石本陣の意向を確かめるために、早追で駆けつけたのだという。

それで宮島との面会どころではなくなった。今夕の面会は無理につき旅宿に引き取るようにと米沢の面々に伝えたあと、居合わせた仙台藩の重臣で、世良の処置についての協議に入った。

こもごも意見が出されて至った結論は、すでに解兵を総督に宣言し、明日にも会津軍が白河城に討ち入る手筈になっているうえ、国境を固めている諸隊に対して、仙台藩領に侵入する薩長人は討ち取るよう通達したあととあっては、それらの動きをいまさら止めようがない、ここはとりあえず世良を捕縛して身柄を拘束するのがよいのではないか、というものであった。

世良の捕縛を命じた大越を福島に送り出した土佐であったが、半刻としないうちに、再び重臣らを集めた。やはり暗殺すべきではないかと、考えが変わったのである。たとえ捕縛したとしても世良を生かしておいたのでは、計り難き災厄を招きかねないように思われた。

この際、脱藩した浪士が世良の暗殺に及んだことにするのが上策ではないかと、土佐は諮《はか》った。

案の定、詮議《せんぎ》の場はもめたものの、最後には土佐の主張が通った。

そのような騒動があって明けた今日、昨日と同じく御仮屋にて持たれた列藩重臣会議は滞りなく進んだのだが、会議の終了後、京都の詳しい事情を聞くために呼んだ宮島誠一郎が、再び話をややこしくした。

宮島が急遽《きゅうきょ》帰国したのは、会津救済の道筋がついたからだとの話であった。

いったいどういうことなのだという土佐の問いに、宮島は言った。

「新政府は、必ずしも会津討伐で衆議が一致しているわけではございませぬ。むしろ、討会に疑念を持っている有力者も少なからずありと見てよろしゅうございます。事実、弊藩の周旋方であります雲井《くもい》龍雄《たつお》は、新政府の参与、土佐の後藤象二郎《しょうじろう》どのから鳥羽伏見の件は本意ではなかったと聞いておりますうえ、会津が謝罪嘆願書を鎮撫総督府に提出すれば寛大な処置が下されるよう尽力するとの約束を取り付けております」

「そうは言うが、単なる口約束にすぎぬだろう」

同席していた坂英力《さかえいりき》が口をはさんだ。

いや、と横に首を振った宮島が続ける。

「今月の四日、それがしも京師において参与の広沢兵助どのに面会いたし、真意を問うてみました。広沢どのにおかれましては、内地を平穏に保つことで西洋列強に侵略の機会を与えず万国並立の政績を挙げたい、そのために奥羽列藩にて会津を説得し、恭順の意を示すよう、ぜひとも協力を願いたいとのことでありました。それはまさしく、会津が恭順謝罪の実を示せば寛典に処されるということにほかなりませぬ」

「すでにそれはしておるのだ。先般総督府に届け出た嘆願書にて会津は恭順謝罪の意を示しているうえ、弊藩慶邦公と貴藩の斉憲さまが直々に総督府に罷り出で、九条さまに謁見《えっけん》のうえ会津救済を願い出て、篤と演説奉《たてまつ》っておられるのだ。だがしかし、あえなく嘆願が却下されたとあっては、どうにもなるまい」

英力が状況を説く。しかし、宮島も譲らない。

「出先の総督府に嘆願を却下されたからといって、朝敵とされている会津に与《くみ》して新政府軍との戦に踏み切ったのでは、無謀の暴挙と取られ、肥後や土佐、そして加賀など、薩摩の突出をよしとしておらぬ有志の諸藩の応援が得られなくなりまする」

「有志の諸藩とそこもとは申すが、すべては単なる見込みであろう。それに広沢どのが云々《うんぬん》の先ほどの話も鵜《う》呑みにはできぬ。広沢兵助といえば長州きっての策士というではないか。そこもとの話を聞いていると、甘言に踊らされ、奴らの術中に陥っているとしか思えぬ」

「これはしたり。先ほどの列藩会議では新参者ゆえ黙っておりましたが、敢《あ》えて申し上げまする。そこもとらは、鎮撫総督府がどうの下参謀がどうのと、さようなことで右往左往しておられるようお見受けいたすが、出先出張の乳臭い公卿《くぎょう》に頼ってこのような大事の進退を決めている場合ではござりませぬぞ。聞けば、一度も京師の太政官《だじょうかん》に奏聞《そうもん》しておらぬというではござらぬか。いったいそれは何故でございますか。歴々たる列藩代表がこの白石に参集しておられるというのに、いまだにただの一人も使節を立てて京師へ送ろうとはしておられぬご様子。ここはなにを置いても、奥羽列藩の建白書を京師の太政官に提出すべきではござらぬか。しかるにそれが採用ならぬとなったならば、いまの新政府が無道であり真の王政ではあらぬことが明白となりましょう。さすれば、有志の諸藩は、薩摩がほしいままにしている新政府にますます疑惑を深めることになりまする。そのときにこそ奥羽列藩が連合し、薩摩を一掃するために兵を挙げればよいのでござります。いまはまだ挙兵のときではござりませぬぞ」

　二人のやり取りを聞いていた土佐は、この宮島という米沢藩士、誰かに似ているように思うのだが、はて、いったい誰に似ているのか……。

　話の筋とはかかわりのないことで頭を悩ませていた。

それに気づき、なにをよけいなことを、これはいかん、と自分を叱《しか》りつけたところで、急に思い至った。

若生だ、若生文十郎に似ているのである。

執政の参謀として玉虫左太夫とともに列席している文十郎に、ちらりと目を向ける。

二人の見てくれはまったく違う。

中背細身で色黒の宮島に対して、どちらかといえば色白でひときわ大柄な文十郎である。だが、このような場での、なにものにも臆さない話ぶりが、まるで双子のように瓜《うり》二つだ。

なるほど若生か、これはまったく若生と一緒であるな……。

自分の発見に土佐が気をよくしていると、英力の隣にいた真田喜平太が口をはさんだ。

「宮島どの。そこもとの言うことはもっともでござる。もっともではござるが、我らもそれほど間抜けではござらぬぞ。とうの昔に藩主の建白書を奏上すべく使節を送ったのだが、奥羽の一切の事情は鎮撫使に奏聞すべしとのお達しであった。しからば、鎮撫使に奏聞するは太政官に奏聞するのと同じことではござらぬか」

「ご公儀、徳川幕府の足腰が立っていたころならばまだしも、いまは、いや、すでに文久のころより政《まつりごと》の事情はまったく違っております。すべてを馬鹿正直に受け取っていたのでは、貴重な機会を逸することになりますぞ」

馬鹿正直とは何事かっ！

次の間のほうで怒気を含んだ声が上がった。

我らの事情も知らず、勝手なことばかり言ってもらっては迷惑千万！

貴様っ、もしや薩長の間諜《かんちょう》ではないのか！

次々と怒声が飛ぶ。

まずいぞ、これは……。

土佐は胸中で顔をしかめた。

人払いをしていなかった。いや、いまの京都の事情を知るためにも、口をはさまぬのであれば手すきの者は列席してもかまわぬ、と小姓に申し付けていたのは自分であった。

宮島に反駁《はんばく》したくなるのもわからぬではないが、ここで米沢藩との関係がこじれてしまっては、はなはだ困る。

さて、どうするか……と、土佐が考えていたところで、どかどかと廊下を走る音が近づいてきた。

相当慌てているような足音だ。

足音が止《や》んだ。

廊下に姿を現した大番士が、一同衆目のなか、腰をかがめつつ土佐の傍らに進み出てきて片膝をつき、耳打ちをした。

「なに、まことか」

尋ねた土佐に、

「間違いございませぬ」畏《かしこ》まって大番士が答えた。

「して、瀬上は」

「城中にてお屋形さまに謁見中でございます」

そうか、とうなずいたところで、

「土佐どの、いかがなされた」

増田歴治が身を乗り出して尋ねた。

「福島城下にて世良修蔵を討ち取ったとのことだ」

「なんですとっ。世良を討ち取った？」

「さよう」

「誰が討ち取ったのでござるか」

「詳しいことはまだわからぬが、瀬上主膳がお屋形さまに謁見中だ」

おい、世良を討ち取ったらしいぞ。

世良が誅殺されたようだ。

瀬上どのが天誅を下したらしい。

ついに世良を成敗したぞ。

そうした声がまたたく間に広がり、場が騒然となった。が、動揺がもたらしたものではなかった。どの顔も喜色満面である。

いやはや、これは愉快。

悪逆天誅、愉快じゃ愉快！

一同がこぞって沸き立つなか、下がろうとしていた大番士を玉虫左太夫が捕まえた。

「して、世良の首はどこにある。首を持って参れ」

左太夫に命じられた大番士が困惑したように答える。

「いや、首はまだ届いておらぬようにござります」

「あやつの首に小便でもかけてやろうと思ったのだが、それは残念」

左太夫が笑いながら言うと、なんともはやそれは残念、小便では足りぬぞ、糞《くそ》でも食わすか、厠《かわや》へ捨ててやろうぞ、といった声が口々に上がり、そのたびに次の間は大笑いの渦と化した。

見ようによってはおぞましい眺めである。

しかし、それは同時に、この奥羽の地で世良修蔵がどれだけ憎まれていたかを如実《にょじつ》に示す光景でもあった。

四

これだけ不器用な翡翠《かわせみ》も珍しい。

これでよく、いままで生き延びてきたものだ。

仙台城下を流れる広瀬川の河原で、景祐《かげすけ》は一羽の翡翠を眺め続けている。

腰を下ろしている床几《しょうぎ》のそばには釣り竿《ざお》が置かれているが、しばらく前から糸を垂れていない。

翡翠に目を留めてから四《し》半刻《はんとき》近くにもなるだろうか。見た目だけは一人前である。

ところが、一度も得物を仕留めていない。

岸辺に横たわる岩の上で、流れがよどみ、淵《ふち》になっている川面を一心に見つめていた翡翠は、次こそは、と言わんばかりの勢いで羽ばたき、水面下へと急降下した。

水中で反転し、空中へ戻ろうとしている翡翠の嘴《くちばし》は、今度は得物を捉《とら》えていた。

が、大きすぎた。あろうことか、嘴で挟んでいるのは、自分の体軀《たいく》を超える大きさの鮒《ふな》である。

案の定、水面から飛翔《ひしょう》できず、あきらめて鮒を放した直後だった。

水の底から黒い大きな影が唐突に出現し、次の刹那、巨大な口で翡翠を呑《の》み込むや、水面に波紋だけを残してあっという間に姿を消した。

もしや、いまのがヌシか……。

子どものころ、広瀬川のほとりで釣りをしながら、父からよく聞かされた。

この川には、百年以上も前から想像を絶する巨大な鯉《こい》が棲《す》んでいる。ヌシと呼ばれるその鯉は、人の子どもくらいならば、容易に川底へと引きずり込むほどの力を持っているのだと……。

それは河童《かっぱ》なのではないですか。

幼い景祐は、真面目《まじめ》に訊《き》いた。

すると父は、ははは、と笑って言った。

なるほど河童か。人によっては河童と呼ぶかもしれぬな。しかし景祐、河童などという生き物はこの世にはおらぬ。あやかしの正体は、常に別にあるのだ。それは人の世でも変わらぬこと。よく覚えておくといい……。

当時の景祐は——河童などというあやかしはこの世にいない、実際にいるのはヌシと呼ばれる巨大な鯉なのだ——と、父の言葉を額面通りに受け取っていた。が、養賢堂に入校できる歳《とし》になったころには、ヌシという巨大な鯉も河童と同様、この世にはいないものだと思うようになっていた。大人たちが河童だヌシだと恐ろしげな生き物の話をするのは、子どもらを流れの速い川に近づけないための方便なのだと。

だが……。

いま見たばかりの鳥をも喰らう巨大な影がほんとうにヌシなのならば、父の言葉は違った意味を持ってくる。

あやかしの正体は常に別にある。

人の世でも変わらぬこと。

なるほど、そういうことだったのか……。

父の言葉の真意を、いまになってようやく知った。

胸につかえていたものが取れたように感じた景祐は、川面に目を向けたまま、背後に向かって言った。

「おれになにか用か」

「なんだ、気づいておったか」

床几の上で体を転じた景祐は、ああ、とうなずいた。

「気配を消す技、よければ今度伝授してやろうか」

「そりゃあ助かる」

「それでよくまあ探索方が務まってきたものだ」

「おいおい、おれは忍びではないのだぞ。人の口を開かせて、あれこれ聞き込んでくるのが務めだ」

苦笑いしながら言った細谷十太夫が、笑みを消して景祐に言った。

「宮島がおぬしに会いたがっている」

「米沢の宮島誠一郎か？」

「そうだ。今日の列藩会議の前に、おぬしに会っておきたいらしい」

景祐が宮島誠一郎と初めて顔を合わせたのは三日前、世良修蔵が討ち取られた日にもたれた、列藩重臣会議の席だった。そのあとの、世良誅殺の報《しら》せでひと騒動となった場にもいたが、どちらの場面でも直接言葉は交わしていない。

景祐が次に宮島と顔を合わせたのは昨日、再び持たれた列藩会議の席である。

きわめて重要な会議だった。会津救済の嘆願書を確認した閏四月十一日の会議よりも、その重要度は勝ると言っていい。

今後の奥羽諸藩の拠《よ》り所となる盟約書の作成と調印。それがおもな題目であった。景祐が起草した盟約書を玉虫左太夫とともに吟味し、五項目の条文に整えて列藩会議の場に諮ったのだが、宮島誠一郎が異を唱えた。景祐が宮島とじかに言葉を交わしたのは、そのときが初めてであった。言葉を交わしたというよりは、互いに譲らぬ議論となった。

決着のつかないままに昨日の列藩会議は打ち切りとなり、場所を仙台に移して継続することになった。二十一日のうちに藩主慶邦が仙台城へ帰城し、九条総督も会津に城を占拠された白河行きを断念して岩沼から仙台に戻っていたため、白石の軍営を撤去することになったからである。

景祐も昨夜遅く、久しく留守にしていた北六番丁の屋敷へと戻った。

そして一夜明けた今日の午後より、列藩重臣会議が国分町の外人屋にて再開されることになっていた。

妻の菊《きく》、下の弟に妹、そして母と、家族そろっての久しぶりの朝餐《ちょうさん》後、晴れていたこともあって、釣り竿を携えて広瀬川へと足を運んだ。釣り糸を垂れながら列藩会議の成り行きに思いを馳せていたところで、一羽の翡翠が目に留まった。その翡翠がヌシに喰われたのは、なにかを暗示しているように思えてならない。

「で、どうする。宮島と会うか？」

十太夫に訊かれた景祐はうなずいた。

「会おう。宮島どのはどこにおられる」

「肴町《さかなまち》の茶屋で待たせてある」

「わかった。参ろう」

そう言って景祐は、床几から腰を上げた。

五

前に十太夫と酒を酌《く》み交わした茶屋の二階、奥まった座敷で宮島誠一郎は待っていた。

宮島だけではなかった。洋式軍隊への改革のために江戸から呼び戻された星恂太郎《ほしじゅんたろう》と、安田竹之輔《やすだたけのすけ》も同席していた。

近習目付兼軍制係で、列藩会議においては他藩使節の応接係を担っている安田竹之輔は、家格が召出、遠田《とおだ》郡涌谷《わくや》は吉住《よしずみ》の邑主《ゆうしゅ》である。当初は尊攘《そんじょう》派であったが、薩長のやり口に疑念を抱くようになり、会津救済派に転向、というよりは、いまや討薩長の急先鋒《きゅうせんぽう》と周囲からは目されている。

竹之輔の趣意変わりに力を及ぼしたのは玉虫左太夫であるのは間違いない。竹之輔の母は左太夫の父の妹、そしてまた竹之輔の妻女が左太夫の妹という、近しい縁戚《えんせき》関係にある。

恂太郎と竹之輔を見やりながら景祐は、

――どういうことだ？

目だけで訊いてみたものの、十太夫はにいっと笑っただけである。

景祐と十太夫が腰を下ろしたところで、ちょうど酒肴《しゅこう》の膳《ぜん》が運ばれてきた。

「今日の列藩会議が昨日のように物別れに終わったのでは話にならぬからな。宮島どのに相談を持ちかけられたので、当藩で一番面倒なおぬしを呼ぶことにした」

この場で最も年長の竹之輔が、まずは口を開いた。

「確かにこいつが一番面倒だ」

手酌で酒をくいっと呷《あお》った恂太郎が同意する。

「おれはそんなに面倒か？」

隣の十太夫に景祐は訊いた。

「なにをいまさら」

素っ気ない答えが返ってくる。

「まあ、よいではないか」

場を取り繕うように言った竹之輔が、ところで、と口にしてから十太夫に尋ねた。

「世良の首はどうなった」

「土佐どのには児《こ》捨《すて》川にでも捨てろと言われたが、さすがにそうもいかぬからな。紆《う》余《よ》曲折はあったのだが、真田どのらと相談して、いまは無住となっている月心院の墓地に埋めることになった」

「どこの寺だ」

恂太郎の問いに、

「白石の森合村」と十太夫。

「知らんな」

「埋葬に立ち会ったわけでないからな。おれも知らん」

「但木どのはなにゆえ川に捨てろなどと？」

宮島が口をはさんだ。

「世良の件を総督府にどのように届けるか、重役連中でだいぶ揉めたらしい。とりあえず脱藩士の仕業にすることにして、主膳どのには、ほとぼりがさめるまで在所に引っ込んでいろと命じたようなのだが、あのご気性ゆえ、そのような姑息《こそく》なことはできぬ、かくなるうえは総督府なり太政官なりに罷り出でて、すべては自分が勝手にしたことに致す、と言ってきかぬときた。そんなところに首を持って来られて、困っちまったのだろうな」

「聞くところによると、福島藩も直接かかわったというではないか。いずれは総督府にも真相がばれると思うが」

「そういうことになるだろうな」

「して、その世良誅殺の報せが入った際、若生どの、あの場において、そこもとだけが浮かぬ顔をしていたようにお見受けしたのだが、何故か聞かせてはもらえまいか」

景祐のほうに体の向きを変えて、宮島が訊いた。

「早まったことを、と思ったからにすぎませぬ」

「もう少し詳しく聞かせてくれぬか」

「世良の暗殺を当藩脱藩士の仕業にするのは、さすがに無理がある。早晩真相は周知のものとなるであろう。世良は確かに斬首されるに値するような下劣な輩《やから》ではあったが、仮にも奥羽鎮撫使の下参謀。それを殺《あや》めたとなれば、会津のみならず、当藩を含めた奥羽征討の口実を薩長の新政府にみすみす与えることになってしまう」

「しかし、そうなってしまった」

「だからこそ奥羽列藩の一刻も早い合従《がっしょう》が必要であり、そのための盟約書にござる」

目に力を込めて宮島に言うと、

「盟約書の件はひとまず置き、その前に若生どのに訊いておきたいことがあるのだが」

「なんなりと」

「まずは太政官への建白書が肝要と、但木どのや坂どのには再三申し上げたのだが、もはや手遅れだとの一点張り。そこでそれがし、文久三年の屋代郷《やしろごう》の一件で世話になった玉虫どのに持ちかけてみたのだが、いやはや、玉虫どのも同様で、そんなものはいまさらなんの役にも立たぬと、あっさり退けられ申した。そこで、応接係の安田どのに相談いたしたところ、若生どのと話してみるのがよかろうと相成った次第にござる」

景祐は竹之輔の顔を見やった。

「おれも当初は建白書など必要ないと思っていたのだが、宮島どのの話を聞いているうちに考えが変わった。となると、玉虫どのや土佐どのを誰が説得するかだが、おぬしが適任だと思ったわけだ。二人とも、なぜかおぬしの話には耳を貸すからな」

竹之輔が言うと、皮肉る口調で恂太郎が横やりを入れた。

「議論になると相当しつこいようだからな。結局、相手が根負けするだけだろう」

「面倒になるゆえ、余計なことは言うな」

恂太郎に釘を刺した竹之輔が景祐に訊いた。

「して、若生。建白書の件、おぬしはどう考えておる」

「もとより私は、衆議公論に訴えるべきと申しております」

「つまり、宮島どのの意見に賛成。そういうことでよいのだな」

「あくまでも奥羽合従の盟約があっての太政官建白です。順序が逆では困り申す。その盟約書に宮島どのら米沢が反対とあっては話になりませぬ」

「修正を求めているのであって、反対しているわけではござらぬ」

割って入った宮島に景祐は言った。

「修正に応じぬとは言っていない。修正できる部分とできぬ部分があると言っているだけだ」

「ほれ、始まった。こうなると、どうにもならんぞ」

「恂太郎、余計な口ははさむなと言ったであろう」

竹之輔に睨《にら》まれた恂太郎が、ふてくされたように酒を呷る。が、ちゃちゃを入れるのはこらえることにしたようだ。

恂太郎から景祐に視線を移した宮島が言った。

「若生どの。あらためて訊くが、第四の条項の修正に、なにゆえ応じられぬと言うのだ」

――大事件は列藩集議を尽し、公平の旨《むね》に帰すべし。軍事の機会、細微の節目等は衆議に及ばず、大国の号令に随《したが》うべき事。

これが宮島の挙げた第四の条項だった。ここでの大国とは、むろん仙台藩のことである。

昨日の列藩会議において宮島は、この条項の後半部分の修正を求めた。この条項のままでは仙台藩の意向に重きを置きすぎている、というのがその理由であった。ならばどうせよと申すのか、と問いかけた景祐に、昨日宮島は、たとえば、と断ったのちに、細微の節目は則《すなわ》ちその宜しきに随うべきこと、程度に留め置いたほうがよろしかろう、と答えた。それを景祐が、それでは話にならぬと退けたため、昨日はそこから詮議が進まなくなったのである。

「では、あらためて申し上げよう。宮島どのの修正案では、大事件、すなわち軍事に関する一切は、列藩の衆議によって決定しなければならぬ、ということになってしまいまする。実際に戦が始まってしまったら、そんな悠長なことをしている暇はござらぬ。戦地の兵を迅速に動かすためには、指揮系統が一本でなければならぬのは自明のこと」

「それでは同盟の意味が失せる。仙台藩のための列藩同盟ではないはずだが、違いますかな」

昨日に引き続き、なぜ宮島はこれほど強く修正を求めるのか……。

宮島の目を見ているうちに、理由がわかった。

「宮島どの。もしかしてそこもと、太政官への建白によって戦は避けられると、本気でそう思っておられるのではないか」

「さよう」

「それは甘い。宮島どのは、会津謝罪恭順のおりには寛典をという広沢兵助の言葉を信じておられるようだが、たとえそれが確かだとしても、新政府内でその通りにことが運ぶとは限らぬではないか。であれば、最悪の場合に備えて準備を怠らぬようにしておくべきであろう」

「拙者とて馬鹿ではない。白河はなんとしても守らねばならぬことくらいは承知している。そのためにこそ奥羽列藩で同盟を成し、新政府に対して奥羽は一筋縄ではいかないことを示すのでござる。さすれば太政官への建白書が受理される見込みも大きくなるというもの」

黙っているのがこらえきれなくなった様子の恂太郎が、うんざりしたような口ぶりで言った。

「あのよう、結局のところ、おぬしらの目指しているところは一緒というか、二人とも、言っていることは同じだろうが」

「同じではござらぬ！」

景祐と宮島が、同時に声を上げた。

一拍置いて、座敷にげらげらという笑い声が響いた。

腹を抱えて笑い転げているのは十太夫である。

「す、すまん――」息も切れ切れに言った十太夫が目尻《めじり》に涙を浮かべて弁解した。

「お、おぬしら二人、水と油のようでいて、その実、まるで双子のように似ておるものだから、す、すまん、つい可笑《おか》しくなって笑いをこらえることができなんだ、はは、うははは――」

景祐も宮島も、恂太郎までもが毒気を抜かれたようになった。

十太夫の笑いの発作が収まったところで、わざとらしく咳払《せきばら》いをした竹之輔が言った。

「若生、とりあえず建白書の件、おぬしが早急に土佐どのに建言してくれぬか。どうなるかわからぬにせよ、なにもせずに座して待つよりは、はるかにいい」

「承知いたしました」

「盟約書の件は、ここでこれ以上論じていても詮無いことであろう。双方の言い分はそれぞれにあるだろうが、決着は今日の列藩重臣会議の場にゆだねようぞ」

この場ではこれ以上の議論は無用――言葉に込められた竹之輔の決裁に異議を唱える者は誰もいなかった。

場の空気がゆるんだところで、竹之輔が恂太郎に酌をしながら尋ねた。

「ときに、楽兵隊の調練は順調かい？」

返杯しながら恂太郎が答える。

「いやあ、それがまたひどいもので、まったく胸を張れるものではございませぬ」

「それほどひどいのか」

「藩士の次男や三男を対象に三千名を募集したところ、たった八百しか集まりませんでした。国の存亡がかかっているときだというのに、情けないにもほどがある。世良に仙台兵は駄兵だ腰抜けだとあざ笑われるのも、これでは致し方ないと思うしかないような、お恥ずかしい限りにございます。いっそのこと、農兵を募集したほうがまだましなくらいで」

「困ったものだな」

「まあしかし、もとより見越していたことではございますゆえ、もう少しときと銭をかければ、薩長に劣らぬ、いや、それ以上の精鋭部隊を作り上げることができるものと思っております」

「それは頼もしい」

もう一度酌を受けた恂太郎は、竹之輔に返杯したあと、十太夫に目を向けた。

「ときに細谷どの。会津軍は段取り通り白河城を抑えたとのことだが、この先、新政府軍が攻め入ってくるのは必至であろう。その際、会津軍に勝算はあると思うか」

少し考える仕草をしてから十太夫が答えた。

「兵の数において優位なのは間違いないが、装備に劣るのが不安なのは確かだな。しかし……」

「しかし、なんだと言うのだ？」

「会津藩内の動きを見ると、どうやら西郷頼母《たのも》が白河口の軍事総督になりそうな塩梅《あんばい》なのだ」

「誰だ、そいつは」

「国家老の西郷頼母」

景祐が答えると、竹之輔が補足した。

「容保《かたもり》侯が京都守護職に就く際、強硬に反対したことで不興を買い、家老職を免じられてしばらく隠居していたようなのだが、最近になって家老に返り咲いたようだ」

「そいつのなにが問題なのだ」

恂太郎のその問いには、十太夫が答えた。

「会津松平家の藩祖、保科《ほしな》公の血を引く名門の出であることも相まって、どうも、いまや時代遅れの長沼流兵法しか知らんらしい」

「おい、それじゃあ、いざ戦闘となったら負けちまうぞ。鳥羽伏見で薩長とやり合ったときの生き残りはいるだろうに。たとえば佐川官兵衛とか」

「若年寄ですらない者に、総督はさせられんだろう」

「そんな悠長なことを言っている場合ではないぞ。いったい、なにを考えているんだ」

「おれに言われても困る」

二人のやりとりを聞いていた景祐の背筋に、ざわりとしたおぞけが走った。

十太夫の見立てと恂太郎の憂慮は、的外れではないと景祐も思う。

降伏謝罪嘆願書の件で景祐が会津若松に出向いていた際、交渉の場に西郷頼母は一度も現れていない。実際、会津側を取り仕切っていたのは若い梶原《かじわら》平馬《へいま》であった。ところがなぜか、関宿に届いた嘆願書の筆頭には、西郷頼母の名前があった。次いで梶原平馬、そして最後に一瀬《いちのせ》要人《かなめ》と続いていた。

妙だと思ったが、あの署名は、いまの会津のままならぬ内情を映し出していたのかもしれない。

広瀬川の河畔での、ヌシに呑み込まれる翡翠の姿が、景祐の脳裏によぎった。

あれが凶兆でなければよいのだが……。

じきに到来するだろう白河口での攻防について、なおも意見を戦わせている恂太郎と十太夫を見やりながら、景祐は手酌で酒を黙然と口にした。

暗雲

一

心配の種は尽きぬし予断は許されぬが、これでひとまず道筋はついた。

道筋とは、奥羽列藩同盟と太政官建白のことである。紆余《うよ》曲折はあったものの、一昨日、仙台城下国分町の外人屋で持たれた討議で、列藩盟約書と太政官建白書の最終案が、ようやく決着を見た。そして月が五月に変わった昨日、盟約書の文面が整い、建白書も今日中には書き上げられる見込みとなった。明日の五月三日、仙台松ノ井邸に再び奥羽列藩重臣が参集する運びになっている。そこで太政官への建白書上呈が承認され、盟約書への調印が滞りなく成されれば、奥羽列藩同盟が正式に発足する。

久しぶりに一息つける日となった今朝、ふと思い立った但木《ただき》土佐《とさ》は、めぼしい面々に使いを出して朝餐《ちょうさん》に招いた。

北一番丁にある土佐の屋敷の客間に集まり、車座になって酒肴《しゅこう》の膳《ぜん》を前にしている顔ぶれは、安田《やすだ》竹之輔《たけのすけ》、若生《わこう》文十郎《ぶんじゅうろう》、星《ほし》恂太郎《じゅんたろう》、そして細谷《ほそや》十太夫《じゅうだゆう》の四名である。玉《たま》虫左《むしさ》太夫《だゆう》にも使いを差し向けたのだが、米沢の木滑《きなめり》要人《かなめ》と宮島《みやじま》誠一郎《せいいちろう》を自宅に招いて労をねぎらっているとのことで、顔を見せていなかった。

但木邸での朝餐は正式の会合ではない。家格や役職にとらわれない懇談の場として、以前は頻繁に開いていた。土佐が奉行職から退いていた安政年間の話である。

代々奉行職に就くのが定めの宿老の家格に、しかも伊達家譜代の名門中の名門に生まれたことで、元服前の幼いころより土佐は、周囲からよい意味でも悪い意味でもそれなりの目で見られてきた。藩校に通っていたころ、土佐には心を許せる友が一人もいなかった。口に出しはしないものの、土佐を前に自身の本音を明かす者は皆無。それは、誰に言われるまでもなくわかっていた。

嘉永《かえい》四年（一八五一）、三十五歳の若さで奉行に取り立てられたとき、その事実を如《にょ》実《じつ》に思い知らされた。逼迫《ひっぱく》した藩財政の立て直しが火急の課題であった。財政再建の手段をさまざま講じようとした土佐であったが、表向きは同意を示すものの、実際に動いてくれる者が少なすぎた。

いま振り返ってみると、奉行に就任した時期もよくなかった。藩の財政が汲々《きゅうきゅう》としていたとはいえ、浦賀にペリーの黒船が現れる二年前のことで、奥羽はまだまだ平穏だった。いかにも大藩の悪《あ》しき因循《いんじゅん》が藩政をがんじがらめにしていた。政《まつりごと》の実際よりも人心の掌握と人脈が優先され、それでも大きな問題は起きぬような時期であった。結果、思い描いた財政再建が叶《かな》わぬまま、藩主慶邦《よしくに》により、わずか三年で奉行職を免ぜられるという恥辱を味わった。

　このままではいかん。

無役となった土佐が考えあぐねてたどり着いたのが、志ある者を自身の仙台屋敷に招いての朝餐の会であった。

　土佐の呼びかけに応じて集まった面々による朝餐は、回を重ねるごとに打ち解け、徐々に議論も熱を帯びていった。

　おりしも黒船の来航を受け、開国か攘夷《じょうい》かで国論が揺れ始めた時期である。土佐が集めた若手の藩士らは、それぞれに忌《き》憚《たん》のない所見を述べ、大いに議論し、時には激論を戦わせた。その際の土佐は、徹頭徹尾、聞き役に回った。それが功を奏したのであろう。それぞれの本音が、朝餐の場では飛び交った。

　徳川幕府が安泰のころであれば無用なものであろうが、明日がどうなるかわからぬ時世においては、藩校ではできようがなかった自由闊《かっ》達《たつ》な議論の場が必要だと、土佐は信じた。

　そうしたなかでこれはと思う意見があれば、藩主へ建言してはどうかと助言し、必要とあれば文案の作成に力を貸した。

　朝餐の会を始めた安政元年（一八五四）、土佐は三十八歳になっていた。但木邸での朝餐に集まってきた主要な面々と当時の年齢、そして家格と禄高《ろくだか》は、それぞれ次のようなものであった。

三好監物《みよしけんもつ》（四十歳・永代召出・五百石）
坂本大炊《さかもとおおい》（三十一歳・大番士・三百五十石）
松倉良輔《まつくらりょうすけ》（二十八歳・大番士・三十六石）
安田竹之輔（二十七歳・召出・六百二十石）
大童信太夫《おおわらしんだゆう》（二十三歳・大番士・四十石）

　土佐よりも年長なのは三好監物だけで、あとは皆、若く血気盛んな、しかし当時は無役の藩士ばかりであったが、土佐の後押しを受けて藩政の主要な役職へと取り立てられ、それぞれの場で力を振るうことになった。

　自らは表に出ずに陰での尽力に注力したことが、藩内での信望を次第に集めることになった。藩政の表舞台から退いて六年、安政から万延へと元号が変わったところで、筆頭奉行への返り咲きを果たした。

　結局のところ、同志とも言えた三好監物、坂本大炊とは、攘夷か開国かという議論だけですんでいたころはまだよかったのだが、会津討伐か救済かが目の前に突き付けられたことで折り合いをつけるのが難しくなり、挙句の果てに、監物とは不本意な形で袂《たもと》を分かつことになった。

　しかしその一方で、安田竹之輔はいまや玉虫と並び土佐の参謀として必要不可欠な存在となっており、大童信太夫は公儀使として、松倉良輔は江戸番の出入司としてともに江戸に身を置き、船舶や武器弾薬の調達に奔走している。

　筆頭奉行という藩政を直接担《にな》う立場に就いたことで、但木邸での朝餐の会は解散となった。だが、いよいよ薩長と事を構えようとしているいま、あのころのように若い藩士らに自由に所見を述べさせることで、思いも寄らぬ方策が見いだせるかもしれないと、土佐は考えた。逆に言うと、奥羽列藩同盟をいかに動かしていくか、見通しが立たぬ面も少なからずあるというのが、偽らざるところである。

　そうして久方ぶりに開いてみた朝餐の会だったのだが、どうやら年寄りの冷や水だったようだ。

　ほかの者より早めにやってきた竹之輔が言うには、まったく同じ顔ぶれでの会合をすでに二度ほど持っており、一度目のときには米沢の宮島誠一郎も招いたという話だった。

　若い三名に好きに議論をさせ、自身は極力口を挟まずにいる竹之輔は、昔の自分を見ているようだと土佐は思った。

　それにしても、若生文十郎、細谷十太夫、星恂太郎という取り合わせは面白い。大《おお》槻磐渓《つきばんけい》の流れを汲《く》む、玉虫左太夫を中心にした養賢堂一派とは違い、まさに三者三様、まったく色合いが異なっている顔ぶれだ。

　質実剛健で冷静沈着な若生、天衣無縫で直情径行の星、そして大胆不敵で海千山千の細谷。その三名が先ほどから話題にしているのは、星恂太郎があずかっている楽兵隊の先行きである。

「子どもの水遊びでもあるまいし、広瀬川の河原でいつまでも戦の真似事《まねごと》を続けていても、仕方あるまい」

　文十郎の言葉にむっとした様子で恂太郎が返す。

「文机《ふづくえ》を前に筆ばかり握っている奴になにがわかる。畳水練《たたみすいれん》になっては意味がないのだ」

「どうしておぬしらはいつもそうなのだ。互いをくさしてばかりでは、話が先に進まぬぞ」

二人のあいだに十太夫が割って入った。こう見えて十太夫は、三名のなかで最も世故に長《た》けている。一見して相容《あいい》れぬように思われる文十郎と恂太郎の膠《にかわ》のような役回りをしているのが十太夫のようだ。

「とにかく、火縄銃やゲベールでは話にならぬ」

「せんだって、ミニエーがかなりの数、入ってきたではないか」

「ミニエーでも不足だ。スナイドルかシャスポーで統一しないことには話にならん」

「なぜだ」

「若生。おぬし、馬鹿か」

「馬鹿とな。さようなことを寸足らずに言われる覚えはないが」

「なんだとっ、このうどの大木が」

「だからおぬしら、いがみ合いはいい加減にしろと言っておるのだ、餓鬼の喧嘩《けんか》じゃあるまいし。で、星、なにゆえミニエーでは不足なのだ」

「これからの戦、先込めの銃では勝てぬ。よく考えてみろ。弾を込める際に身を起こしていては、格好の的になる。後装、つまり元込めの銃であれば、伏臥《ふくが》の構えで素早く弾込めができる」

「しかし、銃がそろっても弾がないのでは無用の長物になるぞ」

「そこなのだ。大童どのと松倉どのが奔走しているとはいえ、江戸が薩長に抑えられているとあっては、横浜で弾薬を仕入れるのは難しくなる」

「新潟港が使える。おれの見込みでは、おそらく長岡は我らの同盟に加わるだろう」

「若生。それはまことか？」

「武備中立。それが長岡藩の方針であるのは、米沢藩を通して伝え聞いている。すなわち、新政府に逆らうつもりはないが、手先になるのも御免被《こうむ》るという話だ。それをあの薩長が許すと思うか？ 有り得ぬ話だろう。となれば、長岡は必ずや我らの同盟に加わるはずだ。さすれば周辺の国々も長岡に倣《なら》うことになるのは間違いない」

「つまり、奥羽列藩同盟が奥羽越列藩同盟に拡大するというわけか」

「さよう。すでに長岡をはじめ、越州諸藩には同盟への参集を打診している」

「なるほど。新潟港を外国船に向けて開港すれば、そこから武器弾薬を買い入れられるな」

先ほどまでのいがみ合いをすっかり忘れたように恂太郎がうなずく。

話を聞きながら、土佐も胸中でうなずいていた。新潟港を列藩同盟で掌握し、外国船に開港して交易の拠点とするという文十郎の案は、十分に検討の余地がある、いや、むしろ急務と言えよう。

長岡藩の出方次第ではあるが、列藩同盟につくのが本決まりになったら、新潟港開港の交渉にすぐにも使いを差し向けねば。

その際、誰が適任か……。

しばし考えた土佐は、やはり恂太郎を差し向けよう、と本人に目を向けながら思った。

たとえば、小銃一つとっても、洋式銃であればなんでもよいというわけではない。見る目が確かな者でなければ、すぐに故障するような使い古した銃をつかまされたり、銃とは合わぬ弾薬を無駄に抱え込んだりする恐れがある。それを防ぐには恂太郎が適任だが、こやつを使節の正使とするのはさすがに……。

葦名《あしな》だな、と土佐は、葦名靱負《ゆきえ》の名をつぶやいた。当初は強硬な討会派だった靱負だが、国是が定まってからは藩のために忠義を尽くしている。

薩長に対抗できる西洋式精鋭部隊の創設を最初に建言したのが、江戸での見聞が豊富だった靱負である。その建言を容れて恂太郎を江戸から呼び戻し、大番士に召し上げて楽兵隊の兵学教師に据えたという経緯があった。実際、楽兵隊の総督は葦名靱負である。

機会が到来したら、靭負を正使に、恂太郎を副使に。それで問題なかろう。

そう決めた土佐は、途切れぬ議論に耳を傾けながら、奥羽列藩盟約書の写しにあらためて目を落とした。

一昨日の列藩重臣会議での修正を受け、最終的に文十郎が清書した全八条からなる盟約書は次の通りだ。

一、大義ヲ天下ニ舒《の》ブルヲ以《もっ》テ目的トナシ小節細行ニ拘泥《こうでい》スベカラザル事

一、舟ヲ同ジウシテ海ヲ渡《わた》ルガ如《ごと》ク信ヲ以テ居リ義ヲ以テ動クベキ事

一、若《も》シ不慮急用ノ事アラバ比隣各藩速カニ援救総督府ニ報告スベキ事

一、強ヲ負フテ弱ヲ凌《しの》グ勿《なか》レ私ヲ計リテ利ヲ営ム勿レ機事ヲ泄《もら》シ同盟ヲ離間スル勿レ

一、城堡《じょうほう》ヲ築造シ糧食ヲ運搬スルハ已《や》ムヲ得ズト雖《いえど》モ漫《みだ》リニ百姓ヲシテ労役愁苦《しゅうく》ニ勝《た》ヘザラシムル勿レ

一、大事件列藩集議、公平ノ旨《むね》ニ帰スベシ、細微ハ則《すなわ》チ其宜《そのよろ》シキニ随《したが》フベキ事

一、他国ニ通謀シ或《ある》ヒハ隣境ニ出兵セバ同盟ニ報ズベキ事

一、無罪ヲ殺戮《さつりく》スル勿レ金穀ヲ掠奪《りゃくだつ》スル勿レ凡ソ事不義ニ渉《わた》ル者ハ厳刑ヲ加フベキ事

右之条々違背スルモノアルニ於テハ則チ列藩集議厳刑スベキ者也《なり》（慶応四年五月）

明日調印する運びになっている奥羽二十五藩が従うべき基本方針である。権力の掌握のためには手段を選ばぬ薩長に対し、なによりも義を重んじる奥羽列藩同盟が翻《ひるがえ》す反旗と言ってもいい。

この旗印のもとに奥羽の諸藩がどのように動いていくか、その策定も玉虫と若生に命じてあり、すでに軍議書の草案が土佐にも届いていた。

白河の処置、庄内の処置、北越の処置、そして総括。大きく四つの項目からなる軍議書の目指すところは、錦旗《きんき》を掲げつつもその実態は国賊と言える薩長を、東北のみならず西南諸藩とも協力して政治の場から追い落とすことである。薩長の排除によってこそ、真の意味での勤王の政治が実現できる。それに疑いをはさむ者は、この奥羽の地にあっては、もはや数えるほどしかいないであろう。

実際それも夢物語ではない状況になりつつある。世良修蔵《せらしゅうぞう》を誅殺《ちゅうさつ》した閏《うるう》四月二十日の払暁《ふつぎょう》、仙米両藩の解兵とともに会津軍が白河城に討ち入り、乗っ取りに成功した。

それを受け、仙台藩では攻守の指揮を執らせるため、坂英力《さかえいりき》と真田喜平太《さなだきへいた》を福島の軍事局に送った。

さらに会津軍の応援に、坂本大炊を参謀として瀬上主膳《せのうえしゅぜん》と佐藤宮内《くない》の大隊を、閏四月二十五日、白河城へと向かわせた。

実は同日、二十五日の払暁、白河城を取り戻すべく攻撃を仕掛けてきた新政府軍を、会津兵と旧幕府兵、そして会津に逃れていた新選組が撃退していた。

その報《しら》せが仙台城下に届いたのは、昨日になってのことだ。坂本大炊が仙台藩兵を率いて白河城へ入城したのが二十八日になってからだったため、報せが届くのに時を要したのだが、なにはともあれ、奥羽列藩同盟の結成を前にして幸先のよい勝利であった。

「――で、若生。この際、あらためて訊《き》くが、太政官への建白書が仮に上呈なったとして、それが採用される見通しはどうなのだ。おぬしの親分の玉虫どのは、もはや手遅れだと言っておるようだが」

十太夫が文十郎に尋ねる。

少し間を置いてから、文十郎が口を開いた。

「米沢の宮島どのが望みを託しているのは長州の広沢兵助。しかし、新政府内において広沢が全権を握っているわけではなかろう。おれは、先日も宮島どのに言った通り、薩長が政権を握っている限り、会津が寛典に処されることはないと見ている。さらには、下参謀の世良を殺し、白河城を乗っ取った我らに対し、薩長が黙っていると思うか？」

「確かにそうだな」

　うなずいた恂太郎が続ける。

「おれがたとえば長州の桂小五郎、いや、いまは木戸と名乗っているのだっけか。その木戸か薩摩の西郷であれば、火種のもとの会津を叩《たた》き潰《つぶ》すのはむろん、奥羽列藩同盟など田舎侍がなにを小癪《こしゃく》なと、歯牙《しが》にもかけずに笑い飛ばすだろうて」

「おいおい、それはあまりに卑下しすぎというものじゃないか、我ら自身のことを」

　顔をしかめた十太夫に、真顔で文十郎が言った。

「いや、星の言った通りだ。薩長の本音は、あくまでもおのれが政治の中枢《ちゅうすう》にいて天下を意のままに操ること。衆議公論のもとに共和の政治を目指す我々とは、根元の部分で相容れぬ」

「だとしてどうする」

　十太夫の問いにためらうことなく文十郎が答えた。

「もし薩長の意のままに政治が進んでいったならば、この日本国にいずれは大きな災いをもたらすに違いない」

「大きな災いとは」

「はっきりとはおれにも言えぬ。だが、あのように大義もなにもなく、姑息《こそく》なうえに人心を顧みぬやり口で国造りを進めれば、やがては自ら身を滅ぼすことになりかねぬ。おれはそれが案じられてならぬのだ。それだけはなんとしても避けねばならぬ。ならば薩長を追い落とすしかあるまい」

「おいおい、この前までのおぬしは、会津救済に、つまり、戦はなんとしても避けねばならぬとの立場にあったではないか。いまのおぬしの話だと、戦も辞さぬと、そう言っているように聞こえるぞ」

「売られた喧嘩を買わずにどうするってことだろうが。それによぉ、会津にしても庄内にしても、討伐令そのものが薩長の私怨《しえん》による言いがかり以外のなにものでもないしな。さすがにうどの大木も、いい加減、堪忍《かんにん》袋の緒が切れたってところだろ」

ちゃちゃを入れた惇太郎を一睨《ひとにら》みした文十郎が、十太夫に向かって言う。

「ときが経《た》つにつれ、刻一刻と変容していくのがこの世の常だ。ひと月前といまとでは、我らを取り巻く情勢が大きく変わってしまった。しからば、降りかかる火の粉は払わねばならぬ。いや、大本の火種を絶やす必要がある。そういうことだ」

「結局は、薩長の横暴にはもう我慢がならんということだろうが。なにもそこまで大仰に言うこともあるまいて」

「目先のことしか見えぬおぬしと一緒にしてもらっては困る」

やれやれという顔つきで二人を見やった十太夫が、ぐいっと盃を傾けたところで、屋敷の庭のあたりが騒々しくなった。

立ち上がろうとした土佐を竹之輔が制した。

「それがしが見て参ろう」

そう言って席を外した竹之輔が、ほどなくして客間に戻って来た。

様子が妙だ。

無言のまま膳の前に腰を下ろした竹之輔は、手酌で盃を満たしつつ、二度、立て続けに酒をあおった。

「いかがいたした」

土佐が尋ねると、手にしていた盃を戻した竹之輔が、一同を見まわしてから言った。

「白河城が新政府軍に奪われた」

「なんだとっ。いったい、いつのことだ。新政府軍を退けたとの報せが、昨日届いたばかりではないか」

「その昨日のことだ。夜明けとともに一斉に攻めてきたらしい。残念ながら、わが藩の兵は城を棄てて二本松まで退いた。その報せが、ついさきほど城中に届いた」

「こうしてはおれぬ。登城せねば」

土佐を見上げた竹之輔が、低い声で言った。

「坂本どのが戦死されたようだ」

「坂本大炊が？」

「さよう。加えて、瀬上どのの軍監姉歯《あねは》武之《たけの》進《しん》も」

竹之輔が顔を曇らせてうなずいた。藩論が二分した際、なにかにつけ対立していた竹之輔と大炊であったが、戦死の報にはさすがに動揺を隠せない様子だ。

ついさきほどまで奥羽列藩同盟の行く手に見えていた光芒《こうぼう》が急速に薄れ、暗雲が立ち込めるのを目の当たりにしているように、土佐には思えた。

二

「見送りなど要らぬと言ってあったはずだが」

そう言った十太夫に、

「久しぶりに晴れて調練を休みにしたもんで、暇だっただけだ」と恂太郎が返した。

「逆じゃないのか」

「晴れてなにゆえ調練を休みにする」

「久しぶりの晴れ間だからこそだ。せっかくの日和《ひより》、気の向くままそれぞれゆっくりすごしたいと思うのが人情じゃないか。こういうときに無理に調練をさせたのじゃあ、人心をつかむことはできぬ」

「ほう。おぬしもなかなか兵学教師らしくなってきたものだな」

真顔で言った文十郎に、「それは皮肉か」恂太郎が眉根《まゆね》を寄せた。

「皮肉など言ったつもりはないが」

「それを皮肉と言うのだ」

「いや、おれは褒めてやったつもりだが」

「褒めてやっただと？　その言い草が気に食わぬと言っておるのだ」

「おいおい、おぬしら、おれを見送りに来たのではなかったのか」

十太夫が言うと、さすがに二人とも決まりが悪そうな顔をした。

あらためて十太夫を見やった恂太郎が、

「それにしても、忍びでもあるまいしその黒ずくめ。それじゃあまるで鴉《からす》じゃないか。いや、実際、陣羽織に鴉なんぞの刺繍《ししゅう》を入れてなんのつもりだ」と、いぶかしげな顔をした。

「ただの鴉ではない。神武天皇を大和へ導いた八《や》咫鴉《たがらす》だ。おぬし、それくらいのことも知らぬのか」

そう言って文十郎が恂太郎を見下ろした。

放っておくとまたひと悶着《もんちゃく》ありそうだと思った十太夫は、二人の横に控えていた着流しの男に声をかけた。

「今助《いますけ》、このたびはずいぶん世話になった。おかげで満足のいく隊を編成することができた。あらためて礼を言う」

十太夫が声をかけたよわい三十ほどの男の名は川村《かわむら》今助。仙台城下肴町《さかなまち》の火消し組頭を務める侠客《きょうかく》の大親分で、十太夫が石巻の鋳《い》銭場《せんば》にいたころよりの顔見知りである。

「なあに、わたしがどうのというより、細谷さまの人徳でさあ」

「いや、そんなことはない。おぬしの顔の広さがあってこその話だ。おれ一人では、あそこまで人数をそろえることはできなんだ」

衝撃隊。川村今助の協力を得て、白河城に近い須《す》賀《か》川《がわ》において十太夫が編成した特別隊につけた名前である。

五月一日の白河での敗戦の報を受け、十太夫は急遽《きゅうきょ》二本松へと送り込まれた。敵を上回る軍勢を有し、しかも白河城を守ればよいという優位な情勢にありながら、同盟側の戦死者が総勢で七百にも達する大敗を喫することになったのはなぜなのか、それを探るのが目的だった。

二本松まで退却し、残兵を集めていた瀬上主膳と会うことができた。思いも寄らなかった大敗に憔悴《しょうすい》しきった主膳の口は重く、どのような戦況だったのか判明するまで、かなり手間取った。だが、仙台藩兵のみならず会津をはじめ他藩の兵にも聞きまわることで、おおよその状況はつかめた。

新政府軍との火力の違いも然《さ》ることながら、前に恂太郎が懸念《けねん》していた通り、そもそもの戦法がまずかった。大きく散開して砲撃、あるいは銃撃してくる敵に対して、まともに身をさらしての移動や突撃を繰り返すことで、甚大な被害を被ったのは明らかだった。

仙台城に取って返した十太夫は、奇襲部隊の編成を建言した。恂太郎が調練している楽兵隊が使い物になるまでは、まだしばらく時を要する。一門や一家、あるいは一族、そうした門閥にとらわれず、臨機応変に動ける特別隊があれば戦略の幅が広がる。

その十太夫の建言は容れられた。ならばおまえが自ら特別隊を編成して指揮を執れ、と命ぜられてではあったが。

承知仕《つかまつ》りました。

そう答えた十太夫が真っ先に思い浮かべたのが川村今助である。

十太夫から相談を受けた今助が、ならば一緒に参りましょうと応じて向かった先が、白河から七里ほど北の須賀川だった。

その須賀川において、今助が懇意にしている妓楼「柏木屋」を本拠地に人集めを始めたのだが、わずか五日のうちに六十名近い人員が集まった。そのほとんどが周辺の博徒や侠客、そして山に詳しい猟師であった。奥州に立ち入る際には必ず仁義を切っておくべき、とされている川村今助の力は甚大だった。

参集した者には武州や常州から流れてきた博徒もいた。もとより縄張り意識の強い連中である。官軍を名乗り傍若無人を働く薩長を中心にした新政府軍に対して、端《はな》から反感を抱いていた。

そうして結成した自身の部隊を、十太夫は「衝撃隊」と名付けた。柏木屋を本陣として隊を組織し終えたところで、十太夫は今助とともにいったん仙台城下に戻った。衝撃隊の結成を復命したうえで、必要な資金、武器、兵装を調達するためである。

そのころにはすでに、衝撃隊の戦法を十太夫は決めていた。夜襲を旨とした奇襲部隊。それしかないであろう。であれば、大砲などの機動性に優れぬ武装は必要ない。小銃も援護射撃を担う猟師に持たせる数だけあればいい。長脇差《わきざし》一本と闇夜《やみよ》に紛れる黒装束。それを衝撃隊の兵装とする。

必要な装備の調達を終えた五月十五日の午後、荷運びの人足を率いて衝撃隊の須賀川本陣へ向けて出発しようとしていたところに、文十郎と恂太郎が見送りにやって来たのだった。

「ところで今助、おぬしも子分どもをまとめて、自分の隊を編成することにしたようだな」

「もうお耳に入っていましたか」

「この何年も、それが稼業《かぎょう》のようなものだったからな」

「恐れ入りました――」とうなじを掻《か》いた今助が言った。

「藩士のみでは兵員不足になるゆえ、侠客博徒で一隊を作ってくれぬかと、かねてより真田さまより申し付けられておったのですが、わたしら町人風情《ふぜい》がでしゃばるのもどうかと思いまして固辞しておりました。ですがこのたび細谷さまと須賀川まで同行させてもらいましたことで、お恥ずかしながら、ころりと考えが変わりました。この奥羽を守るためには、武士も町人も農民もございませぬ。ここはこの川村今助が一肌脱がずにどうするのだ、と思った次第にございます」

「なるほど。して、隊の名前はもう決まっているのか」

「いや、まだでございますが」

「そうか。ならば若生、おぬしが名付けてやらぬか」

十太夫が言うと、文十郎が眉を上げた。

「名前をつけるというのであれば、そこもとが名付け親になるのが筋であろう」

「人はそれぞれ得手不得手があるからな。学のある者が考えたほうがいい名前になるだろう」

「ならばおれが命名しようか」

「星、おぬしは引っ込んでおれ」

「引っ込んでおれはないだろう」

「いいから黙ってろ。で、どうだ、今助。この若生は、いまや奥羽越列藩同盟の軍務局副統取だ。名付け親に不足はあるまい」

「もちろんにございます」

ならば僭越《せんえつ》ながら、とうなずいた文十郎が、しばらく思案したあとで、腰に差していた矢立から筆を取り出し、懐紙を手にした。

筆を滑らせた文十郎が一同に訊いた。

「これでいかがか」

「聚義隊《しゅうぎたい》」

十太夫が読み上げると、文十郎が、さよう、とうなずいて付け加えた。

「義を聚《あつ》む。今助どのが率いる隊には相応《ふさわ》しいと思うのだが、いかがだろう」

「ほう、なかなかいいじゃないか」

「おぬしに訊いているのではない」

「なんだよ、褒めてやったというのに」

「して、いかがであろう、今助どの」

「恐悦至極にございます。この名前、ありがたく頂戴《ちょうだい》いたします」

「気に入っていただけてよかった」

口許《くちもと》を緩めた文十郎が、恐縮している今助に懐紙を手渡した。

矢立に筆を戻している文十郎に、十太夫は尋ねてみた。

「ところで若生、九条総督が京師に戻るという話は本決まりなのか。城下を離れる前に確かめておきたかったのだが」

「おれは反対したのだが、土佐どのらご執政は、お公家さまにはどうにも頭が上がらぬようだ」

珍しく皮肉を込めた口調で文十郎が言う。

「実際、どういう経緯だったのだ」

「庄内征討の応援と総督府の護衛を名目に、先だって肥前と小倉の藩兵が蒸気船で東《とう》名《な》浜《はま》に着いたのは知っているな」

「ああ」

「奥羽鎮撫《ちんぶ》の実効が上がらぬ事情を説明するため、九条総督自ら朝廷に罷《まか》り出でて申し開きをしたいとの希望で、その旨を昨日、総督が直接土佐どのに伝えたのだが、その席に前山もいたようだ」

「誰だ、その前山というのは」

尋ねた恂太郎に、

「前山清一郎。肥前の参謀だ」と文十郎が答える。

「そこまでは漏れ聞いている。で、その件についての列藩会議が今日開かれたのではないのか」

十太夫が訊くと、文十郎はうなずいた。

「さよう」

「で、会議にはおぬしも列席したのだろう？」

「うむ」

「どういう話になったのだ」

「前山と九条家諸大夫《しょだいぶ》の塩小路《しおこうじ》が結託したのではないかとおれは睨んでいるのだが、仙台を出たあと、盛岡から秋田を経て澤副総督と合流し、そのうえで上京となる見込みだ」

それを聞いた恂太郎が声を荒らげた。

「おい、それじゃあ、総督がここから逃げ出すのを認めることになるじゃないか。実質、総督は人質のようなものだろうが。それをなんで手放そうとする。いったいなにを考えてるんだ、土佐どのは」

「確かにおぬしの言う通りなのだ。実際、さきほどの列藩会議でも、総督の上京などもってのほか、むしろ澤副総督を連れ戻し、九条、澤、醍醐の三卿《きょう》は仙台に留めおくべきではないかと、反対の声が上がった。だが、土佐どのは、九条総督を信用すべきだとしていっかな譲ろうとしないのだ。おそらく、近日中に総督の希望通りになるだろう」

「なんとか阻止できぬのか」

十太夫が尋ねると、文十郎は苦り切った口調で答えた。

「無理だな、あの様子では」

「やってられねえぜ、まったく」と恂太郎が吐き捨てる。

「この件に関しては、おれもさすがに呆《あき》れ果てている」

深くうなずいた文十郎と恂太郎を見やりながら、この場にそぐわないと思いつつも、可笑《おか》しさが込み上げてならない。いがみ合っているかと思うと、いつの間にか息が合っている二人である。しかも見た目は、当人らが言い合っているように、まさしく、うどの大木と寸足らずだ。

「なにが可笑しいのだ」

恂太郎がいぶかしげに訊く。

「いや、出発前におぬしらに会えてよかったと思ってな」

そう答えた十太夫に、文十郎が真剣な口調で言った。

「よいな、無駄死にだけはするでないぞ」

「確かに。おぬしがいなくなると寂しくなる」

恂太郎もまた、真顔で言った。

「心配するな。武士道とは無縁の家に育ったものでな。戦なんぞで死ぬのはまっぴらだ」

ははは、と笑って十太夫は、文十郎と恂太郎、そして今助に背を向けた。

藩校に通えるような家には生まれず、心が通じ合える同輩とは出会う機会がなかったおれだが、友と呼んでかまわぬ相手が、この歳《とし》になってから一度に二人もできるとは思わなんだ……。

仙台城下と長町《ながまち》宿を隔てる長町橋を渡りつつ、細谷十太夫は、戦場に向かおうとしているというのに不思議と満たされた気分になっていた。

三

「喜べ土佐。肥後はおそらく我ら列藩に味方してくれそうだぞ。肥後藩の三名より京《けい》師《し》と大坂、江戸の情勢を詳しく聞いたが、新政府内でも薩長、とりわけ薩摩の突出を懸念している藩がだいぶあるようだ。先だっての軍議書の通り西南諸藩と手を組むことができれば、薩長を取り除けようぞ。その旨をしるした細川侯宛《あて》の親書を託すことにしたゆえ、宜しく頼むぞ」

——承知仕りました。それがしも肥後の古荘《ふるしょう》どのらとは幾度か面談いたしております。太政官への建白書を上呈する我らの使節と一緒に、蒸気船にて出立してもらう手《て》筈《はず》になっております。

「使節の人選は済んでおるのか」

——我が藩からは坂英力、米沢藩からは宮島誠一郎、この両名はすでに決まっております。

「いつごろの出発になりそうか」

——船の手配に手間取りましたが、幕府が所有していた大江丸が使える見込みになりましたゆえ、遅くなっても十日以内、五月中にはなんとかなるかと。

「できるだけ急ぐのだぞ」

——承知いたしております。

「ところで土佐。九条さまが転陣される前日のことだが、若生が会いに来た」

「さようでしたか。して、若生は何用で？」

「九条さまのご転陣には同意なされるな。そう進言されたぞ」

——さようですか。

「仙台城下に総督府があってこその列藩同盟、総督がいないのでは真の勤王を奉ずる奥羽越列藩同盟の大義が立たなくなると、そう言っておった」

──なるほど。

「なるほどなどと、いまさら納得してどうする」

──いや、いまさらではございませぬ。それくらい若生に言われずとも、十分に承知しております。

「若生はこうも言っておった。ご執政は、つまり土佐、おぬしのことだが、九条総督と肥前の前山、そして塩小路にまんまと騙《だま》されている、朝廷に罷《い》り出でて奥羽諸藩の実情を説明したいというのも、奥羽から脱出するための口実にすぎぬと。このたびのご転陣は九条さまたってのご希望であるのと、重臣会議にて了承されたことゆえ、若生の建言には耳を貸さなかった。だが、若生の主張には一理あると認めざるを得ぬのも確かだ」

──そうでございましょうな。いまの奥羽の情勢にあっては、いかに丁重に扱われていようと、捕らわれの身にすぎぬと九条さまも承知でございましたでしょうから。

「土佐」

──はい。

「おぬし、なにか隠しているのであろう」

——隠しているというほどのものではございませぬ。いずれはお屋形さまにも申し上げる腹積もりでおりましたことにございますので。

「いったいなんだというのだ。いま申してみよ」

——時期が到来するまでご勘弁願えぬでしょうか。

「だめだ、いま言え」

——仕方ありませぬ。ただし、薩長の耳に入ってはまずいことにございますゆえ、本決まりになるまではなにとぞご内密に。

「わかっておるから、もったいぶらずに申せ」

——輪王寺宮《りんのうじのみや》さまにございます。

「輪王寺宮さまか。宮さまはいま、上野の寛永寺にあらせられると聞いておったが」

——さようです、彰義隊とともに寛永寺にあらせられましたものの、新政府軍に攻め入られ、やむなく江戸を脱出したとの報せが、江戸詰めの大童信太夫より届いております。して、輪王寺宮さまは、どうやらこの奥羽に身を寄せたいと望んでおられるとのこと。

「それはまことか」

——間違いないでしょう。輪王寺宮さまは伏見宮邦家《ふしみのみやくにいえ》親王の第九王子にあらせられましてかの孝明天皇の義理の弟ぎみに、そしてまた、いまの帝《みかど》の叔父上にございます。我らがお招きするに、申し分なき御身分にございます。

「それはもしや、宮さまをこの奥羽越列藩同盟にお迎えして総裁に立てると、そういうことか」

——さようにございます。こう言ってはなんですが、九条さまのお家柄ではさすがにそこまでは難しいかと。

「待て、土佐。仮におぬしの言うようになったとしたら、いまの新政府とは別にさらに新たな政府をつくることに、いや、つまり、かつての南北朝の時代のように、天下を二分することになろうぞ」

——さようです。となれば、九条さまは我らにとってはむしろ邪魔。若生は、それがしが騙されていると申しているようですが、なに、騙されたふりをしただけにございます。九条さまが上京のうえ、約束通り奥羽の実情を朝廷に訴え出ていただけるのであれば、それはそれでよし。約束を反故《ほご》にされるようならば、そのような信用ならぬお公卿《くぎょう》など奥羽には必要にあらずと、そういうことです。

「いかん、それはいかん」

——なにがでございましょう。

「いまの政権から薩長を追い払い、衆議公論のもとに新たな国造りを目指すのが同盟の趣意であったはずだ。天下を二分しての戦など予は望んでおらぬ。万が一そうなってしまえば、この奥羽のみならず、日本国の全土にどれだけの血が流れるか、民百姓にいかなる塗炭の苦しみを与えることになるか、それを考えてみろ。だめだ、それだけは許さぬぞ」

――お屋形さま、どうか落ち着きくださりませ。なにも全面的な戦をしようとしているわけではござりませぬ。太政官への建白書上呈は決まりましたが、それにて薩長を政治の中枢から遠ざけられるかとなると、正直なところやはり難しいでしょう。そしてまた、古荘どのらは我らの同盟に賛意を示しておりますが、肥後のみならず、筑前や土佐、あるいは加賀、そうした諸藩が実際にどう動くかは、まだまだわからぬ話にござります。そこでです。寄らば大樹の陰と申します通り、同盟が名実ともに大きな力を持つことで、より多くの藩を我らのほうへとなびかせることができるはず。さきほどお屋形さまは天下を二分すると申されましたが、この国を真っ二つに割ろうという話ではござりませぬ。あくまでも幼帝を玉《ぎょく》としか扱わぬいまの新政府の奸策《かんさく》を暴《あば》きたて、薩長を孤立させるための方策にござります。この奥羽の地に真の勤王の政権があることを内外、つまり、日本国のみならず西洋諸国にも広く知らしめるためには、輪王寺宮さまをお迎えするのが切り札になる。そういう話にございます。うまく運べば、必要以上の血を流さずにすむことになりましょう。したがいまして、戦をするのが目的では決してございませぬ。

「なるほどそうか。玉虫だな。玉虫左太夫の建策なのだな」

――もともとは、さようにございます。

「わかった。おぬしらを信用しよう」

――ありがたきお言葉。この土佐、老骨に鞭《むち》打って、粉骨砕身、お屋形さまのために身を捧《ささ》げる所存にございます。

「わしのことはどうでもいい。民のために最善を尽くせ」

――心得てございます。

「もう下がってよいぞ。わしは疲れた、少し休むことにする」

――かしこまりました。ごゆっくりお休みくださいませ。

攻防

一

会津謝罪降伏の説得におもむく途中で立ち寄って以来、景祐《かげすけ》にとっては久しぶりの米沢城下だった。伴っているのは、あのときと同じく横田《よこた》官平《かんぺい》である。そのおりの働きぶりが認められ、いまは奥羽越列藩同盟の軍務局副統取並に取り立てられて、景祐を補佐していた。

上山《かみのやま》で一泊した景祐と官平は、朝五ツ（午前八時）に旅籠《はたご》を出たあと、昼をあいだにはさんで駕籠《かご》に揺られ、昼八ツ（午後二時）を少しすぎたところで、米沢城下の北端の柵、北町の番所に到着した。

番所の前で駕籠を降り、役人に来意を告げた。仙台から使節が行くことは、先乗りの使者によってすでに伝えてあった。景祐と官平は前後を衛兵に守られ、落ち着いた風情《ふぜい》の城下を徒歩で米沢城に向かった。

官平とともに米沢城下を訪ねたのは四月の上旬だった。それから今日まで、閏《うるう》の四月を入れて三月とちょっとしか数えていない。しかし景祐には、ずいぶん遠い昔のことのように思われてならなかった。

歩を進める地面からは、雨上がりの土の匂《にお》いが濃厚に立ち上がってくる。

昨日、仙台を発《た》ったときに降りしきっていた雨は、明け方にはあがり、強い日差しが降り注いでいた。

「だいぶ蒸しますな」

首筋に浮いた汗をぬぐいながら、官平がまぶしそうに空を見やる。

「このところずっと雨続きであったことを思えば、贅沢《ぜいたく》は言えぬだろう」

「確かに」

そう言って官平は深くうなずいた。

感慨深そうなうなずきには、それなりの理由がある。まずは、今年の初夏からの長雨が、田畑の実りをさまたげることが懸念《けねん》された。大きな飢饉《ききん》を引き起こすほどまでの寒冷な気候ではないものの、このまま空がぐずつき続ければ、今年の豊作は見込めないであろう。

それ以上に懸念され、実際に災いをもたらしているのは、白河城をめぐる新政府軍との攻防であった。

細谷十太夫《ほそやじゅうだゆう》が、仙台肴町《さかなまち》の俠客川村今助《きょうかくかわむらいますけ》の助けを借りて編成した「衝撃隊」を指揮するために仙台を発ってから、ひと月以上が経過しているのだが、奥羽越列藩の同盟軍は、いまだに白河城を奪回できていない。

最大の理由は兵装の差であった。星恂太郎《ほしじゅんたろう》が言っていたとおりに、新政府軍の火力が同盟軍のそれよりも勝っているのは明らかだ。たまさか入ってくる報告や、仙台城下に帰還を余儀なくされた負傷兵からの聞き取りによれば、新政府軍の所持する大砲も小銃も、射程が長いうえに威力も強い。

加えて恨めしいのは、この長雨だった。仙台藩もそうだが、同盟軍には洋式銃がまだ十分にいきわたっていない。多くの兵が携えているのは和銃である。雨中の戦闘では火縄が濡《ぬ》れて容易に発火しない。

それならそれで戦いようもあるはずなのだが、戦略面そのものに苦戦の原因があるのも間違いなさそうだった。

これもまた恂太郎が案じていたように、白河口の総督を務める会津藩の家老、西郷《さいごう》頼母《たのも》に問題があるように思われてならない。だが、景祐が実務を取り仕切っている軍務局の意向だけでは首を挿《す》げ替えることができなかった。

奥羽越列藩同盟の盟約書において、大事件、つまり軍事については列藩で集議して公平の旨《むね》に帰すべし、と謳《うた》われたうえで、細微は則《すなわ》ちその宜《よろ》しきに随《したが》うべきこと、などと、なんとも曖昧《あいまい》な記述に終わっているからである。

米沢の宮島誠一郎《みやじませいいちろう》の粘り腰に負けて、あの条項を変えるべきではなかったと、いまの景祐は後悔していた。原案の条項通り、軍事の機会、細微の節目等は衆議に及ばず、大国、つまり仙台藩の号令に随うべきこと、としておけば、西郷頼母はとうに更迭《こうてつ》できている。

実際景祐は、何度か列藩会議に総督の交代を諮《はか》っていたが、白河口の総指揮を会津に任せている以上、やはり会津の意向を尊重すべきであろうと却下されていた。白河城を新政府軍に奪われたこと自体が西郷頼母の大失策だと景祐は思っているのだが、なぜかそうは考えていない列藩の重臣が多いのである。あるいは、確かに失策ではあったが、ここは武士の情けで挽回《ばんかい》の機会を与えるべき、さすれば西郷どのは一念発起し、必ずや戦果を挙げるであろうと、まるでひとごとのようにのたまう者もいた。

白河城を奪われた際、新政府軍が七百あまりの兵力だったのに対し、同盟軍には三千の兵がいた。数的に有利であったにもかかわらず負けたことにこそ注目すべきだったはずなのだが、そうはならず、数の優位をもってすればすぐにも白河城を奪還できるとの意見が優勢を占めた。

ところがこのありさまである。白河城奪還のための総攻撃を、これまでに四度試みているが、いずれも退けられており、仙台藩兵の戦死者も優に百を超えている。そうしているうちにも、新政府軍の応援部隊が白河城に続々と入りつつあった。

もっとも新政府軍側にしても、白河でこれだけ足止めを食うとは、当初は思っていなかっただろう。個々の戦局においては優勢を保ちつつも、兵糧《ひょうろう》や金穀、軍夫や人足の確保には苦労しているはずだ。

ともあれ、このまま手をこまねいていれば、ときが経《た》つほど情勢は悪化の一途をたどる。やはりどう考えても、同盟軍の指揮系統を一本化する必要があった。なすべきことはわかっているのだが、思うように事が運ばない。大筋では確かにそうだと誰もが言うのだが、それぞれの藩の思惑が複雑に交錯して、話が容易にはまとまらないのである。かつ、同盟への忠誠心にも、明らかにばらつきがあった。

とりわけ気をつけなければならないのは、列藩同盟の結成時から逡巡《しゅんじゅん》が見られていた秋田藩である。その後の列藩会議での、なかなか煮え切らない秋田藩重臣らの様子を目の当たりにしているだけに、同盟からの離脱などせぬよう、なんらかの形で釘《くぎ》を刺しておく必要があると、このところ、景祐は考えていた。

そんなおり、暗雲が立ち込め始めていた奥羽の地に、一筋の光明が射《さ》した。

時期は少しばかりさかのぼる。白河城奪回のための三度にわたる総攻撃がことごとく失敗したという、予期していなかった報《しら》せに列藩会議所が騒然とした翌日、六月四日の夕刻のことだった。

ご執政がお呼びです、との伝言を受け、二の丸の御奉行詰所に出向いてみると、筆頭奉行の但木土佐《ただきとさ》と軍務局統取の玉虫左太夫《たまむしさだゆう》が景祐を待っていた。

前日は、白河城奪還ならず、の報に愕然《がくぜん》として顔色を失くしていた土佐が、今日はまるで人が変わったように、上機嫌で景祐を迎えた。

「おお、よく来た。待っておったぞ」

いったいなにごとなのだと、土佐の隣を見やったものの、左太夫も土佐ほどではないが、意味ありげに頬をゆるめている。

左太夫と目配せをした土佐が、満面に笑みを浮かべて口を開いた。

「よい報せと、悪い報せがある。おぬし、どちらから聞きたい？」

普通、そんな尋ね方はしない土佐である。なにを浮かれているのかはわからぬが、よほど嬉《うれ》しいことがあったに違いない。

「どちらからでも」

　景祐がそっけなく言うと、土佐は不満げに顔をしかめた。

「相変わらずつまらぬ奴だな」

「では、よくないほうから」

「もう少し愛想や愛嬌《あいきょう》というものがあってもよかろうに」

「ここで愛嬌をふりまく理由はございませぬので」

　くっくっと、喉《のど》の奥で小さく笑っている左太夫をひと睨《にら》みしてから土佐が言った。

「坂英力《さかえいりき》が江戸より戻った。大江丸で江戸に着いたものの、上野の騒動で混乱を極めておって、大総督府を通して建白書を上奏できるような状況にはなかったらしい。で、米沢の宮島らを直接京師に向かわせることにして自分は引き返してきたと、さきほどお屋形さまに復命したばかりだ」

「建白書の上呈そのものが危ぶまれる。そういうことにございますか」

「どうなるかは、正直なところわからぬと英力は言っておった」

「わかりました。このような情勢下にあっては仕方ありますまい。それで、よいほうの報せとは」

「二つある」

にっと笑った土佐が続ける。

「まずは、新潟港の開港に漕《こ》ぎつけることができて、米沢藩に管理を任せることになった」

「それは朗報にございます。武器と弾薬の調達の段取りをつけますゆえ、のちほど、金子の手当ての御決裁をいただきに、人を遣わします」

うむ、とうなずいた土佐に、

「で、よいほうの二つめとはなんでございましょう」

「聞いて驚くでないぞ」

「聞いてみなければわかりませぬ」

「若生《わこう》」

「はい」

いやいい、と言った土佐が、軽く咳払《せきばら》いしてから言った。

「上野寛永寺の戦火から逃れた輪王寺宮《りんのうじのみや》さまが、ご無事でこの奥羽の地にご下向された。榎本釜次郎《えのもとかまじろう》の艦隊の助けを受けて常陸国《ひたちのくに》の平潟《ひらかた》にご上陸あそばされ、いまは会津に向かっているとの報せが、ついさきほど本宮《もとみや》から届いたばかりだ。輪王寺宮さまを我ら列藩同盟にお迎えできれば、薩長の奸賊《かんぞく》を退け、真の勤王を天下に示す旗頭になろうぞ」

「……」

「どうだ、さすがに驚いたであろう」

「……御奉行」

「どうした。怒っておるのか、その顔は」

「その話、もしかしたら、これまで隠しておったのではございませぬか」

「いや、隠していたわけではない」

「玉虫どの。そこもとも御奉行と結託しておったのでしょう」

　景祐の指摘に左太夫が顔をしかめた。

「おいおい、若生。結託などと人聞きの悪いことを言うな。輪王寺宮さまが寛永寺から逃れたという話を聞いてはおったが、果たして本当に薩長の追手から逃れられるかはわからぬことであったゆえ、早まって大っぴらにするわけにはいかなんだのだ。大いに期待を持たせておいてやっぱりご下向には至らなかったとなると、かえって同盟の士気は下がるであろう」

「周知をはからずとも、あらかじめ私に教えておいていただければ、列藩会議をもう少しうまく御することができていたはずにございます」

「おぬしの機嫌を損ねたのなら謝るゆえ、まあ、聞いてくれ――」

会津にしばらく滞在したあとで米沢入りをした輪王寺宮に、奥羽越列藩同盟からの願い事を言上するため、土佐の命を受けた景祐は、横田官平を伴って米沢城下にやって来たのだった。

景祐と肩を並べて歩きつつ、官平が言った。

「こころなしか、以前訪ねたおりと比べて、城下の様子が浮かれているとは言えぬまでも、切迫したご時世のわりには明るさが見受けられますな。やはりこれは、輪王寺宮さまがおいであそばされたことで、城下の士気が上がっているのでございましょう」

その官平の感想には、景祐も異論がなかった。

二

景祐と官平に加え、会津藩と米沢藩からもそれぞれ二名ずつ、あわせて六名の使節が、米沢城にて輪王寺宮への言上を許された。といっても、いずれも家老職にはない一介の藩士である。皇族との直接の謁見《えっけん》が許されるはずもなく、輪王寺宮の執当職である覚王院義《かくおういんぎ》観《かん》という僧と、宮の家臣の鈴木《すずき》安《あ》芸守《きのかみ》の二名が、景祐らの応接に当たった。

　輪王寺宮への献上物を納めたあと、使節を代表して景祐が述べた。

「このたび、仙米会《せんまいかい》の我ら使節は、奥羽越列藩同盟の衆議のもとに決しました宮さまへのお願いを奉ずるために参上仕《つかまつ》りました次第にございます。宮さまにおかれましては、ただちに仙台においでになられ、列藩同盟の策源地であります白石城にご入城なされ、仮御殿としてお住まいくださいますれば、このうえなき幸せにござります。そのうえで列藩同盟といたしましては、ぜひとも宮さまに同盟の総帥《そうすい》となられ、我らの指揮を執っていただきたくお願い奉《たてまつ》る次第にございます。この我らの願いを、宮さまにおかれましてはなにとぞお容《い》れくださいますよう、伏してお願い申し上げる次第にござります」

　景祐が言い終えると、

「宮さまにお伝えいたそう」

　そう言った覚王院が席を外し、廊下へと出て行った。

　奥の間にあらせられる輪王寺宮さまにお伺いを立てて参る、という話であったが、奥の間とは、襖《ふすま》一枚隔てただけの隣室であるのが気配でわかった。おそらく輪王寺宮は、この場のやり取りを聞いているのであろう。だが、覚王院と輪王寺宮がどのようなやり取りをしているのかは、よほど声を潜めているらしく、まったくわからない。

ほどなく覚王院が戻って来て、景祐たちに言い渡した。

「宮さまにおかれましては、仙台藩に身を置くことについては御異存ないとのご意向であらせられます」

ありがたきお言葉にございます。

　そう言って、景祐ら使節は平伏した。

　しかし、と覚王院が続けた。

「仙台、白石とも、住まうのは寺院が好ましいとの仰《おお》せにあらせられます」

「畏《かしこ》まりました。そのように手配させていただきます」

即座に景祐は答えた。

列藩同盟の盟主とあらば、白石城に居住してもらうのが望ましい。それが同盟の希望であったが、寛永寺の貫主であった輪王寺宮が難色を示すことも予想された。その際には、仙台の宮町、東照宮の別当寺で上野寛永寺の末寺でもある仙岳院《せんがくいん》に迎える手《て》筈《はず》になっていた。事実、その公算が大きかろうとの推測のもと、仙岳院には輪王寺宮の御座所を建築中だ。

「さらに宮さまにおかれましては――」と覚王院が続けた。

「列藩同盟の盟主については、お引き受けできぬとのことであらせられる」

その言葉に景祐は、米沢、会津両藩の使節と、そして官平と顔を見合わせた。輪王寺宮を列藩同盟の盟主と戴《いただ》いてこそ、薩長との戦の大義が立つ。

ここはなんとしても引き受けてもらわねばならぬ。

覚王院に向き直った景祐は、

「なにゆえ、お引き受けいただけぬのでございましょうか」と尋ねた。

「僧侶《そうりょ》の身であり、その任ではない。さように仰せです」

「お待ちください。畏《おそ》れながら拙者、宮さまに直接言上仕りたく、伏してお願い申し上げる次第にございます。宮さまへの拝謁をなにとぞお許しくださいませ」

応接の座敷に緊張が走った。

下げた頭の先で、覚王院と鈴木が小声でささやきかわしている。

しばらくして、覚王院が口を開いた。

「江戸から御身一つで命からがら逃れて来られた宮さまのご心情をお察しなされ。いまの宮さまには、心静かにお過ごしになられる場が必要であらせられる。よろしいですな」

伏していた顔を上げた景祐は、声に力を込めて言った。目の前の二人にではなく、襖の向こうの輪王寺宮に向けてである。

「畏れながら申し上げます。宮さまにおかれましては、薩長の奸策《かんさく》によって朝敵に仕立てられました徳川慶喜公への寛大な処置を求めるため、大変なご尽力をなされたと聞いております。その際、駿府において東征大総督の有栖川宮《ありすがわのみや》さまからお受けになられた屈辱、決してお忘れになられてはおられぬはず。さらに申し上げますれば、このたびの薩長のように、ご幼帝を玉《ぎょく》として手中に収めてこの世を乱し、天下をほしいままにするような奸賊を退け、朝廷を清明なものにただすために東国にあらせられますのが、比叡山、東叡山、そして日光山の三山を管掌される輪王寺宮さまとしての、そもそものお役目にございます。そのお役目をなにとぞご貫徹なさりますよう、あらためましてお願い奉る次第にございます」

「これっ、なにを言うか。無礼にもほどがある！」

青ざめた顔で鈴木安芸守が言った。

「無礼とは誰に対してでございましょうか。宮さまは奥の間にあらせられて、いまの拙者の、襖を相手の戯言《ざれごと》など、聞こし召してはおられぬはずですが」

平然と言ってのけた景祐の耳に、軽やかな笑い声が聞こえてきた。

その声が襖の向こうで言う。

「鈴木、襖を開けよ」

「いや、宮さま、それは……」

「かまわぬ。その者の顔を見たい。襖を開けよ」

はっ、と声を発した鈴木が、襖の引手に手をかけた。

景祐ら六名の使節は、輪王寺宮の姿が現れる前に深々と平伏した。

敷居の上を滑る襖の動きが止まったところで、柔らかな声がした。

「そのほう、名はなんと申す」

「若生文十郎《ぶんじゅうろう》と申します」

「襖へのそちの戯言、愉快に聞かせていただきました」

「申し訳ございませぬ。数々のご無礼、なにとぞお許しくださいませ」

「なに、襖はなんとも思っておらぬようです。もともと耳を持っておりませぬゆえ」

ははは、と小さく笑った輪王寺宮が、

「そのほうら、面を上げよ」と命じた。

ははっ、と答えはしたが、景祐らは、変わらず平伏し続けた。

「かまいませぬ。そちの顔を見たい。遠慮は要らぬから、面を上げなされ」

穏やかな声でうながされた景祐は、ゆっくりと頭を上げ、身をただした。

初めて見る輪王寺宮は若かった。若くはあるものの、皇族としての威光と、そして年齢以上に老成したような落ち着きが、その身の隅々に感じられた。

覚王院が言ったように、東征大総督府の兵に追われ、身一つで江戸から脱出してきた輪王寺宮は、その道中でどれだけの辛苦を味わったか、察して余りあるものがあった。おそらくは、食うものも食わず、粗末な身なりに身を窶《やつ》し、深い泥濘《ぬかるみ》のなかを、自身の足で這《は》いつくばるようにしての逃避行だったに違いない。しかし、その辛《つら》さを微塵《みじん》も感じさせない穏やかで落ち着いた佇《たたず》まいには、深く頭が下がる思いがするとともに、景祐の目頭が熱くなった。

「さきほど覚王院から伝えた通り、この先は仙台にて世話になることにいたします。奥羽越列藩同盟の盟主にという話は、さすがに重大事につき、いまこの場ですぐには返答できませぬが、とくと考えてみることにいたしましょう。それでよろしいですかな」

親しげな口ぶりで、輪王寺宮は景祐に言った。

こうして謁見がかなったうえに、とくと考えてみるということは、同盟の申し出を輪王寺宮は内諾したものと受け取ってよさそうだった。

胸中で安堵《あんど》の息を漏らしながら景祐は、じきに北の帝《みかど》となるであろう若き法親王に、再び平伏した。

三

慶応四年七月一日未明。

細谷十太夫は白河城を目指し、部下とともに暗がりの山中を移動していた。

博徒や侠客、山立猟師といった、寄せ集めではあるものの肝の据わった者たちで編成された「衝撃隊」を率い、同盟軍に身を投じてから、すでにひと月以上が経っている。

我らが本気になれば、白河城は容易に奪還できようぞ——確たる戦略を持たないいままに威勢よく大見得をきり、数では勝っていたはずの同盟軍をここまでの苦境に追い込んだのは、いったいどこのどいつだ。

いや、どこのどいつかはわかっている。白河口の軍事総督を務める会津藩家老、西郷頼母が張本人だ。

十太夫が率いる衝撃隊は、十一名から十二名の小隊が合計六小隊、総勢七十名あまりで編成された特別隊である。仙台藩では、おおむね四十名前後で一小隊が編成されるのだが、それに比べるとはるかに規模が小さい。奇襲と夜襲を旨とする隊にあっては、小回りが利《き》いたほうがよいからだ。事実、これまでの戦闘において、衝撃隊は劣勢の同盟軍にあって、唯一《ゆいいつ》気を吐いている戦隊として、敵と味方双方にその名を轟《とどろ》かせていた。

鴉組《からすぐみ》——衝撃隊に与えられた別名である。

そう呼び始めたのは、新政府軍の兵たちであった。

白河城に結集している新政府軍の目的は、あくまでも会津討伐である。白河城を守りつつも、常に北進の機をうかがっている。一方、白河城の奪還を目指す同盟軍の本陣は、白河から北へ七里の須賀川《すかがわ》宿に置かれている。そのため、双方の本陣間のあちこちで、頻繁に小競《こぜ》り合《あ》いが起きていた。

そうした小規模な戦闘において、もっぱら夜襲で攻撃を仕掛けてくる十太夫の衝撃隊は、新政府軍の兵から恐れられていた。事実、これまでのひと月で、十度以上に及ぶ出撃を決行しているが、すべての戦闘において新政府軍の部隊を殲滅《せんめつ》している。

衝撃隊が動くのは暗闇《くらやみ》のなかだけではなかった。同盟軍の斥候役を一手に引き受けている。撃退すべき敵の部隊がどこに潜んでいるかを見定めるため、日中には山の頂や尾根に登って偵察をすることが多い。そんなおりの衝撃隊は、黒と紺の装束に身を固めていることで、遠目にはまるで鴉が羽を休めているように見えるらしい。それでついた呼び名が「鴉組」であった。

独自に動く戦闘では全戦全勝の衝撃隊ではあったが、隊員の損耗は激しい。これまでに試みてきた同盟軍による白河城への総攻撃においては、衝撃隊が先鋒《せんぽう》となって突入し、敵を攪乱《かくらん》したところに本隊が続くという戦法で戦ってきたからである。衝撃隊にならって先鋒を引き受けようとする部隊がほかにいないのだから仕方がないのだが、隊員らはそれをむしろ誇りとしていた。

恐れを知らぬ戦場での働きぶりが認められ、中途より軍議への参加を認められるようになった十太夫であるが、これでは勝てる戦も勝てぬぞと、眉《まゆ》を顰《ひそ》めざるを得ない場面が多い。

そもそも、せっかく抑えた白河城を、五月一日の戦闘で新政府軍に奪われたことが最大の失策だ。

負け戦の元凶はやはり西郷頼母だった。

当時、白河城内でもたれた軍議において、周辺の地形に通じている棚倉藩の老中は、白河城から五里ほど南の芦野《あしの》に新政府軍が陣を張っていることから、双方のほぼ中間に位置する白坂、境明神の峠に防御線を設けるべきだと強く進言したという。その案には、実戦経験が豊富な旧幕軍、新選組の斎藤一《はじめ》や純義隊の小池周吾も賛同した。ところが総督の西郷頼母は、その作戦を容れなかった。白河に兵を集中させ、敵の攻撃を真正面から堂々と受けて立つ。そう主張して譲らなかったらしい。結果、同盟軍は白河城に座して、斥候を出すことすらせずに、戦闘に突入した。

打ち物を手にしての白兵戦で決着がつくような関ヶ原のころであれば、それでもよかったであろう。だが、砲撃と銃撃が主体となる今の戦に通用するような戦法ではない。しかも、大砲も小銃も、火力自体が新政府軍に比して大きく劣っている。それに加えて、同盟軍は天にも見放された。降りしきる雨が、同盟軍の兵の多くが所持する火縄銃を使えなくした。

結果、三方向から迫り来る敵兵を押しとどめるべく、やむなく、そして闇雲に突進しては、敵弾の餌食《えじき》となる光景があちこちで繰り広げられ、同盟軍は大量の戦死者を出して敗走した。それが五月一日の戦闘の実態だった。

それ以後、これまでに五月に三度、六月に二度、あわせて五度にわたり、白河城奪回のための攻撃が同盟軍によって決行されてきたが、いずれも失敗していた。新政府軍との火力の差はやはり大きい。さらに、日が経つにつれ、敵の増援部隊が白河城に続々と入ってくる。

ここまでの戦況を振り返って十太夫は思う。

同盟軍と言えば聞こえはよいが、諸藩の寄せ集め部隊であるのは否《いな》めない。その弱点が如実《にょじつ》に出たのが、先月、六月十二日払暁《ふつぎょう》に決行された第四次攻撃だった。

それまでの三度の総攻撃をことごとく撃退され、これはさすがに容易ではないと腹を括《くく》った同盟軍は、西郷頼母の総指揮のもと、仙台、会津、二本松、棚倉、相馬中村、福島ら総勢四千五百の大軍で攻め入った。

大松澤掃部之《おおまつざわかもんの》輔《すけ》率いる仙台勢は、激戦の末、白河城へ迫ること東に半里、富士見山の麓《ふもと》に位置する鹿島の敵陣を制圧した。が、そこで棚倉勢が総崩れとなって敗走したため、前後を敵に挟まれる形になり、多くの仙台兵が戦死した。

その戦闘では、衝撃隊も苦戦を強いられた。例によって先鋒を務めることになり、夜明け前に出陣した十太夫らは、暗がりに乗じて敵陣のあいだを縫い、鹿島神社の北側に面した丘陵まで進出して、手筈通り後続を待った。だが、いくら待ってもいっかな味方がやって来ない。結局、桜岡の丘陵に孤立する形になり、正午ごろまで踏みとどまって戦闘したものの、苦戦のなかで敗走した。大松澤の部隊も十太夫の隊も同じで、他藩の部隊との連携が取れぬままに孤立したり混乱したりしたすえ、敗退を強いられることになったのである。

そうしているうちに、棚倉城が落城したとの報せが届いた。棚倉城は白河城と新政府軍の上陸地である平潟の中間に位置しているため、新政府軍にとってみると、早々に排除すべき対象となっていた。援軍を得て兵力を増強した新政府軍は、六月二十四日の未明、棚倉城を急襲した。仙台藩からは佐藤宮内《くない》の大隊が棚倉兵とともに防戦に努めたものの、兵装の差はいかんともしがたく、棚倉城に火を放っての退却を余儀なくされた。

棚倉城落城の急報を受けた同盟軍は、五度目となる白河城への総攻撃を試みた。棚倉方面に兵を割いたことで、新政府軍の防御が手薄になっているはずだと判断したのだ。

だが、焦《あせ》りのあまり急ぎすぎた。ようやくかき集めた二千の兵で攻め入ったものの、同盟軍の動きを予測して守備を固めていた新政府軍にあっさり撃退された。

このときの総攻撃に、衝撃隊は加わらなかった。戦闘を始める前から敗退が目に見えていたからだ。最大の敗因は戦略の問題以上に、兵たちの士気がまったく上がっていないことだった。首脳部が出陣を急《せ》かしすぎた。急ぐあまり十分な軍議もなされないまま、末端の兵たちが混乱した状況での出陣となったのである。これでは勝てるわけがない。実際、まともに戦わずにさっさと逃げ帰る兵が続出した。

　ここでなんとしても踏みとどまらなければ、白河城の奪還は不可能となる。六月二十九日の午後、全軍態勢を立て直したうえで、七月一日の払暁をもって総攻撃せよとの通達が各部隊に届いた。

　通達が届いたおり、白河城の西方に展開していた十太夫の衝撃隊は、会津、二本松の諸隊と詮議《せんぎ》し、白河城のほぼ真西、一里弱の米村口から扇形に散開して討ち入ることに決した。

　例によって先鋒を務めるのは衝撃隊である。会津と二本松の兵に先立ち、いち早く移動を始めたいま、闇夜に紛れて白河城を目指しているのだった。

　長引いている白河城をめぐる攻防戦に、そろそろ決着をつけるべきときがやってきていた。

四

まだ東の空が白み始める前のことである。

十太夫らの行く手に篝火《かがりび》が見えた。

最初、ちらちらと揺れていた小さな炎が、闇夜のなかで急速に大きくなっていく。

「ありゃあ、小《こ》田《た》川《がわ》の篝火とは違いますぜ」

衝撃隊の第一小隊長、武《む》藤《とう》鬼《き》一《いち》が十太夫の隣で言った。

同盟軍が掌握している小田川の領民たちは、夜な夜な陣中の篝火を焚《た》くとともに、徴発に応じて人足を差し出し、兵糧をかき集めて同盟軍のために便宜をはかっている。嫌々ながらも協力せざるを得ないというのが本音には違いないが、新政府軍にやって来られるよりはまだましだ、ということなのだろう。

奥州街道の小田川宿は、白河城までわずか一里半ほどしか離れていない。新政府軍に攻め入られた町や村は、あらゆるものが分捕られ、家屋は焼き払われる。子女は犯されたうえに殺される。それがただの噂《うわさ》ではないことを、白河方面から逃げのびてきた者たちから聞いて知っているのだ。

「細谷さま。ありゃあきっと、味方が白河城に火を放ったに違《ちげ》えねえ」

鬼一の隊に所属する博徒、和田平助《わだへいすけ》が言った。

「んだ、間違いねえ、確かに白河城だべ。本道口から夜襲ばかけたんだべや」

誰かの声に、んだんだ、きっとそうだと、期待を込めた声が錯綜《さくそう》する。

本道口というのは奥州街道のことで、仙台藩の本陣は須賀川宿に置かれ、参謀の増《ます》田《だ》歴治《れきじ》が指揮を執っていた。

白昼まともにぶつかり合ったのでは、新政府軍の火器の威力に歯が立たないと、ここまでの戦闘でさすがに思い知らされている。増田指揮下の仙台兵が思い切って夜襲をかけたのであれば、この機に乗じて突撃すれば十分に勝機がある。

「ぎりぎりまで近づいて、一気に突撃する。皆に伝えろ」

十太夫は衝撃隊の軍監、安藤忠吉《あんどうちゅうきち》に命じた。

「わかり申した」

答えた忠吉が背後に続く部隊に指示を出すと、かしゃり、かしゃりと、金属の音が響き渡った。

小銃に弾を込める音である。

衝撃隊単独での夜襲の際には銃を使わないが、今日のような総攻撃においては、やはり銃が必要となる。衝撃隊が所持している銃は、ほとんどが倒した敵兵からの分捕り品である。よって、すべてが元込め式の施条銃で、イギリス製のスナイドル銃が多く、少数ながら七連発のスペンサー銃もあった。

とはいえ、銃を使うのはあくまでも緒戦の遠距離銃撃戦の局面だけである。無《む》暗《やみ》に銃を放つと、分捕り品ゆえ弾薬がすぐに足りなくなるからだ。

斥候を出して敵の位置を見定め、あるいは見当をつけたあと、先鋒を務める衝撃隊が銃撃によってまずは敵の前進を阻《はば》む。相手を釘付けにしておいたところに、後続の部隊が到着する。銃での応戦を後続部隊に任せた衝撃隊は、大きく散開して敵に忍び寄り、不意を衝《つ》いて斬《き》り込み敵陣を攪乱する。その際、持ち弾が尽きているようだったら銃など捨てろと隊員たちには言っている。撃てない銃など斬り合いでは邪魔になるだけだ。

この戦法で、これまでかなりの数の敵兵を斃《たお》してきた。火力に勝る相手には、この方法で挑むのが一番だ。軍議のたびに十太夫は言っているのだが、ほかの隊で採用したという話は聞いたことがない。だが、どうやら、ようやく本道口でも、同様の奇襲戦法を実施したようだ。

東の空が白み始めたところで、斥候に出していた卯《う》三郎《さぶろう》が戻って来た。マタギ衆と呼ばれる福島の猟師だ。

隊の前進を止めて状況を聞く。

「様子がおがしいっけや」

難しい顔をして卯三郎が言う。

「どうおかしいのだ」

十太夫が訊《き》くと、

「城は燃えでねえようでがす」

「燃えてないだと」

「こっつ側から見だ限りは」

「煙は？」

「なんも上がってねえだす」

どういうことだ、と十太夫は考えこんだ。

暗いうちに目にした炎は、かなり大きく燃え盛っていた。その後、鎮火したとしても、くすぶる煙くらいは見えるだろうに……。

あの炎は白河城から出ていたのではなかったというのか……。

十太夫らは白河城の西南方向に五町あまりの、天神町付近まで接近していた。

「城壁の外に敵はいるか？」

「さっきたは見当たらねがったすな。静がなもんだす」

それもおかしな話だ。

白河城が本道口から夜襲を受けたのだとしたら、それ相応に混乱をきたしているはずで、城中が静まりかえっているわけがない。

十太夫は、鳩尾《みぞおち》のあたりにちりちりと嫌な感触を覚えた。

だが、ここまで敵陣に接近した以上、攻撃を中止するわけにもいかない。

「突撃する。おれに続け」

そう言った十太夫は、背負っていたスペンサー銃を手にして、撃鉄を半分起こし、引き金部分のレバーを操作して薬室に実包を送った。七連発の銃だが、弾倉に入っているのは五発だけ。予備の弾はない。五発撃ち尽くしたら捨てるつもりでいた。

城壁まであと三町に迫ったところで、右手の方角で銃撃が始まった。二本松兵が展開している付近だ。続いて左翼の会津兵の側でも撃ち合いが始まり、払暁の空に銃声が響き渡る。

中央を突き進む衝撃隊に向かって銃撃が始まったのは、城壁までわずか一町、天神山に築かれた胸壁に接近したところでだった。

くそっ、あと少しで城内に突入できたのに……。

「撃て！」

銃の撃鉄を最後まで引き上げながら十太夫が叫ぶと同時に、その場に伏臥《ふくが》して、あるいは手近な掩体《えんたい》に身を寄せた隊員たちが応戦を始めた。

たちまち銃声と硝煙の匂いが周囲に立ち込める。

まだ薄暗いせいで、敵兵が発砲するたびに、銃口から橙色《だいだいいろ》の火炎がほとばしる。

その火炎に狙《ねら》いを定め、一発ずつ銃弾を撃ち込んでいく。命中しているか否かは、この明るさでは判然としないが、敵の弾幕が思ったよりも薄い。もしかしたら、白河城に入ったばかりの藩兵で、まだ戦闘に不慣れなのかもしれない。

敵の援軍が来る前、いまが好機だ。

三発、撃ったところで、

「前進！」

そう叫んで、小走りに十間ばかり前進し、井戸の陰に身を隠した。

仲間の兵たちも一斉に前へと動き始める。

さらに一発撃って、様子を窺《うかが》う。

じりじりと間合いを詰めてくる衝撃隊に恐れをなしたらしく、胸壁を離れ、城壁のなかへと逃げていく兵が出始めた。

あと一息だ。城内に乱入しさえすれば、新政府軍から鴉組と恐れられるおれたちの本領を、思う存分発揮できる。

敵の応戦がつかの間止《や》んだところで、井戸の背後から躍り出つつ、十太夫は叫んだ。

「突撃！」

おーっ、という雄《お》叫《たけ》びとともに黒装束の一団が、ある者は銃を撃ちながら、またある者は抜き身の刀を振りかざしながら、白河城を目指して押し寄せていく。

慌《あわ》てふためいた敵兵たちが、散り散りになって逃げ惑う。

十太夫に追い詰められた兵が小銃を捨てて刀を抜き、必死の形相で斬りかかってきた。

十太夫の銃が火を噴いた。

胸の中央に鉛弾を受けた兵が、大の字になって吹き飛ぶ。その隣にいた兵が目を吊《つ》り上げ、刀の切っ先を十太夫に向けて突っ込んで来た。弾が切れたスペンサー銃を、相手めがけて投げつけると、銃床がまともに敵兵の顔面を打ち、ぎゃあ、と声を上げつつ顔を押さえて膝《ひざ》を折った。立ち上がろうとした兵に向け、抜いた刀を薙《な》ぎ払う。刃を受けた敵兵が、首筋から血しぶきを上げて前のめりに倒れ伏した。

ほかに兵はいない。十太夫の周辺から敵兵の姿が消えている。

これなら城中に突入できるぞ。

そう思った刹那《せつな》、右手側から雨あられと銃弾が飛んできた。空を切り裂く音を立て、耳のすぐそばを弾丸がかすめた。足もとでは土くれが飛散する。

城内から新政府軍の応援部隊が続々とあふれ出てくるのを十太夫は目にした。

尋常な数ではなかった。

くそっ、もはやこれまでか……。

ならば、一人でも多く道づれにしてくれようぞ。

覚悟を決め、敵兵めがけて走り出そうとしたところで、背後から羽交い締めにされた。

「お待ちくだされ。ここはいったん退きましょう」

軍監、忠吉の声だ。

「放せ、忠吉」

「細谷さん、これじゃあ無理だ。犬死になるだけだべや。逃げるが勝ちだで」

鬼一が、刀を手にした十太夫の手首を押さえながら言う。

おのれっ。

舌打ちした十太夫は、不承不承ながらもうなずいた。

「わかった。わかったから手を放せっ」

忠吉の腕を振りほどいた十太夫は、無念の思いを封じ込めつつ刀を鞘《さや》に収め、頭上に高く掲げた腕を振りながら叫んだ。

「退却！　退却だ！」

その声を耳にした隊員たちが、阿武隈川のほうへと一斉に走り出した。

前回に続き、またしても敗走していることが、無念というよりは腹立たしい。

十太夫の一間ほど先を駆けていた平助が、なにかにけつまずいたように、もんどりうって地べたに転がった。

「大丈夫か！」

駆け寄って立たせようとしたが、平助の足もとが覚束ない。ずりずりと十太夫に引きずられるだけである。

「どうした、立てぬのか」

十太夫が訊くと、

「弾に当だったみてえだす」という答えが返ってきた。

黒装束のために目立たなかったのだが、屈《かが》み込んでよく見ると、腹がぐっしょりと濡れそぼっている。背中も同様に血にまみれていた。命中したのは一発だけではないようだ。

「手を貸せ！」

そばにいた忠吉と鬼一に声を飛ばし、平助の腕を肩に回して立たせようとしたが、本人があらがう。

「細谷さま……おらあ、もうだめだ。かまわねえがら逃げでけろ……」

苦しげに言った平助が、

「か、介錯《かいしゃく》ば、お願《ねげ》えします」と懇願した。

しばし迷ったあと、十太夫はうなずいた。

「任せろ」

「ありがとうごぜえます……お、おらあ、細谷さまど一緒に暴れ回れで……ゆ、愉快でござりました」

息も切れ切れに言った平助が、うめきながら十太夫の腕から離れ、跪《ひざまず》いて頭を垂れると胸の前で手を合わせた。

許せ、平助……。

胸の内でつぶやいた十太夫は、抜刀した腕を高く掲げ、一拍置いてから、渾身《こんしん》の力を込めて振り下ろした。

一刀両断で胴から離れた首を、すかさず鬼一が拾い上げる。

「行ぐべし」

そう言った鬼一が、平助の髷《まげ》をわしづかみにし、川に向かって走り出した。

右手に首をぶら下げて駆けていく鬼一を、忠吉とともに懸命に追う。

息絶えた、あるいは、負傷して逃げおおせるのが無理だとなった味方の兵の首を落とし、その首を抱えて駆け回る光景が、いまや戦場では当たり前になっていた。首のある死体を新政府軍の手に渡してしまうと、さらし首にされ、死んでもなお、見せしめの恥辱を受けるからである。

阿武隈川に駆け込んだ十太夫らは、水しぶきを上げながら対岸を目指した。とにかくいまは、追手から逃れることだけを考えるしかなかった。

五

これはいったい、どうしたことか……。

白河城より奥州街道を北に五里、矢吹《やぶき》宿の入り口に立った細谷十太夫は、変わり果てた宿場町の姿に慄然《りつぜん》とした。

十太夫、忠吉、そして鬼一の三名は、かろうじて新政府軍の追手から逃れられた。阿武隈川を渡河《とか》してもなお、勢いづいた敵兵が追ってきた。潜んでいた藪《やぶ》から抜け出した十太夫らは、背後の深い森へと逃げ込んだ。斥候として衝撃隊が幾度となく踏み入っていた山中である。迷うことはなかった。周辺の地形に不案内な新政府軍の兵たちは、さすがに追撃をあきらめた。

先月、須賀川から進発したあとの衝撃隊は、矢吹と白河の中間にある小田川宿の西方、約半里の山中に位置する神社の境内に陣を張っていた。追撃の兵がいる恐れのある奥州街道を大きく迂回した十太夫たち三名は、それでも日没の一刻ほど前には、その神社にたどり着いた。

すでに三小隊程度の隊員が帰還しており、十太夫が無事だったのを知ると、誰もが安堵の表情を浮かべた。その後も、夕方から夜にかけ、散り散りになっていた隊員たちが次々と帰還した。

衝撃隊の損耗は、戦死者が平助を含めた四名、行方が知れぬ者が七名あった。残りの六十名ほどの隊員は、いずれも無傷であった。

そして一夜明けた今朝、奥州街道沿いに敵兵の姿はないとの斥候の報告を受けた十太夫は、隊を率い、仙台の本隊が詰めているはずの矢吹宿へと、まずは向かった。

そして目の当たりにしたのが、焼失して変わり果てた村の姿だったのである。昨日の未明、移動の途中で目にした炎は、白河城ではなく矢吹の宿場が燃えている明かりだった。

同盟軍の総攻撃をいち早く察知した新政府軍が、こちらが動くのに先立って進軍を開始し、村を焼き払ったということか……。

焼け跡の残骸《ざんがい》を搔《か》きまわしていた村民に話を聞いて来た鬼一が、十太夫に言った。

「火を放ったのは、敵じゃねえとのことですぜ」

「敵ではない？　ならば、いったい誰が」

「増田さまが命じて、仙台藩兵が火をつけて回ったっつう話です」

「増田とは、参謀の増田歴治のことか？」

「んだす」

「なぜだ、なぜこのようなことを」

焼け跡を指さしながら言った十太夫に、困惑の顔つきで鬼一が答える。

「そこまではわからねえです。増田さまの命により火を放つからすぐに逃《ぬ》げろと、夜中にいきなり触れが回ってきて、布団《ふとん》ば担《かつ》いで逃げるのが精いっぱいだったとの話でして。なんぼか立ち退きの銭《じぇん》こはもらったみてえですが」

おのれ、増田め……。

軍議の席で幾度か顔を合わせたことのある増田歴治を思い浮かべ、十太夫はぎりぎりと歯ぎしりをした。

十太夫の歴治に対する心証は、あまりよいものではない。

増田歴治は、もともと遠藤文七郎《えんどうぶんしちろう》や三好監物《みよしけんもつ》、あるいは坂本大炊《さかもとおおい》と並び、会津討伐派の中心人物の一人であった。世良修蔵《せらしゅうぞう》が斬られる直前、最後の周旋に動いたのが歴治であったが、会津の救済が目的というよりは、新政府軍、つまり朝廷と事を荒立てたくなかった、というのが本音であろう。

そのような者が参謀として指揮を執っていること自体が、そもそもの間違いなのだ。須賀川本陣における軍議の場での、歴治の煮え切らぬ発言に、十太夫は常に歯がゆい思いをしていた。

できるだけ犠牲は出したくない。

なにかにつけ、歴治はそう言った。

犠牲を出したくないのは十太夫とて一緒である。しかし、戦である以上は、必ず人が死ぬ。それは避けられない。ならば個々の戦場において勝たねばならない。どの局面でも、負ける陣営のほうが、より多くの人が死ぬ。それゆえ、負けてはならぬのだ。それが歴治にはわかっていない。

おそらくは……と、十太夫は想像した。

総攻撃の指令が届いたにもかかわらず、怖気づいたのかどうかはわからぬが、本陣への撤収を決めたのだろう。どうしてもそうせざるを得ない理由があったというのなら仕方がない。問題なのは、それを前線の部隊に報せず、勝手に引き揚げたことである。おかげで最初から勝ち目のない戦闘に、それとは知らずに身を投ずるはめになった。その挙句、平助をはじめ、死ぬ必要がなかった大事な部下を何人も失った。

一人一人の兵は将棋の駒《こま》ではない。斬られれば血の出る人間だ。前線の兵たちをただの捨て石のようにして逃げ去るとは、指揮官として、いや、人としてあるまじき所行である。

それだけではない。呆然《ぼうぜん》自失に見える矢吹の住民たちも、腹の底では仙台兵は腰抜けだと憤《いきどお》り、さらには、嘲笑《あざわら》っているに違いなかった。

この始末、なんとしてもつけねばならぬ。場合によっては、仙台藩の恥辱を晴らすためにも増田歴治を斬り捨ててくれようぞ……。

ふつふつとくすぶる怒りを腹の底に抱えたまま、十太夫は五名ほどの部下を従えただけで矢吹から北に三里の須賀川へと急いだ。

果たして増田歴治は、須賀川宿の本陣にいた。参謀はどこにいるか尋ねると、今後の策を詮議するため、代官所に詰めているという。

連れてきた部下を代官所の外で待たせた十太夫は、軍監の忠吉だけを伴って詮議の場に乗り込んだ。

十太夫を見た歴治の顔色が瞬時に変わった。

「増田どの、これはいったいどういうことか」

どかりと床に腰をおろして十太夫が言うなり、歴治は胡坐《あぐら》をかいた膝の上に両手を載せ、

「いや、まったく申し訳ない次第にござる――」と言って謝り始めた。

「あれはまったく、それがしのあやまちでござった。いかようにも申し開きのできぬ大失態でござる。ついては、これからさっそく白石本営に戻り、この身の進退について、お屋形さまよりの君命を待つ所存でござる。そこもとの怒りは重々承知しているゆえ、それがしの罪科が決するまで、どうか寛恕《かんじょ》してはくれまいか。これ、この通りでござる」

平謝りに頭を下げる歴治を前にして、十太夫はすっかり気勢をそがれた。あれこれ

詰問《きつもん》するのも馬鹿らしくなってくる。

しばらく歴治を睨みつけていた十太夫は、胸中で大きくため息をついてから腰をあげた。

「わかり申した。そのようにされるがよいでござろう。拙者は隊を率いて、いったん福島の軍事局に戻ることにいたす」

返事を待たずに十太夫は歴治に背を向けて部屋をあとにした。

建物の外に出たところで忠吉が言った。

「増田さまの悪口を言うつもりはありませんが、とんだたぬきですな。詮議における衆目の場で、あのように臆面《おくめん》もなく謝られたのでは、どうにもなりませぬ」

「しょせん、処世にだけは長《た》けた臆病者よ」

「そこまで言われますか」

「本当のことだから仕方なかろう」

歴治が生まれた増田家は、家格が着座ということで代々重臣を務めてきた。とりわけ歴治の父は、着座の家格で初めて奉行職に就いた実力者だったという。その血を引く歴治も切れ者との評判ではある。ではあるのだが、平時の政《まつりごと》においては、という話にすぎぬというのが十太夫の見立てだ。戦の場にはどう見ても向いておらぬ。その言動が、よく言えば慎重、悪く言えば常に弱腰なのだ。今回の勝手な撤収はその典型と言える。戦場のような修羅場での無能ぶりは、会津の西郷頼母に近いものがある。それでもその家格によって、指揮官の立場を仰せつけられている。考えようによっては気の毒な話だ。気の毒ではあるが、それによって勝てる戦も勝てなくなるとあっては本末転倒である。

伝え聞くところによると、薩摩を率いる西郷吉之助《きちのすけ》は下級藩士だったという。長州の木戸準一郎《きどじゅんいちろう》に至っては武家の出ではなく、藩医の倅《せがれ》だったらしい。それにもかかわらず、いまやそれぞれ、薩長の顔となって新政府を動かしている。

だからこそ奸策を平然と講ずる薩長なのであろうが、我が仙台藩も、家格ばかりを優先せずに、ある程度は見習ってもよいはずだ。

ともあれ、ここは一度、仕切り直しが必要なのは確かだった。

まずは福島の軍事局に足を運び、あの若生のように、誰が相手であろうと遠慮会釈《えしゃく》なく必要な建言をすることにしよう。

そう十太夫は心に誓っていた。

瓦解《がかい》

一

その日、職務を終えて下城した但木《ただき》土佐《とさ》は、かなりの上機嫌で自分の屋敷へと帰った。若いころであれば、誰かを誘って肴町《さかなまち》の料理屋にでも繰り出しただろう。だが、仙台藩の筆頭奉行という立場とあっては、それも難しい。ならば忍びで、というのも悪くない考えだとは思うのだが、では誰とともに、となると、これまた難しい。たとえば、玉虫《たまむし》や若生《わこう》。あの両名とは藩政の目指すところは一致しているものの、正直なところ苦手だ。両人とも頭脳が明晰《めいせき》すぎる。うっかり適当なことを口にしようものなら、それは果たしていかがでござろうか、などと言って詰め寄られる。とりわけ若生は始末に負えない。たとえお屋形さまに対してであろうと、思ったことを臆《おく》せず口にするやつだ。

祝杯をあげつつ忌憚《きたん》なく話ができる相手となると、筆頭は坂英力《さかえいりき》であろう。だが、残念なことに、英力はいま、仙台城下にいない。七日前の七月三日に、藩主名代として須賀川《すかがわ》に向けて出陣していた。

　そのさらに二日前の七月一日、仙台城二の丸、御座の間において、藩主が出座のうえ、大きな軍評定が持たれた。仙台城下に輪王寺宮《りんのうじのみや》を迎えることが本決まりになり、藩士たちの士気は上がったものの、各方面からは戦況不利の報《しら》せが届いていた。その打開策を詮議《せんぎ》するための軍評定だった。

　如何《いか》にして白河城を奪還したらよいか、思うところあれば、遠慮なく意見を述べよ。

いつになく厳しい慶邦《よしくに》の口調に、だだっ広い御座の間は静まり返った。

　しばしの沈黙ののち、末席のほうで声が上がった。

「わが軍の戦況が思わしくないのは、まったくのところ、白河口の総督がその器にあらざることにございます。適材を選びて任ずることが、この際、重大事と存じ申す」

　またしても若生であった。が、それが口火となり、賛同の声が続いた。結果、一同異議なしということになり、慶邦自ら坂英力を名代に命じ、伊達家の宝刀「月影」を賜ったのである。

　これで白河口における兵力が、仙台藩の主導のもと、いっそう強化されることになった。なにせ列藩同盟の軍事総督が仙台藩主の名代として出陣する運びとなったのである。前線の兵らの士気は高まるはずだ。

　それ以上に土佐の気分をよくさせていることがあった。仙岳院に入られた輪王寺宮が皇国の静穏と天下泰平を奉ずる五日間の祈禱《きとう》を終えた今日、仙台城に入られて、ついに奸賊《かんぞく》たる薩長討伐の令旨《りょうじ》を発せられたのである。そしてまた、今日より三日後の七月十三日、輪王寺宮は会議所から公議府と名前を変えた白石城に入り、奥羽越列藩同盟の盟主に就任する段取りとなった。端的に言えば、これにてこの天下に、もう一つの朝廷ができることになる。北方政権とも言える新たな、そして正しき政権の誕生に、土佐は年甲斐《としがい》もなく涙しそうになった。

　奥羽越列藩会議の席で宮が盟主に就任するまでのこれからの三日間は、かなり忙しくなるのは必至だ。全国の諸大名に宛《あ》てる布告文および欧米の公使に向けての令旨を作成し、国内外に我々新政権の趣意を知らしめねばならない。

　あわせて、同盟軍の指揮系統を一新する必要があった。とりあえず、いまの土佐の腹案では、盟主が輪王寺宮、総督に仙台藩主伊達慶邦と米沢藩主の上杉斉憲《うえすぎなりのり》、参謀には旧幕府老中の板倉勝静《いたくらかつきよ》と小笠原長行《おがさわらながみち》に就任してもらう。そのうえで公議府のもとにあらためて軍務局を設け、前白河藩主の阿部《あべ》正外《まさと》に白河、平潟《ひらかた》、磐城方面の指揮を執らせ、鳥羽伏見の戦いにおいて幕軍を指揮した竹中重固《しげかた》に伝習隊、彰義隊、新選組、遊撃隊など、三千名あまりにのぼる旧幕府諸隊を統括させる。これにより公議府が直《ちょっ》轄《かつ》の兵力を持つことになる。そしてまた、輪王寺宮を中心とした軍事の指揮系統が明確になるはずだ。

それに加え、世子宗敦《むねあつ》が親衛隊を率い、督戦のため明日にも白河口へ向けて出陣する段取りになっていた。

いや、これは実際、仙台と白石を行き来しつつ、相当忙しくなりそうだ……。

考えてみれば、久しぶりにゆっくりできそうなのは、今宵くらいである。

ならば、自分の屋敷で一人、静かに盃を傾けるのも悪くなかろう……。

そう思いつつ帰宅した土佐は、庭に面した縁側に腰を落ち着け、家人に膳《ぜん》を運ばせた。

一人で盃を傾け始めて一刻《とき》ほどしたころだった。空に高く懸かる月あかりのなかで人影が動いた。

「何者だ」

盃を手にしたまま土佐が誰何《すいか》すると、庭木の背後から姿を現した影が口を開いた。

「怪しい者ではございませぬ。横田《よこた》官平《かんぺい》にございます」

「なんだ、横田か。驚かすでない」

「奥方さまより、こちらにおいでだとお聞きいたしまして」

「かような時分になんの用だ？」

いい話ではないに違いない。自《おの》ずと不機嫌な声色になっていたようだ。土佐が膳の上に盃を戻すと、申し訳なさそうに官平が答えた。

「至急ご登城願いたいと、若生どのが申しております。表に駕籠《かご》を待たせてありますゆえ、お出ましくださいませ」

「いったいなにがあったというのだ」

「ご登城あそばしてから話すとのことで、拙者も詳しい話は聞いておりませぬ」

「どこにも見当たらなかったと伝えろ」

「お奉行……」

深くため息をついた土佐は、舌打ちをしてから官平に言った。

「ええい、わかった。すぐに参るから表で待っとれ」

「承知仕《つかまつ》りました」

家人を呼んで脱いだばかりの裃《かみしも》を再び身に着け、駕籠に揺られて登城した土佐を、二の丸の軍務局で文十郎《ぶんじゅうろう》が待ち構えていた。

文十郎のほかには誰もいない。

土佐の駕籠を護衛してきた官平が、席を外さず、文十郎の背後に控えた。なにがあったか聞いていないという先ほどの官平の言葉は、どうやら偽りであったようだ。

土佐に睨《にら》まれた官平が、

「申し訳ございませぬ。日が変わらぬうちにお奉行と談じておく必要があるとのことでしたもので」

そう言って一度文十郎を見やってから、土佐に頭を下げた。

「まあ、よかろう」

うなずいた土佐は、文十郎に顔を向けた。

「で、なにがあったのだ」

「秋田藩が同盟を離脱しました」

すぐには言葉が返せなかった。

残っていた酔いが、血の気が引くように醒《さ》めていく。

「それはまことなのか」

ようやく口を開くことができた。間の抜けた問いだとは思うのだが、それ以外の言葉が出てこない。

「お奉行が下城なされてから一刻ほどしたところで注進が届きました。それによると、我らの使節が秋田藩士によって斬《き》られたとのことにございます」

「斬られただと？ いったい誰が斬られたのだ。志茂《しも》か？」

列藩同盟に加わりはしたものの、秋田藩の動向には注意を要した。

自らの上京を申し出て仙台を発《た》った九条総督が、盛岡を経て秋田に到着したところで澤副総督と合流したあと、そのまま秋田城下に留まっているとの報せが、白石の列藩会議所に届いていた。総督らが奥羽の地を離れたというのなら話はわかるが、なにゆえ秋田藩は、随行の鎮撫《ちんぶ》兵とともに九条総督らを城下に留め置いたままなのか。

その理由を問いただすとともに、この際、九条、澤、醍醐の御三卿《きょう》は仙台に戻したほうがよかろうという話になり、総勢で十一名の使節団を仕立てて秋田城下に送っていた。

土佐が名を挙げた志茂というのは、使節団の正使、志茂又左衛門《またざえもん》のことである。

いえ、と文十郎が首を横に振った。

「では、誰が？ 副使の内《うち》ヶ崎《ざき》か」

「いや、全員です。どうやら十一名全員が殺された模様で、しかも、晒《さら》し首にされたとのことにございます」

「馬鹿な！」

土佐は思わず声を荒らげた。たとえ敵味方に分かれた戦の最中であっても、送られてきた軍使を殺害するのは、道義にもとる行為である。

しかも、秋田への使節の中には、土佐が最も信頼を寄せている家臣、小島寅之進《こじまとらのしん》もいた。

「い、いったいなぜ、さようなことに……」

「秋田藩も我が藩同様、常に藩論が二分してきたのは、お奉行も御承知の通りにございます。かといって、佐竹侯が正式な使節の暗殺をお許しになるとは、さすがに思えませぬ。これは私の推測ですが、下参謀の大山格之助《おおやまかくのすけ》が秋田藩内の勤王の藩士らを上《う》手《ま》く丸め込み、志茂どのらを襲わせたのではありますまいか。暴発の種はどこにでも転がっておりますから」

そう言った文十郎が、皮肉を込めた口調で、

「世良修蔵《せらしゅうぞう》の時も、似たようなものにございましょう」と付け加えた。

文十郎の皮肉は聞き捨て、土佐は眉根《まゆね》を寄せた。

「秋田の離反は、もはや同盟からの離脱ではすまぬ。列藩同盟に対する宣戦布告と受け取るしかあるまい」

「仰《おお》せの通りにございます。すでに庄内に向けて兵を出しているかもしれませぬ」

「しからば応援の兵を出さねばならぬな」

「さように存じます」

「さっそく須賀川に使いを出そう。手配を頼む」

「承知仕りました」

「若生」

「なんでしょう」

「秋田藩が寝返ったとなると……」

土佐が口にしようとした懸念《けねん》を文十郎が先回りして言った。

「亀田《かめだ》、本荘《ほんじょう》、矢島《やしま》、新庄、それら近隣の藩も秋田に倣《なら》って同盟から離脱する公算が大きいでしょうね」

「さように落ち着き払って言うようなことではないぞ」

「慌《あわ》てても仕方ありませぬ」

「せっかく宮さまをお迎えできることになったというのに、なんということだ」

「申し訳ございませぬ。こうなったのも、列藩会議を上手くまとめきれなんだ、私の不徳の致すところにございます」

「その通りだぞ、まったく。これでもし同盟が瓦解《がかい》するようなことになったら、切腹ものだぞ。いや、もはや瓦解したと言っていい」

「さようでございますか。承知いたしました」

そう言った文十郎が、ずいっと後ずさりして、肩衣《かたぎぬ》もろとも諸肌《もろはだ》を脱いだ。

「なにをいたす」

「仰せの通り、切腹仕ります」

そう言って脇差を手にした文十郎を、土佐は慌てて押しとどめた。

「これっ、なにを早とちりしている。いまのは言葉の綾《あや》というものだ。真に受けてはいかん」

「さようにございますか」

「さようもなにも、まったくおぬしときたら……」

着物の袖《そで》に腕を通しながら文十郎が言う。

「お奉行。仮にも武士ともあろう者が、切腹などという言葉を軽々しく口にするものではございませぬぞ」

「わかった。わかったから、それ以上、面倒なことは言うな」

顔をしかめながら言った土佐は、

「ところで、長岡のほうはどうなっている。なにか新たな報せは入っていないのか」

「長岡城の奪還に向けて兵力を立て直しているとの話ですが、家老の河井《かわい》継之助《つぎのすけ》どのは好機を窺《うかが》っておられるようで、まだ動いてはいないとのことにございます」

「そうか……」

仙台にて奥羽列藩同盟が正式に結成された翌日、五月四日に、それまで中立の姿勢を見せていた長岡藩が同盟に加わり、続いて新発田《しばた》、村上《むらかみ》など越後の諸藩も加入して、奥羽越列藩同盟となった。だが、新政府軍に不意を衝《つ》かれた長岡藩は、五月十九日に長岡城を奪われていた。

奥羽の白河城、越後の長岡城、この二つの城の奪還が、いまの同盟軍にとっては急務の課題である。とりわけ長岡城を新政府軍の手に渡したままでは、いずれ新潟港も奪われる恐れがあった。列藩同盟が外国から武器弾薬を調達する唯一《ゆいいつ》の補給港となっている新潟港を奪われたら万事休すだ。それだけは避けねばならぬのだが、秋田藩が寝返ったとなると、仙台藩には越後まで援軍を送る余裕がない。

「なにかよい打開策はないものか……」

そう漏らした土佐に、あくまでも落ち着いた口調で文十郎が言った。

「場合によっては、白河城はあきらめたほうがよいかもしれませぬ」

「それはならぬ。あの地は奥羽の守りの要所なのだぞ」

「とはいえ、すでに白河城は奪われているではないですか」

「だから奪還を目指して奮闘しているのであろう。それゆえ、宗敦さまが総大将として御出陣なさる運びになったのだ」

「もちろん、このたびの宗敦さまの督戦によって白河城を奪還できればそれに越したことはありませぬ。しかし、我ら同盟軍にとっては、新潟港を奪われぬほうが大事でございます。次の白河城奪還の作戦が失敗した場合、早々に白河城はあきらめ、我々の国境の守りを固めたほうが得策かと」

「失敗するなどと、そのような不吉なことを口にするでないぞ。それがまことになってしまったらどうするのだ」

「お奉行」

「なんだ」

「大丈夫でございますか。かなりお疲れのように見えますが」

「このような時分に、おぬしが呼びつけるからだろう——」

そう口走った土佐であったが、その先を言うのは思いとどまった。内心の苛々《いらいら》を文十郎にぶつけても意味がない。

確かに土佐は、果てしなく疲れていた。

二

猛烈に腹を立てながら細谷《ほそや》十太夫《じゅうだゆう》は、部下を率いて行軍していた。

十太夫の怒りの矛先は、人と空に向けられている。人というのは増田歴治である。いや、正確には、あの増田歴治をなんのお咎《とが》めもなしに泉田《いずみだ》志《し》摩《ま》とともに今回の作戦の指揮官に任じた参謀長の真田《さなだ》喜《き》平太《へいた》、さらに言えば、藩主名代の軍事総督として須賀川本陣に着任した坂英力だ。

前回、七月一日の不首尾に終わった総攻撃のあと、須賀川で歴治に面会した十太夫は、その足で福島の軍事局へと向かった。上層部にかけあい、歴治の更迭《こうてつ》を求めるのが目的であった。

あのような腰抜けのもとではこれ以上は戦えぬ、どうしてもだめだというのであれば衝撃隊は解散するゆえ、てめえらで勝手にするがいい。そう啖呵《たんか》を切る覚悟で、十太夫は軍事局へ乗り込んだ。

が、そこで少々肩透かしを食うことになった。十太夫率いる衝撃隊の働きぶりは、白石本営でも聞き及んでいるとのことで、小姓頭に取り立てられたうえで二百石の加増を受け、すぐさま須賀川に戻って奮戦されたし、と申し渡された。十太夫本人としては、石高の加増などはどうでもよい話であったのだが、白河口での苦戦続きの戦局を打開するため、藩主名代を拝命した坂英力が総督として、さらに真田喜平太が新たな参謀長となって須賀川に向かうことになったと聞かされ、おとなしく引き下がることにした。

そして七月十二日、坂英力の召集により、会津および二本松と合同での軍議が須賀川でもたれた。

白河城総攻撃は十四日の深夜、正子《しょうし》（午前零時）の夜襲により開始、と決定した。

その作戦はというと、おおまかに述べると以下のようなものだった。

まずは農夫に変装した棚倉兵十名が白河城に潜入し、携行した火薬で敵陣営に火を放つ。それを合図に十太夫の衝撃隊が先鋒《せんぽう》となって、白河城の東の棚倉口から城内に討ち入り、西側へと駆け抜けて会津兵と合流する。それらの奇襲により敵陣が混乱をしているところへ、待機していた各隊が一斉に攻め入り、新政府軍の兵を追い散らして白河城を奪還する。

白昼にまともに向き合ったのでは兵装の差が出てどうしようもないという十太夫の建言が、ようやく受け入れられた。

それには満足できたのだが、その先が問題だった。総督の坂英力が須賀川本陣に留まるのはよいとして、実際に戦闘を指揮する現場の指揮官に、参謀長の真田喜平太によって、またしても増田歴治が任命されたのである。喜平太が言うには、全体の指揮は自分が執って督戦に当たる。しかし、自分一人では前線における臨機応変の応手は無理である。よって次の二名、増田歴治どのと泉田志摩どのに前線での指揮を願いたい。

十太夫に言わせれば、増田歴治は言うに及ばず、泉田志摩も大同小異の役立たずである。先日の矢吹宿を焼いての遁走《とんそう》の際、志摩も異論を唱えず歴治と行動をともにしていた臆病者だ。

それはいかがなものか。

軍議の席で、十太夫は言った。

このたびの総攻撃は、お二人には荷が重いのではあるまいか、と付け加えて。

だが、十太夫の意見は通らなかった。そればかりか、それ以上異議を唱えるならば、このたびの作戦から衝撃隊を外すぞと、半ば恫喝《どうかつ》された。

ああなるほど、と喜平太、歴治、志摩の三名の顔を順繰りに見比べてみてわかった。この三名とも、元々は会津征討派の仲間同士であった。しかもそれぞれの家格は、喜平太が永代召出、歴治が着座、志摩に至っては一家という、上級家臣である。捨て台詞《ぜりふ》を残して席を立とうかと、一瞬、頭に血が昇った。

かろうじて思いとどまったのは、不意に笑いの発作に襲われそうになったからだった。

真田、増田、泉田と、三名の苗字《みょうじ》にはいずれも「田」の字が入っている。単なる偶然にすぎないのだが、妙に可笑《おか》しくなって危うく笑いだすところだった。

それで少し頭が冷えた。

ここで戦線から外されたのでは、敵兵から鴉組《からすぐみ》の異名を付与された衝撃隊の名に恥じる。なにより、勝ち戦に持っていくためには、衝撃隊による奇襲が必須である。

それで引き下がることにしたのだが、勝つにしろ負けるにしろ、今回の奪還戦が白河城を巡る最後の闘いになる予感が十太夫にはしていた。これといった根拠はない。しかし、連日のように戦場に身を置いてきたことで、妙に勘が働くようになっていた。

戦場における十太夫の勘が、いまは悪いほうへと傾きつつあった。

恨めしさを通り越して腹が立つのは、この雨を降らせる空だ。須賀川からの出陣を前にして、土砂降りと言ってよいほどの激しい驟雨《しゅうう》が降り始めた。

最大の敵は足もとの泥濘《ぬかるみ》である。

くるぶしどころか脛《すね》まで沈むようなひどい泥濘が、十太夫たちを苦しめた。しかも闇夜である。どこに深い泥濘があるか、容易には判別できない。これではまるで、くくり罠《わな》をあちこちに仕掛けられた山中を彷徨《さまよ》っているようなものだ。

とにかく遅々として進まない。晴れた日の二倍、いや、三倍以上の時を要しているのは確実だった。身軽な衝撃隊でもこれなのだから、大砲を曳《ひ》いている本隊がどうなっているか、考えただけでも暗澹《あんたん》たる気分になる。

それでもなんとか行程をこなして棚倉口までたどり着き、十太夫たちがようやく配置についたころには、すでに夜が明け始めていた。

これでは夜襲もなにもあったものではない。

農夫に扮装した棚倉兵が上手く潜入できたのかどうかも不明である。少なくとも、白河城からは煙ひとつ上がっていない。火を放ったとしても、この雨ではたちまち消えてしまうだろう。

まずいぞ、これは……。

おそらく、いまだ配置につけずにいる隊も、ひとつやふたつではないだろう。

全軍の攻撃態勢が整っていないうえ、夜襲を仕掛け損なったとなると、戦う前から負けが見えている。

ここはいったん作戦を中止にして、須賀川に撤退したほうがいいのじゃないか……。

だが、勝手に撤収したのでは、この前の増田歴治と同じになってしまう。

真田喜平太が馬鹿ではなかったら、この状況での戦闘は無理と見て、攻撃中止の伝令を各隊に差し向けるはずだ。

いけ好かない奴ではあるが、さすがにそこに気づかないほど馬鹿じゃないだろう。

早まって突入して、先日と同様、援軍を得られないまま孤立したのではたまらない。

とりあえずこの場で待機して、しばらく様子を見ることにしよう。

そう決めて、部下たちに待機の指示を出そうとしたときだった。

ドンッという一発の砲声が、夜明けの空を横切った。

どこからだ？

耳をすませながら視線を巡らすと、さらなる砲声と小銃の発射音が、本道口の方角から届いて来た。

本道口の指揮を執っているのは増田歴治のはずだ。

功を焦《あせ》って闇雲に発砲を始めたのか、それとも敵に見つかり、先制攻撃を許してしまったのか……。

どういう状況でかはわからぬが、態勢が整わぬうちに戦闘が始まってしまった。

負けるぞ、これは……。

自身の隊をどう動かすか、懸命に考えを巡らせながら、十太夫は口のなかでつぶやいていた。

三

「土佐、玉虫が切腹を図ったというのはまことの話なのか」

――お屋形さまのお耳にも入っておりましたか……。

「それで、実際どうなのだ。玉虫はどうしておる」

――大事はないようにございます。若生の話ではかすり傷だとのことで、四、五日もすれば歩けるようになるだろうと申しておりました。

「切腹しようとした玉虫を若生が諫《いさ》めたとも聞いておるが」

――いや、切腹を図ったあとで玉虫の家人が若生の屋敷に走り、それを聞いて駆け付けた。そのうえで、切腹などと柄にもないことなどなされるなと、かなりきつく諌めた、というよりは叱《しか》りつけたと、それが事の真相のようにございます。

「そうか。しかし、なぜまた玉虫は切腹などと馬鹿なことを……いや、馬鹿なことではないか。いまの時局を招いた責めを負おうとしたのであろう」

——いかにもその通りにございましょう。

「いかにもなどと他人事《ひとごと》のように言ってどうする。玉虫の発案とはいえ、九条さまの御転陣を最終的に決めたのは、ほかならぬおぬしであろう。その結果、秋田藩を寝返らせてしまったではないか。おかげで兵力をそちらに割かれ、白河城をあきらめることになってしまった。それにしても、坂を予の名代として遣わし、真田を参謀長としたというのに、なにゆえあのような大敗を喫することになったのだ」

——大雨によりまともに進軍ができず、態勢が整わぬうちに戦闘が始まってしまったとのことにございます。

「ならば、攻撃を中止して日をあらためるという方策もあったであろう」

——真田はそうしようとしたらしいのですが、伝令が間に合わなかったとのことで。

「その真田が、軍勢を戦線に留めようとしても、肝心の兵らは聞く耳も持たず、我先にと遁走するばかりだったというではないか。なぜそのような醜態をさらすことになったのだ」

――それはなんとも……。

「聞いておるのだな」

――本人らに直接聞いたわけではございませんので……。

「かまわぬ、言うてみい」

――いや、実は、交戦が始まってすぐ、真田付きの投機隊の隊長で太田と申す者が、流れ弾に当たって負傷したそうにございます。で、それを見た増田が単身で退却を始めたとのことにございます。それがきっかけとなり、総崩れになった模様でございまして……。

「増田とは増田歴治か」

――さようにございます。

「またしても増田か」

――申し訳ございませぬ。

「おぬしに謝られても仕方がない」

――ははっ。

「ところでその際、泉田はどうしておったのだ、泉田志摩は」

――も、申し上げにくいのですが、雨天ということで、最初から兵を動かさなかったようで……。

「なんたる醜態。この体たらくでは、列藩同盟の盟主にあらせられる宮さまに、申し開きができぬぞ」

――まことに申し訳ございませぬ。すべては、それがしの不徳の致すところにございます。

「土佐よ。そこもとのこれまでの働きぶりには深く感謝しておる。だがしかし、このところの戦況の悪化にともない、一門のお歴々をはじめとして、そこもとへの非難の声があがり始めておる。いや、実際のところ、そろそろ抑えきれなくなってきているというのが正直なところだ」

――それはつまり、拙者の奉行職の解任にございますか……。

「残念だが、それしかなかろう」

――いたし方ございませぬ。

「但木土佐、本日をもって奉行職を解任のうえ、謹慎を申し付ける」

――承知仕りました、仰せの通りにいたします。

「土佐」

——なんでございましょう。

「あまり無念そうではないの。肩の荷をおろせてほっとしているように見えなくもないぞ」

——さようなことはございませぬ。

「それはそれとして、後任の筆頭奉行を決めねばならぬ。そこもとが推挙する者があれば、この際、聞いておこう」

——松本《まつもと》……松本要人《かなめ》ではいかがかと。

「ふむ、妥当なところであろうな」

——拙者の解任にともない、空席になる奉行職ですが、できましたら、遠藤を取り立ててはいただけませぬでしょうか。

「遠藤とは、遠藤主税《ちから》か？」

——さようにございます。

「であろうな。おぬしが同じ遠藤でも文七郎《ぶんしちろう》を推挙することは、間違ってもあるまいて。だが、遠藤主税を奉行にというのは難しかろう。まれに見る切れ者であるのは確かだが、確か、禄高《ろくだか》が百石もない大番士ではなかったか。さすがに奉行に取り立てるのは無理があろう」

——ごもっともにございますが、ここに至りましては、もはや家格にこだわっているわけには参りませぬ。一千石でも二千石でも加増して、城下にそれ相応の屋敷を与えるなどすれば体裁は整いまする。

「……」

——増田や泉田の失態を考えれば、ここは思い切ってご英断なさるのが、我が藩にとっての上策かと。

「わかった。とりあえず考えておこう」

——よろしくお願い申し上げます。では、拙者はこれにて失礼仕ります。

「このたびの解任、悪く思うでないぞ」

四

御奉行詰所に戻った土佐を、松本要人と若生文十郎、そして遠藤主税が待っていた。

「その顔は、やはり奉行職を解任されたか」

松本要人が、部屋に入ってきた土佐を見上げながら言う。

土佐と生まれ年が一緒の要人は、大崎平野の中央にある休塚邑主《やすみづかゆうしゅ》で、禄高は千四百石、家格は永代着座である。

松本要人は、開国か攘夷《じょうい》かで藩論が二分したときから一貫して開国派であった。万延元年に若年寄から奉行に取り立てられ、二年ほど奉行職を務めたあとで辞任し、在郷に引っ込んでいた。

京都の情勢が一変した今年の春、土佐の強い推挙によって奉行職に再任され、いまでは藩内きっての主戦論者となっていた。

「仕方あるまい。この状況では誰かが責を負わねば、収まるものも収まらぬ。閉門や逼塞《ひっそく》にはならずに謹慎だけですんだのは、お屋形さまの恩情だろう」

そう言いながら腰を下ろした土佐は、

「ところで、段取り通り、そこもとを筆頭奉行に推挙しておいた。おそらくそのようになるだろう。これは間違いござらぬ」

そう言ったあとで、

「空席になる奉行については、とりあえず主税、おぬしを推しておいたが、こちらがどうなるかは正直わからぬ」と付け加えた。

「そうか。だが、お屋形さまの覚えはいいはずだ。その目は大いにあるだろう」

要人の言うように、八歳の歳《とし》で小姓となった遠藤主税に対する慶邦の評価は高いはずだ。結果的に功は奏さなかったものの、先の慶邦の建白書上奏において、三度目の使節を送った際、遠藤主税は副使に抜擢《ばってき》されていた。そもそも主税の名は、鷹匠頭《たかじょうがしら》になったおりに慶邦から直接賜ったものである。

　今年でちょうど四十歳という年齢の主税は、要人と同様、熱心な開国派、そして会津救済派であり、安田《やすだ》竹之輔《たけのすけ》や玉虫《たまむし》左《さ》太夫《だゆう》、そして若生文十郎とともに、列藩同盟の結成に向けて動いてきた男である。

　昨日の夕刻のことだった。土佐が詰めていた軍務局を小姓頭が尋ねてきた。

明日の朝四ツ（午前十時）に、お屋形さまのもとに出頭するように。

　そう伝えに来たのが、いつもの小姓ではなく小姓頭だったことで、用向きはおおよそ見当がついた。このところ、筆頭奉行である土佐への風当たりが強くなっているのは、十分に承知していた。

　会津救済に藩論がまとまり、遠藤文七郎をはじめとする会津討伐を主張する勤王派を藩政から一掃したことで、執政の役職にあるいまの六名の奉行は、いずれも会津救済派、つまり土佐を支持する一派から選任されていた。

　しかし、このところ、それぞれの意見が食い違う場面が多くなっていた。白河城の奪還が見込めぬ状況となったいま、自国の国境の守りを固めたうえで新政府軍に休戦を申し入れてはどうか。

六名の奉行のうち石田《いしだ》正親《まさちか》と中島《なかじま》外記《げき》の両名が、強硬にではないものの、おりに触れて言い始めている。

しかし、休戦を受け入れるような薩長ではあるまい。それを根拠に土佐は、その都度両名をなだめてはいる。実際休戦を申し入れたとしても、薩長が牛耳る新政府は、聞く耳を持たぬであろう。新政府にたてつく者は見せしめとして徹底的に殲滅《せんめつ》する。その方針が揺らぐことはないはずだ。

それよりもいっそう懸念されるのは、土佐にとっては政敵の筆頭とも言える遠藤文七郎が、いまの藩政の転覆を狙《ねら》ってあれこれ画策しているようなのだ。伊達家一門の有力者たちに、あの手この手でしきりに囁《ささや》きかけているらしい。

そうした文七郎の動きが、今回の土佐の奉行職解任につながったのは明らかであった。

それは承知していたため、土佐にとって解任は、寝耳に水の話ではなかった。それゆえ昨日、小姓頭から藩主のもとへの出頭を命ぜられた土佐は、下城ののち、自身の屋敷に、松本要人、安田竹之輔、遠藤主税、若生文十郎ら、主だった者たちを内密で集め、対策を講じた。

土佐がさきほど慶邦に推挙した通り、筆頭奉行に要人が就任し、主税が新たに奉行に取り立てられれば、藩政の指導層は盤石とは言えないまでも、手堅いものになる。なにかにつけ煩《うるさ》い一門の面々も、土佐の解任によって騒ぎ立てる材料を失い、おとなしくなるはずだ。

徳川慶喜による大政の奉還、王政復古の号令、そして鳥羽伏見の戦いと、この日本国の政治が大きく転ずる前までは、六名の奉行のうち二名は仙台城下にての執務、二名は江戸勤務、そして残りの二名は在郷休養というのんびりしたもので、六名が一堂に会しての会議など、めったにあるものではなかった。それがいまは、六名全員が仙台城または白石城に詰めており、次々と降りかかる難題に忙殺されている。

奥羽越列藩同盟の結成、そして、輪王寺宮の盟主就任による北方政権の樹立。その大事を成し遂げたところで、土佐としては奉行職を辞任してもよかった。だが、秋田藩の同盟からの離反と白河口での戦況の悪化で、それが許されぬまま、ここまでずるずると筆頭奉行の重責を担《にな》ってきた。

さきほど慶邦から言われたように、奉行職を解任されて肩の荷をおろせたような気分になっているのは確かである。

が、自分が楽になる前に、水面下での一仕事はしておかなくてはならない。

その最後に残っているもう一仕事が、若生文十郎の処遇であった。

「若生」

土佐に名前を呼ばれた文十郎が、

「なんでございましょうか」と応じた。

「おれが奉行職を解任されたことで、文七郎らの次の標的は、玉虫に替わって軍務局統取となったおぬしになるはずだ」

「そうなるでしょうね」

ぴくりとも顔色を変えずに文十郎がうなずいた。

相変わらず面白くないやつだ。標的にされていると聞いて、少しは狼狽《ろうばい》する様子でも見せてくれれば可愛《かわい》げもあるのだが……。

「今回のおれのように、解任のうえ蟄居《ちっきょ》や謹慎となったのでは話にならん」

「確かに今後の政局において、若生を失っては、我らにとっては大きな痛手になるな」

要人が言うと、冗談を返したつもりなのか真面目《まじめ》に答えたのかはわからぬが、文十郎が目礼した。

「お奉行どののお役に立てているようでなによりでございます」

軽く咳《せき》をしてから、土佐は若生に言った。

「そのおぬしの力を生かすために役職替えをしようと思う。それをもっておれの最後の務めとするが、よいな？」

「仰せの通りにいたします」

「本日付けをもって軍務局統取を解任したうえ、郡《こおり》奉行に任ずることにする。郡奉行として裏方に引っ込んでいれば、文七郎らの標的になるのも免れようぞ。よいな？」

「畏《かしこ》まりました、ありがたく拝命仕ります」

「うむ。ならば――」

「農兵隊の編成を急ぐことにいたしましょう」

「若生」

「はい」

「おれが命じようとしたことを、なにゆえ先回りする」

「郡奉行を命ぜられたとなると、いまの政局と戦局においては、それ以外は考えられませんでしたので申したまでですが……」と、そこでいったん考え込む仕草をした文十郎が、

「もしかしてお奉行、農兵隊の編成、ご自身の口から命じたかったのでございましょ

うか。だとしたら、大変失礼仕りました。いまの私の言は聞かなかったことにして、あらためてお命じくださいませ」

「別にいいわい。やることがわかっているのなら、さっさとそういたせ」

「承知仕りました」

そう言った若生がすっくと立ち上がった。

「急にどうした」

土佐が訊《き》くと、真顔で文十郎が答えた。

「郡奉行の詰所に参じます」

「これからか？」

「さっさとそういたせと、お奉行が言ったばかりではないですか」

そう答えた文十郎の背後で、要人と主税が懸命になって笑いを堪《こら》えている。

文十郎とこうしたちぐはぐなやり取りをするのもこれが最後かと思うと、一抹《いちまつ》の寂しさを覚える土佐であった。

敗走

一

お茶をお持ちしましたと、書見台を前にしていた景祐《かげすけ》に、妻女の菊《きく》が声をかけた。

身体《からだ》の向きを変えた景祐の前に、湯飲みを載せた盆がそっと置かれた。

「母上たちは？」

「お休みになりました。わたくしもそろそろお休みさせていただこうかと思いまして」

「いま何刻《なんどき》だろう」

「さきほど四ツ（午後十時）の鐘が鳴りましたわ」

「気づかなかったな」

「あなたはいつもそれですもの。一度本を読み始めると、なにも聞こえなくなるようでございますね」

「聞こえていないわけではないぞ」

「嘘《うそ》おっしゃい」

口許《くちもと》をゆるめた菊が、書見台に載せられている本を覗《のぞ》き込むようにして、小首をかしげた。

「このところ、ずいぶん熱心にお読みになっているようですけど」

「星《ほし》から借りたものだ」

「恂太郎《じゅんたろう》さまから？」

「そうだ」

「そんなに面白いのですか」

「面白いわけではないな。だが、ためにはなる」

「なんの本ですの？」

「西洋の兵学の本だ」

まあ……と言って、菊が顔を曇らせる。

「どうしたのだ？」

「いえ、なんでもございませんわ」

そうか、とうなずいた景祐は、お茶をひと口すすってから、言った。

「すまぬが、またしばらく家を空けることになりそうだ」

「白石でございますか」

「いや、まずは福島の軍事局に向かう」

「そうですか……。いよいよご進発なのですね」

　そう言って菊が目を伏せた。

「どうした？　今日の菊は少し妙だぞ。そういえば、夕飯のときにも口数が少なかったように思うのだが」

　ごめんなさい、と菊が口ごもる。

「なにか言いたいことがあるのなら、遠慮せずに言ってみなさい」

「あの……、実は今日の夕方、あなたがお帰りになる一刻ほど前に、お奉行さまがうちにお見えになりました」

「松本《まつもと》どのが？」

「いえ、但木《ただき》さまにございました」

「用向きはなんだったのだろう」

「ご自分のお屋敷に帰る途中で立ち寄ってみたとのことでしたが、あなたさまを説得してほしいというのが用向きでございました」

「土佐どのはなにを説得してほしいと言っていたのかな」

「郡《こおり》奉行として農兵隊を編成するよう、あなたにお命じになられたとおっしゃっていました」

「うん、その通りだが」

「ところがあなたさまは、編成した農兵隊を自分で率いて出陣すると言ってきかない。そうこぼしておられました。なんとかして思いとどまるように説得してはもらえないだろうか、というお話にございました」

仙台藩の郡は、南方、北方、中奥、奥の四つに分かれているのだが、景祐が任じられたのは、伊具《いぐ》や亘理《わたり》、柴田《しばた》や刈田《かった》などの郡がある南方の郡奉行である。

郡奉行とはいっても管轄《かんかつ》の郡に自らが出向くことは、ほとんどない。春と秋、年に二度の村々の巡回以外は、仙台城下の屋敷に住まい、二の丸にて執務する。現地での実務は、常駐の代官が大肝入や肝入とともに担《にな》うのが通常である。そもそも郡奉行は、文武一般行政とは独立した財用方の下にある。したがって、景祐に郡奉行を命じた際の土佐は、景祐が自ら隊を率いて戦地に赴くとは思っていなかったようだ。

「しかし、菊。ことは年貢《ねんぐ》の取り立てや百姓からの嘆願の処置といった、決まりきったものではないのだよ――」妻に言い聞かせるように、景祐は続けた。

「農兵隊を編成するとなれば、百姓たちを野良仕事から引きはがすことになる。それだけでなく、兵として戦えと強要することになる。しかも、その者たちの命がどうなるかもわからない。いや、多くの者が死ぬことになるのは、どうしたって免れぬだろう。それを命じた本人、つまり私のことだが、自分だけが安全な仙台城下でのうのうとしてはいられぬだろう」

「それはその通りでございますわね。実はわたくし、お奉行さまからお話をお聞きしたとき、誰がどう説得しようと、うちの旦那《だんな》さまを翻意させるのは無理だと思いますよ、と申し上げました。それでもなんとかやるだけはやってみてはくれまいか。そう頼まれましたのでこうしてお話をしているのですけど、やはり、わたくしの思った通りでございましたわ」

いえ、とそこで菊は小さく首を振った。

「お百姓たちの先頭に立って御出陣されようとするあなたさまを、わたくしは誇りに思います」

「菊……」

「はい」

「さっきはしばらく家を空けると言ったが、しばらくではなくなることも、つまり二度とこの家に帰れなくなることもあり得るが、それはわかっているね」

もちろんです、と菊はうなずいた。

「武士の妻たる者、いつでもそれを覚悟で、旦那さまを玄関先でお見送りしておりますわ」

「すまんな」

「すまないなどと、そんなことをおっしゃってはいけません」

湯飲みに手を伸ばした景祐は、手のなかでしばらく器をもてあそぶようにしたあと、お茶には口をつけずに盆の上に戻した。

「言おうか言うまいか迷っていたのだが……」

「なんでございますか」

「この際だから言っておこう。この道場は精一郎《せいいちろう》に任せられる。いずれ精一郎も嫁を迎えることになるだろう。母上はあの通り矍鑠《かくしゃく》としているし、千代野《ちよの》も、もう十六になる。だから、この先の心配は無用だ」

「なにをおっしゃりたいのです？」

「もし私が帰らなかった際には、菊、おまえは遠慮せずに実家に戻りなさい」

「それはできませんわ。当然でございましょう？」

「いや、ほんとうは……私とおまえは、いまここで離縁したほうがよいのだと思う」

菊の目が大きく見開かれ、行燈《あんどん》の明かりが黒い瞳《ひとみ》のなかでゆらめいた。

「急になにをおっしゃいますの？　わたくしのなにがお気に召さないのでしょう。至らぬところがあれば直します」

「菊には至らぬところなど一つもないよ。むしろ、私などには出来すぎた妻だ。だからこそ、おまえを不幸にしたくないのだ」

「どういうことでございますの？　あなたの言っていることが、わたくしにはさっぱりわかりません」

「新政府軍とのこの戦、もしかしたら負けるかもしれん」

「……」

「勝てればいい。勝てれば案ずることはなにもない。だが、もし負けた場合、お屋形さまをお守りするために、我ら家臣がその責めを受けねばならぬ。それが武士の本分であるのは菊にもわかるね？」

「もちろん承知しておりますわ」

「万一この戦に負けた場合、私はその責任を取って切腹する覚悟でいる」

景祐の決意を聞いた菊が身を固くした。

「それだけで済めばまだいい。しかし、それ以上の咎《とが》めを受ける恐れがないとは言えぬのだ。最悪、家跡《かせき》没収の処分を受けることも考えておかなければならない。その場合、菊はこの家と命運を共にする必要はない。いや、そうしてはならぬ」

「それでいまのうちに離縁を、ということですか……」

「そういうことだ」

「あなたはときおり、どうしようもないお馬鹿さんになりますわね」

「馬鹿とは聞き捨てならぬな」

「だって、そうですもの」

そう口にしてうなずいた菊が、きりりとした顔つきになって言った。

「あなたさまは、このわたくしを見くびっておいでです。わたくしに愛想が尽きたというのなら仕方がありません。離縁すると言われれば従うしかございません。しかし、わたくしのためを思って離縁すると言われて、はいわかりましたと返事をするような、そんな浅薄な女だと思っておいでなのですか？」

「いや、そうは思っていないが……」

「それなのにおかしなことを言い始めるので、お馬鹿さんだと申したのです。よいですか、景祐さま。あなたさまがご家臣としてお屋形さまに身を捧《ささ》げようとするのと同じように、あなたさまが御城下において存分にお力を振るわれるように支えるのが、この家に嫁いできた妻としてのわたくしの務めでございます。なのに……それなのに、ふがいなくも身体を壊してしまい、あなたさまにご迷惑をかけるばかりで、わたくしからして差し上げられることは、これまでなに一つなく……」

そこで菊は、人差し指の腹で目《め》尻《じり》に浮かんだ涙を拭《ぬぐ》い、強い口調に戻って続けた。

「本来ならばとっくに離縁されて当然のわたくしを、あなたさまは変わらず優しく扱ってくださいました。幸い、玄栄《げんえい》先生のお力でこの通り、なんとか身体もよくなり、これからは精一杯あなたのために尽くそうと心に誓っていたのでございます。武士の妻としての務めを果たそうとしているのでございます。それがわたくしの幸せにございます。それをあなたは勝手に取り上げようとしておいでです」

「おまえの言うことはわからんでもないが、しかし……いや、この話、今夜のところはもうやめよう。いずれまた日をあらためて話すとしよう」

「何度お話をしても、わたくしの気持ちは変わりませんわ」

きっぱりと言った菊が、なにかを思案する顔をしたあとで景祐に尋ねた。

「そういえば、さきほどあなたは、もしかしたら今回の戦に負けるかもしれないとおっしゃいましたが、実際のところ、それほど旗色が悪いのですか。宮さまがおいでになられたことで、いまの城下は以前よりもずっと落ち着いているように思えるのですけど」

「そう思えるのは、乱暴狼藉《ろうぜき》を働いていた鎮撫兵が城下より去ったからにすぎない。実情はと言うと、決してかんばしいものではないな」

「でも、負けると決まったわけじゃないのでしょう？」

「それはむろんそうだ。負けると決まったわけではない」

「であれば、勝利を信じるだけですわ。わたくしには、お祈りをするくらいしかできることはないですけど、毎日、わが軍の勝利と、あなたさまのご武運をお祈りしています」

うむ、とうなずいた景祐は、すっかり冷めたお茶を飲み干した。

「お茶のお代わりをお持ちしましょうか。それとも白湯《さゆ》になさいます？」

「いや、もう大丈夫だ。それより、先に休んでいなさい。よくなったとはいえ、夜更《よふ》かしは身体に障《さわ》る」

「そうですね、そうさせていただきますわ。お休みなさいませ」

うなずいて景祐は書見台に向き直り、書物の文字を追い始めた。

衣擦《きぬず》れの音がして、菊が立ち上がる気配がした。

が、そこで動きを止めた菊は、立ち去らずに膝《ひざ》を折り、景祐の背中にそっと身を寄せた。

どうしたのだと景祐が訊く前に、菊は言った。

「こんなことを言ってはいけないとわかっていますけど、どうかご無事でいてください。あなたに居なくなられたら、わたくしはどうなってしまうか、自分でも恐ろしくてなりません。どうか、なにとぞご無事でいてくださいまし……」

景祐の背に頬を当てた菊が、抑えた声で嗚咽《おえつ》を漏らし始めた。

肩に載せられた妻の手に、景祐は自分の手を重ねた。

「大丈夫だ。私はそう簡単には死なないよ」

景祐が言うと、菊は幅広い夫の背に強く頬を押し付けたまま、何度となく繰り返してうなずくのだった。

二

裏切りとも言える、七月四日の秋田藩による列藩同盟からの離脱以後、奥羽における戦況は悪化の一途をたどっていた。

秋田藩に続き、亀田《かめだ》、本荘《ほんじょう》、矢《や》島《しま》、そして新庄の羽州各藩が、次々と同盟を離脱した。

それだけではなかった。七月十三日の夜、磐城平《いわきたいら》城が落城した。石高が四万石の小藩ではあるが、同盟軍にとって、磐城平城は浜通りの要所であった。そのまま北上すれば、仙台藩の国境である駒《こま》ヶ嶺《みね》まで二十五里。あいだには相馬《そうま》中村《なかむら》藩があるのみだ。その一方、新政府軍が陸路を戌亥《いぬい》（北西）の方位に定めて進軍すれば、三《み》春《はる》藩を経て奥州街道上の二本松藩へと至る。

事実、新政府軍が三春方面へと動き始めたようだとの報《しら》せが、藩主名代の坂英力《さかえいりき》とともに細谷《ほそや》十太夫《じゅうだゆう》が詰めている本陣まで届いていた。

そのときの本陣は、須《す》賀《か》川《がわ》から四里ほど北の郡山《こおりやま》まで退いていた。この情勢下、新政府軍の次なる標的は二本松城に違いなかった。二本松城を押さえれば、郡山に宿陣している列藩同盟軍を北と南から挟み撃ちにできる。

それだけはさせてはならぬ。郡山の本陣から援軍を出し、なんとしても二本松城を死守すべし。軍議においてそう決したところで、危急の報せが届いた。それまで同盟軍に従っていた三春藩が突如寝返り、新政府軍の先鋒《せんぽう》となって本宮《もとみや》に向かっているという。三春から北西に向かって進軍すれば、本宮まではわずか三里とちょっと。目と鼻の先である。

その動静を探るため、十太夫の衝撃隊は例によって斥候隊として先発し、郡山の西方に位置する安積山《あさかやま》の山頂から新政府軍の様子を窺《うかが》った。

案じていた通り、軍勢が本宮に向けて進軍している様子が確認できた。それを報ずる伝令を本陣に送るとともに、十太夫は隊を率いて下山し、街道近くで友軍が参集するのを待つことにした。それが昨日、七月二十六日のことで、明けた今日、昼もだいぶすぎたところでようやく援軍と合流できた。

やってきたのは、仙台肴町《さかなまち》の俠客《きょうかく》、川村今助《かわむらいますけ》の聚義《しゅうぎ》隊と、大番士の三浦源太夫《みうらげんだゆう》が率いる二小隊である。

十太夫が驚いたのは、今助と一緒に、なぜか若生文十郎《わこうぶんじゅうろう》がいたことである。

「おぬし、いったいこんなところでなにをしているのだ」

十太夫が訊くと、

「郡奉行を命ぜられた」とだけ答えた。

「だとして、なんでここにいる。ここは領内ではないのだぞ」

「農兵隊の編成のためだ」

「その農兵隊はどこだ？　今助の聚義隊しかおらんように見えるが」

「ここにはいない」

「どこにいるのだ」

「まだできていない」

「できていないだと？」

「そうだが」

「それなのになぜここにいる」

「戦の実際をこの身で知っておこうと思ったからだ。本物の戦がどういうものか知らずして、兵らを戦場に送るわけにはいかん。だから、今助どのに頼んで、ここまで同行させてもらった」

冗談で言っているわけではなさそうだ。

文十郎は、城下で見慣れていた裃《かみしも》に袴《はかま》ではなく、萱草《かんぞう》色の筒袖《つつそで》と細身のダンブクロを身にまとい、鮮やかな浅葱《あさぎ》色の陣羽織を羽織っていた。そのうえで腰には脇差《わきざし》のみ。大刀のかわりに、柄を短くした槍《やり》とスナイドル銃を、たすきにして背負っている。

「新品のスナイドル銃じゃないか。どこで調達した」

「弾薬と一緒に、星が餞別《せんべつ》代わりにくれた」

「星といえば、楽兵隊《がくへいたい》はどうなっている」

「新潟港を開港してから帰って来た星が正式に隊長に任じられ、それを機に、楽の字を額と変えて額兵隊となった。命名したのは磐渓《ばんけい》どのだ」

そう言った文十郎が、小枝を拾って地面に「額」の字を書いた。

「額《ひたい》の兵隊？　なんだそりゃ」

「古城何《こじょうなん》ぞ額額《がくがく》たる」

「は？」

「高々とそびえる、転じて武勇ある兵。そういう意味だ」

そんなこともわからぬのか、という口調で文十郎が言った。

「まあいい。それよりおれが訊きたかったのは、その額兵隊は実戦に投入できるのか、ということだ」

「調練はだいぶ進んだようだが、武器弾薬の備蓄が不足していて出陣はまだ無理だと星は言っている」

「ぐずぐずしていると、この戦、終わっちまうぞ」

「おれに言われてもどうにもならぬ」

確かに文十郎の言う通りだ。

「その背中のスナイドルだが、実際に撃ってみたか？」

「広瀬川で試し撃ちをしてみた」

「若生」

「なんだ」

「書物のなかの戦と実際の戦は違う。それはわかっているんだろうな」

「わかっているから、どう違うのか確かめに来たのだ」

「死ぬかもしれぬぞ」

「覚悟のうえだ。侍は死にざまが大事なのだと、死ぬ間《ま》際《ぎわ》におれの父は言っていた。そしてそれは、侍として正しい有りようだとおれも思っている」

「人を殺すのが戦だぞ。それもわかっているのか？」

「いざというときに鬼になれるか、なれぬか。真剣や真槍《しんそう》を手にしたとき、醒《さ》めた心で人が斬《き》れるか、斬れないか。武術の修業は、技を磨くだけでは意味がない。迷うことなく鬼となるため、心の醒めた鬼となるためにするものだと、おれは思っている。その修業は物心ついたころから続けてきた。だから、案ずる必要はない」

文十郎以外の者が同じことを言ったとしたら鼻で笑っていただろう。しかし、こいつが言うと、実際その通りなのだろうなと、妙に納得してしまう。

「わかった。余計なことはもう言わん」

そう言った十太夫は、ところで、と前置きをしてから尋ねた。

「最初に訊くべきだったのだが、そもそもなにゆえ、軍務局詰めだったおぬしが郡奉行になどなったのだ？」

「但木どのに命じられたからだ」

「なぜそのような命を」

「但木どのが奉行を解任になったのがきっかけだ。藩内の政争からおれを遠ざけておきたかったようだ」

「まことか？　聞いていないぞ、その話」

「つい最近のことだから、聞いていなくても当然だ」

「それにしても、但木どのはなぜ奉行職を解任に」

「以前からの勤王派だった遠藤文七郎《えんどうぶんしちろう》や大條孫三郎《おおえだまごさぶろう》らが画策して、弾劾《だんがい》書を呈するとともに、ご一門を動かしたようだ」

「くだらぬ権力争いをしている場合じゃないだろうに」

忌々《いまいま》しげに吐き捨てた十太夫に、文十郎が落ち着いた声で答えた。

「おれに言われても困るが、確かにそうだ。このままではふたたび藩論が二分するかもしれん」

「若生。この戦、おぬしはどう見ている。実際のところ」

うむ、と言って腕組みをした文十郎が、眉根《まゆね》を寄せ、胸元に顎《あご》をうずめるようにして考え込み始める。

即答で返ってこないのは珍しい。

戦の最前線に張り付き続けている十太夫には、全体の戦況がどうなっているのか、容易に見えない部分がある。

しばらく黙考していた文十郎が、ようやく顔を上げた。

「榎本釜次郎《えのもとかまじろう》の動き如何《いかん》で戦局が大きく変わると思う」

「旧幕府の海軍か」

「釜次郎の艦隊が、我々奥羽越列藩同盟と歩調を合わせて薩長に対抗することになれば、勝機は十分にあると思う。新政府の海道軍は釜次郎の艦隊が睨《にら》みを効かせれば抑え込めるはずだ。さすれば、こちらの戦力を本街道に集中できる」

「釜次郎が我らの側に立つ見込みはあるのか？」

「すでに使節を送っている。本人との面会が叶《かな》っていれば、そろそろ返事が届くころだ。おれの見込みでは、おそらく列藩同盟との連携には同意するだろう。ただし……」

「ただし、なんだ？」

「実際にいつ艦隊がやって来るかが問題だ。秋田が同盟から離脱して以後、いや、それ以前からだが、新政府軍との火力の差が大きすぎてどうにも旗色が悪い。このまま各地で敗戦が続くようだと、休戦を訴える者が増えてくるだろう。文七郎ら勤王派にそうした者たちが取り込まれたら、たやすく藩論は一変する。そうなってから艦隊に来られても手遅れだ」

「となると、ますます二本松を奪われるわけにはいかぬな。軍事局を置いているとはいえ、福島藩の戦力はたいしてあてにできぬ。二本松城が陥落したら、新政府軍はますます勢いづく。会津はむろん、仙台藩境まで一気に攻め入られるおそれがあるぞ」

「うむ」

「その前に本宮をなんとかせねばならん。これから今助や三浦と軍議を持つが、若生、おぬしも加われ。三春の裏切り者め、痛い目にあわせてくれようぞ」

「承知した」

裏切り者を痛い目にあわせてくれる。

強気でそう言った十太夫ではあったが、常に痛い目にあっているのは列藩同盟側だという事実が、線香花火のように脳裏にちらついてならなかった。

三

空が微《かす》かに白み始めた山中を、十太夫は衝撃隊を率いて移動していた。たどっているのは奥州街道の西側に連なる山々を縫う杣道《そまみち》である。

三浦源太夫の小隊と今助の聚義隊は、奥州街道をまっすぐ北進しているはずだ。

昨夕の文十郎を交えた軍議では、手勢が少ないのが問題となった。本宮を押さえているのが三春の兵だけであればよいのだが、そうではないと難しい戦闘になる。援軍が来る手筈《てはず》にはなっている。だが、到着まで待っていたのでは、本宮における新政府軍の戦力が増強される一方となる。その前に先手を打って敵陣を攪乱《かくらん》しつつ援軍を待つのが上策。北と西と南、三方向から同時に攻撃を仕掛けて、明日の払暁《ふつぎょう》、まずは本宮を攻略したうえで二本松に向かう。それが最善の策であろうという話になった。

主力は今助の聚義隊と源太夫の小隊である。敵陣の攪乱を目的とする衝撃隊は、一足先に進発し、途中で二手に分かれて北と西から攻撃を仕掛ける段取りになっている。そうして衝撃隊が敵を引きつけておいたところで、今助らの主力部隊が、手薄になっているはずの街道筋から一気呵成《かせい》に攻め入る。そのころには、上手《うま》くいけば伝令で要請しておいた郡山からの援軍が駆けつけているはずだ。

会津若松から本宮宿へと至る二本松街道を越え、再び山中に入ってしばらくしたところで、縦に長く伸びた隊列の後方から、先頭を行く十太夫のところまで、口伝えに報せが届いた。

「我らを追っている兵がいるとのことで」

十太夫のすぐ後ろにつけている第一小隊長、武《む》藤《とう》鬼《き》一《いち》が歩きながら言った。

「敵か？」

「いや、どうやら応援の会津兵のようです」

「それはありがたい」

「そろそろ隊を二つに分けますかな」

うむ、とうなずいた十太夫は立ち止まり、第二、第三、第四の三小隊を先行させた。

残った第一および第五から第八までの小隊を率いてさらに北上したところで森から抜け出し、本宮の宿場を目指して東へと向きを転じた。

ほどなく田畑が連なる平地に出た。

あと十日もすれば稲刈りが始まるだろう色づいた田圃《たんぼ》には、朝靄《あさもや》が満ちている。

見える範囲の行く手に敵の姿はない。

この朝靄を利用してできるだけ敵陣に近づくことにした。

声を潜め、物音を立てぬように気を配りながら、一町、また一町と本宮宿に接近していく。

手を掲げて停まれと隊列に命じた十太夫は、その場で背後を振り返り、靄の奥を透かし見た。

待つことわずか。靄の奥から会津兵の黒い影が出現した。

「ここで会津藩と集結して、一気に討ち入ることにしよう」

鬼一に言って、会津兵を待つ。

が、なぜか会津の兵たちは田圃三枚ほどに近づいたところで歩を止めた。

なにかがおかしい。

黒い影が動いた。だが、こちらには向かって来ずに、左右に散開し始めた。

ぞわりとした怖気《おぞけ》が十太夫の背筋を駆け抜けた。

「伏せろ！」

そう叫び、畦道《あぜみち》の上に身を投げ出すと同時に、おびただしい銃声が朝靄のなかを駆け抜けた。

伏せ遅れた者が銃弾の餌食《えじき》になり、血しぶきを上げ、あるいは絶叫しつつ、もんどりうって倒れ伏す。

追っているのが敵とは知らずに、ずっと背中を見せながら行軍していたとは迂闊《うかつ》、いや、あまりにも間抜けだった。森のなかを行軍しているあいだに襲って来なかったのは、一斉射撃ができる開けた場所に出るのを待っていたのだろう。

敵の正体は、おそらくは三春兵。このあたりの地理に詳しくなければ、あのような巧妙な立ち回りは無理だ。

畦道と稲刈り前の田圃との段差を胸壁代わりにし、銃で応戦し始める。

伏せている頭上すれすれを掠《かす》めた銃弾が、色づいた稲穂を吹き飛ばし、宙に舞った籾殻《もみがら》がぱらぱらと降ってくる。

敵の弾幕はさほど厚くない。手にしているだろう銃が、連発銃ではないようだ。ということは、やはり三春の兵に違いない。

おのれ、狐のごとき裏切り者め……。

ざっと見たところ、兵の数に大差はなさそうだ。こちらは戦慣れした鴉組《からすぐみ》である。

真正面からまともにぶつかり合えば勝てるはず。

「七番と八番は援護！　残りの者はおれに続け。敵との間合いを詰めるぞ！」

そう指示を与えた十太夫は、腰を屈《かが》めながら畦道を飛び越え、一枚向こうの田圃へと身を躍らせた。

第七小隊と第八小隊の兵たちが援護射撃を始めるなか、十太夫と同様に畦道を乗り越えた第一、第五、第六小隊の隊員が、じりじりと匍匐《ほふく》で前進する。刈り取り前の稲が立ちふさがって、容易には前へと進めない。そのかわり、上手い具合にこちらの身を隠してくれている。

稲を掻《か》き分けながら一枚の田圃を渡り切り、次の畦道に達したところで、北の方角で大砲の音が轟《とどろ》いた。本宮の北側に回り込んだ部隊のほうでも戦闘が始まったようだ。

十太夫が送り込んだ二番、三番、四番の三つの小隊は、敵陣へは討ち入らない。あくまでも相手の兵力を引きつけておくのが目的である。銃撃をしかけては退き、敵が追って来たらそれに合わせて再び退くという戦略を使って、敵陣営を攪乱しているはずだ。

この稲穂の海を横切れば、あとは田圃一枚残すのみ。一気に攻め込めば、打物を手にしての斬り合いに持ち込める。

奴らは、こちらがどこの部隊かまでは気づいておらぬのかもしれぬな……。

匍匐前進しながら十太夫は、にやりと頬をゆるめた。

目の前に現れた黒装束を見て、相手にしていたのが鴉組だと知ったら、慌《あわ》てふためいて逃げ惑うかもしれない。

「全員そろったら一気に討ち入る。皆に伝えてくれ」

そう鬼一に命じてしばらく待った。

がさごそと稲穂が揺れる音がして、十太夫の隣に鬼一が戻って来た。

「全員、配置につきましたぜ」

よし、とうなずいたところで、背後で激しい銃撃音が錯綜《さくそう》した。

稲穂の上に顔を出して後方を確認した鬼一が、身をすくめるようにして十太夫に言った。

「どうやら三春の援軍が駆けつけたようです。まずいですぜ、このままだと挟み撃ちにあっちまう」

このような際、わずかの逡巡《しゅんじゅん》が命取りになる。

「援護の七番と八番を呼び寄せて、真正面から突っ切る。無用な斬り合いはせずに南へ向かい、今助たちの本隊と合流して態勢を立て直す。鬼一、おまえは七番と八番を呼びに戻れ」

承知！　と残して鬼一がそばを離れたところで、十太夫は声を張り上げた。

「一発だけ撃って突っ込め。敵を蹴散《けち》らして本隊と合流する！」

おうっ、という隊員たちの声を耳にした十太夫は、分捕り品のスナイドル銃を手にした。

「撃て！」

号令とともに片膝立ちで引き金を引いた。直後、靄が晴れつつある田圃の表層に、銃撃音とともに硝煙の臭《にお》いが立ち込める。

三春兵の応戦の銃声が途切れたところで、

「突撃！」

そう叫んだ十太夫は、銃を刀に持ち替えて突進した。

前方から銃弾は飛んでこない。ざっと見やると、敵の数は四、五十程度。そのうち半数ほどの兵が慌てふためいた様子で銃口に槊杖《カルカ》を押し込んでいる。やはり三春の兵だった。全兵に銃が行き渡ってはおらず、その銃にしても火縄である。残りの兵たちが手にしているのは刀か槍だ。

迫ってくるのが、夜戦の奇襲で無敵の鴉組だと気づいたらしい。三春兵の顔が青ざめるのが見て取れた。

槍を構えた一人の兵が、目を吊《つ》り上げて突進してきた。まともな戦の経験はないようだ。まっすぐ槍を突き出したまま、雄叫《おたけ》びを上げて闇雲《やみくも》に突っ込んでくる。

穂先をかわした十太夫は、振り上げた刀を一閃《いっせん》させた。

槍の柄を握ったままの二本の腕が宙に飛び、両腕を失った兵が、絶叫して血しぶきを撒《ま》き散らしつつよろめき、数歩、歩いたあとでどうっと倒れ伏した。

その光景を目にした三春の兵たちが、散り散りになって逃げ始める。

「深追いはするな！　おれに続け！」

血に濡《ぬ》れた刀を振り上げ、向かう先を指し示す。

駆けながら首をねじって振り返ると、第七と第八の二つの小隊も、鬼一に引き連れられて二十間ほど後方から追って来ていた。

周囲から敵兵の姿が消えたところで、足を止めて隊をまとめた。

途中からしんがりを務めていた鬼一が、十太夫のもとにやって来て薄い笑みを浮かべる。

「三春のやつら、援軍を得て追撃に転じたようです。おっかなびっくりのようではありますがね」

「油断はするなよ。味方と合流するまで背後を頼む」

うなずいた鬼一が後方に下がったところで、十太夫は森と平地のへり伝いに隊を進め始めた。

北から聞こえていた砲声や銃声は、いまは途絶えている。かわりに南側、本街道の方角からくぐもった砲声が届いてきた。今助らの本隊でも戦闘が始まったようだ。

二本松街道まで戻り、さらに十町ほど南進したところで、先行させていた斥候が戻って来た。

阿武隈《あぶくま》川にそそぐ五百《ごひゃく》川の手前に、敵兵が密集しているという。どうやら郡山方面から進軍してくる同盟軍に対する守備隊らしい。

「どちらにしても五百川を渡らなければ味方と一緒にはなれぬ。背後から不意を衝《つ》き、挟み撃ちにしてやろう」

十太夫が言うと、斥候の報告を一緒に聞いていた鬼一が愉快そうに言った。

「さきほどのお返しですな」

「そういうことだ」

だが、十太夫らの思惑通りにはならなかった。

五百川付近の敵の姿が遠く判別できるようになったころには、最初に報告を受けたときの倍ほど、ざっと見ただけでも二百以上にまで数が膨れ上がっていた。しかも、本街道で繰り広げられている戦闘には加わっていない純然たる守備兵である。

再び放った斥候が戻って来て言うには、三春の兵は一部で、確認できただけでも薩摩、土佐、大垣の兵らが動き回っているという。どうやら本宮は、完全に新政府軍の支配下に置かれたようだ。

どうするか……。

林のなかに身を潜めている部下たちに目を向けながら、十太夫は考えを巡らせた。

敵の数が多すぎるうえ、こちらは隊を二つに割ったため、五十あまりの兵力に減じている。行く手は開けており、奇襲をかけられるような地形でもない。

追撃してきた敵兵は、途中であきらめたのか、しばらく前から姿を消していた。

ここはいったん山中を迂回し、奥州街道で本隊と合流するのが無難か……。

そのときだった。ふいに銃声が轟き、思案を巡らせていた十太夫の頭上で、木の枝がはじけ飛んだ。

全身が総毛立った。

林の奥から抜刀した兵たちが雄叫びを上げながら迫ってくる。

三春の兵だ。追撃をあきらめたと思っていたのだが、こちらが知らない山筋を使って密《ひそ》かにあとをつけていたに違いなかった。

十太夫の命を受けずとも、すべての隊員が抜刀して応戦を始めた。この状況では銃は使えない。林のなかから林の外へ、あるいは林に留まったまま、敵味方入り乱れての斬り合いになる。

衝撃隊の面々の奮戦は目覚ましかった。武術など嗜《たしな》んだことのない者ばかりだが、もともと肝が据わっているうえに、喧嘩《けんか》慣れしている。そうした連中が、最前線に身を投じて戦慣れしてきたとなれば、相手にとっては始末に負えない敵となる。敵が三春の兵だけで、直接の斬り合いとなれば、たちまちのうちに撃破できていただろう。

しかし、三春兵に続き、土佐と思《おぼ》しき兵たちも加わり始めた。

それのみではなかった。騒ぎを聞きつけた五百川にいた守備兵たちが、こちらに向かって駆けてくる。

事実、林の外に出たところで、十太夫は五人の敵を相手に睨みあう形となった。

三間ほどの間隔で対峙《たいじ》していた敵兵が、ゆっくりと十太夫を取り囲み始める。

まずいぞ、これは……。

まさしく多勢に無勢。さすがにこれでは活路を開きようがない。

一人の兵が、見開いた眼をぎらつかせ、刀を振りかぶって十太夫に打ちかかってきた。

ズドンッと銃声がして、その兵の身体が宙に舞った。

背後を見やると、一小隊ほどの兵を率いた青鬼が、槍を携えて突進してくる。

いや、鬼ではなかった。

浅葱色の陣羽織をまとい、周りの兵たちよりも頭一つ抜きんでた偉丈夫、若生文十郎であった。

十太夫と敵とのあいだに割って入った文十郎が、手にした槍を一閃するたびに、敵兵がいともあっけなく崩れ落ちていく。

「細谷どのっ、相手の数が多すぎる。敵側の援軍が来る前に、いったん退くぞ！」

また一人、槍の餌食にした文十郎が、十太夫のほうに首だけねじって声を飛ばした。

「どこまで退く」

「多勢に無勢で、残念ながら本隊もすでに退却を始めている。集結先は熱海《あたみ》の温泉場だ」

くそっ、またしても敗走か！

胸中でののしりつつも、この状況ではそうせざるを得ない。

わかった、と文十郎に言った十太夫は、

「おれに続け！」

そう叫んで、隊員たちに剣先で行く手を指し示した。

文十郎が連れてきた小隊とともに、南へと向けて衝撃隊も移動を始める。本宮宿の守備を優先しているのだろう。新政府軍の兵たちには、こちらを深追いする気はなかったようだ。

追撃してくる敵が見えなくなったところで、歩をゆるめた十太夫は、あらためて兵たちを見回した。

文十郎と行動をともにしているのは、聚義隊であるのに気づいた。

「今助はどうした」

十太夫が訊くと、文十郎が首を横に振って答えた。

「戦死した」

「なんと……」

絶句している十太夫に文十郎が言う。

「郡山からの援軍が到着せぬうちに、まずは三浦どのが撃たれた。隊長を欠いた三浦どのの隊が高倉《たかくら》方面になし崩し的に退却を始めた。それに憤慨した今助が聚義隊のみで応戦したのだが、先陣を切っていた今助が胸を撃ち抜かれた」

「首は？」

「残念ながら敵兵に討ち取られた。敵陣の真っただ中だったので回収は無理だった」

無念そうに文十郎が言った。

「援軍は来なかったのか」

「やって来たが、到着が遅かった。その間に敵の数がどんどん増えて、結局、五百川を越えることはできずに退却することになった。退却先は、本街道上の部隊は郡山、高倉方面に展開していた部隊は熱海の温泉場という指示だ」

そう説明した文十郎が、淡々とした口調で付け加えた。

「今助にかわって聚義隊を連れて退却中だったところ、味方の兵が多勢に無勢で苦戦しているのが見えた。放っておくわけにもいかぬので駆けつけてみたら、おぬしらだったというわけだ」

「おぬしに礼を言うのは悔しいが、正直なところ助かった。さすがにおれも、もはやこれまでかと思ったからな」

「礼には及ばぬ」

当たり前のように答えた文十郎に訊いてみた。

「それにしてもおぬし、さんざん場数を踏んでいるような働きぶりだったが、ほんとうに今回が初めての参戦なのか？」

「そうだが」

「鬼神のごときとは、さきほどのおぬしを指して言うのだということがよくわかった」

「いざというときに心の醒めた鬼になれるよう修業してきたと、昨日言ったはずだと思うが」

「言うだけならば、誰にでもできる」

「おれは、できぬことは口にしない」

素っ気なく答えた文十郎の隣を歩きながら、不思議な男だとあらためて思う。

頑固を通り越した融通の利《き》かなさに辟易《へきえき》することも多いが、人としての情が薄いわけではないのが、これまでの付き合いでわかっている。

結局、生き方が器用ではないということなのだろう。おそらく平時であれば、文十郎のような人間は、周りからやっかみを受けて疎《うと》まれ、持っている力を発揮できぬまま、せいぜい、その道でのみ名の通った槍術の道場主として、藩政には大きくかかわることなく生涯を終えることになるに違いない。乱世とも言えるこのご時世だからこそ、こうして登用されている。いや、重宝されているとしたほうが正しいか……。

それを言ったら、おれも、そして星恂太郎も同じだなと、なぜか自嘲《じちょう》の笑いが心ならずも漏れてくる。

「なにがおかしい？」

文十郎がいぶかし気な顔をした。

どうやら、実際に笑っていたようだ。

「いや、なんでもない。気にするな」

そう言った十太夫は、

「熱海の温泉場に退いたあと、おぬしはどうする」と尋ねてみた。

「二本松の情勢を確かめてから仙台に戻るつもりだが、おぬしは？」

「おれもまずは二本松城に向かう。もともと二本松の援軍となるべく郡山を出たからな。上からの命令が変われば別だが」

「おそらく……」

「おそらくなんだ？」

「二本松城は落城するだろう。おれはそう思う」

「おい、若生。そのような話、ご重臣らの前では口にせんほうがいいぞ」

「だが、間違いなくそうなるはずだ。今回の戦に身を投じてみてよくわかった。白昼、まともにぶつかっては、薩長には勝てぬ」

「兵装に差がありすぎるゆえ、無理ないことだ」

「だが、戦いようはある」

「その戦いようとは？」

「おぬしが実践しているではないか」

「夜襲か？」

「うむ」

「だが、夜襲や奇襲だけでは、戦そのものに決着をつけることはできんぞ」

「勝敗の決着をつける必要はない」

「どういうことだ」

「奥州街道上の兵をできるだけ早く撤収して、我が藩の国境を、総力を挙げて固めるべきだ。その際、敵の襲来を待ってまともに迎え撃とうとしてはならぬ。常に先手を取り、絶え間なく敵陣に夜襲をかけていれば、そうたやすくは国境を破られないだろう。そこに榎本釜次郎の艦隊が到着すれば、同盟軍と新政府軍との力が拮抗《きっこう》して睨みあいになる」

「会津はどうするのだ？」

「自力で耐えてもらうしかあるまい。無理に援軍を出せば、肝心の我が藩の守りが手薄になる」

「背に腹は代えられぬということか」

「そうだ。そしてまた、冬が来る前になんとか決着をつけたいというのが、薩長の本音なのは間違いない。そのぎりぎりのところを見極めて、和睦《わぼく》に持ち込む。それが我らに残されている最善の策だと思う」

「勝ちはしないが負けもしない。そういうことか」

「うむ」

「薩長の奸賊《かんぞく》を政権から追い落とすのがおぬしらの目的であったはずだが、和睦したのでは、そうはならぬぞ」

「それに拘泥《こうでい》して負け戦になったのでは話にならぬ。新政府内における薩長の横暴を内側から食い止めるのも方策の一つだ」

「それを許すかね、あの薩長が」

「そこは和睦の際の、話の持って行きようだろう。内心では薩長に反感を抱いている藩も少なからずあるのは確かだ。そこを上手く利用すればいい」

「なるほど。ここまで劣勢に立たされている以上、確かにそれが上策かもしれぬな。ということは、ときを稼ぐためにも、よけい二本松藩には頑張ってもらわねばならぬ」

「一日でも長く持ちこたえてくれればよいのだが……」

祈るような口ぶりで文十郎が言った翌日、慶応四年七月二十九日の正午前、二本松城は陥落、そして炎上した。

謀略

一

但木《ただき》土佐《とさ》が奉行職を解かれてから一月が経《た》ち、八月も下旬に入っていた。仙台城下の屋敷での雑務を終えたあと、給地である黒川郡吉岡《くろかわごおりよしおか》に移った土佐は、在郷屋敷において謹慎の日々を送っている。

戦局の行方が気になって仕方がないのは当然である。だが、藩政を担《にな》う重圧が消え、手足をがんじがらめにしていた鎖から解放された安堵《あんど》を、後ろめたさを覚えつつも密《ひそ》かに味わっているのも確かだった。

宵の口、寝所に敷いた布団《ふとん》の上で、土佐は按摩《あんま》を受けている。

吉岡に引きこもってからというもの、三日に一度は按摩を呼んで身体《からだ》の隅々を揉《も》み解《ほぐ》してもらっている。その甲斐《かい》あって、しつこく続いていた腰の痛みも、最近ではほとんど感じなくなっていた。

按摩の手技の心地よさにうっとりしつつ、土佐は蟋蟀《こおろぎ》の声に耳を傾けている。

この季節、宵ともなれば、こうして屋敷のなかにいても煩《うるさ》く届いてくる。

そういえば、仙台城下の屋敷では、たまさか聞こえてくる鳴き声に、これはなかなか風流であるなと熱心に耳を傾けていたものだ。そうしているうちに、ある日ふと気づけば、蟋蟀をはじめとする虫の声はどこかに消えており、ほどなく雪の季節がやって来る。

雪か……。

雪という言葉が浮かんだところで、まどろみかけていた土佐の思念は、のっぴきならぬ現実に引き戻された。

「どうかなされましたかの」

腰にあてがわれている手が止まり、按摩が尋ねた。

「いや、なんでもない。続けてくれ」

止まっていた指が再び動き始める。だが、せっかくまどろみかけていた土佐の目は、すっかり冴《さ》えてしまった。

早く雪が降らないものか。

そうは思うのだが、雪の季節がやって来るのは、まだ二月以上も先の話だ。

このままなんとか列藩同盟が持ちこたえているところに雪の日々がやってくれば、形勢の挽回《ばんかい》も見込まれる。薩長兵は奥羽の兵のようには雪に慣れていない。いつもであれば疎《うと》ましく思う雪だが、一刻も早くやって来てくれと、ここまで切望したことはいまだかつてなかった。それほどまでに、戦況は悪化の一途をたどっている。

在郷屋敷で謹慎中とはいえ、各地の情勢は逐一土佐の耳にも入ってくる。奥羽越列藩同盟軍が優勢に戦局を展開できているのは、庄内軍を主力とした秋田口だけだ。奥州街道の白河口、北越の越後口、そして浜通りの相馬口と、いずれも苦戦を強いられている。

いや、苦戦というよりは、敗退の一途をたどっているとしたほうが正しいかもしれぬ。

土佐が奉行職を退いた数日後、七月の末に、奥州街道のかなめとなっていた二本松城が陥落した。それによって、新政府軍は会津への侵攻が容易になった。

越後口も同様である。五月初旬に長岡藩を筆頭に北越六藩が列藩同盟に参集したのもつかの間、守りが手薄になっていた長岡城が、新政府軍に奪われた。

長岡藩を率いる家老河井《かわい》継之《つぎの》助《すけ》は、長岡城から北へ十里の加茂《かも》へと移って同盟軍を結集し、態勢を整え直して長岡城の奪還戦を開始した。

互いに損耗戦となる厳しい戦闘がしばらく続いたすえに、同盟軍は七月二十五日、長岡城の奪還に成功した。土佐がそれを知ったときには、謹慎の身となり在郷屋敷へと移る準備中であったものの、心底安堵した。長岡が盤石であれば、同盟軍の武器弾薬の調達地である新潟港は維持できる。

ところがわずか四日後、二本松城が陥落したのと同じ日に、長岡城が再び新政府軍の手に落ち、続けて新潟港も占領された。長岡城を奪還した際の戦闘で河井継之助が重傷を負い、指揮官不在のなかでの戦闘を強いられたのが敗因のようだった。藩の顔とも言えた河井継之助は、足に負った銃創により、会津への敗走中に絶命していた。

仙台藩にとっていっそう大きな難題は、浜通りの戦況であった。二本松が落城してからたいして間を置かずして相馬中村藩が降伏し、八月七日には相馬中村城が新政府軍の手に渡った。

仙台藩と相馬中村藩との国境の要所、駒《こま》ヶ嶺《みね》は中村城から真北へわずか二里という近さである。そしてまた、中村城から二里と少し北西に行けば、もう一つの国境の要所である旗巻《はたまき》峠に至る。

平潟《ひらかた》に新政府軍の兵が続々と上陸して来る状況下、仙台藩はこの二カ所をなんとしても死守しなければならない。

ところが、である。駒ヶ嶺が八月十一日、新政府軍に攻略され、防衛の本陣としていた駒ヶ嶺城が奪われた。その報《しら》せを聞いたとき、土佐は自身の耳を疑った。総勢で三千余りの大兵力を投入したにもかかわらずの負け戦である。にわかに信じられないのも無理はなかった。

駒ヶ嶺から三里ばかり北、亘理《わたり》郡坂元《さかもと》の要害まで退いた仙台藩は、そこで軍勢を立て直し、仙台領へ逃げ延びてきた磐城平《いわきたいら》藩兵、応援の米沢藩兵とともに、十六日と二十日の二度にわたって駒ヶ嶺城の奪還戦を試みた。

その二度目の奪還戦が、大雨にたたられて失敗に終わった。その報《しら》せが吉岡まで届いたのが三日前、八月二十二日のことだった。

会津と庄内の征討を阻止するのが目的だったこの戦は、もはや仙台藩自身の防衛戦に変わりつつある。

各方面から戦況の不利が報告されつつも、輪王寺宮《りんのうじのみや》から薩長討伐の令旨《りょうじ》が発せられ、白石の公議府に迎えたときには、これで一気に形勢を挽回できると、土佐のみならず誰もが信じ、真の勤王を奉じる奥羽の地に、ついに正当な朝廷が誕生したと言祝《ことほ》いだ。

だが、実際はどうだ。

帝を玉《ぎょく》としか扱わぬような奸賊《かんぞく》であるにもかかわらず、薩長の勢いはいっかな止まる気配を見せない。このままずるずると負け戦が続き、同盟軍が白旗をあげることになれば、薩長が作った偽りの新政府が、正当なものとして天下に君臨することになってしまう。

どこでどう歯車が狂ってしまったのか……。

からくり人形のなかで精巧に嚙《か》み合っていたはずの歯車が空回りし、人形が頭と腕を闇雲《やみくも》に振り乱して、狂ったように踊り出すさまを思い浮かべたところで、襖《ふすま》の外から声がかかった。

「横田《よこた》官平《かんぺい》にございます。よろしゅうございましょうか」

またなにか、新たな動きがあったに違いない。

「もうよいぞ。ご苦労であった」

そう言って按摩を引き取らせ、入れ替わりに入ってきた官平に、布団の上であぐらをかいて向き合った。

若生文十郎《わこうぶんじゅうろう》とともに軍務局での任を解かれ、無役となった官平であるが、実際には文十郎や土佐の意を受け、水面下で動き回っている。

行燈《あんどん》の明かりを映す官平の顔は、だいぶ憔悴《しょうすい》しているように見えた。

「よい報せではなさそうだな」

土佐の言葉に官平はうなずき、

「初めにひとつ――」と前置きをしてから言った。

「三好《みよし》どのが自刃《じじん》されました」

「まさか……」

しばらくのあいだ、土佐は言葉を失くした。

三好とは、あの三好監物《けんもつ》である。会津討伐か救済かの論争で、土佐ら救済派に敗れて若年寄の職を解かれたあとは、給地の磐井《いわい》郡黄海《きのみ》村に戻って隠遁《いんとん》の暮らしを送っていると聞いていた。

「なにゆえ自刃などを」

「よからぬ風説が、お奉行の松本《まつもと》どのの耳に入ったのがきっかけのようで」

「なんだ、そのよからぬ風説というのは」

「涌谷《わくや》さまの家臣二十数名が薩長と結託しているとのうわさにございます」

涌谷さまとは、遠田《とおだ》郡涌谷村に要害を構える一門、伊達《だて》安芸《あき》のことだ。禄高《ろくだか》が二万二千石を越える名門だが、父の急死を受けて昨年家督を継いだ安芸は、まだ十二歳と幼少である。そのため、いまは家老の坂元《さかもと》半左衛門《はんざえもん》が涌谷兵を率いて新庄口へと出陣している。

「薩長と結託してなにをしようというのだ」

「南方の国境防衛で城下が手薄になっている隙《すき》に、ひそかに薩長兵を招き入れて仙台城を乗っ取り、松本どのら抗戦派の面々を斬《き》り捨てて新政府に降伏することを企てているとの話にございます。さすれば、戦が終わったあとの処置において、自分らが優遇されるに違いないと目論《もくろ》んでいるとかいないとか」

荒唐無稽《こうとうむけい》な、と一笑に付すわけにもいかぬ話である。家老が不在で領主が幼少となれば、不利な戦に嫌気がさしている者たちが、よからぬ企てを抱いて暗躍し始めてもおかしくない。

「ないとは言い切れぬ話だが――」とうなずいた土佐は、軽く首をひねりながら言った。

「その企てに三好監物がからんでいたというのか」

「お察しの通りにございます。首謀者は三好どの。涌谷と手を組み、有志の者を城下に潜伏させて蜂起《ほうき》の機会をうかがっていると、そういう話でござります」

「そこまでいくと、さすがに鵜呑《うの》みにはできぬぞ」

「探索方の密報を受けた監察の熊谷斎《くまがいいっき》どのも半信半疑だったようにございますが、まことであれば一大事ゆえただちに稟告《ひんこく》したところ、お屋形さまはご執政らに至急の審議を命じられたとのこと」

「ふむ。してその結果は」

「三好監物は危険人物につきすぐさま捕縛すべし、との建言だったそうで」

「その建言を取りまとめたのは松本だな」

「さようです。ですが、なにひとつ証拠がない話でしたゆえ、捕縛は見合わせてもよいのではないかとお屋形さまは仰《おお》せになられたようです」

そう言った官平は、土佐が黙しているのを見て続けた。

「しかし松本どのは、今後、南方に兵力を集中させるためにも、まずは国内の憂慮を排除しておくのが肝要として、三好どのの捕縛を命じられました」

「それを知った監物が自刃して果てたというわけか」

「さようにございます。最初は黄海に使いを差し向けて登城をうながしたとのことですが、三好どのが病気を理由に登城は無理だと応じなかったため、あらためてお目付を差し向けたところ、観念した三好どのが、登城の支度をするとの口実をもって捕縛に来た者たちを別棟で待たせておき、そのあいだに割腹したという顚末《てんまつ》のようにございます」

「ということは、単なる風説ではなかったということか」

「いや、それがそうでもないようで、割腹前、大條《おおえだ》どのに宛《あ》てて認《したた》めた手紙において、根も葉もない濡《ぬ》れ衣《ぎぬ》であると、切々と訴えております。あながち嘘《うそ》でもないような文面であるのは確かで――」

「ちょっと待て。その手紙をおぬしはどのようにして知ったのだ」

「少々手間取りましたが、三好どののご家中が写しを所持しているとの話を聞きつけまして……」

「わかった、その先は言わんでいい」

目礼した官平の顔をあらためて見やる。

「いや、待て。おぬし、なにか隠しているであろう。その手紙のことで」

「隠しているわけではございませぬが、取るに足らぬことですゆえ、わざわざ報告するまでもないかと思った次第で」

「かまわん、言ってみろ。おおかた、おれの悪口でも書いてあったのだろう」

「土佐どの」

「なんだ」

「なかなか察しがよろしゅうございますな。感服仕《つかまつ》りました」

「余計なことは言わんでいい。監物はなんと書いていたのだ」

しからば、とうなずいた官平が、ゆっくりと言った。

「松本、坂《さか》、但木のごとき奸賊が国事を誤り、御国を賊の手に売らんとしていることは無念でならず、我は死すとも悪鬼となって奸賊どもにとり憑《つ》き呪《のろ》い殺してくれようぞと、まあ、さような内容にございました」

土佐の背筋に、ぞわりと怖気《おぞけ》が走った。

聞くのではなかった。

後悔したが手遅れである。

「その手紙、入手したのか」

尋ねた土佐に、

「いえ」と横に首を振った官平が、

「なにかご所望がおありで？」と訊《き》く。

「いや、いい。なんでもない」

その手紙、なんとしても手に入れ、祈禱《きとう》のうえで焼き捨てよ。

そう言いそうになったのだが、かろうじて思いとどまった。かわりに土佐は、三好監物の怨霊《おんりょう》を振り払うべく、自分のほうから話題を変えた。

「ところで、話はまったく変わるが、若生はその後どうしている」

　土佐の胸中を察したのだろう。なにもなかったような口調で官平が話し始める。

「ご自身で編成した農兵隊を折衝隊と命名して筆甫《ひっぽ》に出陣するや、その日のうちに相馬との国境を越え、玉野《たまの》村に夜襲をかけて敵陣を焼き払ったとの報せが届いております」

「夜襲とな」

「細谷《ほそや》どのに倣《なら》ってのことでありましょうな。国境を守る戦法としては、確かに優れているのではありますまいか」

「うむ……」

　官平が言った伊具《いぐ》郡筆甫村は、奥州街道と浜通りのほぼ中間に位置し、背後に角田《かくだ》と船岡《ふなおか》の要害を控えた要所である。

「若生はまだ筆甫にいるのか」

「そのはずでございますが、明日か明後日には城下に呼び戻されることになりそうかと」

　そう言った官平が、はたと思い出したというように膝《ひざ》を叩《たた》いた。

「三好どのの件で話が前後してしまいましたが、本来の用件をお伝えいたします」

「本来の用件とな」

「おそらく明後日になると思われますが、お屋形さまの命により、和戦の評定が行われる段取りになりました。大評定になるということで、一門、三席宿老、着座、出入司《づかさ》、町奉行、郡奉行、評定所役人、目付、近習目付、小姓頭、若年寄らを御座の間に召し出すとのことです。して、このたびの評定に際しては、土佐どのもご登城するようにとのお達しです」

「なぜそれを早く言わぬ」

そう言った土佐は、眉根《まゆね》を寄せて官平に訊いた。

「和戦の評定ということは、戦を続行するか否《いな》か、藩論がいよいよ二つに割れ始めているわけだな」

「最近の城中では、誰はばかることなく西軍との和議和《わ》睦《ぼく》を口にする者も増えているとのこと。実際、拙者も幾度となくそうした議論の場面を目にしております」

「扇動している者がいそうだな」

「中心になっているのは、遠藤文七郎《えんどうぶんしちろう》どのではないかと」

「おそらくそうだろう」

うなずいた土佐は、しばらく剃《そ》らずにいた月代《さかやき》に手をやった。

産毛《うぶげ》のような毛髪が生えてきている頭部をさすりながら、このたびの評定の行方を吟味してみる。

戦の続行か否か。どちらに転ぶことになるか、先行きはまったく闇の中であった。

二

土佐と官平の密談が終わったころ、景祐《かげすけ》は自ら兵を率いて筆甫の本陣をあとにしていた。

郡奉行でありつつも景祐が戦の最前線に赴くことを、筆頭奉行となった松本要人《かなめ》は、土佐と違って引き留めようとはしなかった。かわりに臨時の役職として、軍目付兼兵糧《ひょうろう》係を仰せつけた。確かにそのほうが動きやすい。

ありがたく拝命した景祐は、城下で小銃と弾薬および兵糧を調達し、小荷駄方を雇って筆甫村へと向かった。大肝入の八《や》巻《まき》善作《ぜんさく》宅を陣所として定めたのが十日前、八月十五日だった。

景祐が筆甫に到着したときには、あらかじめ書状で指示を受けていた善作が、すでに農兵隊の人員を集めてくれていた。驚いたことに、その全員が、農兵募集の触れに自ら進んで応募してきた者だという。

「お奉行さまから皆の衆にご訓示を」

善作から言われ、奥の間から縁側へと出て、庭に参集している百姓たちに目を向けた。

総勢で七十名あまりであったが、これから戦場に向かおうとする者が抱くであろう不安や高揚は、なぜか伝わってこない。

無言のまま、景祐は一人一人の顔を見やった。いずれも、景祐を値踏みしているような目つきである。

「参じた者のほとんどが、葛西《かさい》氏旧臣の子孫にございます」

隣にいた善作が景祐に耳打ちした。

それで得心した。

その昔、奥州葛西氏は、陸奥国《むつのくに》中部における有力な戦国大名であった。しかし、豊臣秀吉による奥州仕置きの際、小田原征伐に参戦しなかった咎《とが》めにより改易され、滅亡した。

奥州における仕置きは、すんなりと進んだわけではなかった。いまの仙台領の北部を支配していた葛西・大崎両氏の旧家臣が不満を抱き、大規模な一揆《いっき》を起こしたのである。天正十八年（一五九〇）のことだった。当然ながら貞山公《ていざんこう》――伊達政宗は、一揆鎮圧の一翼を担った。のちに葛西大崎一揆と呼ばれるようになるこの一揆が平定されたのは翌年になってだった。それにより、葛西氏旧家臣団の生き残りは、奥州各地に四散することになった。

実はこの一揆、鎮圧の功績により葛西・大崎の旧領を手に入れるため、政宗が画策して扇動したものだという話が伝わっている。さらにまた、そもそも葛西氏が小田原征伐に参戦しなかったのは、当時の葛西氏は政宗の曽祖父《そうそふ》稙宗《たねむね》の代から伊達氏に従属しており、独自に兵を出せる立場ではなかったからだとも言われている。

どちらも、真偽のほどは景祐にはわからない。

だが、自分が葛西氏旧臣の子孫であったならば、三百年近く前の話とはいえ、簡単には恨みを消せぬだろう。

一同を見回した景祐は意を決した。

不安げに景祐を見ている善作に軽くうなずき、庭に向き直る。

「そのほうら、誉れ高き葛西の御子孫であると、大肝入の善作からうかがった。まずは、このたびの募集に率先して馳《は》せ参じてくれたこと、厚く感謝いたす」

景祐の言葉を一言も聞き漏らすまいと、庭は静まり返っている。

「はるか古《いにしえ》のことであるとはいえ、天正年間の秀吉公の奥州仕置きの際には、大変な辛苦を舐《な》めたであろうこと、察して余りあるところ。よくぞ耐えてくれたと感服仕る。そしてまた、おのおのがたの苦難のみなもとは貞山公の仕打ちにほかならぬと、さような話を聞き及んでいるのも然《しか》り。この若生文十郎、真偽のほどを判ずる立場にはおらぬが、もしその伝聞がまことだとすれば、若輩者ながら貞山公に代わり、そのほうらに詫《わ》びねばならぬ。まことに申し訳ござらぬことをした。いまさら謝られても詮無《せんな》いこととは存ずるが、この通り、心より謝罪仕る次第にござる」

そう言って景祐は縁側に腰をおろし、両手を膝に当てて深く頭を垂れた。

庭にどよめきが起こった。

ざわめきが静まったところで、男の声がした。

「お奉行さま、なにとぞ頭をあげてくだされ。あまりにもったいのうございます。どうか、どうかお直りくださりませ」

伏していた顔をゆっくりと上げた。

景祐の目に、庭で深々とひれ伏している百姓たちの姿が映った。

最前列にいた百姓の一人と目が合った。

その男が頭を下げ、つくばったまま言った。その声から、寸前に言葉を発した者であるのがわかった。

「おそれながら、お奉行さまに申し上げます。わしら葛西の末裔《まつえい》が奥州仕置きの無念を忘れておらぬのは、嘘ではございませぬだ。しかしその後、わしらが代々のお屋形さまの御厚情でこの地で生きて来られたのも確かにございます。したから、このたびの募集に、わしらはわしらの土地と、そして御国を守るため、率先して応募した次第にございます。よもやお奉行さまからさきほどのようなお言葉を頂戴《ちょうだい》するとは夢にも思いませなんだ。わしらの境遇を慮《おもんぱか》ってくださるお奉行さまのご心情、涙が出るほど嬉《うれ》しゅうございました。どうぞ、なんなりとご命令くださいませ。わしら一同、お奉行さまの命《めい》とあらば、命を投げ出す覚悟にございますだ」

そこで男は、参集している一同に身体を向けて言った。

「のうみんな、そうであろう！」

すると身を起こした百姓衆が、おうっ、と一斉に声をあげた。なかには袖口《そでぐち》で涙を拭《ぬぐ》っている者もいる。

「かたじけない。そのほうらの力、遠慮なく貸してもらおう。だが、決して無駄死にしてはならぬぞ。皆の力を合わせてこの村を、そして、我が仙台藩を守り抜こうぞ！」

再び百姓たちが声を上げ、高々と拳《こぶし》を突き上げた。

このときの景祐の脳裏には、細谷十太夫《じゅうだゆう》とともに福島に向かっていたときに見た光景がよみがえっていた。

　二本松城が炎上しているのを目にした景祐と十太夫は、二本松の援護はあきらめ、裏街道を使って福島の軍事局へと急いだ。

　福島の二里ほど手前で裏道から奥州街道へと戻った。

　奥州街道は、命からがら身一つで二本松から逃れてきた領民たちであふれていた。激しい攻防戦のなかで、何日もまともな食事にありつけていないようだった。げっそりとやつれた老若男女が、とぼとぼと北へと向かって歩いていた。北へ逃げてもどうにかなる見込みはまったくないにもかかわらず、二本松周辺に留まり、新政府軍の兵たちに蹂躙《じゅうりん》されるよりはましだということなのだろう。それでも、自力で歩ける者はまだいい。他人の肩を借りずには歩けぬ年寄りやけが人が、うめき声をあげ、あるいは涙を流して、引きずられるようにして歩いていく。幼子の手を引いて歩いている母親の目は、ことごとく途方に暮れていた。身寄りを失くしたらしい子どもがよろよろと歩いているのを見た十太夫が、不憫《ふびん》に思って畑からくすねてきた西瓜《すいか》を与えてやると、その子は死ぬほど腹が減っていたらしく、あっという間に皮まで残さず貪《むさぼ》り食った。

あのような哀れな光景をこの地に再現してはならぬ。戦が始まってしまった以上、だから、負けてはならぬのだ。少なくともこの筆甫の地を敵に蹂躙させてはならぬ。葛西の子孫だというこの領民たちの暮らしを、なんとしても守らねばならぬ。気勢を上げる百姓たちを見やりながら、景祐は固く心に誓っていた。

一度目の夜襲は、景祐が筆甫に着陣したその日のうちに決行した。農兵たちの士気が高かったこともあるが、敵の不意を衝《つ》くのが目的だった。新政府軍は、降伏した敵を斥候および先鋒《せんぽう》として使うという戦略を常に取っていることが、これまでの戦闘から判明している。先日の三春藩による攻撃は、まさにその典型だった。

相馬中村藩も同様である。周辺の地理に詳しい兵や猟師を、斥候として放っているのは間違いない。景祐の筆甫への着陣と農兵隊の編成は、筒抜けとは言わぬまでも、早晩敵方に知られてしまうだろう。

その前に最前線の敵陣を叩いておく。

そう決めて決行した夜襲は見事に成功した。不意を衝かれた敵兵は散り散りになって逃げ去った。味方の兵を一人も失うことなく敵陣を焼き払い、明け方に筆甫に戻った。

その四日後に決行した二度目の夜襲は、残念ながら不調に終わった。原因は、指揮系統の乱れである。

駒ヶ嶺が陥落したことで、旗巻峠と筆甫の防衛がますます重要となり、一度目の夜襲を決行した前後にかけて、角田と丸森の兵が相次いで筆甫に入ってきた。それを受け、角田兵の八小隊と丸森兵の三小隊が、景祐が折衝隊と名付けた農兵隊と合同で敵陣に夜襲をかけることになった。

実際に戦闘の指揮を執ったのは、丸森兵とともに着陣した軍目付、佐藤清蔵《せいぞう》である。

「若生どのは本来、財用方の郡奉行。戦の指揮は拙者に任せてもらうのが筋というものであろう」

手柄を立てたい一心だったのかも知れぬ。そう言って清蔵は譲らなかった。

各部隊の隊長が集まっての詮議が持たれた。景祐を推す者と清蔵を支持する者とのあいだでかなり揉めた。結局、清蔵が指揮を執ることになった。が、これが失敗だった。

合図があるまでは絶対に発砲してはならぬという、夜襲においては最も肝心な指示が徹底されていなかった。行軍中の闇夜に、ふいに発砲音が轟《とどろ》いた。それによって先鋒の隊が混乱をきたし、統率が取れなくなったなかで敵との戦闘が始まった。とりわけ、筆甫に到着して間もなかった角田隊の動揺が激しく、勝手に戦線を離脱する兵が続出した。しかし、そうした詳細が判明したのも、あとになってのことである。

このときの戦闘には、景祐も折衝隊を率いて参戦していた。だが、なし崩し的に始まってしまった銃撃戦、しかも地理に不案内な暗闇の戦闘においては、戦線を維持するだけで精一杯であり、敵陣への討ち入りはどう考えても無理だった。

夜襲が敵に知られてしまっては、作戦そのものが失敗である。だが、戦闘中止の指令はいっかなもたらされない。

ようやく各部隊との連絡がつき、全軍撤収の指令が行き渡るまで、最初の銃声がしてから二刻《とき》近くを要した。

白兵戦には至らなかったために、負傷者が何人か出ただけで戦死者を出さずにすんだのは幸いだったものの、貴重な弾薬を無駄にして、この日の作戦は失敗に終わった。

明けて八月二十日、丸森邑主《ゆうしゅ》佐々《ささ》雅楽《うた》の世子、佐々貞吉《さだよし》が、白石本営からの指示を受けて戦況の視察に来た。丸森兵の再編をした貞吉は、筆甫に展開していた各部隊の指揮官を集めた。評議が持たれ、あらためて前夜の作戦失敗の吟味がなされた。

結果、筆甫方面の全部隊は、景祐の指揮下に入ることになった。

それから五日間、筆甫戦線は小康状態を保ったまま推移した。

表面的には膠着《こうちゃく》して見える戦線ではあるが、斥候を放っての偵察戦は、むしろ活発になっていた。その際、頼りになるのは、十太夫から教示してもらっていた通り、農兵隊のなかにいる猟師たちだった。

斥候に出していた猟師から、笹町村に置かれた敵陣で、前線の兵の入れ替えがあるようだとの報せが、八月二十五日の昼前にもたらされた。

すぐさま景祐は、丸森と角田、両部隊の隊長を召集して、今夜、三度目の夜襲を決行する旨《むね》を告げた。

夜五ツ（午後八時）、景祐率いる折衝隊を先鋒に、八小隊が相次いで筆甫から出陣、という段になったところで、雨が降り始めた。同盟軍がこれまで幾度となく煮え湯を飲まされてきた雨である。

しばし迷った。

中止にするか……。

しかし、と景祐は考えた。この雨は、むしろ味方になるのではないか。

斥候の報告通り、新政府軍内で前線部隊の入れ替えがあるのだとすれば、兵たちの気が緩んでいるはずだ。この雨天を衝いて同盟軍があえて襲撃して来るとは、誰も考えていないだろう。あわせて、ようやくのこと、仙台藩の兵たちにも洋式銃が行き渡るようになってきた。折衝隊にも、城下から運んで来たミニエー銃を持たせている。雨で火縄が着火せずに不発、という事態は避けられる。弾薬は十分とは言えないものの、短期決戦の夜襲であれば問題ない。

各部隊の隊長を集めた景祐は、あらためて夜襲の決行を命じて段取りを確認した。

真夜中の雨中の行軍には、さすがに難儀した。およそ三里の道程をこなすのに、晴れた日の倍以上を要し、陣幕を張った陣所までおよそ二町と迫った林のなかで部隊を止めたときには、そろそろ払暁《ふつぎょう》を迎えようとするころあいになっていた。

敵陣の様子を探ってきた二瓶兼吉《にへいかねきち》が声を潜めて言った。

「この雨のせいか、歩哨《ほしょう》も立たせておらんです。わしらに囲まれているのに、まったく気づいておらぬようですわ」

大肝入善作の屋敷の庭で最初に声を上げた男である。参集した百姓たちからの信望が厚いのは、すぐにわかった。折衝隊の隊長に任命するや、すぐさま農兵たちを取りまとめてくれ、その日の夜襲での働きぶりも目覚ましかった。

「よし、段取り通り進めよう」

景祐が言うと、兼吉がうなずき、おのおの銃に弾を込めるように指示した。

火薬と弾丸を装塡《そうてん》する音が止《や》んだところで、前進の合図を後方に送った兼吉が、隊の先頭に立って移動を始めた。

夜明け前で暗くはあるものの、提灯《ちょうちん》の明かりがなくても動けるほどには物が判別できるようになっている。加えて、降り続いている雨が上手《うま》い具合に物音を消してくれている。

林を抜け出た景祐たちは、敵陣まで一町と迫ったところで動きを止め、扇の形に散開した。

景祐の折衝隊、丸森兵、角田兵の順で発砲し、敵がすぐさま応戦してこないようであれば、間髪容《い》れず一気呵《か》成《せい》に討ち入る段取りだ。

奇襲の際にだらだらと銃撃戦をやっていては敵に態勢を立て直す暇を与えるようなもの、それよりは一発撃って敵陣を攪乱《かくらん》したあと、すぐさま打ち物を手にしての白兵戦に持って行くほうがはるかに勝利を望めるとは、これもまた、細谷十太夫から教えられた戦略である。その十太夫はいま、自身の衝撃隊を率いて旗巻峠の守りを固めているはずだ。

景祐は、意識を凝らして敵陣の気配を窺《うかが》ってみた。陣幕の内側にはいまだになんの動きも認められない。

やるならいまだ。

屈《かが》めていた腰を伸ばした景祐は、高く掲げた腕を振り下ろして叫んだ。

「撃て！」

折衝隊の銃が一斉に火を噴いた。

わずかに間を置いて丸森兵の銃が、それに続いて角田兵の銃声が続く。

陣幕の向こうから、怒声と悲鳴が入り乱れて届いてきた。だが、応戦の銃声は一発もあがらない。

「突撃！」

景祐の声とともに、太刀や槍《やり》を手にした兵たちが雄叫《おたけ》びを上げつつ、敵陣めがけて突進し始めた。

戦況の行方を景祐が見守っているなか、先陣を切っていた兼吉が、陣幕を切り裂いて敵の陣営に飛び込んだ。折衝隊と丸森兵がそれに続き、角田の兵は逃げ出した敵兵の追撃を担うため、陣所の手前で待機している。

敵は完全に不意を衝かれたようだった。

応戦はおろか、ほとんど抵抗することなく陣所を捨てて逃げ去った。

敵を追撃していた兵たちが戻って来たところで、樽《たる》に入れて運んできた行燈の油を撒《ま》き、もぬけの殻となった陣屋をはじめ、笹町村の家々を焼き払った。この村の領民たちにとっては酷《ひど》い仕打ちではあるが、そのまま捨て置いて引き揚げたのでは、またすぐ新政府軍の陣所となってしまう。

　ともあれ、雨中の行軍には悩まされたものの、味方の犠牲は出さずに、三度目の夜襲を成功裡《り》に終えることができた。筆甫における本陣、常照寺《じょうしょうじ》の周囲に土塁を築いて守りを固めるためのときが稼げる。

　景祐が、泥まみれになった兵を率いて筆甫に帰還したときには昼になっていた。それでも雨は、なおもしつこく降り続いていた。

　善作の屋敷で風呂に浸《つ》かり、濡れそぼって冷え切った身体がようやく温まったところで、城下からの伝令が来た。

　明日、仙台城の御座の間において評定を行う段取りにつき至急登城すべし、との命であった。

　何のための評定なのか、書状にはなにも書かれていなかった。

　その書状を手にしつつ、おそらくは、と景祐は思った。おそらくは、和戦を論じるための評定なのではあるまいか……と。

三

仙台城の二の丸、御座の間において持たれた大評定において、土佐の予想通り、藩論がひとつにまとまることはなかった。

論じられたのは、この戦の続行かそれとも和睦かの選択であったが、結局のところ、主戦派が誰で非戦派が誰なのか、その旗色が明らかになっただけである。

まとまらぬ評議に、温厚な慶邦《よしくに》もついに業を煮やしたらしく、いつにない強い口調で参集した面々に言い渡した。

「もうよい。このままでは、いつまで経っても埒《らち》が明かぬ。それぞれの思うところを、一両日中に書状をもって建言いたせ、わかったか」

さすがに異議を唱える者はいなかった。あの若生でさえ、終始黙したままだった。

評定の終了後、仙台城下の土佐の屋敷には主戦派の主だった面々が集まり、今後の方針について密談が持たれた。

顔触れは、筆頭奉行の松本要人、藩主名代として福島に遠征していて一昨日の夜、仙台に戻ったばかりの坂英力《えいりき》、柴田《しばた》郡村田《むらた》邑主で奉行の片平大丞《かたひらだいじょう》、十日ほど前に奉行に任じられたばかりの遠藤主税《えんどうちから》、そして玉虫左太夫《たまむしさだゆう》と若生文十郎である。六名の奉行のうち、もう一人、大内筑後《おおうちちくご》も主戦論者であるが、家中で手の離せない用事ができたとのことで、この場にはいない。

「お屋形さまは、なにゆえ突然、和戦の評議を命ぜられたのだ。あまりに急だと思うのだが」

吉岡を発《た》つのが遅れ、昨夜仙台屋敷に到着した土佐は、評定前に詳しい状況を把握する間がなかった。

「いや。それが、突然でも急でもないのだ」土佐の問いに応じた坂英力が続ける。「真田《さなだ》らと引き揚げて来る際、白石の手前の越河宿で増田歴治《ますだれきじ》と合流したのだが、そこで仙台城下へ向かう途中だという米沢の木滑《きなめり》と堀尾《ほりお》に会った」

堀尾の名は聞いたことがないが、木滑要人は米沢藩の家老で、土佐も幾度か顔を合わせている。

「して、木滑らの用向きは？」

「降伏勧告の使者として仙台に行くところだと言っていた。いや、実際おれも、降伏をしつこく勧められた」

「降伏の勧告だと？　聞いておらんぞ、さような話。なぜそれをおれに教えなかった」

松本要人が声を荒らげて英力に詰め寄った。

「松本どの、おれは一昨日、しかも深夜に城下に戻ったばかりで、すっかり疲れ果てていた。今日の評定も病気にて休もうかと思ったくらいなのだ。責められても困る」

「昨日、丸一日余裕があったではないか」

「一日中、動けなくて床に入っていた」

「誰か人を遣わせばよかったではござらぬか」

「そうしたところで、なにが変わる。いや、そこもとのことだから、米沢の使者に刺客でも送りかねぬだろう」

「なんだと。おぬし、おれを誰だと思っておるのだ。筆頭奉行をなんと心得ている」

「なにを言うか。それを言うなら、おれはお屋形さまの名代だ」

「二人ともいい加減にせい。子どもの喧嘩《けんか》じゃあるまいし」

土佐が割って入ると、さすがに二人ともばつが悪そうに口を閉ざした。

「木滑らは、その後、城下に入ったのか」

「昨夕、拙者と石母田《いしもだ》どのとで応接をいたした」

土佐の問いに遠藤主税が答えた。今年でちょうど四十歳になる主税は、もともとはわずか八十八石の大番士であった。普通であれば奉行になれる家格ではない。だが、有能な人材であるのは確かで、当初より熱心な開国論者として、遠藤文七郎らの尊王攘夷《じょうい》派とは激しく対立していた。土佐が解任される際、奉行職に取り立てるよう慶邦に強く推挙していたのだが、筆頭奉行になった松本要人の進言もあって、役料の二千石を賜り奉行に取り立てられた。

これにより、六名の奉行のうち四名が、土佐の一派とみなせることになった。藩政にかかわる大きな決断が必要になった際、藩主の命で六名の奉行による衆議が持たれる公算が強い。四対二であれば、問題なくこちらの意に沿った結論に至るはずだ。この点に関して、遠藤文七郎は陰で歯ぎしりをしているに違いない。

「いかなる理由で米沢は降伏を勧めに来たのだ。我が藩とともに列藩同盟のかなめとなってきた米沢藩であろう。ここで腰砕けになられてはどうにもならぬぞ」

「土佐藩の山内容堂《やまうちようどう》侯のお指図と思われますが、八月十八日と言っておりましたから、いまより十日ほど前のことになりましょうか。土佐藩の使者が米沢城下に参じて上杉《うえすぎ》さまの御正室、貞姫《さだひめ》さまに恭順を勧める書状をお渡しになったとのことにございます。その書状によりますと、天朝においては寛典に処する御沙汰《さた》につき、降伏すればこれを許し封土も削らずとのご意向であり、よって米沢においては早々に降伏して謝罪するべく藩論を統一するのが得策であろうと、さように書かれていたとのことにござります。それを受けて米沢では、降伏の方向へと藩論がまとまりつつあるゆえ、仙台藩もそれに倣ってはいかがかとの話にございました」

それでおおよその事情はわかった。米沢藩主上杉斉憲《なりのり》の正室貞姫は、土佐藩の十二代藩主山内豊資《とよすけ》の娘である。その貞姫を通して、土佐藩からの書状が斉憲に渡ったに違いない。

「それであっさり日和《ひよ》ったわけか、米沢の腰抜けどもは」

苦々しげに要人が吐き捨てた。

「封土も削らずなど、さような話を真に受けてどうする。明らかに降伏をうながすための甘言であろう」

片平大丞が要人の隣で同様に顔をしかめた。

「しかし主税。おぬしらが木滑どのらを応接したのは昨日のことであろう。和戦の評議を今日持つことは、もっと前から決まっていたと思うのだが」

土佐の疑念に英力が答えた。

「増田だ、増田歴治だ。やつもおれと一緒に木滑の話を聞いている。いちはやく城下に戻ってご注進に及んだのだろう」

「おのれ増田め。戦では腰抜けのくせに、お屋形さまに取り入るのは上手いと来ている。武士の風上にもおけぬやつだ。口実さえあれば、即刻叩き斬ってくれるところだ」

さきほどからの松本要人の憤《いきどお》りは、いっかな収まる気配がない。

こやつ、ここまで激しやすい男だったか？　と内心で眉をひそめつつも、土佐は話の流れを本筋に戻した。

「いずれにせよ、米沢が降伏するとなれば、藩内に動揺が走るのは必至だ。和議や降伏に傾く者がいま以上に数を増したら、戦の続行は難しくなる。その前になにか手立てを講じねば遠藤文七郎らの思うつぼだぞ。なにか妙案はないものか」

土佐としては、玉虫と若生に問いかけたつもりだったのだが、要人が口をはさんだ。

「そうだ、その文七郎だ、諸悪の根源は。このところの藩内の動揺は、やつが画策して引き起こしているのは間違いなかろう。あやつを、いや、この際、あやつに与《くみ》している者らをまとめて捕縛して一掃すれば藩論はまとまるはずだ」

「いくらなんでも、明白な罪状がないのでは、それは無理だろうて」

「罪状など、どうにでもなる」

「待て、松本。早まったことはせんほうがいい。もっとほかの方法で藩論をまとめねば、あとで面倒なことになりかねぬ」

「土佐どの、それほど案じなくても、徹底抗戦に藩論は動いていくのではないかと思われますぞ」

玉虫がようやく口を開いた。

「なぜそう思われる」

片平大丞が玉虫に尋ねた。

「額兵隊がいつでも出陣できるまでに準備が整ったと星恂太郎《ほしじゅんたろう》が申しております。二、三日中には講武場にて大調練を行うとの話でございます。額兵隊の大調練は、降伏論者への示威になるとともに、藩士らの士気を鼓舞することになるでしょう。実際のところ、薩長に国境まで攻め込まれたからには、仙台兵の底力を示さねば気が済まぬといきりたっている藩士も多いようです」

「確かにわからぬでもないが、それもこれも、勝算あっての話であろう」

そう土佐が言ったときだった。

廊下のほうが騒がしくなったと思いきや、この密談に顔を出していなかった大内筑後が、血相を変えて座敷に駆け込んできた。

どうした。なにかあったのか。いったいなにごと。

口々に声が上がる。

一同の視線を浴びた筑後が、なぜか喜色満面になった。

「来たぞ、ついに来た！」

筑後が目をぎらつかせながら言う。

「来たとはなにがだ」

松本要人が眉根を寄せて訊いた。

もったいぶったように一同を見回してから、筑後が口を開いた。

「榎本《えのもと》だ。榎本釜次郎《かまじろう》が艦隊を引き連れて、ついにやって来た」

「まことかっ」

「ああ、まことだ。松島湾の寒風沢《さぶさわ》に錨《いかり》を下ろしたとの報せが、ついさっき城下に届いた。これで勝てるぞ、この戦！」

頬を紅潮させて、筑後が拳を握り締める。

筑後だけではなかった。居合わせた誰もが昂《たかぶ》った面持ちで拳を握り、あるいはうなずき、あるいは笑みをこぼした。

いや、全員ではなかった。

土佐がふと目を向けた先で、若生文十郎がなぜか浮かない顔をしていた。

四

「若生」

但木土佐の仙台屋敷をあとにした景祐の背中に、遠藤主税が声をかけてきた。

立ち止まり、振り返った景祐を、主税が誘った。

「ちょっと付き合わんか」

「かまいませぬが」

うなずいて片平丁《かたひらちょう》の方角に戻ろうとした景祐に、

「いや、そっちじゃなくて、久しぶりに大内屋《おおうちや》にでも参らぬか。おれが一献おごろう」

そう言いつつ、主税が反対方向に顎《あご》をしゃくる。

「よいのでございますか、お奉行が肴町《さかなまち》などでお飲みになられても」

「いまの屋敷、だだっ広すぎてどうにも落ち着かぬ。それに大内屋であれば裏木戸から二階に上がれるゆえ、人目にはつかぬだろう。女将への段取りはそこもとに頼むことになって申し訳ござらぬが、かまわぬだろう？」

景祐より一回りばかり年長の遠藤主税であるが、もともとは禄高が百石に満たない下級武士である。鷹匠頭《たかじょうがしら》近侍《きんじ》目付となったおりに藩主より主税の名前を賜ったのだが、お屋形さまの覚えがすこぶるよかったようで、三度目となった慶邦の建白書奏上の際には、副使として駿河府中まで赴いている。

その建白書の奏上が結局は不首尾に終わったあと、帰国した主税は奥羽諸藩の連携を強く訴えるようになり、安田《やすだ》竹之輔《たけのすけ》や玉虫左太夫、そして景祐らとともに但木土佐の実質的な参謀となって、列藩同盟結成のために奔走した。

肴町の大内屋は、新政府軍との戦闘が本格化する前、土佐の一派が頻繁に通って議論を交わしていた料理茶屋である。

背後から声をかけられ、ちょっと付き合わんか、と言われたとき、主税の屋敷で話をするものだと思って片平丁に足を向けたのだが、引っ越しをして間もない屋敷は居心地が悪いらしい。奉行に抜擢《ばってき》される際に与えられた屋敷である。仙台城にほど近い広瀬川沿い、片平丁に並ぶのは、一門、一家、一族ら、仙台藩重臣が居住する広大な敷地を持つ屋敷ばかりだ。

それに加え、駒ヶ嶺陥落の報せが仙台城下を駆け巡るや、在郷屋敷を持つ上級家臣は、自身の家族を次々と知行地に避難させつつあった。おかげで、最近の片平丁界隈《かいわい》は寂しいほどにひっそりしている。身の回りの世話をするわずかな者だけを伴い、北四番丁の手狭な屋敷から移ってきたばかりの主税が、どうにも落ち着かぬ、とこぼすのも無理はない。

「わかり申した。それでは拙者が一足先に大内屋に参り、女将に話を通して裏木戸を開けさせておきますゆえ、お奉行はそちらからお入りくださいませ」

景祐が言うと、主税は顔をしかめて言った。

「若生、その慇懃《いんぎん》なというか、畏《かしこ》まったしゃべり方、やめてくれぬか」

「しかし、お奉行に対して礼を失してはなりませぬので」

「余計な配慮は要らぬ。そのようなしゃべり方をされると、あちこち痒《かゆ》くなりそうだ」

「そうですか、しからば――」とうなずいた景祐は、

「先に行っておりますゆえ、主税どのは裏木戸よりお入りくだされ」と言い残し、たいして変わらぬな、という主税の独り言を背中で聞き流して肴町へと足を向けた。

大内屋の女将は、久しぶりに訪ねてきた景祐を、その後いかがなされていたか案じておりましたがご無事でなによりです、ほんとうに嬉しゅうございますと、満面の笑みで迎えてくれた。

会合で使っていたいつもの部屋に通されて待つことしばし。階段がかすかにきしむ音に続いて襖《ふすま》が開き、女将に案内された主税が入って来た。

酒肴《しゅこう》の膳《ぜん》を自ら運んできた女将とひとしきり談笑したあと、女将が席を外したところで、まずは主税が口を開いた。

「土佐どのの屋敷でのおぬし、終始浮かぬ顔をしていたがどうしたのだ。いつものおぬしであれば、口を閉ざしたままで終わることはなかろうに」

「それを言えば主税どの、そこもとも同様であったではござらぬか。榎本艦隊が到着したとの報せに、さほど嬉しそうな顔をしていなかったようにお見受けしましたが」

「よく見ておったな。悟られてはおらぬと思っていたのだが」

「なにを隠しておいでです？」

「おぬしこそ」

景祐をじいっと見ていた主税が、ふっと口許《くちもと》をゆるめた。

「腹の探り合いをしていても始まらぬか。このところは、誘ったおれのほうから話すのが筋であろうな」

そう言った主税が、一度盃に口をつけてから続けた。

「降伏の勧告に来た米沢の木滑と堀尾の両名を昨日城中で応接した際に、石母田どのが同席していたと言ったであろう。皆には伏せていたが、実は昨夜、その石母田どのと遅くまで話をしていた」

「密談ですか、石母田どのと」

「うむ」

「さすがにさきほどの会合では口にできぬことですね」

話題に出ている石母田とは、栗原《くりはら》郡桜ノ目邑主の石母田但馬《たじま》のことである。家格は一族、家中を三十名ほど抱える禄高一千石の在郷邑主だが、この三月から参政に、五月からは執政職に就き、仙台城下の警備を担っていた。

その但馬と昨夜密談したことを主税が土佐邸で口にしなかったのは、但馬が遠藤文七郎らの一派だと見なされているからだろう。

「して、どのような話を」

景祐がうながすと、うなずいた主税が言葉を選ぶようにしてしゃべり始めた。

「米沢からの降伏の勧告、この際すみやかに受け入れたほうが今後の我が藩にとってはよいであろうというのが、石母田どのの所見であった」

「それはそうでしょうね。もとより、そういう立場でおられた方ですから」

「ただな、若生。じっくり話を聞いてみると、石母田どのの言っていることはわからぬでもないのだ。松本どのは徹底抗戦の一点張りだが、もはやそれではどうにもならぬところまで戦況が悪化しているのも、残念ながら事実だ。あとひと月、榎本艦隊の到着が早ければ違っていただろうが、遅きに失したと言わざるを得ぬ。星の額兵隊を投入すれば劣勢を少しは挽回できよう。だが、それでも国境を守るのが精いっぱいであろう」

「それで弱気になられたと、そういうことですか」

「弱気だと？」

気分を害したように言った主税であったが、自嘲《じちょう》の笑みを口許に浮かべたあと、軽くため息を吐いた。

「確かにそうかもしれぬな。だが、この戦を和睦に持って行くには、いまが潮時のような気がするのだ。この機を逃せば取り返しのつかぬことになるかもしれぬ。実は、土佐どのの屋敷で和睦の話を持ち出してみようか迷っていたのだが、そこへちょうど大内どのが駆け込んできて、切り出せなくなってしまったというわけだ」

「なるほど、そういうことでしたか」

「で、ふとおぬしを見たら、榎本艦隊の報せにも、さほどどころか、まったく嬉しそうではないように見えた。いったいなにゆえか気になったものだから声をかけてみたというわけだ。もしかして若生、おぬし、なにか知っていることがあるのではないか？」

つかの間、逡巡《しゅんじゅん》したあとで、景祐は言った。

「実は、すでに亘理《わたり》どのが、和睦を目指して密《ひそ》かに動き始めているようです」

「亘理どのが？ まさか……いや、確かにそれはあり得るな」

景祐の言葉に最初は驚いた顔をした主税だったが、すぐに得心したようにうなずいた。

亘理どのというのは、一門の亘理要害領主、伊達藤五郎《とうごろう》である。駒ヶ嶺が陥落したいま、浜通りの国境に臨む領地を有する藤五郎は、新政府軍と直接対峙《たいじ》する状況に立たされている。本格的な戦闘が始まれば、戦況によらず領地が荒れ果てるのは、火を見るより明らかだ。それを避けたいと藤五郎が考えるのは当然だろう。

「その話、いったいどこから聞いたのだ？」

「知ったのは今朝です」

そう答えて、景祐は続けた。

「筆甫から戻ったのが昨夜遅くなってからでしたゆえ、今朝早く、お屋形さまへ復命するために登城いたしたところ、御座の間に向かう廊下で氏家兵庫《うじいえひょうご》どのと鉢合わせになりまして」

「氏家はなにゆえお屋形さまのもとへ」

「本人からは聞けませんでしたが、お屋形さまから——」そう言って景祐は、今朝の慶邦とのやりとりを主税に明かした。

「筆甫での働きぶり、聞き及んでおるぞ。ご苦労であったな。実はこのたびのおぬしの働きに鑑《かんが》みて、軍事参謀番頭格に任じようと考えておったところだ。あらためて松本を通して申し付けるゆえ、よろしく頼むぞ」

——承知仕りました、ありがとうございます。ところで、お屋形さま。ひとつ訊いてもよろしゅうございましょうか。

「なんだ、言うてみい」

——さきほど、そこの廊下にて氏家兵庫どのと顔を合わせましたが、このような朝早くから、なにか面倒事でも持ち上がったのかと存じまして。

「なに、たいしたことではない。気にせんでいい」

——たいしたことがないとは到底思えぬ様子でありましたが。

「若生」

――はい。

「率直に訊くが、この戦、いかように決着をつけたらよいとおぬしは考えておる」

――できうる限り奥羽諸藩にとって有利な形での和睦。それが最善かと存じます。

「松本や片平、あるいは玉虫などは、あくまでも徹底抗戦を主張しているようだが、それとは意を異《こと》にするというのか」

――そういうことになります。

「それでは、おぬしの立場が悪くなるのではないのか？」

――お屋形さま。会津の説得に向かわせていただく前、もはや徳川や会津の存亡を憐《あわ》れんでいる場合ではござりませぬと申し上げたこと、覚えておいででしょうか。

「覚えておるぞ」

――まことでございますか。

「いや、おぬしがそう言うのであれば、確かにそうなのであろう」

――あのときと同じでございます。いまはもはや、奥羽の旗頭としての体面や面目にこだわっている場合ではござりませぬ。仙台城を枕《まくら》にして徹底抗戦に臨めば、確かに新政府軍も容易には我らを落とせぬでしょう。しかし、そこから反転攻勢して薩長を奥羽から打ち払うことができるかというと、新潟港を奪われたうえ、秋田をはじめ羽州各藩が同盟を離脱し、三春や相馬中村に続いて米沢までもが降伏となれば、至難のわざにござります。まことに悔しい話にはござりますが、薩長の軍事力を侮《あなど》ってはなりませぬ。籠城《ろうじょう》戦に持ち込んだとしても、いずれはどこかで和議和睦をせざるを得なくなるかと存じます。

「それよりは、早く和睦をしたほうが傷は浅い。そういうことか？」

――さようにござります。籠城戦により我ら武士の面目は保たれるかもしれませぬが、城下は荒れ果て、罪のない多くの領民が戦に巻き込まれて塗炭の苦しみを味わうことになります。

「おぬしの所見はわかった。実のところ、わしも似たようなことを考えておったのだが、すでに亘理の藤五郎が熊本藩の陣営に密使を送り、周旋依頼をしていたとのことだ。先の非を悔やみ降伏謝罪の手続きに及べば、熊本藩は宇和島藩にも働きかけて寛典の処置を周旋するとの内意が、昨夜わしのもとに届いたのだ。それで早速、熊本藩に使節を送ることにした」

――それで氏家どのを召し出したわけでございますか。

「そういうことだ」

　文十郎の話を聞き終えた主税は、

「なるほど、そういう話になっていたのか――」うなずきながら言ったあと、

「だとすれば、お屋形さまの心が和睦に傾きつつあるのも無理はないと、おれも思う。だがしかし、おぬしが和睦を良しとしているとは思わなんだ。なにせ、筆甫での働きぶりを聞いていたからな。徹底した主戦論者だと思っておった」と、率直な所感を口にした。

「それは別な話にございます。戦場に身を置いた以上は、勝つために最善を尽くさねばなりませぬ。負ければその地は敵に奪われて蹂躙されます。それはできうる限り防がねばならない――」

　そう言った文十郎が、ですが、と断りを入れて続けた。

「そもそもが、大義の立つ戦であればよいのです。このたびの戦、当初は大義の立つものでした。それがいまは、民百姓の辛苦を顧みぬ、武士の面目を保つための戦になりつつある。それが私には我慢ならぬのです。いや、そのような戦になるのを止められない自分が許せぬのです。無念でなりません」

　文十郎が苦悶《くもん》の色を目に浮かべた。その表情を見た主税は、偽りなく驚いた。常に冷静沈着かつ豪胆。それが若生文十郎という若侍に対する主税の評であった。めった

に人に見せることはないのであろうが、周囲の者が思っている以上に細やかな部分を併せ持つ男なのかもしれない。

「となると若生。お屋形さまが仰せのように、おぬしの立場が悪くなるのは避けられんぞ。おれはまだよいが、長らく玉虫どのの右腕となってきたおぬしが和睦派に転ずるとなれば、裏切りとみなされる。とりわけ松本どのは怒り心頭に発しようぞ。最近の松本どの、以前にも増して気が短くなっているからな。迂闊《うかつ》なことは口にせんほうがいい」

「ご忠告、感謝いたします。ですが私は、己の信ずるところを貫くのみです。まずは松本どのを説得いたしましょう」

苦悶の色が消え、いつもの口ぶりに戻った文十郎が答える。

「いや、駄目だ若生。それはまずい。おぬしが思うところをまともに口にしたのでは、まとまるものもまとまらなくなる」

慌《あわ》てて押しとどめた主税に、

「では、いかようにしますか」眉間《みけん》にしわを寄せて文十郎が言う。

「肝心なのは、どうやって藩論を和睦に持って行くかだ。今日の評定がそうであったように、このままでは何度繰り返しても藩論は一つにまとまらぬ。おれが案じているのは、痺《しび》れを切らした松本どの、あるいは文七郎が暴挙に出ることだ」

「暴挙、ですか」

「さよう。さきほどの会合で文七郎の一派を捕縛して云々と松本どのは言っておったが、実際にやりかねぬとおれは思う。そうなると、文七郎らも黙ってはいまい。最悪、斬り合いになりかねぬ。その一方で、文七郎のほうも予断は許されぬ」

「なにか知っていることがおありなのですか」

「うむ。実は昨夜、石母田どのから聞き出せたのだが、どうも、政権の転覆を企てていたらしい」

「さようですか」

「さようですかで終わりか？　驚かぬのか」

「話の流れを追えば、特に驚くほどのことではないかと」

落ち着いた口調で答えた文十郎を、主税はあらためて見やった。

そういえば土佐がこぼしていた。若生と話をしていると、自分が馬鹿になったのかと思うことがしばしばあって困ると。

主税は、一つ咳払《せきばら》いをして気を取り直してから続けた。

「秋田方面の国境を守るために召集されている頑強な壮丁を取りまとめ、自らが総長となってまずは岩出山《いわでやま》の要害を奪い、そこを拠点に南進して吉岡に攻め入り、仙台へ。主戦派の巨魁《きょかい》たる土佐どのらを捕らえて投獄、あるいは血祭りにしたうえでお屋形さまを擁して新政府軍に降伏せんと、さような謀略を企てておったようだ。幸い、このたびの評定が持たれたことで実行に移す機会を逸したようだが、いつなんどき箍《たが》が外れるか正直わからぬと石母田どのは憂《うれ》えていた」

「しばしお待ちください。石母田どのは文七郎どのと一枚岩ではないということにございますか」

「そう見てよい。若いころに桜田良佐《さくらだりょうすけ》どのに師事したという話から文七郎と同族と我々も思い込んでいたが、決してそうではないのが話をしていてよくわかった。信頼するに足る相手であるのは間違いない」

「まんまと騙《だま》されている、ということはございませぬか」

じいっと文十郎の目を見据えて、主税は言った。

「若生。おれはそれほど間抜けではないぞ」

「申し訳ござらぬ。失礼いたした」

軽く頭を下げた文十郎に、声を潜めて主税は言った。

「そこでだ、若生。おぬしはこれまで通り、徹底抗戦を良しとする主戦派の立場でふるまってくれぬか。さすれば、奉行というおれの立場ではなかなかつかめぬ水面下の話が、主戦派の面々からこぼれ聞こえてくることもあるだろう。文七郎一派の動向は、石母田どのが逐一もたらしてくれるということで、すでに話はついている」

「この私に間諜《かんちょう》をしろと、そういうことですか」

「おぬしが姑息《こそく》な手段を好かぬのは知っている。しかし、すべては我が藩の行く末のためだ。おぬしもおれも、所詮は一介の大番士にすぎぬ。つまりそれは、門閥とは無縁の立場で大局を見ることができるということでもあろうぞ。抗戦派と和睦派とのあいだで容易に議論がまとまらぬのは仕方がない。だがそのせいで、血で血を洗うような抗争、くだらぬ内輪揉めにまで至ったのでは話にならぬ。そうは思わぬか」

「それについては、異論はございませぬ」

文十郎がうなずいたのに意を強くして、主税は言った。

「そうした事態になるのを回避しつつ、なんとか藩論を和睦に持って行く。そのための裏方をやってくれぬかと頼んでいるのだ。決して卑怯《ひきょう》な真似《まね》をしろと言っているのではない」

「主税どの」

「なんだ」

「いまの話、そっくりそのまま、私が松本どのに耳打ちしたらいかがいたしますか」

真顔で文十郎が言った。

しばし相手の目を見つめたあと、主税は口許をゆるめた。

「おれはそれほど間抜けではないと、さきほど言ったばかりであろう」

文十郎の口許が主税と同様にほころんだ。

「わかり申した。貴殿を信ずることにいたしましょう」

「かたじけない」

そう言って主税が徳利を掲げると、目礼した文十郎が自分の盃を差し出した。

五

浜通り、相馬口に駐屯している熊本藩の陣営に慶邦が遣わした氏家兵庫は、月が変わる直前の八月晦日《みそか》の夜、仙台城に戻って来た。

仙台藩がこれまでの非を悔いて降伏謝罪の手続きを取りたいのであれば、あらためて重役を差し向けられたし。さすれば熊本藩は宇和島藩とともに周旋に尽力するのはやぶさかに非《あら》ず——それが、氏家兵庫が持ち帰った熊本藩の回答であった。その際兵庫は、慶邦から指示されていた十日間の矢止めの約束を取り付けてきた。

それにより、藩論が和睦へと一息に傾いていくかと思いきや、そうはならなかった。その最も大きな要因となったのは、総勢千五百ほどの旧幕府兵を乗せた榎本艦隊の到着である。筆頭奉行の松本要人が自ら出迎えに行き、榎本釜次郎ら主だった面々を仙台城下まで案内した。九月二日に仙台城入りした一行は、表対面所において藩主との謁見《えっけん》に臨み、饗応《きょうおう》を受けた。

榎本艦隊到着の報せは、城中のみならず、あっという間に城下全域に広まった。徹底抗戦を訴える主戦派の士気が高まるのは当然である。藩主慶邦と世子宗敦《むねあつ》が、それぞれ白河口と相馬口に分かれて出陣する運びになった。そんな噂《うわさ》までもが城下を駆け巡った。

いや、決して噂ではなかった。松本要人は、藩主と世子の出陣に向けた準備を密かに進めており、九月四日をもって出陣の段取りになっていた。

そうした状況下、九月三日に、榎本や新選組の土方歳三《ひじかたとしぞう》、艦隊に同行していたフランス人の軍事顧問が参加のもと、応接所において軍議が持たれた。その軍議には、遠藤主税も列席した。

二名のフランス人とともに現況を子細に検討したあとで榎本は、列藩同盟のさらなる奮起を――奥羽の地は日本全土の六分の一を占めるうえ、五万の兵力を擁している。この土地とこの兵をもってすれば、官軍と称している薩長の軍勢は恐るるに足りず。この際、土方歳三を総督として仙台に軍務局を置き、二名のフランス人を雇って軍略を練れば、勝利は難しくない――と、強い口調でうながした。

　その軍議の場に、松本要人、大内筑後、片平大丞の主戦派奉行がいなかったのが幸いした。ちょうどそのとき、翌日の藩主と世子出陣の段取りを整えるため、三名は手分けして奔走していたのである。したがって、榎本らの応接に当たった主税以外の奉行は、和睦派の石田《いしだ》正親《まさちか》のみで、ほかの面々も石母田但馬や増田歴治など、和睦を良しとする者がほとんどだった。

　ただしその軍議には、仙台藩以外の同盟側の代表、会津藩や庄内藩の重役も顔をそろえていた。よって、榎本の提案を強硬に退けることもできず、結論には至らずに散会することになった。

　もとより榎本らもこの場で決定に至るとは考えていなかったようで、熟議のほどをお願いする、と念を押したうえで、額兵隊の調練を参観するために宮城野へと向かった。

　いずれにしても矢止めが保たれているあいだに藩論を決定する必要があった。

榎本らを交えての軍議の様子を主税から聞いた慶邦は、二度目となる和戦の評定を命じた。それにより、松本要人らが計略を練っていた九月四日の藩主父子出陣は立ち消えとなり、主税と石母田但馬にとっては、最善とは言わぬまでも、思惑に沿った展開になりつつあった。

　そうして持たれた九月四日の評定はまたしても、いや、やはりと言うべきか、前回と同様に紛糾して翌日に持ち越しとなった。

　明日、五日に再開される評定を前にした夜《よ》更《ふ》け、寒々とした主税の屋敷を若生文十郎が訪ねてきた。

「松本どの、かなり荒れておりました」

　奥の間で腰を落ち着けるなり、文十郎が言った。

「無理もなかろうな。榎本艦隊の到着で藩論が一気に徹底抗戦へと傾くと思っていたのだろう。ところが、蓋《ふた》を開けてみたらむしろ和睦の意見が優勢とあっては、虫の居所も悪くなるというもの」

　そう言ってうなずいた主税は、

「で、松本どのの屋敷に参集した面々は？」と文十郎に尋ねた。

「片平どのと玉虫どの、そして安田どのに私の四名です」

「なにか新たな動きはあったか」

「この前、土佐どのの屋敷で口にしていた遠藤文七郎らの捕縛の件、どうやら本気になったようにございます」

「無茶な……」

「松本どのはそうは思っていないようで、捕縛する者の名簿を作ることになりました。ざっと数えて八十名内外の名前が挙がることになりそうです」

「止める者は誰もおらんかったのか」

「聞く耳を持たぬとは、さきほどの松本どのを指しての言葉だと申して差し支えないでしょうね」

「おぬしは諫《いさ》めなかったのか」

「それをしたら間諜としての役割を果たせなくなるではないですか」

間諜、という部分を強調して文十郎が言った。

「わざわざそれを口にせんでもいいだろう」

主税が顔をしかめると、

「それとは、どれのことでしょうか」真顔で文十郎が訊いた。

間諜、と言いかけて主税はやめた。そんなことに労力をかけている場合ではない。

「いや、それはいい――」と顔の前で手を振った主税は、

「して、その捕縛対象の者どもの名簿、いかようにして作ることになったのだ」と尋ねた。

「私が引き受けました」

当たり前のように答えた文十郎が、なぜおぬしが、と主税が尋ねる前に言った。

「そうした雑務、最年少の私が引き受けるのが順当でしょう。引き受けておいて、のらりくらりと引き延ばすこともできますゆえ、そのあいだに和睦に藩論が統一なれば、それに越したことはない」

「若生」

「なんでしょう？」

「おぬし、なかなかの策士ではないか」

「お褒めの言葉、ありがとうございます」

この男の扱い方、ようやくわかってきたぞと内心でほくそ笑んだ主税であったが、

「などと、私が喜ぶとでも思いましたか」

その文十郎の言葉で、こいつを相手に余計なことを言うのは金輪際やめようと、主税は決めた。その自信はなかったが……。

「いかがなされましたか」

　そう訊かれた主税は、

「それより若生。おれのほうでも聞き捨てならぬことを、二つばかりつかんだぞ――」と話の中身を変え、文十郎の返答を待たずに続けた。

「文七郎らのあいだで、お屋形さまを隠居させようかという話が出ているようだ」

「この大事なときになぜ」

「どちらかというと、宗敦さまのほうがより強く和睦にお気持ちが傾いているのは周知のとおり。この際、宗敦さまを藩主に立てて朝廷に恭順の意を示したほうが、寛典の実効を得やすいだろうと考えているようだ」

「そう簡単にはいかぬでしょう」

「おれもそう思う。ご一門の同意を取り付けずには、容易にはいかぬ話だ。案ずる必要はないだろう」

「で、もう一つのほうは？」

「うむ、こちらのほうが大問題なのだが、どうも文七郎は、松本どのの暗殺を企てているらしい」

「あり得る話だとは思うのですが、遂《つい》にそこにまで至りましたか……」

さすがに文十郎も顔を曇らせた。

「松本どのを誅殺《ちゅうさつ》すれば主戦派は大人しくなる。そういう目論見のようだ」

「やり口は薩長と同じですね。文久のころの京師《けいし》では、天誅と称して人を殺《あや》める輩《やから》がごろごろしておりました」

「いずれにしても、内輪での殺傷沙汰は阻止せねばならぬ」

「刺客は誰かわかりましたか」

「まだわからぬ。だが、判明すれば直ちに石母田どのが教えてくれる手筈《てはず》になっている」

「決行日は」

「それもまだつかめておらぬが、城中や片平丁の屋敷内でということはないだろう。登城か下城の途中を狙《ねら》うに違いない。おぬしならどうする？」

「松本どのは夜更けに退城することが多いですからね。私なら、人目につかぬ片平丁のどこかで、屋敷に戻る駕籠《かご》を待ち伏せします」

「であろうな」

「松本どのの駕籠に護衛をつけますか」

「いや、それはまずい」

主税は首を横に振った。

「なぜです？」

「なにゆえ護衛をつけるのだと理由を問い質《ただ》されるだろう。お奉行の暗殺を企てている者がいるようで、などと答えてみろ。捕縛者の名簿など待たずに、文七郎一派に片っ端から縄をかけ始めるに違いない」

「そうなったら、和睦派は暴発するでしょうな」

「どうやったら極秘裏に暗殺を阻止できるか、なかなかいい案が出ぬので困っていたところだ」

「確かに難問ですね」

そう言った文十郎が、顎に手をやり、しばらく思案したあとで、おもむろに口を開いた。

「一計があります。この件、私にお任せくださいませぬか」

「一計とな」

ええ、とうなずいた文十郎が、その一計なるものを話し始めた。

六

刺客の名が判明したのは、翌日の昼のことだった。この日、朝早くから再開された二日目の評定も、前日と同様、暗礁に乗り上げた。昨日は和睦派が優勢になって終わったのだが、松本要人ら三名の主戦派奉行が巻き返しを図り、互いに一歩も譲らぬ状態で拮抗《きっこう》した。

進まぬ評定は遅い昼餐《ちゅうさん》を摂《と》って再開されたのだが、その昼餐のあいだに、遂に痺れを切らした文七郎が、同志である二人の大番士を呼び出して松本要人の暗殺を指示したのである。

主税から目配せされた景祐が、二人で示し合わせて厠《かわや》に立った際、それを主税から耳打ちされた。刺客の一人は勤王派の魁首とも言える桜田良佐の甥《おい》である桜田春三郎《はるさぶろう》、もう一名は山岡文助《やまおかぶんすけ》。両名とも親しく話をしたことはないが、顔は知っていた。決行は今宵で間違いなかろう。厠をあとにする間際《まぎわ》、主税は最後にそう付け加えた。

そしていま、夜更けの城下を景祐は、揺れる提灯の明かりを追って歩いていた。三枚肩の駕籠舁《か》きが掲げている提灯には、松本家の紋が入っている。

新月から五日目の月が青葉山の向こうに没して半刻ほどが経っており、ついさきほど夜四ツ（午後十時）の鐘が夜空に響いた。

もともと閑静な片平丁の一帯であるが、この時刻ともなると明かりが漏れている屋敷は皆無に近く、微《かす》かな星明りがかろうじて物の輪郭を浮かび上がらせるのみで、しんとした闇が満ちている。

先を行く駕籠に近づきすぎず、しかし、見失うことのない間合いを開けて、景祐は忍びの者のように気配を消して歩を進めていた。

一門や一家の、とりわけ大きな屋敷が続く界隈をなにごともなく駕籠は進んだ。

蛇行する広瀬川に沿って左に折れ、比較的広い通りをしばらく進み、もう一度左へと折れて裏路地に入ろうとしたところで、提灯の明かりがふいに止まった。

足音を忍ばせつつ駆け始めた景祐の二十間ほど先で、道端の藪《やぶ》から黒い影が二つ飛び出した。

慌てふためいた駕籠舁きが手にしていた提灯を放り捨て、散り散りになって逃げ始めた。逃げる駕籠舁きには委細構わず、抜刀した二人の侍は、置き去りにされた駕籠に「天誅でござる！」という頓狂《とんきょう》な声を上げて剣先を突き刺した。

その刹那《せつな》、景祐は二人に向かって声を張り上げた。

「いかがなされた！　揉《も》め事でござるか！」

ぎょっとした様子の二人は、抜身の刀を手にしたまま景祐のほうに顔を向けた。

「いったいなにごとですか。そこでなにをされている」

そう言いながら近づいていくと、景祐が五間あまりにまで迫ったところで互いに顔を見合わせ、次の瞬間には身をひるがえして一目散に走り去った。

二人とも頭巾《ずきん》を被《かぶ》っていたが、桜田と山岡で間違いなかろう。

蠟燭《ろうそく》の火が消えた提灯を拾い上げた景祐は、手近な塀に身を寄せた。そのましばらく待ってみたが、二人の刺客が戻って来ることはなさそうだった。

周囲に人の気配がないのを確かめた景祐は、誰も乗っていない空の駕籠を残したまま、町屋に続く路地の奥へと歩み去った。

解兵

一

「十太夫《じゅうだゆう》。暇乞《いとまご》いをしたいとは、いったいなにゆえだ」

——おそれながらお屋形さまに申し上げます。十日間の矢止めとの報《しら》せに、旗巻峠からいったん城下に戻って参りましたが、三日間に及んだこのたびの評定において、我が仙台藩の藩論は和睦《わぼく》に定まったと聞き申した。正直、驚いた次第にござります。

「それが不服だと、そういうことか」

——不服もなにもございませぬ。なにがあろうと、君命をまっとうするのが家臣の務め。お屋形さまの命《めい》であれば、いかような命にも従う所存に変わりはございませぬ。

「つまり十太夫。おぬしが言いたいのは、このたびの評定が、果たしてわしの意とたがわぬものなのか、それを確かめたいということなのだな」

——さようにござります。お屋形さまが和睦と決めたというのであれば、拙者に異論はございませぬ。しかし、薩長に日和《ひよ》ったご重役らが勝手に決めたのだとすれば、拙者はとうてい承服いたしかねまする。なんとなれば、命を賭《と》して闘い、死んでいった部下たちに、それでは申し開きができぬからです。

「おぬしの衝撃隊、いや、鴉組《からすぐみ》と言ったほうがいままでは通りがよいな。その鴉組の働きぶりは、わしもよく承知している。常に先鋒《せんぽう》として敵陣に乗り込むゆえ、最も損耗が激しい隊であったことも知っておる。そうして死んでいった兵たちには申し訳ないが、この機に和睦をというのは、予の本意であるのは確かであるぞ」

——それであれば、拙者にはなにも申し上げることはございませぬ。とはいえ、どちらにせよ、暇乞いをしたいことに変わりはございませぬ。どうか、拙者のわがままをお許し願えないでしょうか。

「なにゆえだ。なにゆえそこまで依怙地《いこじ》になる」

——和睦となれば、もはや鴉組は無用の長物になり申す。もともと血の気が多い連中ですゆえ、和睦を良しとしない者も出てくるでしょう。隊をそのままにしておいたのでは、新政府側との和議の邪魔になるやもしれませぬ。それよりは、これを機に隊を解散したほうがよいと考える次第にございます。

「鴉組を解散するのはよかろう。しかし、だからといって、おぬしが暇乞いをする必要はなかろうぞ」

——隊を解散したのち、拙者は出家しようと考えております。

「出家とな……」

——さようにございます。出家して、死んだ部下たちの弔いをしたい。その一心にございます。

「なるほど。おぬしの心情はよくわかった。出家するのはかまわぬ。止めはしまい。ただし、それはまだしばらく先にせよ。それが予の命だとしたらどうするか」

——お屋形さま……。

「確かに藩論はかろうじて和睦となった。だがそれは、あくまでも藩内においてはそうなったという話にすぎぬ。まずは、熊本藩と宇和島藩を通して、大総督府に和睦の申し入れをせねばならぬ。それにはいくばくかのときを要するうえ、すんなりと進むかどうかはまだわからぬ。もしかしたら、和睦ではまかりならぬ、という話になるやもしれぬ」

——和睦ではなく、全面的な降伏でなければならぬと、そういうことにございますか。

「うむ。奉行をはじめ、ほとんどの者は、こちらが和睦を申し入れれば大総督府はそれに応ずると考えているようだ。しかし、そうはいかぬ公算も無きにしも非《あら》ずだとわしは見ておる。まだまだ予断は許されぬ状況にあるということだ。すべての決着がつくまで、おぬしはわしの傍らに控えておいてくれぬか。この先、おぬしの力が必要になることが、必ずや出てくるだろう。どうだ、十太夫。わしの頼みを聞いてくれぬか」

——お屋形さま。聞いてくれぬかなどとはもったいのうございます。君命とあれば命に代えてまっとうする所存でありますゆえ、なんなりとお命じください。

二

藩論が和睦となった評定を受け、藩主伊達《だて》慶邦《よしくに》は、石母田《いしもだ》但馬《たじま》を和睦申し入れの使者として、相馬口の熊本藩陣営に差し向けた。藩論が決した三日後、九月九日の朝である。

先日、氏家兵庫《うじいえひょうご》が熊本藩の参謀と取り付けてきた矢止めの期限がこの日で切れるのは、誰しも知っていた。悠長にしている暇などなかったのだが、すぐに使者を送ることができなかった。使節として相応の役職や家格を持つ和睦派の重役らに、誰一人として引き受け手がいなかったからだ。

「まったく話にならん。どいつもこいつもおのれの命が惜しい者ばかりだ。もう黙ってはおれぬ。こうなったらおれが自分で行く。おれがいないあいだ、松本どのらが余計な動きをせぬよう頼んだぞ」

遠藤《えんどう》主税《ちから》にそう言い残して、石母田但馬は出発した。

ところが但馬は、相馬口の敵陣に向かうことなく、昼のうちに仙台城に引き返して来た。河原町《かわらまち》から長町《ながまち》へと広瀬川を渡るべく、沿道に五軒の茶屋が並ぶ、通称五軒茶屋に差しかかったところで、城下に入ろうとしていた宇和島藩の使者らと行き合ったのである。

使者らに先んじて城中に戻った但馬は、誰になにを訊《き》かれても無言を貫き、まっすぐお屋形さまの寝所へと向かった。

そうしているうちに、目付に案内された宇和島藩の使者三名が到着し、この日の当番奉行、片平大丞《かたひらだいじょう》が応接した。どうやら使者は大総督府からの勅書を携えてきたらしく、勅書を受け取った大丞が、硬い表情をしつつ、但馬に続いてお屋形さまの寝所へと向かった。

いったいなにがどうなっているのか、ほどなく藩主との面会を終えて戻って来た但馬が、人目につかぬ一室に主税を呼び出して教えてくれた。

五軒茶屋の前で宇和島藩の使者と行き合った但馬は、茶屋の一つを借り上げ、和睦についての談判を試みたとのことだった。いや、談判というほどの実効は得られなかったとすべきだろう。

これから相馬口まで赴き、熊本藩を通して和睦の申し入れをするつもりである。そう但馬が言うと、宇和島の使者らは互いに顔を見合わせたあと、やれやれといった顔つきで首を横に振った。

「相馬口に行かれるのはかまいませぬ。どうしても、と申されるのなら、止めはしますまい。しかし、和睦の申し入れとは、貴藩におかれましては、いまの情勢をまるでわかっていないようにござりますな」

正使を仰《おお》せつかってきたという宇和島藩の家老は、呆《あき》れたように言って続けた。

「すでに大総督府は、仙台を会津にも劣らぬ朝敵と定めておるのですぞ。ここに至っては、和睦などという虫のいい話が通用するわけがございませぬ。貴藩自ら平身低頭で降伏謝罪を申し出るのでなければ、我ら宇和島藩としても周旋のしようがござらぬというのが正直なところ」

「そこをなんとか、貴藩の力で取りなしてもらえませぬでしょうか」

　但馬の懇願に、無理ですな、と答えた家老が、特別の計らいですぞ、と念を押したうえで、携えてきた勅書を但馬に向かって差し出した。

「恥ずかしい話だが、読み進めるうちに手が震えて止まらなくなった」

　嘆息を漏らして但馬は、勅書の大意を主税に明かした。

　――伊達慶邦儀においては東国の大藩につき、この春、仙台藩一手をもって会津征討の任を仰せつけたにもかかわらず、賊徒に与《くみ》し、総督府を軽蔑《けいべつ》して下参謀の暗殺にまで及んだ。さらにはそれにとどまらず、白石において会社を結び、自らを盟主と唱え、諸藩を扇動して官軍に抗する始末。上は宸襟《しんきん》を悩ませ、下は万民に塗炭の苦しみを強いるものであり、まったく天意に背き人道にもとる大逆であるとするしかない。もはや赦《ゆる》され難きものゆえ、慶邦の官位を止めて討伐を仰せつけられた旨《むね》を、其藩（宇和島藩）から仙台藩に申し伝えるべく御沙汰《ごさた》の候《そうろう》事――。

　文面を思い出しつつ口にした但馬は、

「情状が酌量される余地はどこにも見当たらぬ、きわめて厳しい勅書だった。もはや、和睦などを持ち出せる状況でないのは間違いない。ひたすら降伏謝罪の体を示す以外に、我が藩が討伐を免れる道はなかろうぞ」陰鬱《いんうつ》な色を目に浮かべて再び嘆息した。

「して、お屋形さまはなんと」

「よくわかった、ご苦労であった。そう申されただけで、黙してなにも仰せにならなかったが、おそらく明日、奉行全員の登城が命じられるだろう。大広間で大評定をしている余裕などないからな。降伏か否《いな》か、その場で決することになると思う」

そう言って石母田但馬は、期待を込めた目を主税に向けた。

あえて訊かなくても、主税には但馬の言いたいことはわかっていた。

三

翌日の九月十日、奉行全員が登城してまずは執政詰所に参集した。筆頭奉行の松本《まつもと》要人《かなめ》以下、片平大丞、大内筑後《おおうちちくご》、石田《いしだ》正親《まさちか》、中島外記《なかじまげき》、そして遠藤主税の六名に加え、藩主より和睦の使者を仰せつかった石母田但馬も列席した。

降伏か、それとも徹底抗戦か。

朝五ツ半（午前九時）から始まった詮議は昼七ツ（午後四時）になっても決着がついていない。途中から主税が非戦派に回ったことで、奉行の意見が三対三の真っ二つに割れたのである。

最初主税は、黙したまま議論の成り行きを見ていた。

冒頭で但馬が、宇和島藩使節の意向と勅書の内容をあらためて説明した。宇和島の使節を通して突き付けられた内容の厳しさに、主戦派奉行が降伏へと傾いていくかもしれぬと期待を寄せていた。だが、やはりそう甘くはなかった。とりわけ、筆頭奉行の要人が始末におえない。

昨夜のごたごたを思い出して、主税は胸中で顔をしかめた。

昨日、宇和島藩の使者らは、藩主との謁見《えっけん》を許されなかった。といっても、主戦派の誰かが阻止したわけではない。風邪と歯痛でお屋形さまの具合がすぐれなかったためだ。それで危うく大事になるところだった。

宇和島藩の使者が降伏の勧告に来たことを知った要人が、藩主との謁見を阻止せんとして、使者らの暗殺を企てたのである。

使者が携えてきた勅書は偽勅《ぎちょく》であり、それによってお屋形さまを惑わそうとしている、というのが理由であった。

落ち着いて考えれば無茶苦茶なこじつけと言うしかないのだが、榎本艦隊とともに総力戦だと意気込み、気勢を上げている者も藩内には多い。刺客の引き受け手には困らないはずだ。

松本要人が使節の暗殺を企てていることを主税が知ったのは、昨日の夕刻、日が落ちてからだった。内通したのは、会津の説得から列藩同盟の結成に至るまで、常に若生文十郎《わこうぶんじゅうろう》と行動をともにしていた横田官平《よこたかんぺい》である。

先日の評定が和睦へと決した翌日、文十郎は郡《こおり》奉行兼軍事参謀番頭格としての職責を果たすため、再び筆甫《ひっぽ》へと戻っていった。矢止めの約束を交わしているとはいえ、国境付近で突発的な戦闘が起こらぬとは限らない。そうした際に最前線の兵を統率し、遅滞なく動かせる指揮官が必要であった。慶邦が直接命じて、若生文十郎を筆甫に、細谷《ほそや》十太夫を旗巻峠へと、それぞれ送り出した。その文十郎が筆甫へと向かう前、主戦派の水面下での動向を探る間諜《かんちょう》としての役割を、官平に託していたのだ。

仙台藩主との謁見が延期された宇和島の使節は国分町の外人屋に投宿しているはずで、早急に身の安全を図る必要があった。

すぐさま主税は、暗殺計画があることを、官平を介して石母田但馬に伝えた。報せを受けた但馬は、一刻も早く宇和島藩の使者を保護せよと、増田歴治《ますだれきじ》に命じた。

暗殺の阻止は間一髪で間に合った。歴治の屋敷に使者らを匿《かくま》った直後、刺客と思《おぼ》しき藩士数名が、もぬけの殻の外人屋に押し入り、標的に逃げられた腹いせに、宿の襖《ふすま》を三枚叩《たた》き斬《き》って引き揚げていった。

その一部始終を官平から聞き、主税がやれやれと胸を撫《な》で下ろしたころには、夜四ツ半（午後十一時）になっていた。

暗殺が不首尾に終わったからだろう。最初から松本要人は不機嫌であった。加えて、自身の陣営にいると思い込んでいた主税が突然宗旨変えしたことで、いっそういきり立っている。だが、非戦派の奉行、石田正親と中島外記も、一歩もあとに退かなかった。

これでは斬り合いになりかねぬぞ……。

主税がそう案じたところで、宇和島藩使節が再び城中に入り、藩主との面会を強硬に求めているという報せが、執政詰所に届いた。

ついに痺《しび》れを切らしたように、石母田但馬が口を開いた。

「今朝がたからずっと黙って詮議《せんぎ》の成り行きを見守ってきたのも、お奉行らご重臣を差し置いて口を差し挟むのは僭越《せんえつ》至極と、自分の立場をわきまえていたからにほかなりませぬ。しかし、ここまで膠着《こうちゃく》してしまっては、この場では決着をつけられぬと思いますぞ。こうなったからには、お屋形さまの御前でそれぞれの思うところを述べていただき、最後にはお屋形さまのご決断にお任せするしかないのではありますまいか。いかがでありましょう、おのおのがた」

「お屋形さまにおかれましては、昨日からお身体が優れぬという話ではないか。さようなおりに御前にて議論などしては、お屋形さまを無用に悩ますことになろうぞ」

但馬の提案に対して、即座に要人が反対した。和睦の道を探るために但馬を送り出した慶邦である。決裁を求められれば降伏に傾く公算が大きい。要人としては、それだけは避けたいのだ。

ここはなんとしても御前会議に持ち込む必要がある。そう腹を括《くく》った主税は、丹田に力を込めて口を開いた。

「拙者は石母田どのの提案に賛成いたす。おのおのがた、矢止めの期限が昨日で切れていることを、よもやお忘れではないでしょうな。われらがこうして進まぬ議論にときを費やしているあいだにも、国境では戦闘が始まり、新たな犠牲が出ているかも知れぬのですぞ。抗戦にせよ降伏するにせよ、これ以上引き延ばしてならぬのは、おのおのがたも重々ご承知でござろう」

言い終えた主税は、一同をゆっくり見回した。

さすがに異を唱える者はいなかったものの、松本要人の目は、この裏切り者め、とあからさまに主税を咎《とが》め立てしていた。

四

「貞山公《ていざんこう》がこの地に居を定めて以来、我が仙台藩は奥羽の雄藩としてその名を天下に轟《とどろ》かせてきたことを忘れてもらっては困る。なにゆえいまさら降伏謝罪などという醜態をさらさねばならぬのかと、そう言っておるのだ。恥辱にまみれて地に膝《ひざ》を突くなどもってのほか。いまは力の限り戦うのみであろう」

要人の言葉に片平大丞が大きくうなずいた。

「さよう。薩長の奸賊《かんぞく》どもに後れを取ってきたとはいえ、ここに来てようやく戦備が整いましてござる。額兵隊を投入して榎本艦隊を味方につければ、薩長と互角以上に戦えるのは間違いございませぬぞ」

「いや、戦備があっても財用が伴っておらぬというのが実情。兵糧《ひょうろう》の調達のみならず小荷駄方の人足を雇うのにも、あるいは農兵を募集するのにも、それ相応の馬鹿にならぬ財用を要するのですぞ」

非戦派の一人、石田正親が言うと、

「さような木《こ》っ端《ぱ》な話をしているのではござらぬ。財用など、どうとでもなるであろう。そんなものは、松倉《まつくら》どのがなんとかしてくれようぞ。肝心なところから話を逸らしてもらっては困る」

大内筑後が畳みかけるように言った。筑後が名前を出した松倉とは、出入司の松倉良輔《りょうすけ》である。江戸城の開城後も公儀使の大童信太夫《おおわらしんだゆう》とともに江戸市中に潜伏し、密《ひそ》かに軍資金を調達し続けてきた切れ者だ。その手腕を買われ、仙台に戻ったあとも財用方を束ねる出入司に任じられ、軍資金の調達に奔走し続けている。

前任から出入司を引き継いだ際、仙台藩にはわずか六千両しか軍資金がなかったという話だった。そのころには城下の商人にも御用金を拠出できる余裕がなくなっていたのである。それを知った良輔は急きょ藩内のあちこちから生糸を掻《か》き集め、大総督府の目をかいくぐって横浜の外国商人に売りさばき、九万両の資金を調達した。星《ほし》恂太郎《じゅんたろう》の額兵隊が兵装を整えることができたのも、松倉良輔の働きによるところが大きい。

「大内どの。いくら松倉どのでも打ち出の小《こ》槌《づち》を持っているわけではござらぬ。先だって、四千両もの贋金《にせがね》を造る許可を松倉どのから求められ、我々が承諾したのをお忘れか？　それほど我が藩の財政は逼迫《ひっぱく》しているということだ。銭がなくては戦ができぬ。当たり前の話であろう」

中島外記が揶揄《やゆ》するような口調で筑後に言った。

「中島どの。おぬし、おれを馬鹿にしておるのか。さようなことは言われんでもわかっておるわ」

憤然とした顔つきで筑後が言う。

「わかっておったら、さっきのような間抜けなことは言わぬであろう」

「間抜けだと？　このおれに向かって間抜けだと？　貴様――」

顔を真っ赤にして片膝立ちになった筑後と、それを受けて立つべく身構えた外記の二人のあいだに、石母田但馬が割って入った。

「お屋形さまの御前でありますぞ。さようなことで言い争っている場合ではなかろう」

口を挟まぬように我慢しているのはやめたらしい。睨《にら》みあっている二人に向かって但馬が言った。

「国家の一大事だというのに、おのおのが私見を主張しているだけでは、執政詰所での不毛な議論となに一つ変わらぬではございませぬか。それこそお屋形さまに対する不忠というもの。この際、おのおの方が考えなければならぬのは、伊達の御家をいかにして存続させるか、その方策を論じるのが臣たる者の務めでありましょうぞ」

　これに要人が噛《か》みついた。

「石母田どの。さようなしたり顔をしてもらっては困る。そこもとが藩論を降伏へと仕向けるべくあれこれ画策していることくらい、とうの昔に見抜いておるわ。臣たる者の務めと偉そうに言うが、臣たる者は主君のために死ぬのが務めであろう。死を免れんがために降伏を唱えるとはいったいなんぞや」

「なにを申すか。拙者は死など恐れておらぬ。死して御家の存続が保証されるのであれば、喜んで死のう。しかし、その保証なしに死ぬのは無益と言うしかあるまい」

「城を枕《まくら》に討ち死にするのは古来より武士の本分。死を恐れて保証云々《うんぬん》と口実をつけるのは、武士として最も恥ずべきことだとは思わぬか」

「城を枕に死すると申されるが、それは死する義があってのこと。義のある戦であればこその話でござる。我が藩は、初めは勅を奉じて会津を討つ官軍であったところ、薩長の下参謀らが会津の降伏を認めなかったがゆえに、奥羽一帯を巻き込む騒動となったのは承知の通り。結果、朝廷に対する謀反《むほん》の意など微塵《みじん》もなかったとはいえ、会津同様に朝敵とされ申した。それは、宇和島の使者が持参した勅書にあるように動かしがたい事実でござる。もはや、その事実から目を逸らすわけにはいかぬであろう。進むべき道を違《たが》え、義のなき戦に踏み入った非を認めて、反省するしかありますまい。

義のなき戦に社稷《しゃしょく》を賭するわけにはいかぬとは思いませぬか。いまはいかにして伊達の御家を存続させるか、速やかにその道を講ずることこそが臣たる者の急務でありましょうぞ。違いますかな、おのおのがた」

　正論としか言えない但馬の言葉に、場が静まり返った。すぐさま反駁《はんばく》し始めるかと思った松本要人も、なぜか押し黙ったまま口を開こうとはしない。

　その様子を見ていた但馬が、主税に一度目配せしてから、藩主の寝具の前に膝でにじり寄り、平伏した。

「おそれながら、お屋形さまに申し上げます。不肖我ら一同、和戦いずれであっても、お屋形さまの思し召されるところに向かい、死を以て赴く覚悟にございます。ただ一言、ご決裁を、我らに仰せつけくださりませ」

　静まり返った寝所に緊張が走る。

　ほどなく衣擦《きぬず》れの音がして、寝間着姿の慶邦が布《ふ》団《とん》の上で難儀そうに身を起こした。固唾《かたず》をのんで主君の言葉を待った。

　やがて慶邦が口を開いた。

「予の意は降伏にあり。但馬よ、おぬしは引き続き降伏の使者を務めよ。ほかの者はいったん下がれ」

ははっ。

深々と平伏したあと、石母田但馬を残し、六名の奉行は無言のうちに退室した。

五

藩論が降伏と決したことにより、松本要人、片平大丞、大内筑後の主戦派三名が職を解かれた。替わって、大條孫三郎《おおえだまごさぶろう》、遠藤文七郎《ぶんしちろう》、後藤孫兵衛の三名が執政に任じられた。

大條孫三郎は家格が一家の亘理《わたり》郡坂元《さかもと》要害領主、遠藤文七郎と後藤孫兵衛はともに代々奉行職を担《にな》ってきた宿老の家格である。鳥羽伏見の戦いの勃発《ぼっぱつ》以来、いや、黒船の来航以来、一貫して攘夷《じょうい》と勤王を主張したことで藩政から遠ざけられていた三名が、いちどきに政権の中枢《ちゅうすう》に復帰する運びになった。

成すべきことは山積みだが、急務は相馬口への降伏使節の派遣であった。正使として、水沢要害領主の一門、伊達将監《しょうげん》が選任され、遠藤文七郎が副使となった。正式な使節の出発に先んじて、石母田但馬がまずは使者として一足先に相馬口に向かい、降伏に至るまでの段取りをつけることになった。

九月十日の暮れ六ツ（午後六時）、あわただしい城内において出立準備を整え終えた石母田但馬に、遠藤主税は声をかけた。

「耳に入れておきたいことがある」

そう言って主税は、警護につく十名ほどの一団から離れた中門、通称寅門《とらもん》の陰に、但馬を連れて行った。

「なんだ、耳に入れておきたいこととは」

「道中、くれぐれも気を緩めぬようにしてくだされ」

「言われんでも承知している」

いや、と口にした主税は、一度周囲を見回してから声を潜めて言った。

「そこもとに対する刺客が送られるかもしれぬ」

「刺客だと？」

「そうだ」

「もしや、松本どのが？」

うむ、と主税はうなずいた。

「お屋形さまにそこもとが決裁を仰いだ際、あれだけ煩《うるさ》かった松本どのが急に静かになったであろう」

「確かに」

「そこもとを残して我らが寝所を出たあともずっと押し黙ったままで、ひと言もしゃべらず、早々に自分の屋敷へと帰ったようなのだが、妙だとは思わんか」

「おぬしに対してなにも言わずにか？」

「ああ。松本どのにしてみれば、詮議の場で急に降伏に転じたおれは、裏切り者以外の何者でもないからな。腹に据えかねて当然だ。普通であればお屋形さまの寝所を出たあと、おれに食ってかかっているはずだ。それがまるでなかったということは、なにかよからぬことを企《たくら》んでいるとしか思えん」

「なるほど。お屋形さまの決裁を覆《くつがえ》す必要はない、降伏謝罪の使者を相馬口までたどり着けぬようにすればそれで事足りると、そういうことか」

「いまの松本どのであれば、それくらいやりかねぬ。くれぐれも気をつけたほうがいい」

「承知いたした」

「おれのほうでも、怪しい動きがあれば阻止するよう手立てを講じる」

「よろしく頼む」

そう言って但馬は、中門を離れ、待たせていた駕籠《かご》に乗り込んだ。

護衛の者を従えた但馬の駕籠が、提灯《ちょうちん》の明かりとともに大手門から出て行くまで、主税は身じろぎ一つせず、篝火《かがりび》の明かりを背に浴びてじっと佇んでいた。

六

大気を震わす遠雷の音がかすかに聞こえ、景祐《かげすけ》は寝具をはねのけて身を起こした。景祐が身体《からだ》を休めていたのは、筆甫の国境手前に設けた本陣、常照寺《じょうしょうじ》の宿坊である。じっと耳を傾けていると、音が断続的に聞こえ始めた。

遠雷ではない。明らかに銃声だ。

昨日の夕刻、旗巻峠が新政府軍の手に落ちたとの報せが届いた。その前日、九月九日に矢止めの期限が切れていた。期限切れと同時に、すでに駒ヶ嶺の攻略を果たしていた新政府軍が、相馬中村城を拠点として再び攻撃を仕掛けてくるおそれがあった。それに対抗すべく仙台藩では、本吉《もとよし》郡気仙沼の松崎邑主《まつざきゆうしゅ》、鮎貝太郎平《あゆかいたろべい》を総帥《そうすい》として旗巻峠を固めさせていた。さらに、景祐が筆甫に戻ったのと同じ九月八日、旗巻峠守備隊の参謀として、細谷十太夫が鴉組を率いて着陣しているはずだった。

いかに新政府軍でも、簡単には旗巻峠を落とせぬはず。誰もがそう思っていたのだが、それが敗れたのはなぜか……。

旗巻峠からの飛脚が届けた書状だけでは詳細は不明だったものの、昨日の昼前に一帯を襲った突然の大雨が、勝敗に影響を与えたのかもしれない。

書状には、旗巻峠から三里ほど北へ退いた阿武隈川沿いの金山《かなやま》をあらためて本陣と定め、旗巻峠の奪回戦を協議しているが、西軍は続いて筆甫も攻略すべく動きだす気配につき重々注意されよ、としたためられていた。

先月の和戦の大評定で仙台城に召還された際、筆甫を離れる前に景祐が指示していた通り、防衛網は可能な限り固められていた。本陣とした常照寺の周囲には土塁を築いて胸壁とし、臼砲《きゅうほう》四門と木筒砲十門が据えられている。さらに、左右の山頂にも砲を引き上げて警戒に当たっていた。

兵力は、大番士からなる仙台藩の直轄《ちょっかつ》隊が百名、角田隊が三百、丸森隊が二百の六百名に、折衝隊の七十名が加わっている。

三日前、筆甫本陣に戻って防衛線を検めた景祐は、背後の補給路さえ絶たれなければ、いざ戦闘が始まってもしばらくは持ちこたえられるだろうと判断した。

とはいえ、和睦の申し入れが上手《うま》く運び、戦闘が未然に防げればそれに越したことはなかった。そうなることを期待していたのだが、昨日の旗巻峠に続き、残念なが筆甫の山あいにも銃声が轟き始めたのだった。

大評定で藩論が和睦と決したのは九月六日だ。それからすでに五日も経《た》っている。

それなのに、仙台城からはいまだになんの報せも届いていない。

いったいなにをしているのだ、お奉行らは、そして、お屋形さまは……。

しかしいまは、焦《じ》れている場合ではなかった。

散発的に届いて来る銃声を耳にしつつ景祐は、陣幕が張られている寺の境内へと向かった。

宿坊から本堂へと続く廊下で、折衝隊の隊長、二瓶兼吉《にへいかねきち》と鉢合わせになった。

「ちょうどお呼びに参るところでした」と言った兼吉に、

「状況は？」と尋ねると、

「敵は攻めあぐねているようにございます」そう答えが返ってきた。

「川平の番所からはなにか報せが入っていないか？」

「いまのところは、まだなにも」

「念のため、斥候を送ってくれ」

「承知しました」

一礼した兼吉が踵《きびす》を返して走り去る。

景祐が口にした川平の番所は、相馬領の玉野村と筆甫のちょうど中間に位置しており、いまは角田の兵が配置されていた。狭く荒れてはいるものの、谷間を縫う街道がつけられている。新政府軍が筆甫に攻め入るとすれば、この道筋以外は、杣道《そまみち》すらない険しい山越えを強いられる。砲架を分解して運搬が可能な四斤山砲《よんきんさんぽう》といえども、山越えで運ぶのは無理だろう。つまり、川平の番所さえ破られなければ、新政府軍の大砲の脅威は失《う》せる。

陣幕の張られた境内では、地図を広げての軍議が行われていた。床几《しょうぎ》に座り、地図を覗《のぞ》き込んでいるのは、角田領主の石川邦光《くにみつ》と参謀の阿部《あべ》友助《ともすけ》、そして軍目付の佐藤清蔵《せいぞう》の三名だ。

小姓が差し出した床几を受け取った景祐は、空いていた場所に置いて腰を落ち着けた。

「払暁《ふつぎょう》を利用して奇襲を仕掛けて来たが、こちらの斥候がいち早く察知したので攻め込まれずにすんだ。すぐにもあきらめて引き返すだろうて」

自信ありげな口調で邦光が言った。

「山越えの経路に敵の姿は？」

景祐が尋ねると、

「いまのところ、影も形も見えぬようだ」

その邦光の答を補足するように、友助が手にした鞭《むち》の先で地図を指し示して言った。

「こことここ、この二カ所の山頂に苦労して大砲を据え付けましたからな。しかも四斤山砲でござる。それが睨みを利《き》かせているとなれば、敵も迂闊《うかつ》には繰り込めぬでしょう」

常照寺の東と西に連なる山々が、守りを固めるうえでの恰好《かっこう》の胸壁となっている。それぞれの稜線《りょうせん》に大砲を運び上げたことで、本陣防衛の要所となっていた。友助の言う通り、注意さえ怠らなければ、側面や背後からの急襲は防げるだろう。

「これであれば、真正面、玉野から進軍して来る敵に戦力を集中できますゆえ、案ずることはなにもございませんぞ」

地図にあてがっていた鞭を収めて、友助もまた、邦光と同様、満足げにうなずいた。

「敵の戦力がいかほどかはわかりましたか」

「せいぜい三百といったところであろう」

景祐の問いに、邦光が答えた。

「それはないのではありますまいか。少なくとも五百、いや、それ以上の戦力と見ておくべきだと思いますが」

「昨日、旗巻峠を攻略したとはいえ、わが軍からの奪還戦に備えて兵を動かせぬはず。こちらに割ける兵力は限られていようぞ」

「矢止めによって休戦していたあいだにも、敵の援軍が平潟に上陸し続けていたと見るべきではないでしょうか」

「そうかもしれぬが、なに、たとえ五百の兵で攻めてこようと、恐れるに足らんわ」

「いや、念のため、川平の番所に丸森隊から応援を送りましょう」

景祐の提案に、すぐさま邦光が首を横に振った。

「加勢は要らぬ。丸森隊はこの本陣を守っておればいい」

「石川どの。若生どのの提案、吟味したほうがよくはありませぬか」

口を挟んだ清蔵が、皮肉るような口調で言い添えた。

「先月の夜襲の失態、忘れておいでのようですな。角田の兵が不甲斐《ふがい》なかったおかげで散々な始末になったことを」

「それはおぬしの指揮が徹底しておらんかったからであろう」

「徹底もなにも、あのようなやる気のない兵を連れて来られては、いかんともし難いであろうが」

「やる気がないだと？　急きょ筆甫の防衛を仰せつかって、ろくな準備もできないままに、不眠不休で駆けつけたのだ。やる気がないなどと言われる筋合いはない」

「いまならどうとでも理由はつけられる。そういうのを後知恵というのではないですかな」

「なんだとっ。貴様、そこに直れっ」

「直れですと？　もしや、軍目付に手をかけようとしているのではありますまいな」

「お二人とも、いい加減になされ！」

景祐が一喝すると、はっとした顔をして邦光と清蔵は口をつぐんだ。

床几から腰を上げ、仁王立ちになって景祐は言った。

「僭越ながら、私は筆甫防衛の指揮を執れとお屋形さまに仰せつかり、軍事参謀番頭格を任じられてやって参りました身にございます。よって、すべての兵は私の指示通りに動いてもらわねばなりませぬ。それが否《いな》だと申すのであれば、それはお屋形さまに背を向けるのと同じにございます。したがってこの若生文十郎、君命に従わぬ者は誰であろうと即刻斬り捨てる所存にござる」

しばし間を置き、刀の柄に手を添えた景祐は、落ち着いた口調で言った。

「さあ、いかがいたしますか。気に入らぬのであれば、私を斬ればいい。喜んで受けて立ちますぞ」

日の出を迎えて役目を終えた篝火の残り火が、ぱちぱちと爆《は》ぜ、囁《ささや》くように陣幕の布に吸い込まれていく。

「申し訳ござらぬ！」

膝に手を置いた石川邦光が、景祐に向かって深々と頭を垂れた。

「まことに面目ない次第にござります。なにとぞお許しくだされ」

続いて佐藤清蔵も頭を下げた。

「余計なことで言い争っている暇はありませぬ。念のため、まずは川平に援軍を送っておきましょう。よろしいですな」

景祐が言った直後、陣幕をかいくぐって二瓶兼吉が駆け込んできた。

「たったいま、川平から斥候が戻りました。番所が破られたとのことです」

片膝をついた兼吉の報告に、

「や、破られただと……」邦光が青ざめた顔で声を漏らした。

「敵の数は？」

景祐が訊くと、

「優に五百を超えているとのことです」

「丸森隊から二小隊、急いで援軍に送ってくれ」

「承知仕《つかまつ》りました」

「伝令を使って逐一戦況を本陣に報せるよう諸隊に徹底してくれ」

はっ、と一礼し、走り去ろうとした兼吉の背に、景祐は声をかけた。

「二瓶！」

戻って来た兼吉が再び片膝をついた。

「なんでございましょう」

「山歩きの達者な者を一小隊ほど募ってくれ。敵の鉄砲隊は相手にせず、山中を大きく迂回して側面から大砲隊を狙《ねら》わせろ。なんとしても大砲隊の進軍を防ぐのだ、よいな」

「承知しました、さように手配します」

にやりと口許《くちもと》をゆるめて、兼吉は陣幕の外へと姿を消した。

床几から腰を上げている三人に向き直る。

「我々が浮き足立っては、兵らの士気が下がります。ここは落ち着いて戦況を見守りましょう」

そう言って腰を下ろした景祐に倣《なら》い、三名の幹部も互いに顔を見合わせたあとで、床几に座り直した。

七

九月十一日の夕刻、再び篝火が焚《た》かれ始めた常照寺の本陣に、二瓶兼吉が戻って来て報告した。

「筑前と中村の兵は、ことごとく相馬領内に退却いたしました」

「そうか、ついに撃退したか」

「ご苦労であった、よくやった」

「手柄の者には、のちほど褒美《ほうび》を授けようぞ」

石川邦光、阿部友助、佐藤清蔵の三名が、口々に歓喜の声を上げた。

確かに喜ぶべきことではあった。白河口と相馬口における敗戦に次ぐ敗戦のなか、筆甫戦線での今日の勝利は、新政府軍とまともに対峙《たいじ》した戦闘において、仙台藩にとっては初めての勝ち戦となった。

緒戦はかなり押し込まれた。攻め入ってきた新政府軍は、予想していた以上の大軍だった。相手は筑前藩と相馬中村藩の部隊であった。例によって地勢に詳しい相馬中村兵が先鋒を務め、それに主力の筑前兵が続いていた。

川平の番所を放棄して退却を始めた角田隊を援護するため、丸森の二小隊が駆けつけたものの、敵の勢いは止まらず、ずるずると押し込まれた。あと一町も攻め込まれれば、本陣の常照寺が敵の小銃の射程内に入るという、きわどいところまで侵入を許したものの、そこで丸森隊が奮闘した。丸森兵は左右の山中に展開して激しく応戦した。新政府軍は進軍を止められ、膠着状態となった。その間に、敗走していた角田隊も陣容を立て直し、応戦に加わり始めた。

川平の番所が破られたのが朝五ツ（午前八時）ごろ。新政府軍の進軍が止まり、膠着状態となったのが朝四ツ（午前十時）ごろで、そこから激しい銃撃戦が本格的に始まった。

一進一退の攻防のなか、新政府軍の一部が常照寺の背後に回ろうとした。これを見逃していたら危うかったかもしれない。伝令からの報せでこの動きをいち早く察知した景祐は、折衝隊を送り込んで阻止した。と同時に、山中に散開している各部隊に弾薬を届けるべく補給兵を送り出した。小荷駄方の人足は使わずに、本陣内に待機させていた大番士隊を補給の任に当たらせた。敵弾が飛び交うなか、人足任せでは途中で逃げ出される危惧《きぐ》があったからだ。

弾薬の補給が間に合い、意気軒昂《けんこう》となった丸森隊と角田隊の奮戦によって、敵兵がじりじりと後退し始めたのが、昼八ツ半（午後三時）ごろだった。ほどなく形勢は一気に逆転した。新政府軍は総崩れとなり、筑前と相馬中村の兵たちは、我先にと遁走《とんそう》を始めた。

敗走の新政府軍を国境の先まで追い落とし、玉野村方面に撤退したのを見届けた二瓶兼吉が、味方の隊の殿《しんがり》を務めて本陣に帰還して戦果を報告するや、常照寺の境内は勝利の喜びに沸き返った。

石川邦光によって酒がふるまわれ、勝利の美酒に酔った兵たちが勝どきを上げていたところに、一頭の馬が駆け込んできた。

馬を止め、身軽に鞍《くら》から飛び降りた男は、八《や》咫烏《たがらす》の刺繍《ししゅう》が入った陣羽織をまとっていた。男は真っすぐ、兵らを労《ねぎら》っていた景祐に向かって歩いて来た。

景祐の前に立ったのは細谷十太夫であった。周囲の兵らを見回してから頰をゆるめて十太夫は言った。

「この様子だと、どうやら勝ったみたいだな」

「きわどいところだったが、なんとか」

景祐が答えると、十太夫が陣幕のほうに目を向けた。

「大事な話がある」

うなずいた景祐は、ついて来ようとした者たちを手で制し、十太夫とともに陣幕の内側に入った。

「仙台城からの報せか？」

景祐の言葉に、

「そうだ」と答えた十太夫が、表情を消し、淡々とした口調で言った。

「諸隊はただちに解兵し、仙台城下あるいは自身の郷《さと》に帰還せよ、との命だ」

「そうか、和睦がなったのだな」

少し間を置いた十太夫が、いや、と横に首を振った。

「違うのか？」

「和睦は受け入れられぬと突っぱねられたらしい」

「ということは、まさか――」と言ったあとで、

「降伏することになったのか？」眉根《まゆね》を寄せて景祐は尋ねた。

十太夫が重々しくうなずいた。

「残念ながらそうだ。奉行全員による詮議ののち、最後にはお屋形さまが降伏と決裁したとの話だ」

「そうか……」

呟《つぶや》くように漏らした景祐は、ゆるゆると床几の上に腰を落とした。上体を折って両肘《ひじ》を膝に載せ、左右の手の指先を、顔を覆《おお》うようにして眉間《みけん》にあてがった。

「どうした、気が抜けたか？　確かに、和睦と降伏とでは、天と地ほどの違いがあるからな」

十太夫の言葉に顔を上げ、小さく左右に首を振ってから背筋を伸ばした。

「降伏と決まったのはいつだ？」

「昨日の夕刻らしい」

「決まるまで、なぜそんなにときを要したのだ」

「おれに訊かれても困る。まあ、おおかたいつものように、ああでもないこうでもないと揉《も》めたのだろうよ」

「ということは、今日、おれたちはやる必要のない戦をしたことになる」

「いいではないか、勝ったのだから」

「だが、今日の戦闘で四十名以上が死んでいる。すべて死ぬ必要のなかった者たちだ。せめて昨夜のうちに知らされていれば、その者たちを死なせずにすんだ」

「それが戦というものだろう。おぬしがどうこうできた話ではない。それに、いずれにしても敵は攻めて来ただろうよ。負ければもっと多くの者が死んでいたはずだ」

「それはそうだが……いや、いい」

途中まで出かけた言葉を呑《の》み込んだ景祐は、ゆっくりと立ち上がった。

「まずは兵らを納得させ、敵陣に降伏の使者を送らねば」

「説得できそうか？　勝ったばかりで気分が高揚している兵も多いだろう。酒も入っているようだし」

「心配には及ばん」

そう答えた景祐は、その場に佇《たたず》んだまま、しばらく考え込んだ。

「どうした？」

十太夫が訊く。

「おぬしはすぐに戻るのか？」

景祐は訊き返した。

「いや、馬を走らせるには暗くなってしまったからな。戻るのは明日の朝にする」

「ならば、あとで折り入って相談したいことがある。相談というよりは頼みがあるのだが」

「相談とな」

「ああ」

「おぬしのほうから相談を持ちかけられるのも珍しい。いったいなんの話だ？」

「あとにしてくれ。少々込み入った話になる」

「ほう。ますます面白そうだ」

にいっ、と笑った十太夫を残し、景祐は陣幕の外へと歩み出た。

混乱

一

慶応四年、否、新政府が定めたところの明治元年（一八六八）九月二十日、景祐《かげすけ》は北六番丁の自身の屋敷にいた。

そろそろ昼九ツ（正午）に差し掛かるころだ。

昨日の昼、仙台に戻ってきた。

仙台城下は、どこか落ち着かない不穏な空気に満ちていた。

奥州街道と大手筋が交差する札の辻の高札場には、このところ、常に人だかりができているようだった。

――去る九月十五日、今泉《いまいずみ》において君公よりの謝罪嘆願書が使節によって総督府の使番《つかいばん》に提出され、総督府は滞りなくこれを落手した――という内容を記した高札が掲げられていた。今泉は駒ヶ嶺城のちょうど真東に位置する浜である。その札とともに、市中の者は動揺することなく各自の生業にいそしみ、無礼なきよう総督御一行を迎える準備をしておくこと、との触れ書きが添えられていた。

しかし、動揺するなと言っても無理であろう。いずれ近いうちに新政府軍の兵が大挙して仙台城下に入って来る。この春、九条総督とともにやって来た鎮撫《ちんぶ》兵らの、したい放題の乱暴狼藉《ろうぜき》ぶりを、市中の者は生々しく覚えている。しかも、前回の九条総督は仮にも奥羽鎮撫総督であったが、今回やって来る四条総督は奥羽追討平潟口総督である。いったいどういうことになるのか不安が膨れ上がり、戦々恐々となるのも無理はない。

事実、すでにその兆候が出始めている。細谷《ほそや》十太夫《じゅうだゆう》によって筆甫《ひっぽ》に解兵の命がもたらされたあと、降伏などは受け入れられぬと息巻く兵たちをなだめるのには、さすがに苦労した。それでもなんとか説得し、折衝隊の解散や人足への給金の分配、あるいは、戦死者の供養《くよう》の段取り等々、雑務を終えて景祐が筆甫を発ったときには、九月十七日になっていた。

その道中で事件が勃発《ぼっぱつ》した。藩直属の大番士隊を率いて、参謀の阿部《あべ》友助《ともすけ》と軍目付の佐藤清蔵《せいぞう》とともに帰途に着いていたのだが、あろうことか、撤収中の仙台藩兵に向けて長州兵が背後から発砲する事件が起きた。

あわや全面的な戦闘に、となりかけたものの、軍目付の清蔵が長州兵の隊長に談判に行き、それ以上の大事にはならずに収まった。ただしそれにしても、銃で応戦した仙台藩士二名を長州藩の手に引き渡さねばならないという屈辱に甘んじるしかなかった。

実際仙台城下は、降伏を是としない藩士や諸隊が不満を燻《くす》ぶらせているのは明らかで、勤王派に一新された執政や参政ら重役たちは、不穏な事態が勃発せぬよう抑え込むのに懸命な様子であった。

そんな状況下で昨日仙台に戻った景祐は、二の丸に登城して復命したものの、お屋形さまには会えずに終わった。前日の十八日に仙台城を出て、亀岡《かめおか》の邸宅で謹慎に入られたということだった。

残念ではあったが、どうしようもなかった。かわりに景祐は、降伏後も引き続き奉行職に就いていた遠藤《えんどう》主税《ちから》に、一通の書状を託して下城した。

城をあとにした景祐は、広瀬川の河原に下りて、しばらくのあいだ川面を眺めて過ごした。

翡翠《かわせみ》を探して一刻《とき》あまりも河畔で待ってみたのだが、結局、一羽も姿を見せなかった。

仕方あるまいと自分に言い聞かせ、川辺を離れた景祐は、その足で肴町《さかなまち》の大内屋《おおうちや》に向かった。女将と主人への挨拶《あいさつ》をすませたあと、一人手酌で晩餐《ばんさん》を摂《と》った。夜五ツ（午後八時）の鐘の音が聞こえたところで盃を置き、大内屋をあとにした。久しぶりに玄関をくぐった北六番丁の屋敷に人の気配はなく、しんと静まり返っていた。

居間に上がり、提灯《ちょうちん》の明かりを頼りに奥の間へと入った。火を行燈《あんどん》に移し、提灯の蠟燭《ろうそく》を消した。

文机《ふづくえ》の上に手紙が三通、載せられていた。

一通は細谷十太夫、もう一通は妻の菊《きく》が、そして三通目の手紙は薄衣《うすぎぬ》の旅籠《はたご》「菊屋」の主人、廣吉《ひろきち》が書いたものだった。

順に三通の手紙を読み終えた景祐は、安堵《あんど》の息を漏らした。

どうやら十太夫は、景祐が頼んだ骨折りを首尾よく果たしてくれたようだ。ぶつくさ文句を垂れながらだとは思うが。

景祐の家族はいま、薄衣の菊屋で世話になっている。なにをしでかすかわからぬ官軍の兵から身を守るため、仙台城下の混乱が去るまで、廣吉の旅籠に身を寄せる。妻と母、そして妹は、そう思っているはずだ。

精一郎《せいいちろう》がどうだかはわからない。兄の意図に気づいたかもしれぬ。しかし、それを口にすることはしなかったのだろう。だからこそ、家族そろってこの家をあとにした。

か細い虫の声を耳にしつつ、がらんとしたうら寂しい屋敷のなか、一人で眠った。

明けて今日、景祐は一歩も戸外へ出ず、城からの使いが来るのを待っていた。傍らに置かれた包みのなかには、白無地の小袖《こそで》と浅葱《あさぎ》色の肩衣が丁寧に畳まれ、重ねられている。

昨日、遠藤主税に託した書状は願書であった。

もとより覚悟していた。この戦が負け戦となった場合の、身の処し方は。

自分の首を差し出すことで、少しでも主君の罪が軽くなるのを願うのみ。

むろん、一介の大番士の首級など、総督府にとっては取るに足りないものであろうことは承知している。しかし、なにもしないよりは酌量に効力を及ぼすはずだ。という以上に、なにもせずに座して傍観するなど、許されることではない。

願書において、速やかに切腹を仰《おお》せつけるよう、景祐は願い出ていた。藩政を誤らせた張本人として、若生文十郎《わこうぶんじゅうろう》景祐の首を仙台藩が総督府に差し出すのでなければならない。単なる私的な自刃《じじん》では意味がないのだ。

主税は、景祐の心情を汲《く》んでくれた。景祐が手渡した書状に目を通すと、深くため

息をついたあとで、

「わかった。拙者がそこもとの身柄を引き受けるゆえ、明日、使いを差し向けよう」

と言った。

使いとは、預かり人となる遠藤主税の屋敷まで、景祐を引き立てる捕吏のことである。

昼九ツの鐘が鳴った。

「御免」と、玄関口で声がした。

菊、母上、精一郎、そして千代野……どうか私を恨まんでくれ……。

心のなかでつぶやいた景祐は、城からの使いを迎え入れるために、玄関へと立った。

二

玄関先に立っていたのは、和田《わだ》織部《おりべ》であった。

一千六百石あまりの知行地を持つ織部が、捕吏としてやって来るはずがない。

「なぜ、織部どのが……」

景祐の言葉に、

「久方ぶりだな」頬をゆるめた織部が、

「まあとにかく、上がらせてもらうぞ」

そう言って上がり框《かまち》の前に立った。

「家人がおりませぬゆえ、なんのお構いもできませぬが」

景祐が言うと、

「かまわん、かまわん」

意に介する様子もなく、草履を脱ぎ始めた。

織部が訪ねて来た理由を考えつつ、奥の間へと案内する。

和田織部とは直接の面識があった。初めて会ったのは、景祐が探索方として京都に赴いていた元治元年（一八六四）四月のことだ。

朝廷から仙台藩主に対して宰相《さいしょう》昇進の宣下があったのだが、辞退する旨《むね》を伝える使者として、織部は上京していた。そのおり、当時景祐が身を置いていた島原遊郭を、自ら訪ねて来たのである。仙台藩邸でうわさを耳にし、面白い奴がいるものだと思って確かめに来た。初対面であるにもかかわらず、遠慮なくそう言って織部は笑っていた。

話をしてみて景祐も、なかなか面白い人物だと、十歳ほど年かさの織部に対して思った。

議論にばかり労を費やし実効を伴わない藩の中枢《ちゅうすう》部に対して、織部は批判的であった。事実、会津討伐の勅命が下ったのち、常に藩論が二分してきた藩内において、織部はどちらの派閥にも属さず一貫して中立の態度を取っていた。

しかも、景祐に負けず劣らず融通の利《き》かぬ頑固者であるとのこと。そうこぼして顔をしかめていたのは、確か但木土佐《ただきとさ》だった。そう言われても、景祐としては判断のつかない話である。だが、定まらぬ藩論に業を煮やして、仙台領の沿岸部、蒲生《がもう》の在郷屋敷に引き上げてしまった織部を、藩主慶邦《よしくに》が命じ、使いを差し向けて城中に引き戻したこともあったという。

奥の間に織部を招き入れた景祐が、畳の上の包みを部屋の隅に寄せ、

「しばし、お待ちくだされ」

そう言って部屋を出ようとすると、

「かまわんでいいと言ったであろう」

景祐を引き止めた織部が、

「まだ火も熾《おこ》していないのだろう。これから湯を沸かしたのでは日が暮れてしまう」

笑いながら言って、まずは座れと手ぶりで示した。

向かい合わせに腰を下ろした景祐に、織部が言った。

「まずは用向きを単刀直入に伝えよう。若生、おぬしの願書は退けられた。したがって切腹は罷《まか》りならぬ」

そうであったか……。

胸中でつぶやいた景祐は、

「昨日、私の身元を引き受けると、主税どのが約束してくださったはずですが……」

「そうでも言わぬと引き下がりそうになかった。そう言っておった。おぬしに帰ってもらうための方便だったとのことだ」

落胆の色は隠せなかったようだ。

「がっかりしたか。お屋形さまの役に立てんで」

部屋の隅に寄せられた包みにちらりと目を向け、織部が続ける。

「たとえおぬしの首を差し出したところで、総督府の判断が変わることはあるまいよ。会津の説得から列藩同盟の結成、そして国境における戦と、その都度役職がついて郡《こおり》奉行にまで取り立てられたおぬしだが、所詮《しょせん》は禄高《ろくだか》が二百石の大番士だ。この者が首謀者でございますと言ったところで、そのような者の首でごまかそうとするのかと、むしろ逆効果になりかねぬ」

黙している景祐に織部が訊《き》いた。

「どうした。気を悪くしたか」

いや、と言って景祐は答えた。

「それはわかっております。確かに私の首など、なにほどの役にも立たぬかもしれません。しかし、そうでもしないことには、気がすみませぬ。私は、おのれの信ずるところに従ってお屋形さまに建言いたし、藩政にも関わって参りました。本意ではなかったとはいえ、結果として負け戦への道筋をつけてしまいました。その責任からは逃れられるものではありません。逆効果になると申すのであれば、この首を総督府に差し出してもらえなくてもかまいませぬ。しかし、腹を切ってお屋形さまにお詫《わ》び申し上げるのが、伊達《だて》の家臣としての最後の務めにございます。この先、のうのうと生き残っていることなど、到底できるものではございませぬ。どうか、おわかりいただけぬでしょうか、織部どの」

じいっと景祐を見ていた織部が、ふっと息を漏らしたあとで、やれやれというように小さく首を振った。

「おぬしの頑固さときたら、お屋形さまが仰せになられていた通りだな」

「お屋形さまが……」

うむ、とうなずいて、織部が言う。

「実は、四条総督の入城に際し、お屋形さまの命で、おれが国境まで出迎えにいく運びとなった。それで昨夜、亀岡の屋敷に呼ばれていたのだが、その前に主税どのと協議して、おぬしの願書はおれが持参してお屋形さまに奉じることにしたのだ」

「お待ちください。ということは、私の願書、ご執政らで吟味してはおられぬということにござりますか」

さよう、とうなずいて織部が言う。

「遠藤文七郎《ぶんしちろう》や大條孫三郎《おおえだまごさぶろう》ら勤王派が復権したなかにあって、主税どのはなかなか難しい舵取《かじと》りを強いられている。で、このたびのおぬしの願書だが、まともにご執政らの協議の場に諮《はか》るのはまずいと考えたとのことだ。降伏が決まり、その段取りをつけている最中《さなか》とはいえ、新政府軍の入城を断固阻止すべしと声を上げている者たちがいまだに多いのも事実。そうした連中を大人しくさせるための見せしめに、おぬしの首が使われる恐れがある。さすれば、おぬしの身柄は、預かり人にお預けとはならずに揚屋《あがりや》入りとなり、牢前切腹を申し付けられる公算が大きい。悪くすれば、斬罪《ざんざい》を申し渡されるかもしれぬ。それではおぬしの死がまったく無意味なものとなってしまう——」わかるな？　と目だけで念を押して、話を締めくくった。

「というわけで、おぬしの願書は、直接お屋形さまに奉じてご決裁を仰ぐことにしたのだ」

「お屋形さまはなんと……」

「泣いておられた」

予想もしていなかった答えに、景祐は思わず声を呑《の》んだ。

その顔つきを見た織部が、

「泣いておられた、というのはちと大げさだったかな――」と笑みを浮かべ、

「だが、涙ぐんでおられたのは確かだ。おぬしの願書を読み終えたあと、懇《ねんご》ろに諭し聞かせて必ず思いとどまらせよ、と仰せになられた」

そう言って織部は、懐《ふところ》から願書を取り出して畳の上に置き、景祐の前へと押しやった。

しばらく視線を落としていた景祐は、織部に向かって一礼し、願書を自分の懐へと収めた。

「お屋形さまの命とあらば、従うしかございませぬ」

うむ、と柔和な目でうなずいた織部の顔つきが、一転して難しいものになる。

「実は、主税どのから内密で耳打ちされているのだが、四条総督の入城を前に勤王の

実効を上げておくべきという意見が、ご執政のなかではかなり優勢になっているようだ」

「どういうことにございますか」

「我が藩への処置の軽減を図るため、奸党派《かんとうは》狩りが行われる見通しだと主税どのが案じておった」

奸党派狩り、という穏やかならぬ言葉に、景祐の眉根《まゆね》が寄せられる。

「主戦派、つまり会津救済派として藩政にかかわってきた者をことごとく召し捕り、投獄したうえで新政府に引き渡すべしと、勤王派の連中が息巻いているとのことだ」

そう言って織部が顔をしかめた。

「実は、先だって降伏の使者として相馬口に向かった石母田《いしもだ》どのに、松本要人《まつもとかなめ》が刺客を差し向けていたらしい。幸い手筈《てはず》が狂って暗殺は不首尾に終わったものの、それが勤王派の知るところとなって騒ぎが大きくなったようだ」

「であれば、松本どのに限らず、土佐どのや英力《えいりき》どの、さらに玉虫《たまむし》どのや安田どの、そして私も、捕縛の対象になりますね。ならばやはり、切腹させていただいたほうが、まだましかと」

「さように落ち着き払って言うことか――」と苦笑いした織部が、

「さすがにそれではやりすぎだろうということで、主税どのが文七郎らをなだめたようだ。だが、主要な首謀者が捕縛の運びになるのは避けられぬとのことだ」そう言ったあとで名前を挙げた。

「但木土佐、坂《さか》英力、松本要人、そして瀬上主膳《せのうえしゅぜん》の四名は、まず間違いなく召し捕りのうえ、総督府からの沙汰《さた》があるまで他人預かりとなるだろう」

淡々とした口調で織部が言う。

「土佐どのは宿老、要人どのは着座、英力どのは一族、そして三名とも奉行の要職にあった。主膳どのは奉行職にはなかったものの、世良修蔵《せらしゅうぞう》暗殺の首謀者であるうえ、家格は一家だ。四人には気の毒だが、総督府に差し出す重臣として申し分ない。総督府にしてもこの四名を仙台藩が自ら差し出したとなれば、それでよしとするしかなかろう」

「なるほど。確かに、そのなかに私などがまざっていたら、なんだこの雑魚《ざこ》は、総督府を小馬鹿にしているのか、という話になるでしょうね」

つかの間景祐を見やった織部は、気を取り直したように続けた。

「問題なのは、これで済むか否か予断を許さぬところにある。いや、おそらく――」

そこで玄関口のほうから、来客の声が届いてきた。

織部と顔を見合わせる。

来客があるのを知っていた顔だ。

「誰ですか？」

「まあ、出てみるといい」

腰を上げ、玄関へと向かった。

上がり框の前に若侍が二人立っていた。

「久しぶりだな、若生」

年長の侍が笑みを浮かべた。

「先生、ご無沙汰しておりました」

若いほうが腰を折った。

「おお、二人とも無事であったか。気にはなっていたのだが、忙殺されてばかりで、おぬしらの安否を確かめている暇《いとま》がなかった」

景祐の言葉に、二人はそれぞれ答えた。

「なあに、おぬしの働きぶりじゃあ暇などなかっただろうて、気にするな」

「先生のご活躍ぶり、どこにいても聞こえてまいりましたゆえ、常々誇らしく思っておりました」

織部に続いて景祐の屋敷を訪ねて来たのは、大和田《おおわだ》甲蔵《こうぞう》と千葉《ちば》宅三郎《たくさぶろう》であった。

三

大和田甲蔵は、景祐が会津説得の副使として正使玉虫左太夫《さだゆう》に同行した際に帯同した、徒組《かちぐみ》の組士である。養賢堂《ようけんどう》で景祐が学んでいた当時の学友で、年が同じだ。貧しい下級武士の出ではあるが、頭脳明晰《めいせき》な好漢で、玉虫の一番弟子と言っていい。

千葉宅三郎のほうはずっと若い。景祐よりちょうど十歳年下だったはずだ。不断組五十石ほどの家督は義理の兄が継いでおり、仙台城下の新坂通《にいざかどおり》に小さな屋敷を与えられている。

宅三郎と初めて会ったのは、京都探索方の務めを終えて帰国した景祐が、自身の道場で槍術《そうじゅつ》と文教の指南をしていたころ、慶応元年（一八六五）の春だった。そのとき、養賢堂に学び始めて三年目の宅三郎は、十四歳だった。

景祐は、京都の情勢に詳しい養賢堂出身の大番士として、学頭添役をしていた大槻《おおつき》磐渓《ばんけい》に呼ばれてときおり講義をしていた。あとで振り返ってみると、藩内尊王攘夷派の中心人物、桜田良佐《りょうすけ》に対抗する手段の一つだったように思われる。

ともあれ、景祐の聴講生の一人が宅三郎であった。宅三郎が自分のどこに惹《ひ》かれたのか、景祐にはよくわからない。一回目の講義を終えた景祐を追って来た宅三郎に、ぜひとも弟子入りさせてくださいと頼み込まれた。拒む理由は特になかったので、好きにすればよかろう、とうなずいた。

それ以後宅三郎は、養賢堂での講義や素読が終わると北六番丁の道場にやって来て、まるで書生にでもなったように下働きをしながら勉学や武術に励んだ。

利発で勉強熱心な若者。最初は単純にそう思っていただけなのだが、訊いてみると、複雑な境遇にあるのがわかった。

宅三郎は、家の存続のために妾《めかけ》を迎えて産ませた子なのだが、父の正妻は後妻であった。その後妻とのあいだに子どもがなかったために、妾をもらったのであった。宅三郎を産んだ実母は、乳母の役目を終えると実家に戻った。そういう約束で妾に迎えたらしいのだが、宅三郎がもの心つく前に父が他界した。ともあれ、順当に行けばやがて宅三郎が家督を継ぐはずだった。だがそこで面倒な問題が持ち上がった。親類筋の者たちが千葉家の断絶を恐れて、先妻の里子を先に養子に迎えていたのである。それがいまの千葉家を継いでいる利《り》八《はち》で、その結果、宅三郎は家督を継げなくなったという、かなりややこしい状況下で成長していた。

　その境遇に景祐以上に同情を寄せたのが菊である。まるで実の弟のように可愛《かわい》がり、宅三郎も菊を慕っていた。翌年、菊の体調が優れなくなり、薄衣へ移ることになったとき、実現には至らなかったものの、この際、宅三郎を養子に迎えようかという話も出たほどである。実際、景祐と菊が薄衣に身を置いていた一年半のあいだ、半年に一度は菊の様子伺いだと言ってやって来てはしばらく滞在し、阿弥陀堂での子女らへの文教を手伝っては、名残惜しそうに仙台へと帰って行った。

　養賢堂での素読の試験に優秀な成績で合格したと、嬉《うれ》しい報《しら》せを携えて宅三郎がやって来たのは、慶応三年（一八六七）の晩秋のことだった。来年には先生のように諸生主立《おもだち》になれるよう、いっそう勉学に励み、行く末は学問の世界で身を立てたいと、眼を輝かせていた。

が、養賢堂が学問所としての役割を果たしていたのは、翌年の二月いっぱいまでであった。奥羽鎮撫総督府が養賢堂に置かれることになり、学問の道を閉ざされた若者たちの多くが、戦場に赴くことになった。

　宅三郎も従軍することになり、白河口へと送られたところまでは、本人が出立前に挨拶に来たので知っていた。だが、その後の消息は確認できないままに、いまに至っていた。

その宅三郎が、なにゆえ甲蔵と一緒に訪ねて来たのか。

二人の来訪を織部が知っていたということは、帰還した挨拶のためでないのは明らかである。

甲蔵と宅三郎が腰を落ち着けたところで、織部が言った。

「話が中断しておったが、玉虫どののこのたびの奸党派狩りで捕縛の対象になる公算が大きい。いや、間違いなくそうなるだろう」

景祐は疑義を口にした。

「しかし、さきほどまでの話であれば、玉虫どのとて、養賢堂の指南統取であったとはいえ、私と変わらぬ家格の身。理屈が通らぬのではございませぬか」

「確かにそうなのだが、玉虫どのに対する私怨《しえん》とするしかあるまい」

「私怨、ですか……」

「桜田良佐と敬助《けいすけ》の父子にとって大槻平次《へいじ》どのは宿敵。実は最初、平次どのを召し捕るべく協議はまとまりかけたのだが、平次どのは世間に広く名の知れた大儒であるうえに老齢の身、さすがに投獄は気の毒であるとともに、新たな指導層から人心が離れていく恐れありと、まあ、その辺は例によって主税どのが頑張ったわけだが、それでは、桜田どのの意を受けている文七郎どのの収まりがつかぬ。ならば、平次どのの懐刀であり、列藩同盟の結成という奸策を講じた玉虫どのを捕縛しようということで決着がついたと、そういうことだ」

「まさしく私怨以外のなにものでもござらぬ」

甲蔵が険しい顔つきで青筋を立てる。

甲蔵に目を向けた織部が、景祐に視線を戻した。

「ならば、座して待つより、玉虫どのにはここはいったん身を隠してもらったほうがよかろうということで、甲蔵と共に玉虫どのの弟子たちが動き始めている」

「身を隠すとはどこへ」

景祐の問いに甲蔵が答えた。

「松前だ。玉虫先生には、蝦夷地《えぞち》に逃げていただく」

「だが、松前藩は早々に新政府に恭順しているぞ」

「榎本どのと土方《ひじかた》どのは、松前を制圧して蝦夷地にて幕府の復興を図る腹積もりとのこと。玉虫先生には榎本艦隊に便乗して蝦夷地に脱出してもらうよう、実はいま石巻へ密《ひそ》かに使者を送って段取りをつけているところだ」

「肝心の玉虫どのはどうなのだ」

「乗り気だ」と言った甲蔵がにやりと笑う。

「若生、おぬしが薄衣にいたころ、玉虫どのが気仙沼に製塩所を作っていたのは知っているな」

「うむ」

「まずは榎本艦隊に先んじて気仙沼に向かい、できうる限り塩を掻《か》き集めて艦隊の到着を待とうという話になった。貴重な塩が手に入るとなれば、榎本どのも乗り気になるのは間違いない」

なるほど、とうなずいた景祐は織部に尋ねた。

「このたびの人事によって参政職に就かれたと、昨日、主税どのから聞いておりますが」

「いかにも」

「その立場にあってはまずいのではございませぬか」

「まずいとはなにが」

「織部どのがこの場においでということは、甲蔵たちの密計を手助けしているのと同じでしょう。文七郎どのらにしてみれば、織部どのは内通者ということになる。こうして密談していることが知られたら、ただではすみますまい」

「なに、どうということはない。そもそも、玉虫どのを召し捕るというのは、私怨にすぎぬのであるから、非は向こうにある。玉虫どののような有能な人材は、いずれ天下に必要とされるときがやってくるはずだ。それまでは、このようなごたごたからは身を遠ざけておいたほうがいいだろう」

「しかし、榎本どのらと行動をともにするならば、新政府軍による討伐の対象になりかねぬと思いますが」

「その際は、真の政権の樹立を目指して戦うのみ。玉虫先生は、すでにその覚悟を決めておられる」

織部にかわって甲蔵が答えた。

なるほど、そういうことか……。

おりに触れ、玉虫左太夫が「北方政権」あるいは「南北朝」という言葉を口にしていたのを景祐は思い出した。

「そこで先生」

あらたまった口調で言った宅三郎が、景祐のほうへ拳《こぶし》一つ分、にじり寄った。

「先生も一緒に蝦夷地に渡らぬかと、そう玉虫先生がお誘いでございます」

「おれを？　玉虫どのが？」

「さようです。先生の手腕を貸してもらえれば、薩長の奸賊を退けた真の勤王の政権樹立がいっそう容易《たやす》くなるはずだと、そう仰せにございます」

しばし黙考したあとで、景祐は甲蔵に尋ねた。

「おぬしも蝦夷地に渡るつもりなのか」

「むろんだ」

甲蔵が即答した。

「宅三郎、おまえは？」

「先生がおいでになられるというのであれば、ご一緒させていただきとうございます」

そう答えた宅三郎が、期待を込めた目で景祐を見る。

「おぬしら二人のほかに、玉虫どのと一緒に蝦夷地に向かおうとしている者はいるのか」

この問いには甲蔵が答えた。

「いや、榎本艦隊に合流するのは我ら四人のみだ。人数が多いほど人目につく。捕縛の手をかわすためにはできるだけ人数が少ないほうがよかろうということになった」

「甲蔵」

「なんだ」

「おぬしはいま、我ら四人と言ったが、おれを含めて四人ということか？」

「あたりまえだろう」

「行かぬぞ、おれは蝦夷地には」

「若生！」

「先生！」

二人同時に声をあげ、甲蔵が景祐に詰め寄った。

「なにゆえだ、若生。おぬし、腰が引けたのか」

いや、と首を横に振って景祐は答えた。

「蝦夷地に真の勤王の政権を樹立するのならば、輪王寺宮《りんのうじのみや》さまをお連れするしかあるまい。だが、いまの状況にあっては絶対に無理だ。となれば榎本どのが松前を制圧し、なんらかの政権の樹立を宣言したところで、ただの賊軍にすぎぬ。それで戦えば、義のない戦となる。義のない戦をおれはできぬ」

「理屈はそうかもしれぬが、いいのか、このまま薩長の前に膝《ひざ》を屈しても」

「すでに膝は屈している。そして降伏はお屋形さまのご意思だ。おれはお屋形さまへの忠義をまっとうする」

「ええくそっ、この頑固者め」

「だが、気仙沼までは行こう」

甲蔵と宅三郎が顔を見合わせた。

「先生、それはどういうことにござりますか」

「玉虫どのが蝦夷地に渡ると言うのならば止めはしない。そしてまた、玉虫どのにはこれまでずいぶん世話になってきた。その恩は返さねばならぬ。玉虫どのが無事に榎本艦隊と合流するのを見届けるつもりだ。それに――」

「それに、なんだ？」

尋ねた甲蔵に景祐は笑みを向けた。

「おぬしも宅三郎も、そして玉虫どのも、剣の腕はからっきしだ。おぬしらだけでは、いざというときに困るであろう」

「若生……」

「では、どこまで段取りが進んでいるのか、詳しく教えてくれ」

景祐が言ったところで、さてと、と咳払《せきばら》いした織部が、

「若生に切腹を撤回させよ、とのお屋形さまから仰せつかった役目は果たせたからな。これにて帰るとしよう――」と言って頬をゆるめ、

「そうそう、おれはここで若生にしか会っておらぬぞ。おれが帰ったあとで誰が訪ね

て来たかなど与《あずか》り知らぬわ」

そううそぶいて腰を上げた。

四

細谷十太夫は猛烈に腹を立てていた。

月が変わったばかりの十月一日、場所は仙台城の二の丸、執政詰所である。

「星が宮床《みやとこ》から姿を消したのが、なにゆえ拙者の責任になるというのだ」

憤然として十太夫は声を荒らげた。

十太夫が前にしているのは、遠藤文七郎、大條孫三郎、中島外記《げき》の三名の奉行である。

筆頭奉行の文七郎が言う。

「額兵隊《がくへいたい》を宮床に駐屯させるよう星を説得したのはおぬしであろう」

「四条総督一行の入城の際、額兵隊が城下にいてはまずい、仙台以北であればどこでもよいから隊を移すよう星を説得してくれ。そう泣きついてきたのはそこもとらであろう」

「泣きついてなどおらぬ。命じたのだ」

「命じただと？ 聞いて呆《あき》れるわ。そもそもお屋形さまが宿陣される際、そこもとの誰一人としてお屋形さまに付き従わなかったではないか。必ず奉行が供をするのが慣わしではなかったか？ それなのに、お屋形さまと一緒に岩沼まで出向いたのは、和田織部どのだったというではないか。おぬしらはその間、いったいなにをしていたのだ？ どうせ命が惜しかっただけであろう」

「なんだとっ、口が過ぎるにもほどがあるぞ。おぬしは自分の立場をわきまえておるのかっ」

揉めているのは、星恂太郎《じゅんたろう》が率いる額兵隊の処遇を巡ってであった。

若生文十郎が出陣していた筆甫《ひっぽ》に降伏と解兵の命を伝えたあと、自身の衝撃隊を率いて仙台城下に十太夫が戻ったのは、九月十五日であった。

八幡町《はちまんまち》の龍寳寺《りゅうほうじ》を兵らの屯所と定め、一息ついていたところに、仙台城からの使いが来た。星恂太郎が執政らの制止を振り切り、新政府軍を迎え撃つため額兵隊の兵一千名あまりを率いて出陣してしまったのだという。至急追いかけ、星を説き伏せて額兵隊を仙台城下に引き戻せという命令であった。

星であればそれくらいはやりかねぬな、と思った。説得に行っても簡単には耳を貸さぬだろう。そうも思ったものの、命令とあらば従うしかなかった。疲れた身体に鞭《むち》打ち、数名の従者を連れて額兵隊を追った。

星には岩沼で追い着くことができた。案の定、容易には説得を聞き入れようとしなかった。額兵隊が相馬口の新政府軍を排除すれば、旧幕府兵をはじめ、降伏を是としていない多くの有志が仙台藩のみならず奥羽諸藩から参集してくるのは確実、その戦力をもってすれば関東に攻め込むのも難しくはないと、例によって気《き》焔《えん》をあげた。

それでも十太夫は粘った。降伏はお屋形さまの意思に相違ないことを懇々と言い聞かせているうちに、星の気持ちも傾きはじめたように見えた。

だが、そこで邪魔が入った。桜田敬助の投機隊から選ばれた剣客数名が、恂太郎を暗殺すべく追って来ているという報せがもたらされたのだ。報せというよりはうわさとしたほうがいいような、はっきりしない話であったが、桜田敬助は勤王派の領袖、桜田良佐の長子である。十分にあり得ることだった。

それを聞いて激高した星を押しとどめるのは、さすがに無理だった。もう誰の話も聞くものかと言い捨てて、額兵隊とともに岩沼を発《た》った。

これはまずいぞと、十太夫は急ぎ仙台城下に戻った。あえて恂太郎を追わなかったのは、もはや説得できるのはお屋形さましかあるまいと考えたからである。

十太夫の報告を聞いた慶邦は、自ら馬を駆って岩沼へと向かった。岩沼宿に到着した慶邦は、一宿南の槻木《つきのき》宿まで進軍していた星に親書を送り、岩沼に召し出した。お屋形さまからの直々の説諭となれば、さすがに従わざるを得なかったようだ。恂太郎は、涙ながらに仙台への帰還を承諾したという。

その日岩沼に一泊した慶邦は、翌日仙台城に戻ってきたのだが、その間、奉行が誰一人としてお屋形さまに付き従っていなかったのである。城中での仕事が山積みだったというのが表向きの理由であったが、星と額兵隊を恐れて及び腰になったのだろうというのが、もっぱらの見方だ。

とはいえ、それだけであれば、十太夫もここまで腹を立てなかった。

星恂太郎が仙台への帰還を承諾したことがわかるや、今度は、四条総督が仙台に入る際、城下に額兵隊がいては危険だという話が持ち上がったのである。執政と参政らで協議した結果、仙台以北に額兵隊を移そうということになった。端的に言えば厄介払いだ。

その説得を再び十太夫が命じられ、恂太郎に会うため村田まで出向き、額兵隊の宮床への駐屯を了承させた。のみならず、長町宿まで額兵隊が戻ったところで、自身の衝撃隊を率いて迎えに出た。帰還した額兵隊の出迎えという名目ではあったが、額兵隊が無用な動きをしないよう、監視の役を仰せつかったからである。

ともあれ、額兵隊の宮床への駐屯は滞りなく完了した。それが先月、九月二十四日のことである。同日、ついに盛岡藩が降伏し、さらにその二日前、会津若松城が落城していた。

これでとりあえず四条総督を迎える準備は整い、総督の先乗りとして鳥取藩の参謀、河田佐久馬が仙台城に入り、参謀局を設置した。

が、ここでまた事件が勃発した。星恂太郎が額兵隊を引き連れて宮床から脱出したという報せに、城中が大騒ぎになったのである。向かった先は、榎本艦隊が停泊している石巻とのこと。榎本釜次郎や土方歳三とともに、新政府軍に反旗を翻《ひるがえ》す恐れがあった。

それだけはなんとしても阻止せねばならぬということで、星恂太郎と額兵隊を宮床に引き戻す説得役を、またしても十太夫が命じられたのである。

なにゆえおればかりがこうもこき使われなきゃならんのだ、と思いつつも、ほかにいないのであれば仕方なかろうと、引き受けるつもりでいた。ところがそこで、遠藤文七郎が余計なことを言った。宮床から星が離れぬようになぜ監視していなかったのだと、十太夫を非難し始めたのである。

額兵隊を宮床に移したあとも監視していろとは、ひと言も言われなかったぞ、と十太夫が反論すると、それぐらい言われずとも当たり前だろうと、理屈に合わない難癖をつけてきた。そこから先は、売り言葉に買い言葉である。

「まあ、待て、二人とも――」

割って入った大條孫三郎が、

「言った言わないで揉めていても仕方あるまい。肝要なのは、とにかく額兵隊を宮床に引き戻すことだ。あの星を説得できるとすれば、細谷以外にはいないだろうて。この大役、引き受けてくれぬか」場をとりなすべく十太夫に言った。

だが、下手に出られても、簡単にうなずけるものではない。

「そもそも、せっかくおれが星を説得したというのに、宮床に刺客を送る画策をしていたというではないか。さようなうわさがおれにまで聞こえてくるくらいだ。おそらく星もそれを聞きつけたのだろう。であれば、脱出を図らんとするのも当然のこと」

「刺客などと、それは単なる風説にすぎぬ」

中島外記がうんざりした口調で言った。

「岩沼でも同様のうわさのせいで、説得がうまくいかなかった。一度ならず二度までもとなれば、ただの風説ではあるまい。こっちが苦労してあれこれ算段をしているというのに、勝手なことをされては困る」

「わかった、細谷。おぬしの腹立ちはもっともだ。桜田には余計なことをするなときつく釘《くぎ》を刺しておくゆえ、とにかく星を追ってくれ」

懇願の口ぶりで言った孫三郎に、十太夫はゆっくりとうなずきながら目を向けた。

「ほう。きつく釘を刺す？　なるほど。やはり、単なるうわさではなかったというわけだ」

「いや、それは……」

口ごもった孫三郎が視線をそらした。

残りの二人も同様で、十太夫と目をあわせようとしない。

まったくこいつらは……。

おれはもう知らん、そこもとらで勝手にするがよかろう。

そう言い捨てて腰を上げようとした十太夫の脳裏に、先月謁見《えっけん》した際の、慶邦の顔と声がよぎった。

――この先、おぬしの力が必要になることが、必ずや出てくるだろう。どうだ、十太夫。わしの頼みを聞いてくれぬか――。

静まり返った執政詰所に、廊下を行き交う藩士たちの足音が、かすかに届いてくる。

どの足音もやたらと忙《せわ》し気だ。

深くため息をついた十太夫は、膝に手を当て、片脚ずつゆっくりと立ち上がった。

「わかり申した。これから星を追いかけますゆえ、くれぐれも余計なことをせぬようお願いいたす」

十太夫を見上げる三名の執政いずれもが、詰めていた息をほっとしたように吐き出した。

五

単身馬を駆って額兵隊を追った十太夫は、仙台と石巻を結ぶ石巻街道の仙台から四つ目の駅、小野宿で追い着いた。執政詰所でひと悶着《もんちゃく》あった翌日、十月二日の早朝のことである。

小さな宿場は武装した兵であふれ、ぴりぴりとした空気に満ちていた。ひとつ間違えれば命を取られても不思議ではない様相を呈している。確かにこれでは、誰も星恂太郎の説得になど行きたがらぬだろう。

恂太郎の投宿先はすぐに知れた。鴉組《からすぐみ》の細谷の名前は、いまや知れ渡っている。適当に兵を捕まえて訊いてみると、阿部旅店なる旅籠《はたご》を本陣としているという答えが返ってきたばかりか、自ら案内してくれた。

最初、恂太郎は面会に応じようとしなかった。十太夫の用向きは明らか。会っても意味がない。そういうことなのだろう。

それでも旅籠の面前で粘っていると、取り次いだ兵が、帰らぬのであれば斬《き》り捨てよというのが隊長の命だと、十太夫に告げた。

かまわぬ、さっさと斬り捨てよ。

顔色ひとつ変えずに十太夫が言うと、取り次ぎの兵のほうが青ざめた。

しばし待たれよ。そう言って姿を消した兵がしばらくして戻って来た。恂太郎もあきらめたらしい。面会を許された十太夫は宿に入って対面した。

不機嫌な顔をしている恂太郎に十太夫は尋ねた。

「いったい、どこに行こうとしている」

「訊かずともわかっているだろうに」

むすっとした顔で答えた。

「おぬしの口から直接聞きたい。人伝《ひとづて》の話は信用できぬからな」

「ならば答えてやろう。榎本どのらと合流して松前に向かう」

「なにゆえだ」

「なにゆえだ、だと？　おれがおぬしの説得を受け入れて宮床に兵を置いていたのはなぜだと思う。いずれ薩長の兵どもが城下に入って来る。その際、お屋形さまや宗敦《むねあつ》さまに危険が及ぶようなことがあった場合、直ちに駆けつけるためだ。ところが、桜田敬助を使っておれの暗殺を企てているというじゃないか。勤王派と称する馬鹿者どもには、ほとほと愛想が尽きた。それのどこが悪い」

「巷《ちまた》の風説に惑わされてどうする」

「風説などではなかろう」

「だとしても、このようにおぬしが兵を動かしては、お屋形さまの謹慎を無駄にすることになる。とにかくいまは、おれとともに戻り、国家の無事をはかろうぞ」

「国家の無事だと？」

「そうだ」

「なるほどな」

「なにが、なるほどなのだ」

十太夫の問いに、恂太郎の目がぎらりと光る。

「鴉組の細谷といえば、いまや押しも押されもせぬ忠義の英雄。我とともに国家の無事をはかろうぞなどと言えば、おれが転ぶとでも思ったのか？　笑わせてくれるわ。結局おぬしは、勤王派の奸賊どもの手下にすぎぬ。忠義の英雄が聞いて呆れるわ」

「言いたいことをずいぶんずけずけと言ってくれるではないか」

「事実なのだから仕方なかろう」

ふん、と鼻で笑った恂太郎が続けた。

「おぬしがどう言おうと、おれはこれから石巻に向かい、義兵を挙げる。邪魔をしたいのであれば、おぬしの鴉組を率いて来るがよい。おれは逃げも隠れもせぬ。堂々と戦い、雌雄を決するまでだ。さあ、細谷。とっとと城下に戻り、自分の兵を連れて来るがいい」

まったくこいつは……。

執政らに対するものとは違うため息を、十太夫は胸中で吐き出した。

「星。おぬしのその短気、どうにかせぬと、いつか墓穴を掘るぞ」

やれやれという口調で言った十太夫は、相変わらず憤然としている恂太郎に、あらためて言った。

「もとよりおれは、戻れと言ったところで、おぬしが聞き入れるとは思っておらんし、おぬしと一戦を交えようなどとは露ほども考えていない」

「ならば、なぜ追って来た」

少し落ち着きを取り戻した顔つきになって恂太郎が尋ねた。

「榎本らと一緒に松前に行くというなら、行けばいい。止めはせぬ。正直なところ、榎本艦隊にはさっさといなくなってもらったほうが助かる。それが執政らの本音だろうし、そのほうが領民たちも助かるだろう」

「厄介払いというわけか」

「確かにそうだが、おぬしにとってもそのほうがいいだろう。ここで西軍と一戦を交えるよりは、松前でじっくり態勢を立て直したいというのが、榎本や土方の本音でもあろう」

黙して聞いている恂太郎に、ただし、と前置きをして言う。

「おぬしの兵のすべてが蝦夷地への渡航を望んでいるようには、おれには見えぬ。仙台に戻りたがっている者も少なからずいるだろう。そうした者たちを無理やり連れて行っても、かえって足手まといになるだけだ。この際、あらためて渡航の志願者を募ってみてはどうだ？ それでもおぬしに付いていくという精鋭だけを連れて行ったほうがいいと思うぞ。仙台に帰りたい者はおれが引き受けよう。無事に城下に届け、無用な咎《とが》めを受けぬように段取りはつける。それでどうだ」

顎《あご》に手をやった恂太郎が、じっと考え込み始める。

ほどなく恂太郎は手を離し、十太夫を正面から見据えた。

「細谷。さっきはすまんかった。奸賊どもの手下などと言葉が過ぎた。この通りだ、許してくれ」

頭を下げた恂太郎に、十太夫はしかめ面《つら》を返した。

「よしてくれ、おぬしに謝られると落ち着かん、いや、気色が悪い」

「気色が悪いとは聞き捨てならぬな」

「似合わぬことを言うからだ」

薄く笑みを浮かべた恂太郎がうなずく。

「わかった。細谷の言う通りにしよう。あらためて渡航したい兵を募ることにする。ただし、石巻に着き、乗船の段取りが整ってからだ。おぬしが与り知らぬところで、追手が差し向けられることもないとは言えぬからな。その際、兵を減らしていたのでは話にならぬ。それでかまわぬな」

「よかろう。ならばおれも石巻まで同行しよう」

「恩に着る」

「なに、おぬしの額兵隊とやり合うのはまっぴらだからな。それだけのことだ」

「おれも鴉組と一戦を交えずにすんで、実はほっとしている」

十太夫と恂太郎は、互いの顔を見合わせた。

どちらからともなく、武装した兵らで緊迫した宿場には似合わぬ、やけに愉快気な笑い声が漏れた。

六

「先生、このあたりをこうして歩いていると、ついこのあいだまで国の命運をかけた戦《いくさ》をしていたとは思えませんね」

そう言った千葉宅三郎が、

「なんと申せばよいか……長閑《のどか》だというか……そう、あまりに長閑すぎて夢のなかにいるようです」ふうと息を漏らしたあとで、景祐の隣を歩きながら両手を頭上に掲げ、気持ちよさそうに伸びをした。

宅三郎が広げた指の先には、初冬の澄んだ空が広がっている。

天高く晴れ上がった青空を仰ぎ見て、皮肉なものだな、と景祐は思った。

例年にない天候不順がもたらした突然の驟雨《しゅうう》が、白河口のみならず相馬口での列藩同盟軍の相次ぐ敗戦の要因のひとつになった。

その空が、いまは連日のように晴天続きだ。それが朝晩のいっそうの冷え込みを呼んでいる。

景祐と宅三郎は、気仙沼街道を西へと向かって歩いていた。先ほど千厩《せんまや》宿をあとにした。あと少しで北上川河畔の宿場町、薄衣に到着する。

今朝早く夜明けとともに、気仙沼で世話になっていた乾物商、浅野《あさの》角兵衛《かくべえ》の家を発った。玉虫左太夫と大和田甲蔵の二人は、海沿いの気仙浜街道を南へと向かっている。

景祐と宅三郎のみならず、左太夫と甲蔵もが陸路を移動しているのは、榎本艦隊との合流が叶《かな》わなかったからだ。

景祐らが密かに仙台を発ったのは、いまから七日前、十月六日の未明だった。この日、奥羽追討平潟口総督四条隆謌《たかうた》が、二千余りの兵を率いて仙台城に入城する運びになっていた。総督の入城を直前にひかえて城下の警備が南方面に集中したため、北へと向かう各街道筋の警備が手薄になっていた。それに乗じ、さほど苦労せずに仙台城下から脱出できた。

ところで、和田織部に続き甲蔵と宅三郎が景祐の屋敷を訪ねて来て榎本艦隊への合流の密談をしたのは九月二十日である。それから半月ほども経ってからようやく出立となったのには理由があった。

織部が言っていた通り、九月二十七日の夜、但木土佐、坂英力、松本要人、瀬上主膳の四名に捕縛の手が伸びた。土佐と英力、そして主膳の三名は召し捕られて他人預かりとなったのだが、松本要人は捕縛のために監察が屋敷に向かっている途中、それを察知して観念したらしく、自刃して果てた。

この夜の捕縛は、その四名を越えて広がることはなかった。遠藤主税と織部が奮闘し、自害した松本要人を含めた四名を戦犯として総督府に差し出せばそれで十分ではないかと、執政および参政らの協議において勤王派を説得し、最終的な決議に至ったという話だ。

それを伝え聞いた玉虫左太夫は、であればわざわざ榎本艦隊に合流する必要もなかろうと、仙台城下からの脱出を中止した。榎本釜次郎と土方歳三、伝習隊の大鳥圭介《おおとりけいすけ》を中心とした旧幕軍、および星恂太郎の額兵隊に対して追討令が出されるのは確実であったので、自身に捕縛の手が伸びないのであれば敢えて危ない橋を渡ることもない。そう左太夫は判断したようだ。

左太夫がそう決めたのであれば、景祐にも異論はなかった。家臣一同染小袖に麻の裃《かみしも》を着用し、閉門のうえ月代《さかやき》を剃《そ》らず、鳴り物は禁止、用事のほかは遊行を禁ずるという城中からの達しに従い、一人静かに書物を読みながら北六番丁の屋敷ですごしていた。

情勢が急変したのは十月五日の夜だった。旅支度をした宅三郎が、闇夜《やみよ》に紛れるようにして景祐の屋敷を訪ねて来た。どうしたのだと景祐が訊くと、やはり大規模な奸党派狩りが決行されるようです、と青ざめた顔で答えた。

いったんは見合わせになった奸党派狩りが再び浮上したのは、松本要人が原因であった。自害したと思われていた要人が、実は生き延びていて、行方をくらましていたことが判明したのだ。要人本人として処理された遺体は、身代わりにされた松本家の家来のものだったのである。こうなっては、遠藤主税と和田織部をもってしても、沸《ふっ》騰《とう》する勤王派を抑えるのは無理だった。

玉虫左太夫とともに仙台城下からの脱出に成功して気仙沼に身を落ち着けた翌々日、十月十日の深夜になって、榎本艦隊の動向を報せに、左太夫の門下生の一人である近藤一郎が気仙沼まで駆けつけて来た。会津の説得に玉虫が正使として赴いた際、甲蔵とともに従者を務めた者だ。

一郎によると、榎本艦隊はいまごろ錨《いかり》を上げているはずで、遅れたとしても明日中には出航する段取りになったという。よって早ければ明日、遅くとも十二日には気仙沼に寄港するので、玉虫左太夫を乗船させる約束を取り付けて来たとのことだった。気仙沼に到着してからの二日間で、塩の集積は終わっていた。以前、左太夫が製塩所を作った際に尽力を得た在地の豪商、横田屋新兵衛が今回も力を貸してくれた。

　そこまでは順調だった。ところが、十一日、十二日と丸二日間待ち続けたのだが、とうに石巻を出航しているはずの榎本艦隊が、いっかな姿を見せなかった。いっそう悪いことに、左太夫に対する捕吏が気仙沼に向かっているという急報があった。

　なにか事情があって、あるいは状況が変わって、榎本艦隊は気仙沼には立ち寄らずに松前に向かうことになったものと思われた。

　このまま気仙沼に身を潜めていたのでは、角兵衛や新兵衛に迷惑がかかる。悪くすれば自分を匿《かくま》った罪に問われることになる——蝦夷地行きをあきらめた左太夫は、気仙沼を離れる決断をした。その際、左太夫が言った。

「若生、おぬしは召し捕りの対象にはなっておらぬ。万一おれが捕まったとき、一緒にいてはまずい。ここは二手に分かれて逃げるとしよう」

　その提案に同意した景祐は、宅三郎とともに薄衣に向かうことにした。景祐の家族は、いまなお薄衣の菊屋に身を寄せている。主人の廣吉や女将のおくみの厚意に甘え、いつまでも世話になっているのもはばかられる。それに、四条総督の入城とともに奥羽鎮撫府が置かれたうえ、火種になりそうな旧幕府兵と額兵隊が榎本艦隊とともに仙台領を去ったことで、仙台城下は落ち着きを取り戻しつつあるだろう。そろそろ家族を仙台の屋敷に戻してもよいころあいかもしれなかった。

七

昼を半刻ほどすぎたころに到着した菊屋には、精一郎と母がいた。菊と千代野《ちよの》は、菊屋の娘の志津《しづ》と一緒に阿弥陀《あみだ》堂に出向き、村の子どもらの文教をしているとのことだった。

母には、宅三郎とともに薄衣にやって来た理由は話さなかった。次いで景祐は、精一郎の部屋に赴いた。母には話さなかったこれまでの経緯をかいつまんで説明したあとで、

「そろそろみなで仙台に戻ろうと思うのだが」景祐が言うと、

「いや、兄上」と、精一郎が顔を曇らせた。

「なにか問題があるのか」

「実は、城下の様子を見るために私一人で仙台に行き、昨日こちらに戻ったばかりで

した」

「そうだったのか。それで城下はどうだった。四条総督の入城後、しばらくときが経《た》っているゆえ、少しは落ち着いてきたのではないかと思うのだが」

「それが、まったくそうではなく、城下はひどいありさまになっております」

「鎮撫兵か」

「そうです。以前、九条総督がおいでになられた際もひどかったですが、このたび城下に入ってきた連中の横暴ぶりときたら……」

そう言って精一郎は、大きくため息を吐《つ》いた。

苦虫を噛《か》みつぶしたような顔で精一郎が言うには、官軍に盾ついて戦争を引き起こし、結局は負け犬となった仙台藩など、辱《はずかし》めを受けて当然だといわんばかりの狼藉《ろうぜき》をはたらいているという。

以前、九条総督が入仙した際には、総督府の置かれた養賢堂が、五百余りの鎮撫兵の宿舎ともなった。しかし今回は、二千近い兵が城下各所の旅籠や屋敷に分宿している。それがいっそう鎮撫兵の横暴を助長しているという。

「たとえばどんな」

「耳にはさんだ話を一つ二つ挙げてみますれば――」そう前置きをした精一郎は話し

始めるや、一つや二つどころか、次々とあげつらった。

たとえば、風呂の湯加減が悪いと言って湯番を薪《まき》で殴りつけて怪我を負わせた。あるいは、城内の厨房《ちゅうぼう》に乱入して食い荒らし、止めようとした厨房の使用人を殴打して引き揚げていった。はたまた、宿営していた屋敷の畳を剝《は》がして焚火《たきび》をした。さらには、旅籠の主人に女を出せと強要し、城下にはいないとの答えに腹を立てて宿主に暴行を加えたのみならず、女中を手込めにした。巡視と称して近郊の百姓の家々から鶏を取り上げては食らう。通りすがりの仙台藩士の大小を奪って侮辱する。菊の紋章をあちこちにつけて城下を歩き、それを見て平伏しない者を天朝に対する不敬だと難癖をつけて足蹴《あしげ》にする。呉服などの商品の代金を踏み倒すのは茶飯事。町屋に押し入り、金を貸せと言って、結局は強奪する。しまいには——と、顔を真っ赤にして口から泡を飛ばしている精一郎を、

「もういい。それくらいでよかろう」と宥《なだ》めた景祐が、

「しかし、よくもまあ、短いあいだにそれだけの話を仕入れて来たものだな」偽りなく感心していると、精一郎がうなじを掻きながら言った。

「城下では、下の兄者《あにじゃ》の家に泊まらせてもらったもので」

なるほど、と景祐はうなずいた。

精一郎が口にした下の兄者とは、幼いころに若生家から養子に出された次男恒之進《こうのしん》のことで、いまは評定所に勤めている。

「恒之進は元気であったか」

「身体は元気そうでありましたが、連日の鎮撫兵の乱暴狼藉に悩まされ、かなり参っているようにございました」

「であろうな」

「はい。で、下の兄者が申しますには、城下がいま少し落ち着くまでは女子《おなご》衆、特に義姉《あね》上《うえ》と千代野は仙台には戻らぬほうがよいだろうとのことでした。確かにそうだと私も思います。ここの主人も女将も、必要なだけいてもらってかまわないと言ってくれておりますゆえ」

「母上はどうなのだ？　仙台に戻りたがっているのではないか」

「確かに――」とうなずいた精一郎が苦笑しながら言った。

「生まれてこの方、田舎暮らしを一度もしたことのない人ですからね。少々物騒だろうと早く町場に戻りたいと漏らしております。狼藉をはたらこうとする鎮撫兵の一人や二人、私が薙刀《なぎなた》で成敗してくれると、毎日竹槍《たけやり》で鍛錬しているようで」

「母上らしいな」

「ええ」

「ところで話は変わるが、奸党派狩りはその後どうなった？」

「七日の夜、大規模な捕縛が実施されたとのことです。葦名《あしな》靫負《ゆきえ》どの、大槻平次どの以下十四名が召し捕られ、投獄あるいは他人預かりとなりました」

「磐渓先生もか」

「はい。さすがに揚屋入りとはならず親類預かりとなりましたが」

玉虫左太夫は間一髪で捕縛の手を免れたわけだが、榎本艦隊への合流に失敗し、追手がかかっているとなると、この先どうなるか予断を許さないだろう。といっても、景祐にできることはなにもなさそうだった。

それだけではないな、と景祐は思う。

そもそも勤王派が藩政の実権を握った以上、この先も自分が登用されることはないだろう。さらには、仙台藩には大幅な削封が施されるに違いない。その際、いったいどうやって生きていくか……。

「どうかしましたか、兄上」

黙して考え込んでいた景祐に、精一郎が尋ねた。

「いや、なんでもない」

そう言って景祐は腰を上げた。

「菊は千代野と一緒に阿弥陀堂に行っていると聞いたが」

景祐の問いに精一郎はうなずいた。

「ええ。この村の子どもらにずいぶん慕われているようにございます」

「仙台の屋敷に戻るか、いましばらくここに留まるか、菊とも話をしてみることにする」

「その義姉上ですが……」

「菊がどうかしたのか」

「いや、それは義姉上からじかに聞かれたほうがよいかと」

そう言って精一郎は、なぜか微《かす》かに頬をゆるめた。

おかしな奴だな、と首をかしげつつ部屋を出た景祐は、私も一緒に行きます、と言った宅三郎を伴い、阿弥陀堂へと向かった。

街道から外れた緩い坂道を登った先、鬱蒼《うっそう》とした杉林に守られるようにして阿弥陀堂は佇《たたず》んでいる。

堂の手前にある石段を登っている途中で、子どもたちが素読をする声が聞こえてきた。

手本を示す菊の透き通った声に続き、子どもたちの声が元気よく響く。

その声を聞きつつ石段を登り切ると、景祐の視線の先に、堂内で二十人ほどの子どもらを相手に教示をしている菊の姿が見えた。復唱している子どもたちを見守る目が優しげに細められ、口許《くちもと》も柔らかくほころんでいる。

楽しげで幸福そうな菊の姿を目にしつつ、ふと、景祐は思った。

家督を精一郎にゆずり、武士の身分も捨てて、この薄衣の地で菊と二人、村人や子どもらに文教をしながら心静かにひっそりと暮らすのはどうだろう……。

立ち止まったままじっと菊を見つめている景祐に、戸惑いの口調で宅三郎が声をかけてきた。

「先生……どうかなされましたか」

「どうかとは、なにがだ」

訊き返した景祐に、いっそう困ったような口ぶりで宅三郎が言った。

「あの……な、なぜ、泣いておられるのかと……」

そう言われて頬にやった指先が、涙で濡《ぬ》れていた。

慌《あわ》てて手の甲で目《め》尻《じり》を拭《ぬぐ》う。

阿弥陀堂の外で佇んでいる景祐と宅三郎に菊が気づいた。

景祐を認めて、眩《まぶ》しいほどに華やかな笑顔になった。その顔がぼやけた。あふれ出て止まらぬ涙に妻の顔が滲《にじ》む。父の死を最後に一度も流したことのなかった涙が、景祐の頬を伝い続ける。

案じるように眉根を寄せた菊が、手にしていた教本を閉じた。正座している子どもたちのあいだを縫い、堂内を横切り、木漏れ日が降り注ぐ阿弥陀堂の外へと出て来た。涙に暮れる景祐を前にした菊の両の目からも、大粒の涙がこぼれ始めた。

騒擾《そうじょう》

一

年が変わった明治二年（一八六九）四月五日、養賢堂《ようけんどう》の御額の間にて宗敦《むねあつ》との面会を終えた細谷《ほそや》十太夫《じゅうだゆう》は、さてどうしたものか、と考えながら表門に向かって歩いていた。

官位を剝《は》がれた慶邦《よしくに》と宗敦は、昨年十月の末に江戸へ、いや、東京へと護送されて芝の増上寺の子院、良源院にての謹慎を仰《おお》せつけられた。その後、良源院から日比谷の笠間藩邸に移されたのち、もともと仙台藩の上屋敷であった芝口の浜屋敷を賜り、楽山《らくざん》を号とした慶邦は、いまなお芝口で謹慎中である。

一方の宗敦は譲堂《じょうどう》の号にて慶邦とともに東京にいたのだが、暮れも押し詰まったころに帰国しての謹慎が許され、同行していた儒者の岡千仞《おかせんじん》とともに仙台に戻っていた。

宗敦が帰国を許されたのは、仙台、米沢、会津をはじめとした奥羽越列藩同盟諸藩に対しての処置が決定し、十二月七日に公布されたことによる。

会津に次ぐ逆賊とされた仙台藩は、改易こそ免れたものの、いったん全領地を没収されたうえ、二十八万石に大幅に減封されてあらためて下賜《かし》されたのち、慶邦の実子亀三郎《かめさぶろう》が十四代の藩主となった。新たな藩主といってもまだ三歳という幼年であったため、亘理《わたり》の伊達藤五郎《とうごろう》と水沢の伊達将監《しょうげん》の一門二名が後見人となり、敗戦後の難局に当たることになった。その際、謹慎中の身であるとはいえ宗敦が仙台にいることで、藩士らの動揺を抑えられると考えた重臣らが、宇和島藩を通して宗敦の帰国を嘆願したらしい。

その宗敦から使いが来て十太夫が養賢堂に出向いたところ、鎮撫《ちんぶ》総督久我《こが》通久《みちつね》一行が仙台城に入城し、続いて鎮撫兵が大挙してやってくる前に鴉組《からすぐみ》を解散せよと命じられた。これまでの細谷の働きには心より感謝している、という前置きのうえではあったが。

鴉組、正式名称は衝撃隊のおよそ七十名の兵は、いまは広瀬川沿いの片平丁《かたひらちょう》に屯《たむろ》している。

敗戦が決まった時点では、以前慶邦に申し出た通り、鴉組の早期解散を考えていた。が、星恂太郎《ほしじゅんたろう》の額兵隊が仙台から去った状況下、藩主父子に何らかの危険が迫った際、隊長の号令一下、命を賭《と》して戦うのが自明な部隊は、自身の鴉組しか見当たらない。まだまだ解散はできぬと思い、旗巻峠でともに戦った気仙沼の松崎邑主《ゆうしゅ》鮎貝太郎平《あゆかいたろべい》のはからいで、八幡町《はちまんまち》の龍寶寺《りゅうほうじ》から片平丁の鮎貝屋敷へと屯所を移していた。

一度は東京に護送された宗敦が仙台に戻ったことでそのまま駐屯し続けていたのだが、宗敦自身から「もうよいぞ」と言われたのでは、解散するしかないだろう。

だが、おまえら今後は勝手にせよ、と言って隊員たちを放り出すわけにもいかない。解散するのであれば、それ相応の金子を与えてやる必要がある。その算段をつけねばならぬのだが、果たしていったいどこから用立てしようか……。

思案しつつ表門を出ようとしたところで背後から呼び止められた。歩を止め、聞き覚えのある声に振り返ると、横田官平《よこたかんぺい》だった。隣に見知らぬ若侍が立っている。

「おれになにか用か？」

十太夫が訊《き》くと、

「実は、細谷どのの耳に入れておきたいことがありまして――」と言った官平が、

「すみませぬが、人目につかぬところで」左手に建つ剣槍術《けんそうじゅつ》所に指を向けた。

「かまわぬが、そいつは？」

「千葉《ちば》宅三郎《たくさぶろう》と申します」

自ら名乗った若侍が腰を折った。

「細谷だ」

「もちろん存じ上げております。先生からお噂《うわさ》は聞いておりました」

「先生？　誰のことだ」

「細谷どの、まずはあちらで」

答えようとした宅三郎をさえぎった官平がうながした。

官平と宅三郎に続いて入った剣槍術所は、武具や防具の臭《にお》いが微《かす》かに漂い、冷え冷えとしていた。そもそも一年以上も藩校としての機能が停止したままである。いち早く版籍奉還をした薩長土肥の四藩に倣《なら》い、先月、三月五日に仙台藩も版籍奉還を新政府に願い出ている。この先、以前のような形で養賢堂が再開されることはないだろう。広大な敷地と建物は、いま現在、謹慎中の宗敦の居室兼手習い所としてしか使われていない。

がらんとした板の間の片隅に腰を下ろすと、官平が言った。

「細谷どの。ぐずぐずしていると、そこもとも召し捕られますぞ。どこかに身を隠されたほうがよかろうと思います」

「召し捕られる？　おれが？」

「さようです」

「なにが理由だ。まあ、縄をかけられるのには慣れているが」

慣れているが、というのは皮肉である。星恂太郎を蝦夷地《えぞち》へと立ち去らせるため、十太夫は石巻で金穀を調達して、餞別《せんべつ》代りに与えてやっていた。実際、榎本艦隊に合流するにあたり、額兵隊を賄《まかな》うための資金や食糧が不足していたのである。

一方、旧幕府軍の討伐のため、新政府軍が石巻へと向かっていた。榎本艦隊には早いところ出航してもらわないと、大規模な衝突が起きる恐れがあった。土方歳三《ひじかたとしぞう》は新政府軍を迎え撃つ気満々でいたし、星もその気になっていた。それをすんでのところで回避できたのだが、十太夫は敵に金穀を与えた罪を問われて新政府軍の兵に捕縛され、危うく斬首《ざんしゅ》になるところだった。藩からの嘆願によってなんとか殺されずにすんだのだが、もとはと言えば、額兵隊をなんとかしてくれと、執政らに泣きつかれたのが原因である。その自分がなんでまた捕縛されなければならないのかさっぱり意味がわからぬ、というのが正直なところだ。

「明日明後日にも久我総督が仙台城に入城するのは、細谷どのもご存知ですな」

確認するように言った官平に、十太夫はうなずいた。

「その件で譲堂さまと会っていたからな」

「四条総督が京師《けいし》に戻られ、我が藩への処置も決まり、版籍奉還まで願い出たというのに、再び鎮撫総督が来るのはなにゆえか、譲堂さまはなにか仰せになられていましたか」

「いや、鴉組の解散を命じられただけだ。だが、おおよその察しはついている。くだらぬ小鼠《こねずみ》どもが、なにか画策したのであろう」

「その通りなのです」

そう言った官平が詳しい経緯を述べ始める。

松本要人《まつもとかなめ》には逃亡を許してしまったものの、但木土佐《ただきとさ》と坂英力《さかえいりき》の二人に加え、世良《せら》修蔵《しゅうぞう》暗殺の実行犯として瀬上主膳《せのうえしゅぜん》、赤坂幸太夫《こうだゆう》、田辺覧吉《らんきち》を捕らえて新政府に差し出したことで、すべては落着したはずだった。榎本艦隊と合流しようとして失敗し、志津川《しづがわ》で捕縛された玉虫左太夫は、東京へは送られなかった。かわりに、本人には気の毒だが、赦免されずにいまだに揚屋《あがりや》入りが続いている。

ともあれ、それを受け、藩主の後見人となった伊達藤五郎と将監は、仙台に戻った宗敦と相談のうえ、年が明けると同時に藩内指導層の一新を図った。戦時中に藩政から遠ざけられていた勤王派が復権を果たしたものの、実務能力に長《た》けた人材がろくにいなかったのである。勤王派の中心人物であり、実務にも長けた遠藤文七郎《えんどうぶんしちろう》と大條孫《おおえだまご》三郎《さぶろう》は、それぞれ京都と東京で周旋に奔走し続けており仙台から離れているため、なおさらであった。

　そこで白羽の矢が立ったのが和田織部《わだおりべ》である。執政に任じられた織部は、派閥云々《うんぬん》に拘泥《こうでい》するような人間ではなかった。能力主義で人材を登用して、戦後処理の難局を切り抜ける道筋をつけた。その際に登用された主要な人材とは、会津救済派だった大《おお》童信太夫《わらしんだゆう》、若生文十郎《わこうぶんじゅうろう》、太田盛《おおたさかり》の三名であり、大童を出入司《づかさ》金穀係に、若生と太田を郡《こおり》奉行にと、それぞれ要職につけて事に当たらせている。

　それが役職に登用されなかった勤王派の怒りを招いたのである。

「怒りもなにも、能なしばかりなのだから仕方がなかろう」

　十太夫が鼻であしらうと、官平がうんざりした顔つきで言った。

「自身に能がないことにも気づいておらぬ輩《やから》がごろごろしているのです。そのうちの二人、氏家竹之助《うじいえたけのすけ》と鷲尾宇源太《わしおうげんだ》が、陰であれこれ画策したのが、このたびの久我総督の下向につながったようです」

「知らんな、その名前」

「どちらも細谷どのが申されたような小鼠なのですが、仙台藩を降伏に導いて藩を救ったのはおれたちだ、それなのになにゆえ登用されぬのだと、あちこちでずいぶん息巻いているとのことで」

「ふん、くだらぬ輩だ」

「くだらぬくせに、おそらく背後で桜田良佐《さくらだりょうすけ》や増田《ますだ》歴治《れきじ》が動いているのでしょう、やることは巧妙なのだから始末におえぬのです」

よほど腹に据えかねているらしい。しゃべっているうちに官平の顔は紅潮し始め、額に青筋が浮き出した。

「どう立ち回ったのか詳しいことまではわかりませぬが、上申書と奸徒《かんと》書を提出して、仙台藩が謀反《むほん》を企《たくら》んでいると、新政府の首脳部を信じ込ませてしまったらしいのです」

「謀反？　この腑《ふ》抜《ぬけ》けた藩内でか」

呆《あき》れた口調で十太夫は言った。確かに大幅な減封により行き場のなくなった藩士たちが城下にあふれ、一時はかなり物騒だった。しかしそれも最近ではすっかり鳴りを潜め、むしろ落ち着いている。落ち着いているというよりは、その日暮らしで精いっぱいで余計なことを考えている暇がない、というのが正直なところだろう。したがって、いまさら結束して新政府に歯向かおうとする気力など、とうの昔に失っている。

　官平が続けた。

「上申書になにが書かれていたかと申しますと、いまの藩の首脳部は、旧幕府側の脱藩者を七百名以上も匿《かくま》って扇動し、謀反を企てている。そのために贋金《にせがね》を鋳造し、フランスの軍人を雇おうとしている云々、ありもしないことが書き連ねられているようで」

「呆れてものも言えぬな」

「まずいのは、上申書だけでなく、七十名以上の名前を罪状と一緒に記した奸徒書、つまり奸党と決めつけた藩士の名前書きも提出して、それも受理されたようなのです」

「その奸徒書におれの名もあるということか」

「さようです」

「で、おれの罪状はなんなのだ？　いたく興味深いぞ」

　十太夫が言うと、

「そこまではわかりませぬ」苦笑した官平が、再び渋い顔になって続けた。

「で、前と同じなのです。総督の入城にあわせて、以前のような奸党派狩りが行われる公算が大きくなっております。おそらく数日中には捕縛が始まり、大きな騒擾《そうじょう》を招くことになるかと」

「しかし、いまの首脳部には、織部どのや主税《ちから》どのがいるではないか。奸党派狩りなどさせぬだろう」

「そのお二人も、奸徒書の名前書きに載っています。しかも筆頭に」

官平の言葉にぎくりとした。どうやら、くだらぬ連中が勝手に騒いでいるだけではなさそうだ。

「わかった。せいぜい気をつけるとしよう」

「一刻も早くどこかに逃げたほうがよくはございませぬか」

「部下たちを残して自分だけ逃げるわけにもいかぬ」

「それはわかりますが、しかし……」

「なに、心配は無用だ。ともあれ、この件を教えてくれたことには感謝いたす」

礼を言った十太夫は、しかし、と言って尋ねた。

「この話、おれに報せたことがばれたらまずいのじゃないか？　おぬしらにも危険が及ぶことになる」

「いや、実はこの私も奸徒書に名を連ねておりますもので」

官平が言った。

「なんだ、そうなのか」

「はい」

「で、これからどうするつもりなのだ」

「とりあえず城下から離れてどこかに身を隠そうかと思っております」

「おぬしも同じなのか？」

ずっと黙していた若侍、千葉宅三郎に訊くと、いいえ、と首を横に振った宅三郎が、

「私のような若輩者まで捕らえていたら、牢《ろう》があふれてしまいまする」自嘲《じちょう》したように言ったあとで真剣な顔つきになった。

「細谷どのは、先生とはご昵懇《じっこん》の間柄だと聞いております。であれば、捕縛の手が伸びようとしていることを細谷どのにもお知らせするのが筋かと思い、まずは片平丁のお屋敷に参ったのですが、養賢堂までお出かけになられていると聞きましたもので、御用がお済みになるのを官平どのと一緒にお待ちしておりました」

「そういえば、先生がどうとか言っておったな。誰だ、その先生とは」

「若生先生にございます」

「文十郎か？」

「はい」

「あの大男の」

「さようにござります」

思わず笑いが込み上げ、我慢できなくなった十太夫は声を上げて笑いだした。

「ど、どうなされましたか」

うろたえた口調で宅三郎が言った。隣の官平も困惑した顔つきで十太夫を見ている。

笑いの発作が収まったところで、十太夫は宅三郎に尋ねた。

「おれと昵懇の間柄だと、若生が言ったのか？」

「はい」

「あいつがほんとうにそう言ったのか」

「さようにござります」

またしても吹き出しそうになった十太夫だったが、なんとか笑いの発作を宥《なだ》めて言った。

「まあいい。そういうことにしておこう」

意味がわからず首をかしげている両名に、

「若生の名も奸徒書にあるのだな？」と確認すると、さようです、と答えた官平が言った。

「宅三郎が若生どのに報せに行くということなので、ならば拙者も同行して、一緒に逃げましょうと若生どのを説得いたすつもりです。おそらく、すぐにはうんと言わないでしょうが、二人で説得すれば応じてくれるのではないかと」

「確かにあの頑固者には、逃げるという発想そのものがなさそうだ」

文十郎の顔を思い浮かべ、十太夫は苦笑した。

「急ぎ出発しようとしていたところで、宅三郎が細谷どのにも知らせておかなくてはと言い出しまして、それは確かにそうだと相成った次第にございます」

「そうか。悪かったな、よけいな手間をかけさせて。あらためて礼を言う」

「めっそうもございません」

「ところで、どこにいるのだ、若生は」

「しばらく前から遠田郡に出張されていらっしゃいますので、おそらくは涌谷どのの要害においでなのではないかと思います」

宅三郎が答えた。

そうか、と顎《あご》を引いた十太夫は、しばし考えてから二人に言った。

「心腹の友に死なれたら慟哭《どうこく》に堪えぬ、決して捕まるではないぞ。若生に会えたら、細谷がそう言っていたと伝えてくれ」

「承知いたしました、必ずお伝えいたします」

勢い込んで答えた宅三郎に目を向けながら、十太夫は再び大笑いした。なぜおれが笑っているのか、こいつらにはわかるまいと思いつつ。

二

ふと気づくと、下人姿に扮《ふん》した細谷十太夫のすぐ隣を歩いていた千葉宅三郎の姿が消えていた。

歩を止めた十太夫は、身体《からだ》ごと背後を振り返った。

五間ほど離れた道端で、迷いの表情を顔に貼《は》り付けて宅三郎が立ち止まっている。

「おい、どうした。なにをためらっている。一応これでも逃亡の身なのだからな。目立つ動きをしてもらっては困る。おれの主人らしく堂々とふるまってくれぬと話にならんぞ」

十太夫は、四月七日から九日にかけて繰り広げられた大規模な奸党派狩りから、ひと月以上経《た》ったいまなお逃げおおせている。

横田官平と宅三郎が報《しら》せてくれなかったら危うかったかもしれない。実際、養賢堂で二人と会った翌々日、片平丁の鮎貝屋敷に総勢で八名の捕吏がやって来たが、警戒を怠っていなかったことで、まんまと捕縛の手から逃れることができた。

仙台城下には、十太夫が身を隠せる町屋が無数にあった。鴉組の細谷と知ると、町人たちは率先して匿い、あるいは、必要なものを頼んでもいないのに用立ててくれるのである。そうした町民たちに感謝しながら城下を転々とし、鴉組解散の金子を用立てすることもでき、肴町の三木屋という茶屋で密会した部下に手渡した。よって、勇猛果敢で名を轟《とどろ》かせた鴉組も、いまは影も形もない。

身一つとなった十太夫が宅三郎とともに向かっているのは、薄衣の旅籠《はたご》「菊屋」である。菊屋にいるはずの文十郎の妻女、菊に会うため、いや、託されたものを届けるのが目的であった。

「おい、さっさと行こうぜ。迷っていても仕方あるまい」

再度声をかけると、あきらめたように歩を進め始めた宅三郎が、十太夫の傍らまで来ると、

「菊どののことを考えると、どうにも足が進まなくて……」

そう言って、まるで腹痛《はらいた》でも起こしたように、鳩尾《みぞおち》のあたりに手をやった。

宅三郎の懐《ふところ》にあるのは、若生文十郎の遺髪と辞世の作を認《したた》めた書である。

それを菊に届けてくれと宅三郎に託したのは、文十郎の遺族であった。

宅三郎と官平は、涌谷要害の大肝入の屋敷で、捕縛の手が伸びる直前に文十郎に会うことができた。土地の引き渡しや今後の租税の徴収について、村の主だった面々を前に詳しい話をしているところだったという。

案の定、と言ってしまえばそれまでなのだが、捕縛の危険が迫っていることを伝えても、それならそれで仕方あるまい、と言って逃げようとする素振りを微塵《みじん》も見せず、肝入たちへの説明を続け、宅三郎たちの説得には耳を貸さなかったという。そこへなだれ込んだ捕吏たちに縄をかけられ、仙台に護送されて揚屋入りとなった。捕縛されたのは四月八日の夕刻、揚屋入りとなったのは四月十一日の昼過ぎのことである。

実は十太夫は、仙台城下に護送されてきた文十郎の姿を、野次馬に紛れて自分の目で見ていた。

文十郎に限らず、誰かが捕縛されたとなると、あっという間に噂が城下を駆け巡り、捕らえられて護送されていく藩士を一目見ようと見物人が集まるのだった。捕らえる側の勤王派も、ちょうどいい見せしめとして、それを狙《ねら》っていた節がある。とりわけ文十郎の場合、仙台に到着する前日から、仙台城下はその話題で持ちきりだった。どうやら、筆甫《ひっぽ》戦線において農兵隊を指揮し、一度も負けなかった武将として、若生文十郎は庶民のあいだでずいぶんと人気があるようだ。

文十郎を押し込めた罪人用の唐丸駕籠《かご》が奥州街道の堤町《つつみまち》に差し掛かったのは、四月十一日の朝四ツ半（午前十一時）ごろだった。すでにその半刻《はんとき》も前から、周辺の通りは鈴なりの見物客であふれかえっていた。

足軽に護衛された駕籠が見えてくるや、群衆のあちこちで悲鳴のような声が上がった。

「若生さまっ」

「文十郎さまっ」

「お奉行さま！」

男女入り乱れてさまざま上がる声に、憎悪《ぞうお》の響きはなかった。囃《はや》し立てるふうでもない。どちらかといえば、なにかを懇願するような悲痛な声、あるいは、文十郎を称《たた》える歓声のように、十太夫には聞こえた。実際、そうなのであろう。駕籠の前を行く捕吏たちは明らかに戸惑っていた。

護送の駕籠がちょうど十太夫の前にやって来たときだった。

「お待ちください！」という声とともに、二人の侍が群衆を割って捕吏の前に立った。

飛び交っていた声が止《や》み、見物人たちの目が、なにごとかと二人の武士に向けられた。

二人のうち小柄なほうを十太夫は知っていた。文十郎の弟、若生精一郎《せいいちろう》だった。もう片方は、他家に養子に入ったというもう一人の弟に違いなかった。

どうやら二人の兄弟は、兄との最後の別れをさせてくれと訴えているようだった。

困惑顔で捕吏たちが協議を始めた。静まり返っていた群衆がざわつきだした。初めは微《かす》かだったざわめきが、次第に大きくなっていく。あたりに不穏な空気が漂い、やがて怒声が混じり始めたところで、捕吏が駕籠のなかの文十郎になにかを言った。ほどなく駕籠が開けられ、縄を打たれた文十郎が立ち上がった。と同時に、どよめきが起こった。

頭一つ分抜きんでている偉丈夫である。かなり離れた場所からでも、端正な顔がはっきりと見て取れる。身動きのできない状態で狭い駕籠に揺られ、涌谷から十里以上も運ばれてきたとは思えぬほど、生気が失《う》せていない。

文十郎を取り囲むように足軽が円陣を作り、鞘《さや》を取った槍《やり》を構えた。

相変わらず豪胆な奴だ。

顔色一つ変えない文十郎を見やりながら、十太夫は思った。

捕吏がなにごとか文十郎に言ってから、背後に回って縄を解き始めた。

見物の群衆から再びどよめきが起きる。

捕吏に付き添われた文十郎が、二人の弟とともに、一軒の茶屋のなかへと姿を消した。

それを見た群衆が盛んに手を打ち鳴らし、歓声を上げた。

足軽たちが茶屋の周囲を固めてはいるものの、どうやら、兄弟で別れの盃を交わすことが認められたらしい。

立ち去ろうとする見物人はいない。低い声でささやきを交わしながら、茶屋の戸が開くのを待っている。

四半刻ほどが経ったところで、茶屋の戸が開けられた。二人の弟に続き文十郎が出てくると、居並ぶ群衆が拍手喝采《かっさい》で迎えた。

捕吏が再び縄を打つと、見物人たちは、あー、と深く嘆息した。

弟たちになにごとか言った文十郎が、自ら駕籠へと歩み寄った。

駕籠に入るために身を屈《かが》める寸前、文十郎が十太夫にまっすぐ視線を向けてきた。

群衆のなかに十太夫が紛れていることに、最初から気づいていたらしい。

文十郎の唇が小さく動いた。

頼んだぞ。

確かにそう言っていた。

すぐに視線を外した文十郎が身を屈め、人垣にさえぎられて見えなくなった。

ほどなく罪人を乗せた駕籠は、仙台城下の方角へと姿を消した。

頼んだぞ、と言われても、こっちだって追われている身なんだぞ。そう言ってやりたいのは山々だったのだが、その機会は永久に奪われた。揚屋入りとなった三日後、若生文十郎は、牢前切腹のうえ家跡没収の断罪処分に服した。二十八歳の若さであった。伝え聞くところでは、介錯《かいしゃく》人に「介錯は要らぬ！」と言って迷うことなく刃《やいば》を腹に突き立て、自力で果てたという。

最後に文十郎を見たときの情景を思い出しつつ、十太夫は相変わらず迷いの表情を浮かべている宅三郎に言った。

「菊どのも、若生のことはとうの昔に聞き及んでいるはずだ。おまえがくよくよ悩んでおっても意味がなかろう」

「それはそうですが……」

言葉を濁した宅三郎に言う。

「そうだ、ひとつ言い忘れていた。菊どのには例の噂のことはしゃべるでないぞ。いずれは耳に入るかもしれぬが、我々から伝えても詮無《せんな》いことだ」

例の噂というのは、寛大な処分で済むはずだったところ、直前になって厳罰に変わった不可解さにまつわる、さまざまな憶測のことである。実際、主だった捕縛者十五名ほどに対する総督府から最初に下された処分の内容は、重くても入牢、そのほかは謹慎または他人預かりという、妥当と言えば妥当な、比較的軽微なものだった。ところが前日になって突如重臣が召喚され、重罪の者にはことごとく厳罰が言い渡されたのである。

その結果、和田織部、遠藤主税、玉虫左太夫、安田竹之輔、若生文十郎、斎藤安右衛門、栗村五郎七郎の旧抗戦派七名が、切腹のうえで家跡没収となったのだが、それを知らされた久我総督が腰を抜かさんばかりに驚いたという話が漏れ聞こえてきた。

こうしたことから、藩内における敵対勢力を撲滅するため、勤王派の桜田良佐と増田歴治が、総督府の参謀として入仙した渡辺清左衛門、高橋熊太郎の両名と結託したに違いないという噂が、まことしやかにささやかれ始めたのである。真偽のほどはわからない。だが、大村藩の渡辺清左衛門が、暗殺された世良修蔵とかなり親しかったのは事実のようで、それがまた噂が噂を呼ぶ原因となっていまに至っていた。

だが、それを菊が知っても、何の慰めにもならないばかりか、無念の思いが増すばかりだろう。

「はい、心得ております」

そう答えた宅三郎を、十太夫はうながした。

「よし、ならば行こう。街道の真ん中でいつまでも立ち話をしていたのでは人目につく」

再び歩き出した宅三郎の半歩後ろを歩きつつ、十太夫は胸中でため息を吐いた。

宅三郎ではないが、菊と会うのはこのおれだって辛《つら》いのだ。それもこれも、若生が最後に「頼んだぞ」などと仄《ほの》めかすように言ってよこすからだ……。

しかし、どんなに十太夫が愚痴っても、それが文十郎に届くことはない。

三

菊屋の二階、陽当たりのよい一室で、宅三郎が差し出した文十郎の遺髪を収めた封書と辞世の作を、菊は深々と頭を下げて受け取った。

懐紙に認められた辞世の作に視線を落としている菊に、宅三郎が言った。

「その書は、先生がお書きになられた原本にございます。先生の母君が、手元には写しがあれば十分だと、ご内儀に渡すよう私に託したのでございます」

「ご内儀ではないですよ。とっくに私は景祐さまから離縁されていますもの」

そう言って菊は微笑《ほほえ》んだ。

その話は、薄衣へ向けて出発する前に宅三郎から聞いて十太夫も知っていた。和田織部から郡奉行に任じられたとき、若生はすでに未来を見通していたのだろう。菊だけを薄衣に残して家族は仙台に引き揚げさせ、菊には離縁状を手渡したとのことだった。むろん、菊に累《るい》が及ばぬための方便なのだが、いかにも杓子《しゃくし》定規の文十郎らしい。

目を通し終えた辞世の書を、菊は十太夫と宅三郎が読めるように、どうぞと言って上下を転じ、畳の上に置いた。

十太夫は宅三郎とともに、広げられた書を覗《のぞ》き込んだ。

しばらくして、七言律詩で書かれた辞世の作を読み終えた十太夫は、

「なんでまたこの字なのだ」と言って、四行目を指で示した。

――魂繞仙台翠羽城――

死しても我の魂は仙台青葉城をめぐるであろう――そういう意味なのはわかるのだが、なにゆえわざわざ青葉城を翠羽城などと書いたのか……。

「わかるか？」

隣で真剣に見入っている宅三郎に訊いてみる。

「さあ……」

宅三郎も首をひねる。

「わかりませんか」

菊がなぞかけを楽しんでいるような口調で言う。

身を起こし、腕組みをして、うーむ、とうなっている十太夫の隣で、

「わからないです……」と宅三郎がいっそう大きく首をかしげた。

「翡翠《かわせみ》です」と言って、菊が口許《くちもと》をほころばせた。

「景祐さまは、翡翠がたいそうお好きでした。翠《みどり》は青《あお》とも申しますでしょう？」

そういうことか、と十太夫は得心した。そういえば文十郎は、萱草色《かんぞういろ》の小袖《こそで》に浅葱《あさぎ》色《いろ》の肩衣《かたぎぬ》や陣羽織を好んで着ていた。あれは確かに翡翠の色合いと一緒だ。

なるほどそうでしたか、と感じ入ったように漏らした宅三郎が、文十郎がいかに立派に立ち振る舞って最期《さいご》を迎えたか、涌谷での様子から始まって、精一郎に聞いた堤町での別れの話を、静かに話し始めた。

菊は、終始穏やかな顔で話に耳を傾けていた。むしろ話している宅三郎のほうが、感極まって涙声になっている。

一通り宅三郎が話し終えると、菊がゆっくりと頭を垂れた。

「景祐さまの最期、いかにもあの方らしいですわ。誇りに思います。お話くださいましてほんとうにありがとうございました」

そう言ったあとで顔を上げた菊の表情は晴れやかで、驚くほどに凜《りん》としていた。

その菊を見やりながら、眼を赤くした宅三郎が言った。

「この宅三郎、僭越《せんえつ》ながら申し上げます。どれほどお辛いことか、察して余りあるものがございますが、菊どのの気丈さ、感服仕《つかまつ》りました。さすが先生のご内儀にあらせられます」

少し考える仕草をした菊が、変わらず穏やかな表情で言った。

「流す涙はすっかり涸《か》れ果ててしまいました」

「菊どの……」

気まずそうに宅三郎が漏らしたところで、宿の階下から赤ん坊の泣き声が聞こえてきた。その泣き声が、足音とともに次第に近づいてくる。

「ちょいとお邪魔しますねえ」

襖《ふすま》の外で声がして、乳飲み子を抱いた旅籠の女将が入ってきた。

「坊ちゃん、お腹がすいたみたいですよ」

そう言いながら、抱いていた赤子を菊に預けた。

「あらあら、現金なものだわねえ。おっかさんに抱かれたとたんに泣き止むんだから」

赤子に乳を含ませ始めた菊を穏やかな目で見やりながら、女将が苦笑する。

その様子を目にして赤面しつつも、

「目許が先生にそっくりですね。きっと先生のような立派な人になるに違いありませぬ」大きくうなずきながら宅三郎が言う。

愛《いと》おしそうに文十郎の忘れ形見に乳を含ませている菊を、女将と宅三郎の後ろから見守っていた十太夫だったが、ふと、視野の隅に動くものを認めて、そちらに目を向けた。

梅雨入り前の初夏の陽射《ひざ》しがそそぐ窓枠に、一羽の翡翠が留まって、羽繕いをしていた。

若生、おぬしか……。

十太夫は胸中で問いかけた。

羽繕いをやめた翡翠の嘴《くちばし》が、赤ん坊を抱いている菊へと向けられた。そのまま動きを止めてじっと母子を見つめている。

おまえなのだな、若生。

十太夫が身じろぎし、窓のほうへと身体をねじった刹那《せつな》、軽く首をかしげた翡翠が羽ばたいた。その姿が、あっという間に掻《か》き消える。

翡翠が飛び去ったあとに残された空は、どこまでも青く、瑞々《みずみず》しく澄み渡っていた。

【参考文献】

この作品の執筆にあたり、以下の文献等を参考資料として使わせていただきました。

『仙台戊辰史』藤原相之助　マツノ書店
『奥羽戊辰戦争と仙台藩　世良修蔵事件顚末』藤原相之助　マツノ書店
『復古記』東京大学史料編纂所編　東京大学出版会
『戊辰戦争と「奥羽越」列藩同盟』栗原伸一郎　清文堂
『増補決定版　仙台藩の戊辰戦争　東北諸藩幕末戦記』木村紀夫　荒蝦夷
『増補決定版　仙台藩の戊辰戦争　幕末維新人物録２８２』木村紀夫　荒蝦夷
『補訂　戊辰役戦史　上・下』大山　柏　時事通信社
『戊辰戦争　敗者の明治維新』佐々木　克　中公新書
『幕末史』佐々木　克　ちくま新書
『戊辰戦争』原口　清　塙選書
『戊辰戦争論』石井　孝　吉川弘文館
『戦争の日本史18　戊辰戦争』保谷　徹　吉川弘文館
『幕末政治と倒幕運動』家近良樹　吉川弘文館
『戊辰戦争全史　上・下』菊地明・伊東成郎編　新人物往来社
『幕末史』半藤一利　新潮社

『鳥羽伏見の戦い　幕府の命運を決した四日間』野口武彦　中公新書
『王政復古　慶応三年十二月九日の政変』井上勲　中公新書
『戊辰戦争の新視点　上　世界・政治』奈倉哲三・保谷徹・箱石大編　吉川弘文館
『戊辰戦争の新視点　下　軍事・民衆』奈倉哲三・保谷徹・箱石大編　吉川弘文館
『奥羽越列藩同盟　東日本政府樹立の夢』星亮一　中公新書
『仙台戊辰戦史　北方政権を目ざした勇者たち』星亮一　三修社
『維新史再考　公議・王政から集権・脱身分化へ』三谷博　NHKブックス
『明治維新という幻想　暴虐の限りを尽くした新政府軍の実像』森田健司　洋泉社
『鳥組隊長細谷十太夫』櫻田憲章編　江北書屋
『仙台藩士幕末世界一周　玉蟲左太夫外遊録』玉蟲左太夫　訳・山本三郎　荒蝦夷
『五日市憲法』新井勝紘　岩波新書
『仙台秘史　戊辰の人物』矢野顕蔵／編集・発行
『幕末の秘史「薄衣と若生文十郎」明治に生きた人々V』村上光一　東磐史学（第34号）東磐史学会
『ふるさと小斎の歴史　上・下』窪田文夫／著・発行
『戊辰紀事』佐藤信　志賀潔／編集・発行
『若生景祐君伝』音羽安成
『仙台戊辰戦争最期の戦い　筆甫防衛戦の全貌とその意義について』太田秀春　仙台郷土

研究（復刻第23巻第2号）　仙台郷土研究会
『知られざる戊辰１２３史〜筆甫村戦争日記〜』丸森町郷土研究会編　丸森町教育委員会
『玉虫左太夫略伝　付・航米日録』解説・逸見英夫　監修・星亮一　仙台郷土研究会
『伊達家史叢談』伊達邦宗　今野印刷
『伊達政宗の研究　新装版』小林清治　吉川弘文館
『真田幸村子孫の仙台戊辰史　真田喜平太の生涯』小西幸雄　ミヤオビパブリッシング
『木戸孝允　維新前夜の群像４』大江志乃夫　中公新書
『木戸孝允』松尾正人　吉川弘文館
『高杉晋作』一坂太郎　文春新書
『戊辰雪冤　米沢藩士・宮島誠一郎の「明治」』友田昌宏　講談社現代新書
『幕末政治と薩摩藩』佐々木克　吉川弘文館
『西郷隆盛と明治維新』坂野潤治　講談社現代新書
『新選組』松浦玲　岩波新書
『仙台領の街道』高倉淳　無明舎出版
『米沢市史編集資料　第二十八号　戊辰日記』米沢市史編さん委員会／編集・発行
『武器と防具　幕末編』幕末軍事史研究会　新紀元社
『図鑑　日本の軍装　下』笹間良彦　雄山閣出版
『仙台藩歴史事典』仙台郷土研究会

『仙台市史　通史編5　近世3』仙台市史編さん委員会編　仙台市
『仙台市史　通史編6　近代1』仙台市史編さん委員会編　仙台市
『丸森町史』丸森町史編さん委員会編　丸森町

解説——闇《やみ》を照らす一条の光

安部龍太郎

本書を読み終えた時、春先の川風に頬をなでられる心地良さを感じた。風はまだ冷たいが、温かい春の予感に満ちている。森や野原の若葉や新芽の匂《にお》いをふくみ、自然の豊かさを感じさせてくれる。

そんな印象をもって本を閉じることができたのは、秀逸なラストシーンによるところが大きいが、そこに至るまでにも作者はさまざまな工夫をこらして物語の世界に読者をいざなっている。だから豊かな森に分け入り、心ときめく体験をして出て来た時のような充実感を覚えるのだ。

主人公たちが直面する現実は決して明るいものではない。所属する仙台藩は鳥羽伏見の戦い以後の政局に翻弄《ほんろう》され、朝敵とされた会津藩を攻めるか、それとも旧交を重んじて救済に動くかの決断を迫られる。

このため藩論は真っ二つに割れ、迷走をくり返した末に奥羽越列藩同盟を結成して新政府軍に対抗するが、各地の戦いに相次いで敗れて降伏を余儀《よぎ》なくされる。

戊辰《ぼしん》戦争と呼ばれるこの内乱に材を取った小説はこれまでいくつも書かれてきた。会津の白虎《びゃっこ》隊の物語がその代表で、死して義を貫く悲壮感や滅びの美学に満ちたものが多かったが、本書にはそうした作品とはちがった不思議な明るさがただよっている。

その理由は三つある。ひとつは登場する人物たちが、各々自分の信念と決断に従って生きていることだ。

藩主の伊達《だて》慶邦《よしくに》も家老の但木《ただき》土佐《とさ》も、土佐を支える玉虫左太夫《たまむしさだゆう》も、そして若生文十郎《わこうぶんじゅうろう》、細谷十太夫《ほそやじゅうだゆう》、星恂太郎《ほしじゅんたろう》の仲良し（仲悪し？）トリオも、その時その時に最善と思える判断をし、藩と領民を救うために命を賭《か》けて行動する。

熊谷達也はその人々の行動を綿密に調べ、何をしようとしていたのかを温かい目で解き明かしていく。そうすることで戊辰戦争と仙台藩の動きの本質を解明したいと考えているからで、この作品が群像劇になっている理由はそこにある。

しかも各人物の決断と行動をさまざまな手法を駆使して説得力豊かに描いているので、作者の力量に身をゆだねながら安心して読み進めることができる。

もうひとつの理由は、郷土仙台に寄せる作者の愛情が物語の隅々にまで行き渡っていることだ。その象徴として翡翠《かわせみ》や、妻の療養先の薄衣《うすぎぬ》で見たのどかな光景がある。

熊谷達也は戊辰戦争における仙台藩の苦難を歴史的な事件としてではなく、我がふるさとが理不尽な権力の横暴にさらされた悲劇ととらえ、我が身を切り刻まれる思いで物語を書き進めたのだろう。

だから情景の描写にも人物の解釈にも温かい血が通っている。物語の都合で強引な設定をするのではなく、自分がこの人の立場だったらどうしただろうと問いかけながら筆を進めている。その姿勢が公平で慈悲深い視点となり、読後感のさわやかさにつながっている。

三つ目の理由は作者の茶目っ気である。それが特長的に現われているのが、若生文十郎、星恂太郎、細谷十太夫の描き方だ。文十郎は農兵隊、恂太郎は額兵隊、十太夫は衝撃隊をひきいて獅子《しし》奮迅《ふんじん》の活躍をするが、三人の個性と友情が軽妙に描かれていて、アレクサンドル・デュマの『三銃士』を思わせる。

作者は暗くなりがちな敗戦譚《たん》におちいるのを避け、仙台藩士の心意気を示すために、こうした設定にしたのだろう。

文十郎は明治二年四月に新政府の命令に従って切腹するが、恂太郎は明治九年、十太夫は明治四十年まで生きている。三者三様の生き方が、幕末、維新の動乱に巻き込まれた武士たちの身の処し方を象徴している。

本書を語る上で欠かせないのが、戊辰戦争をどう評価するかという問題である。その経過を年表風に示せば次のようになる。

慶応三年（一八六七）十二月九日　王政復古の大号令、クーデターによる新政府樹立。

慶応四年（一八六八）一月三日　鳥羽伏見の戦い、徳川勢敗れる。

四月十一日　江戸城無血開城。

五月三日　奥羽列藩同盟を結成。

七月二十九日　二本松城、長岡城が陥落。

九月八日　明治と改元。

九月十五日　仙台藩が降伏する。

九月二十二日　会津藩が降伏する。

薩摩《さつま》、長州藩主導の明治新政府は、鳥羽伏見の戦いに勝った後、徳川慶喜《よしのぶ》を朝敵として断罪しようとしたが、慶喜は江戸城を開け渡し、恭順、謹慎することで矛先をかわした。そのため新政府は会津藩を朝敵として処罰しようとしたが、奥州諸藩は会津藩を救うために同盟を結んで立ち上がり、新政府に公正、公平な処置を求めた。

これに応じて温情ある処罰にとどめていれば戦争を防ぎ、奥州を戦火《せんか》の巷《ちまた》にすることはなかったはずである。仙台藩を中心とする奥羽列藩同盟もそれを求めて奔走《ほんそう》したが、新政府は力ずくで会津藩を討伐する姿勢を崩さなかった。

中でも仙台藩に乗り込んできた長州藩の世良修蔵《せらしゅうぞう》は強硬に会津攻めを迫り、傍若無《ぼうじゃくぶ》人《じん》、問答無用の姿勢を取りつづけたために、仙台藩士の怒りを買って暗殺された。このことが仙台藩をさらなる窮地に追い込んだのである。

しかし新政府、中でも長州藩はどうしてこれほどまでに強硬に会津藩討伐を主張したのだろうか。その理由について従来は、会津藩主松平容保《かたもり》が京都守護職をつとめていた頃、新撰組を配下にして討幕の志士たちを弾圧したことへの恨みがあったからだと言われてきた。

確かにそうした面もあっただろうが、それが新政府の方針を決定し、日本史上最悪と言われる内乱を引き起こしたとは思えない。必ず他に原因があるはずだと長年考えてきたが、半年ほど前に吉田松陰の『幽囚録』（講談社学術文庫）を読んで、その一端が見えてきた。

これより十二年前の安政三年（一八五六）、野山獄に囚《とら》われていた松陰は、西欧列強の圧迫を受けている日本の現状を打開するには、早急に軍備をととのえて周辺諸国に打って出るしかないと説いている。

その部分を意訳すれば次のようになる。

「今急いで軍備をととのえ、戦艦や大砲をそなえ、蝦夷《えぞ》を開墾して諸侯を配し、カムチャッカ、オホーツクを勝ち取り、琉球をさとして国内に組み込み、朝鮮を攻めて日本に朝貢していた古《いにしえ》の関係を復活させ、北は満州の地を割り、南は台湾、ルソン島を支配するべきである」

明治政府はこの教えを忠実に守り、やがて日清、日露戦争に突き進んで朝鮮や台湾を植民地化する。ということは維新当初からそうした目標をかかげ、帝国主義的な国家を作ろうとしていたということだ。

そのために必要なのは強力な中央集権体制の確立、海外に打って出ることができる軍隊の設立、天皇の命令には絶対に従う世論の形成である。

危機は目前に迫っているのだから、道理だ正義だなどと言ってはいられない。号令一下全国民が従う体制を早急に作り上げるべきだ。そう決意した新政府の指導者たちにとって、列藩同盟を作って抵抗する奥州諸藩は格好の餌食《えじき》だった。

まず第一にこれを徹底的に叩《たた》き潰《つぶ》すことで、新政府に逆らえばどうなるかを全国民に示すことができる。第二に新政府の指揮のもとで奥州への動員をかければ、各藩ごとに分れていた軍隊を新政府の支配下に編成し直すことができる。第三に軍隊の編成と装備が遅れた奥州を敵とすることで、朝鮮や清国と戦う時の予行演習とすることができる。

こうした目算と計略があったからこそ、新政府は会津藩を追い詰め、あらゆる手段を用いて戊辰戦争を遂行しようとした。そしてこの目論見は成功し、日本が朝鮮に進出し清国と戦争を始める時の貴重な教訓となったのである。

おそらく熊谷達也もそのことを直感し、戊辰戦争時の新政府のやり方が、二〇一一年に起こった三・一一に対する政府の対応と共通していると見抜いたのではないだろうか。だからこそ踏みにじられていくふるさとへのエールを込めて、この作品に取り組んだのだろう。

かつて熊谷さんは拙作『冬を待つ城』（新潮文庫）の解説を引き受けてくれ、冒頭で次のように記している。

「二〇一一年三月十一日午後二時四十六分。あの日が私たちの目の前に暴《あば》き出したものは、なぜこうも東北は奪われ続けなければならないのかという理不尽さであった」

そして「災後の文学」としての作品群が存在し、あるいは生まれつつあるなかで、安部龍太郎の『冬を待つ城』は、間違いなくその一翼を担《にな》うものだと評してくれた。

その言葉は『我は景祐』にこそふさわしい。状況を打開しようと奮闘《ふんとう》する仲良し三銃士や但木土佐、伊達慶邦などを描く時、熊谷さんの脳裡《のうり》には三・一一の対応に追われるふるさとの方々の姿がよぎっていただろう。だからこそ苦難の中であえぐ者たちに注ぐ目は温かく、失敗した者ばかりか裏切った者でさえ断罪しない懐《ふところ》の深さを保ちつづけている。

読後のさわやかな心地良さは、熊谷さんのそうした姿勢が生み出したものだ。そしてこうした姿勢こそが、これからも一条の光となって理不尽な闇を照らしていくにちがいない。

（二〇二二年十月、歴史小説家）

この作品は二〇一九年十一月新潮社より刊行された。

安部龍太郎著
冬を待つ城

天下統一の総仕上げとして奥州九戸城を囲んだ秀吉軍十五万。わずか三千の城兵は玉砕するのみか。奥州仕置きの謎に迫る歴史長編。

浅田次郎著
赤猫異聞

三人共に戻れば無罪、一人でも逃げれば全員死罪の条件で、火の手の迫る牢屋敷から解き放ちとなった訳ありの重罪人。傑作時代長編。

梓澤　要著
方丈の孤月
—鴨長明伝—

『方丈記』はうまくいかない人生から生まれた！　挫折の連続のなかで、世の無常を観た鴨長明の不器用だが懸命な生涯を描く。

朝井まかて著
眩《くらら》
中山義秀文学賞受賞

北斎の娘にして光と影を操る天才絵師、応為。父の病や叶わぬ恋に翻弄されながら、絵一筋に捧げた生を力強く描く、傑作時代小説。

池波正太郎著
幕末遊撃隊

幕府が組織する遊撃隊の一員となり、官軍との戦いに命を燃やした伊庭八郎。その恋と信念を清涼感たっぷりに描く幕末ものの快作。

池波正太郎・藤沢周平
笹沢左保・菊池寛著
山本周五郎
縄田一男 編
志に死す
—人情時代小説傑作選—

誰のために死ぬのか。男の真価はそこにある——。信念に従い命を賭して闘った男たちが描かれる、落涙の傑作時代小説5編を収録。

我《われ》は景《かげ》祐《すけ》

幕末仙台流星伝

新潮文庫　く－31－4

令和五年一月一日発行

著者　熊《くま》谷《がい》達《たつ》也《や》

発行者　佐藤隆信

発行所　株式会社新潮社

郵便番号　一六二―八七一一
東京都新宿区矢来町七一
電話 編集部(〇三)三二六六―五四四〇
読者係(〇三)三二六六―五一一一
https://www.shinchosha.co.jp

価格はカバーに表示してあります。

乱丁・落丁本は、ご面倒ですが小社読者係宛ご送付ください。送料小社負担にてお取替えいたします。

印刷・大日本印刷株式会社　製本・加藤製本株式会社

ISBN978-4-10-134154-5 C0193